EDGAR DAWSON

FRENTE DE SOMBRAS

EDGAR DAWSON

FRENTE DE SOMBRAS

bubok
EDITORIAL

© Edgar Dawson
© Frente de sombras

Junio, 2025

ISBN Libro en papel con solapas: 978-84-685-8906-0
ISBN eBook en ePub: 978-84-685-8905-3

Depósito legal: M-12754-2025
SafeCreative: 2503104973280

Editado por Bubok Publishing S.L.
equipo@bubok.com
Tel: 912904490
Paseo de las Delicias, 23
28045 Madrid

ÍNDICE

CAPÍTULO 1

El capitán informó la interrupción del aterrizaje. Pablo Berzi pasó página, acariciando con el índice la superficie del lector de libros electrónicos. Faltaban apenas unos minutos para llegar al aeropuerto de Arlanda. El capitán Magnus Stensson se inclinó hacia el tablero de control. El tren de aterrizaje no se había desplegado. Veinticinco grados bajo cero.

—Eso es —dijo en voz baja.

Comunicó de inmediato la información a la torre de control y llamó al personal. La torre de Arlanda ratificó el mensaje.

El Boeing 747, procedente de Frankfurt, aceleró bruscamente y recobró altura. Los pasajeros sintieron el ascenso repentino. La voz del capitán sonó firme y serena en los altavoces:

—Mantengan las medidas de seguridad para el descenso. Haremos un segundo intento.

Una azafata cruzó el pasillo con rapidez y tocó el intercomunicador de la cabina. Sus dedos captaron el pulso metálico del fuselaje. Pablo la miró fugazmente antes de volver a su lectura. Desde la torre, Johan Andersson siguió la maniobra. Ordenó a los servicios de emergencia estar preparados.

—Procederemos con la fuerza centrífuga —informó Stensson—. Haré virajes y picados para liberar el tren de aterrizaje.

Andersson confirmó y murmuró una plegaria. El avión viró en dirección oeste, alejándose del aeropuerto. Ascendió con fuerza y luego descendió en picado. Un golpe seco resonó bajo el fuselaje. Pablo sonrió, los ojos fijos en las luces dispersas sobre los archipiélagos. El tren de aterrizaje había cedido.

—Qué gran tío eres. Lo sacaste de primera —dijo Andersson desde la torre.

El avión sobrevoló la torre para una comprobación visual. El tren estaba en posición. Recibieron luz verde para aterrizar.

Luces azules giraban junto a la pista. Las azafatas recorrieron el pasillo en silencio. Solo el rumor constante de los motores llenaba la cabina.

Los pasajeros, aún tensos, ajustaron los cinturones. Luego, silencio. Las edificaciones del aeropuerto se hicieron más nítidas. El Boeing descendió con estabilidad. Se oyó el impacto de las ruedas en el pavimento.

El avión rodó hasta las puertas de salida. Había aterrizado en Estocolmo a las 17:12. Afuera, una decena de vehículos con luces intermitentes esperaban. Ambulancias. Seguridad. Precaución.

El jefe de seguridad pensó en felicitar al capitán. Salió de la sala de controles. Caminaba con paso firme. Todo volvía a la normalidad.

Los pasajeros bajaron en silencio, aún impregnados por la tensión. En la terminal, imágenes de figuras suecas decoraban las paredes. Bienvenida solemne. Fría.

Pablo avanzó por el pasillo. Poca gente. El aire inmóvil. Las cafeterías apenas llamaban la atención. Souvenirs en estantes vacíos. Postales descoloridas, llaveros metálicos, figuras de cerámica bajo polvo fino. Un par de familias dispersas aguardaban en silencio.

Los pasos resonaban en los corredores. Una calma exagerada, como si el aeropuerto respirara con cautela. Solo el sonido de un tren interrumpía el silencio. Entonces, algo cambió.

Un grupo de periodistas irrumpió en la escena. Micrófonos. Flashes. Voces apremiantes.

Pablo quedó atrapado en un torrente de preguntas. Los flashes lo cegaron por un instante. No lo esperaban a él. Pero ahora todos lo miraban.

—Señor Berzi, ¿qué piensa sobre el manuscrito de Mateo Altamirano? Se detuvo. Contó los rostros. Diez, quizás más.

—Estoy aquí por motivos personales. No tengo comentarios sobre Mateo Altamirano.

Una periodista se adelantó:

—¿Puede confirmar si el manuscrito contiene algún mensaje oculto?

—No he visto ningún manuscrito. Lo lamento. Debo partir.

Entonces los vio. Dos hombres, de pie a un costado de la sala. Abrigos largos. Inmóviles. No hacían preguntas. Solo lo observaban.

Rostros neutros. Manos en los bolsillos. Quietud anómala. Entre el bullicio, ellos eran la excepción. Fijos. Ojos puestos solo en él.

—¿Qué relación tuvo con Mateo Altamirano? ¿Por qué vino hasta aquí?

—Mateo fue un amigo cercano. Mi visita tiene un propósito privado.

Los periodistas seguían preguntando. Pero Pablo los miró en silencio. Dejó que el momento pesara.

—Mi viaje no es para satisfacer la curiosidad pública. Mateo era reservado. Y respeto esa reserva.

Algunas caras mostraron decepción. Pero los dos hombres no se movieron. Seguían allí.

—Permiso —dijo Pablo.

Se abrió paso entre las cámaras. Caminó hacia la salida. Rápido, pero sin apuro. Al llegar a la fila de taxis, miró atrás. Los hombres seguían en el mismo sitio. Inmóviles.

Frente a él, taxis alineados. Vapor salía de los tubos de escape. La noche caía como una manta pesada.

Encendió el celular. Mensajes automáticos de conexión sueca comenzaron a llegar. El taxi avanzó por la autopista. Rumbo al centro.

Minutos después, Pablo entró al bar del Sheraton Hotel. Pidió un Johnnie Walker y se sentó junto a la ventana. El celular vibró:

"¿Llegaste? Estaré allí en cinco minutos."

Y llegó.

Una mujer cruzó el umbral. Cabello castaño. Ojos verdes. Verónica. Pablo se irguió apenas. Una reacción mínima que le añadió un centímetro a su estatura.

—¿Quién lo diría? —dijo Verónica, sonriendo.

—Verónica, no sabes la alegría que me das. Estoy seguro de que tu padre debe estar muy contento de verte desde su telescopio —dijo Pablo.

—Han pasado muchos años —suspiró ella.

—Sí, pero hablemos de otra cosa —dijo él, bajando el tono.

—Bueno, por tu aterrizaje, salud —dijo Verónica, levantando su copa—. ¿Qué pasó?

—Algo pasó, pero estoy aquí —respondió Pablo.

—¿Entonces por dónde empezamos? ¿Por la cena?

—Primero, muéstrame lo que has encontrado.

Pablo había sabido del manuscrito de Mateo Altamirano. Quería verlo con sus propios ojos.

—Ya te lo mostraré, pero no aquí —dijo Verónica.

—¿Hay algo más que deba saber?

—No. No pensé que querrías verlo tan pronto.

—¿Tienes el manuscrito?

—Lo tiene mi hermana Denisse. Fue ella quien lo encontró. Pero acordamos no decir nada.

—Era lo mejor. Tu padre ahora es muy famoso —dijo Pablo.

—¿Por qué no lo fue tanto en vida? Me lo he preguntado mucho.

—Las ideas tienen su tiempo. Mateo no seguía a nadie. Tú y yo lo veremos distinto.

—Tú siempre lo admiraste.

—Es cierto, Verónica.

—Debo ser la rebelde.

—Eres su hija, ¿no?

Verónica se tornó pensativa.

—No tuvimos el tiempo juntos que yo quería. Siempre te envidié por haberlo compartido más.

—No deberías. Tú estabas en su corazón. Todos cubrimos algo si sentimos que nos falta. Tuve la suerte de conocerlo sin tanta gente alrededor. Cuéntame de ti.

—Lo he extrañado. Mamá nunca lo superó. Denisse y yo estuvimos muy unidas.

—¿Cómo fue que se mudaron?

—Fue necesario. Dejamos Lund. Demasiados recuerdos. Al año nos mudamos. Denisse consiguió empleo. Luego se casó. Yo he vivido en el sur desde entonces.

—¡Sin paréntesis! —bromeó Pablo.

—Sin aburrirte. Ahora tú cuéntame de tus vueltas por el mundo.

—La última vez que vi a Mateo fue en París. Su premio. Si el manuscrito sobrevivió, es algo grande. Sé lo que significaba para él.

—Mañana lo verás con tus propios ojos —dijo Verónica. Sus pupilas se dilataron.

El bar tenía pocos huéspedes. El camarero recorría las mesas. Pablo lo llamó con una sonrisa.

—Dos cafés, por favor.

Verónica buscó su celular en la cartera. Marcó a Denisse. Sin respuesta. Sonidos intermitentes y luego silencio. Guardó el teléfono.

—Intentaré más tarde —dijo.

—Una decena de periodistas me esperaban en el aeropuerto —comentó Pablo.

—¿Por qué? —preguntó ella, sorprendida.

—Preguntaban por el manuscrito.

—No puede ser. Acordamos esperar a que tú lo vieras —dijo, frunciendo el ceño.

Llamó de nuevo. Nada. Una luz tenue brillaba sobre la mesa. El camarero secaba vasos. Un hombre revisaba su móvil sin interés.

Verónica giró la taza. El sonido seco del plato pareció amplificado. Pidió otro café. Pablo miró la pantalla. La mirada de Verónica se perdió en las paredes blancas del fondo. El techo flotaba. Respiraba apenas. Apretó su reloj con la otra mano. Sintió el metal frío.

—Podría responder —murmuró. Su voz lejana incluso para ella.

Pablo tomó su mano entre las suyas. Estaba helada.

—No temas. Solo es que no sabemos. Nada más ha pasado.

—Un cielo con nubes de azúcar —dijo Verónica, mirando la taza. Tenía dos terrones entre los dedos.

Pablo sostuvo su mano.

—Es justamente eso. Me gusta.

Verónica parpadeó. Respiró más hondo. Su mano, un poco más cálida.

—Has visto más cosas que yo. Tú te quedas con las nubes —dijo, y puso los terrones en la mano de él.

Ella sonrió. Pablo cerró el puño.

—Esto otro es basura —dijo, y lo señaló—. No volverá.

—¿Y si fue un accidente? —murmuró ella.

—Si lo fuera, ya lo sabríamos. ¿Un secuestro? Nos habrían contactado. ¿Un enojo? Eso sí es problema. Pero no el fin.

Verónica miró el café. Su respiración se acompasó. Pero la ansiedad persistía.

—Tal vez ya no quiera hablar conmigo. Ni con nadie.

Pablo suspiró. Abrió la mano y dejó caer los terrones en el plato.

—Si es eso, lo sabremos. Pero no ahora. No en este minuto. Si no lo es, si todo esto es un eco de nuestros miedos, lo estamos alimentando sin sentido.

El camarero trajo los cafés. Pablo bebió un sorbo. Luego la miró con firmeza.

—Estás aquí. Yo también. Eso es lo real.

Verónica levantó la vista. Sus ojos recuperaban la luz. Los hombros bajaron. La tensión en sus dedos cedió. Los terrones rodaron sobre el plato. Su respiración se hizo más profunda. Tomó la taza con ambas manos. El vapor subía. Sus labios se entreabrieron. No sonrió, pero el gesto era posible. Pablo la observó. El silencio entre ellos tenía peso. Las sombras del bar eran suaves. Afuera, todo quedaba amortiguado. Solo el presente tenía sustancia.

—¿Sabes qué ocurre ahora? —dijo Pablo—. El teléfono olvidado en algún baño. Ella, atrapada sin poder salir. O quizás, una secta de monjes sin tecnología la ha convencido. O un tren atraviesa ahora mismo zonas sin cobertura. No es el fin del mundo, ¿verdad?

Verónica exhaló, casi con un atisbo de sonrisa. Pero sus dedos aún apretaban los terrones de azúcar.

—Un accidente. ¿Es eso? —murmuró.

Pablo negó con la cabeza.

—Si así fuera, ya lo sabríamos. ¿Un secuestro? Nos habrían contactado. ¿O simplemente el enojo, la decisión deliberada de ignorarnos? Eso sí es un problema. Pero no es el fin.

Verónica miró el café. Su respiración se acompasó. Las palabras tejían un nuevo orden en su mente. Pero la ansiedad persistía, tenaz como hierba en la grieta.

—Quizás ya no quiera hablar conmigo. Quizás... no quiera hablar con nadie.

Pablo giró la muñeca y dejó caer los terrones en el platillo.

—Si es eso, lo sabremos. Pero no ahora. Y si no lo es, si esto es solo miedo, estamos alimentándolo sin sentido.

El camarero llegó con los cafés. Pablo tomó un sorbo y la miró con firmeza.

—Estás aquí. Yo también. Eso es lo real.

Verónica levantó la mirada. Sus ojos recuperaban su luz, como un mineral pulido. Los hombros bajaron. Los dedos se relajaron. El sonido de los terrones sobre el platillo fue suave. Su respiración encontró un ritmo más profundo. El calor del café subía en volutas que rozaban su rostro.

Pablo observó ese cambio. El silencio compartido tenía una intimidad distinta. La verdadera. La que no se dice. Afuera, la ciudad seguía su curso. Dentro, solo ellos.

—¿Vamos? —preguntó él.

Verónica asintió. Dejaron las tazas. Salieron al frío. El aire de Estocolmo era una cuchilla limpia. Pablo levantó el cuello del abrigo. Ella se acercó. Caminaron juntos por la acera silenciosa.

Un taxi los llevó al edificio donde vivía Denisse. La fachada oscura, las ventanas apagadas. Nadie respondió al timbre.

Verónica insistió. Luego marcó desde el móvil. Nada. Solo un buzón de voz. Pablo examinó el entorno. Calles vacías. Luces tenues. El frío se adueñaba de todo.

—No está —dijo ella.

—¿Tiene otro lugar donde podría ir?

—No que yo sepa. Jamás habría salido sin avisarme. Jamás sin llevar el manuscrito.

Pablo miró las ventanas, buscando algún movimiento. Ninguno.

—Volvamos. Mañana es otro día —dijo.

Verónica dudó un instante. Luego asintió. El taxi los esperaba. Subieron en silencio. El vehículo avanzó por las calles dormidas. Cada farola un latido. Cada sombra una posibilidad.

—Te dejo en casa —dijo Pablo al llegar a su calle.

—Gracias por acompañarme —respondió ella, saliendo del taxi con una última mirada.

Pablo continuó hasta el hotel. Cruzó el vestíbulo. Nadie hablaba. Subió al cuarto piso. La habitación era cálida. Afuera, la ciudad seguía inmóvil.

Encendió una luz tenue. Se sentó en la cama. Cerró los ojos. Verónica, Denisse, el manuscrito. Todo parecía un mapa incompleto. Pero tenía un punto de partida.

Mañana seguiría. Por ahora, descanso.

El sol se asomaba entre los edificios cuando Pablo observó a Verónica avanzar entre los transeúntes. Caminaba rápido, sus dedos tamborileaban contra su muslo con un ritmo constante. Se quitó la chaqueta. El café matutino le calentaba demasiado el estómago y el abrigo le pesaba sobre los hombros. Ella lo miró fijo a los ojos mientras se acercaba a la mesa.

—Tenemos inconvenientes —dijo—. No he tenido noticias de Denisse desde ayer. Es algo inusual. He llamado a su esposo y tampoco recibo respuesta.

—Acompáñame con un café. Veremos qué hacer —sugirió.

La ciudad ahora se le presentaba exótica. Era un cambio necesario, como unas vacaciones. El simple acto de caminar por calles desconocidas le daba una sensación de libertad palpable. La propuesta del viaje había llegado sin avisar. Su decisión fue rápida. Todo lo demás podía esperar.

Los pocos visitantes del café tecleaban en portátiles o celulares. Sus ojos no se apartaban de las pantallas. Las tazas de café se enfriaban sin que nadie las tocara. A estas horas, él también solía estar frente a la computadora, siguiendo la rutina estricta de las primeras horas del día. Al menos hoy la alteraría.

Pablo vio la impaciencia en el rostro de Verónica. Fue en busca de un café y agregó dos croissants a la bandeja. Conocía ya los bizcochos suecos típicos de la Navidad con azafrán. Desde el acceso principal llegaban más visitantes, muchos con apariencia de turistas. Algunos miraban sorprendidos el autoservicio, más propio de los aeropuertos.

Verónica relajó su expresión al ver a Pablo regresar con la bandeja.

—Permíteme —dijo y se ofreció a ayudarla con el abrigo.

Llevaba una blusa blanca y jeans, un estilo casual y elegante. Al acercarse, Pablo percibió un aroma fresco y juvenil. Eran las 11:30.

—Duermen todavía. Es todo.

—No sabiendo que tú venías. Lo acordamos antes. Al menos hubiéramos tenido una llamada —aseguró.

—Que otra gente sepa lo del manuscrito es algo que solo ella puede explicarme.

—Me has dicho que su esposo trabajó como adjunto en una cátedra de biología en la facultad y que se entienden muy bien.

Verónica sonrió. Sus labios se curvaron hacia arriba y las líneas alrededor de sus ojos se suavizaron, dándole un aspecto más joven.

Verónica lo miró por un instante, luego sonrió.

—¿Sigues buscando formas en el caleidoscopio?

Pablo alzó una ceja y devolvió la sonrisa mientras se recostaba en el respaldo.

—Caleidoscopio... Mateo siempre decía que eso era lo más malinterpretado de él. La gente veía sus ideas como algo complejo, cuando en realidad eran muy simples —hizo una pausa breve, buscando las palabras—. Después de haber pasado por el sufrimiento físico, una vez le pregunté cómo mantenía su fortaleza, y me respondió: "Al principio, uno crea argumentos para sostener sus identidades. Pero todas se desvanecen. Al final, solo queda una. Soy Mateo y no puedo dejar de serlo."

Verónica entornó los ojos y arrugó ligeramente el ceño.

—¿Y por qué fue malinterpretado?

Pablo esperó un momento antes de responder.

—Lo veían de forma dualista. Como si Mateo hablara de una lucha entre un yo y el otro yo, pero él no creía en esas divisiones. Para él, el caleidoscopio no era más que un conjunto de formas pasajeras. Esas identidades son falsas. Por eso decía que se desvanecen.

Verónica lo escuchaba sin moverse. Sus ojos seguían fijos en él.

—Pero esas formas... ¿no son útiles?

Pablo asintió.

—Son herramientas. No superan nada, pero explican conductas. Y sí, mirando las formas, podemos entender algunos patrones. Pero para Mateo, al final solo queda lo esencial. Al final, solo somos lo que no podemos dejar de ser.

Verónica sonrió otra vez, tranquila.

—Robert ha sido muy leal con sus colegas. Es de los más respetados allí. Denisse, en cambio, no es tan social. Creo que le ha costado más adaptarse, pero siempre ha contado con él. Ha sido su apoyo en más de una ocasión.

Pablo miró a Verónica y asintió con un movimiento firme.

—Veamos si ahora responde a la llamada.

Los visitantes de la galería ya eran numerosos. Madres con coches de bebé y grupos de adolescentes se mezclaban entre los turistas.

Verónica dejó sonar el teléfono hasta el último tono. Luego respiró hondo y dijo con decisión:

—Vamos a su casa.

La noche anterior, Robert Niklasson recorría los últimos metros antes de llegar a su casa con paso lento. La calle del barrio Vasastan tenía edificios altos a ambos lados, con la silueta de la iglesia al fondo. Los vehículos ocupaban cada metro de la acera y apenas unos pocos transeúntes se cruzaban en su camino.

De mediana edad, corpulento, con físico más de oficinista que de atleta. Su cabello corto y prolijo contrastaba con la barba y el bigote algo descuidados. La escasa luz de la media tarde en diciembre marcaba el patrón geométrico de las ventanas altas en los edificios de principios de siglo. Le gustaba aquel lugar. Permanecía igual a través del tiempo.

La nieve había comenzado a caer por la noche. A veces duraba unas horas. Ese día, se había mantenido. Una delgada capa blanca cubría las calles, surcada por las huellas de los vehículos.

El verano había pasado sin vacaciones. Las restricciones de viaje desde el comienzo de la pandemia lo habían disuadido. Ese año había sido distinto a todos.

Las luces de las ventanas aún no estaban encendidas. Denisse acostumbraba a encenderlas al anochecer.

Robert subió las escaleras hasta el segundo piso y entró en el apartamento. Su mirada recorrió la sala. La mesa pequeña junto al sofá. Luego la mesa redonda con las sillas.

Entró en el dormitorio. Denisse no estaba. Su portátil tampoco. Se detuvo en el centro de la sala. Giró la cabeza ligeramente. Se quedó de pie, inmóvil, de frente a la ventana con las cortinas corridas. De pronto giró hacia la puerta y salió. Bajó las escaleras de dos en dos, sin detenerse. Al llegar a la calle, giró a la derecha, cruzó varias calles sin mirar a los lados. Sus pasos resonaban en la acera húmeda hasta que se detuvo frente a un local iluminado y entró.

El ambiente era cálido. Un aroma de incienso flotaba en el aire mientras tules colgaban de las paredes.

Una mujer salió a su encuentro con una sonrisa.

—Oh, Bobby... —dijo, acercándose a abrazarlo.

—Todo pasará, Bobby —susurró—. Calma, Bobby.

Él se quitó el calzado y la chaqueta. Dejó caer su cuerpo sobre el colchón que ocupaba toda la habitación. Cerró los ojos mientras la mujer repetía en voz baja:

—Eso, Bobby... calma.

Pasado el mediodía, llegaron al apartamento del segundo piso. Verónica tocó el timbre. Esperó unos segundos. Insistió de nuevo, esta vez más largo.

El sonido de pasos y el giro de la cerradura rompieron el silencio.

Robert apareció en la puerta, sin sorpresa. Con un gesto, los invitó a entrar.

—Es un amigo de la familia —dijo Verónica, señalando a Pablo.

Robert asintió.

—Sí, he oído hablar de ti. Bienvenido.

La puerta del dormitorio estaba entreabierta, y Pablo notó una botella vacía de vodka al lado de la cama.

Se sentaron en el sofá en silencio. Robert pidió disculpas y fue al baño a lavarse la cara.

Pablo sacó su celular.

—¿Tienes la clave del wifi?

Verónica rebuscó en su cartera y le dictó la contraseña. Él la anotó sin decir nada.

Cuando Robert regresó, Verónica fue directa.

—¿Sabes dónde está Denisse? He intentado llamarla desde ayer.

—No.

La respuesta fue firme. Su mirada, fija en Verónica.

—Cuando volví del trabajo, no estaba.

—¿Y no te ha llamado?

—No. Tiene su celular y su portátil.

Verónica guardó silencio un instante. Luego siguió.

—¿Te contó algo antes de irse? Mencionó que quería darme algo.

—No, no me dijo nada.

—¿Y tenía algún viaje planeado? ¿Alguna conferencia por el trabajo?

—No que yo sepa.

Pablo observaba.Robert mantenía la ropa ordenada. Sus respuestas salían automáticas, sin emoción. Le costaba mantenerse de pie. Sus ojos estaban enrojecidos. Las manos le temblaban levemente. Repetía el mismo gesto de pasarse la mano por la barba cada treinta segundos.

El silencio entre ellos se alargó. Pablo miró su reloj. Verónica acomodó su bolso dos veces.

—Vi una pizzería cerca —dijo de repente Pablo—. Podríamos ir juntos.

Robert lo miró por primera vez, con los ojos más abiertos.

—Sí, podemos ir.

Mientras él recogía su abrigo, Verónica susurró a Pablo, con el ceño fruncido.

—No tenías que invitarlo.

—Creo que lo necesita —respondió Pablo, sin perder de vista a Robert, notando cómo se movía despacio, como si los músculos le dolieran.

—No estás obligado a hacerlo —añadió Verónica, con una sonrisa tensa.

Pablo le devolvió la sonrisa, suave.

—Es circunstancial.

A media tarde, regresaban al apartamento de Verónica. Pablo repasaba la conversación con Robert. Cuando las preguntas tocaban ciertos temas, el hombre cerraba la boca, desviaba la mirada, cambiaba de postura. Había información que no quería compartir.

Cuando le preguntó si Denisse volvería pronto, Robert había sido directo.

—Vendrá cuando sea su momento.

Pablo había pensado: Es tu mujer, maldita sea. ¿No tienes nada más que decir? Pero mantuvo el silencio, esperando. Dándole otra oportunidad.

Nada. El tipo se había cerrado. Lo único que había sacado en claro era que Robert no había informado al trabajo de Denisse y que el lunes tendría que hacerlo.

Verónica, mientras tanto, mantenía los hombros tensos. Durante la conversación, había observado a Robert con atención, sin perder detalle. Ahora caminaba con la cabeza baja, los labios apretados.

Camino a casa de Verónica, Pablo marcó el número de Jordi.

—Tengo la clave del enrutador y la dirección IP. ¿Puedes ver si sacamos algo más?

—Con suerte, tendrás el historial de direcciones visitadas en las últimas setenta y dos horas.

—¿Puedes recuperar toda esa información?

—Depende de cuánto guarden. Pero algo te podré conseguir.

21

Pablo hizo una pausa, midiendo sus palabras.

—Te lo envío hoy mismo. Y no preguntes mucho, Jordi.

Jordi rio, pero su tono era curioso.

—Debe ser algo serio si me lo dices así.

—Todavía no lo sé.

—Bueno, ya sabes. Si necesitas más, solo dímelo. No te pierdas por el Edén sueco, Pablo.

—De las películas no te fíes, Jordi.

La sonrisa de Pablo se perdió en la línea, y colgó.

El apartamento de Verónica no estaba lejos. Prefirieron caminar en silencio. Verónica mantenía la mirada fija en el suelo, y Pablo respetó esa pausa.

Cuando algo lo sorprendía, solía repetirse: Sé honesto en decirte que no lo sabes. Aunque no te haga más inteligente, es una buena costumbre.

Al llegar al pequeño balcón del apartamento, las luces de los edificios cercanos iluminaban el atardecer. La brisa fresca traía consigo el aroma de las calles, mezclado con un sutil olor a madera. Verónica miraba la ciudad en silencio, con las manos aferradas a la baranda de hierro forjado. La pintura descascarada mostraba el metal oxidado debajo.

—Me siento desconcertada... y algo tonta también —dijo, con voz apenas audible—. Como si hubiera estado perdiéndome algo todo el tiempo.

Pablo miró la pared amarilla del edificio de enfrente. Una persiana a medio bajar proyectaba líneas irregulares de sombra. Las luces de los apartamentos se encendían una a una.

El silencio los envolvía. La ciudad permanecía tranquila. Los coches pasaban ocasionalmente. Las conversaciones lejanas subían hasta ellos como murmullos.

—Deberías descansar —dijo Pablo—. Mañana habrá noticias de Denisse.

Verónica lo miró.

—Me sentiría mejor si te quedas.

—Descansa, estaré un rato más aquí en el balcón. Luego ocuparé el sofá.

Desde el balcón, Pablo escuchaba los sonidos amortiguados de la ciudad. Los coches pasaban espaciados. Alguna conversación llegaba desde las calles. El viento movía las ramas desnudas de los árboles. Comparado con otras ciudades, Estocolmo ofrecía un silencio ordenado. Pablo se dispuso a dejarse envolver por esa tranquilidad. Confiaba en que Jordi agregara algo más a la incógnita.

Unos minutos después, Verónica regresó con un álbum de fotos en la mano.

—Creo que te gustará ver esto —dijo, dejando el álbum sobre la mesa antes de retirarse a descansar.

Pablo abrió el álbum con tranquilidad. Las tapas azules mostraban manchas de uso en las esquinas.

Revisó algunas fotos antes de que Verónica lo interrumpiera nuevamente, esta vez con la voz tensa.

—Pablo, ¿te has preguntado si realmente vale la pena seguir aquí? Pablo la miró.

—Digo, tu motivo para venir era el manuscrito de Mateo... y ahora todo está tan incierto. No tienes por qué quedarte, puedes desentenderte.

El tono de sus palabras cambió. Hablaba en serio, casi pidiendo permiso para que él pudiera salir de esa encrucijada.

Pablo respiró más profundo.

—No. Aún no me desentiendo.

Verónica se detuvo. Sus ojos, ahora con un verde atenuado por el cansancio, se encontraron con los de Pablo. Los párpados le pesaban. Las líneas alrededor de su boca se marcaban más profundamente.

Ella dio un paso hacia la baranda del balcón, su mano izquierda sobre su cintura, la derecha cubriendo su rostro.

—Estoy acostumbrada a resolver sola —dijo con una voz quebrada, pero controlada.

Respiró hondo y volvió a intentarlo.

—Siempre ha sido así. Disculpa.

Pablo se mantuvo firme, observando los cambios de luz en su rostro, los músculos tensos de su mandíbula, el ligero temblor de sus hombros.

Dio un paso hacia ella y, tomó la mano con la que se había cubierto el rostro. Sus dedos se cerraron alrededor de los de ella. Le transmitió calor que contrastaba con la brisa fría del balcón. La cubrió con ambas manos, apretándola con firmeza.

El rostro de Verónica quedó descubierto. Su expresión cambió. La vulnerabilidad desapareció de su mirada. Su respiración se hizo más lenta, y al levantar la mirada hacia Pablo, sus ojos parecían distantes, duros. Pablo apretó su mano en silencio. No dijo nada. Verónica cerró los ojos un segundo, asintió. Soltó la mano de Pablo lentamente y retrocedió hacia la puerta de su dormitorio.

—Perdona... No volverá a pasar.

Cerró la puerta con lentitud, dejando a Pablo solo en el balcón.

Él se quedó ahí, quieto, mirando la ciudad.

El silencio nocturno lo rodeaba. Las luces de la ciudad brillaban en la oscuridad. Desde algún lugar lejano llegaba el sonido de una sirena que se desvanecía. La silla vacía junto a él permanecía en el mismo lugar. El viento frío le rozaba el rostro. Respiró hondo.

CAPÍTULO 2

Theodor sacó la libreta del cajón y la colocó con cuidado sobre el escritorio. Sonrió. Sus dedos acariciaron la cubierta gastada mientras el brillo de entusiasmo en sus ojos se intensificaba como fuego bajo control.

Unos golpes suaves en la puerta interrumpieron su contemplación.

—Adelante —dijo.

La puerta se abrió lentamente. Un hombre entró con pasos medidos. Mayor, con abrigo largo beige y rostro impenetrable. Su expresión seria y cansada contrastaba con la firmeza de sus movimientos. Mantenía la espalda recta. Los hombros firmes. Cada paso, una decisión exacta.

Theodor lo saludó con una sonrisa.

—Coronel.

El hombre se detuvo en la entrada. Un monumento a la cautela.

—Ex —corrigió con voz firme.

Theodor no dejó que la corrección alterara su estrategia.

—Es un gran día. Con su ayuda, quizás revelemos algunos misterios.

El coronel avanzó despacio. Cada paso era una concesión calculada.

—Veremos... —respondió con tono cortante—. ¿Cuál es su interés? ¿Para qué me quiere?

El Institut für Bewusstseinsforschung ocupaba un edificio moderno y austero en el corazón de Zúrich. La precisión suiza respiraba en cada detalle. Pasillos amplios, suelos de mármol pulido y paredes de cristal que dejaban ver las salas de reuniones y los despachos. Un silencio casi absoluto reinaba, roto solo por el eco de pasos lejanos y el zumbido ocasional de impresoras.

Theodor llevaba un traje gris oscuro y una corbata azul. Su cabello escaso peinado hacia un lado acentuaba la intensidad de su mirada mientras esperaba la reacción del coronel.

—Sigue siendo un misterio, ¿no le parece? —Theodor se inclinó hacia adelante, con un leve matiz de sarcasmo en la voz—. Aquí está lo que se le fue de las manos. Años después. Aquí está.

El coronel lo miró sin inmutarse. Su rostro, una pared de piedra antigua.

—Veremos —repitió, tajante—. ¿Qué quiere de mí?

Theodor lo miró directamente. Sus ojos diseccionaban la resistencia del coronel.

—Es un enigma que aún no hemos resuelto. Pero con su experiencia, creo que podemos descifrarlo.

El coronel no respondió de inmediato. Estudió a Theodor en silencio, evaluando sus palabras y lo que no se decía.

Theodor mantuvo su mirada fija.

—Desde mi área, me interesa cómo la mente de alguien parece irse a un lugar inaccesible y volver cuando le es conveniente. Obedece a algo más allá de nosotros. ¿No tuvo usted esa impresión luego de ser derrotado por este hombre?

El coronel frunció el ceño. El insulto brillaba en el aire entre ellos.

—¿Perdimos?

—Ese es tu problema —dijo Theodor con una leve sonrisa—. Crees que es una anomalía. Pero no lo es. Este instituto ha recopilado decenas de casos, cientos de ellos. Todos con una constante: cada uno vuelve sin miedo. Y cuando el miedo desaparece, surge algo más... algo más difícil de controlar. Eso es lo que les falta entender.

El coronel lo miró. La tensión acumulada en su mandíbula.

—Así que dime, ¿qué quieres exactamente de mí?

—Necesitamos saber cómo se quita el miedo, cómo lograron traspasar esa barrera. Mateo Altamirano lo hizo. De alguna manera, regresó de su experiencia transformado. Si encontramos lo que lo llevó a eso, podemos controlarlo... o evitar que otros lo logren.

La mirada del coronel se endureció. Acero templado.

—Estamos hablando de estudiar cómo mantener el control. De evitar que más personas crucen esa barrera.

Theodor asintió lentamente.

—Exactamente. Por eso no puedes actuar de inmediato. Necesitamos más información. Hasta entonces, nada de brutalidades. Debemos diluir todo antes de que salga a la luz.

El coronel mantuvo su expresión impasible.

—Mi deber era solo obtener información.

Theodor no dejó de observarlo. Sus ojos escrutaban cada microexpresión.

—Hay algo que no es habitual. Sucede apenas en raras excepciones en el mundo y en la historia.

El coronel no dio señales de comprender. O quizás no quería hacerlo.

—No estoy aquí para suposiciones.

—Entiendo —dijo Theodor, sin perder la calma—. Pero ¿no le parece extraño? Esta capacidad de desaparecer y aparecer. Un fantasma entre dos mundos.

El coronel respondió con evasivas.

—Mi trabajo es en los hechos, no en lo que no puedo ver.

Theodor sonrió.

—Cuando tengamos un informe completo, un testimonio del propio implicado, tendremos claves. O como usted lo llama, información. Y le aseguro que es muy valioso en todo sentido.

El coronel lo observó, su rostro inmutable.

—Información es lo que busco.

—Entonces, estamos de acuerdo —replicó Theodor, manteniendo un tono respetuoso, pero con una tensión latente—. Quizás encontremos lo que ambos necesitamos.

El coronel no respondió, pero la tensión entre ellos se mantuvo en el aire, una mezcla de respeto y desconfianza. Un pacto frágil.

—Me ha malinterpretado. Yo ya no busco nada. Esto, para mí, es asunto terminado —afirmó el coronel, su voz firme.

Theodor no se inmutó.

—Comprendo. Es ya historia. Aunque los misterios han quedado.

Hizo una pausa, evaluando la reacción del coronel.

—Recuerda que hace mucho tiempo usted me habló de fantasmas. En esa época decía querer descubrirlos a tiempo.

El coronel no respondió, pero sus ojos no abandonaron a Theodor.

—Suponga que aún hay fantasmas —continuó Theodor—. Aunque en ciencia les llamaremos incógnitas. Pero incógnitas que, de poder develarlas, lograríamos evitar muchos sinsabores. Quizás obtener beneficios. Considérelo.

El coronel aflojó ligeramente la tensión en sus hombros.

—Tiene una oficina muy bonita. Pero no apta para fumadores, ¿verdad?

Theodor sonrió, un gesto apenas perceptible.

—Tenemos un balcón aquí, muy bonito. Verá una vista hermosa de la ciudad.

Los hombres se dirigieron al balcón, el diálogo suspendido en el aire como el humo que ambos deseaban liberar.

El coronel caminó junto a Theodor. Su figura era imponente aunque ya marcada por los años. Llevaba un abrigo largo que apenas disimulaba su robustez. Su cabello escaso peinado hacia un lado quedaba visible bajo la cabeza ligeramente inclinada hacia adelante. Sus movimientos mantenían firmeza a pesar de la edad, lentos y precisos como si cada paso estuviera medido con exactitud militar. Los viejos soldados nunca pierden el paso.

Cuando llegaron al balcón, el coronel respiró profundamente, llenando sus pulmones de aire fresco.

—Desde aquí arriba todo parece ordenado —murmuró, sin apartar la vista del horizonte.

Se apoyó en la barandilla.

—Para que esto funcione, si decido colaborar —dijo lentamente—, esperaría ser considerado asesor. Naturalmente, eso incluye una compensación adecuada.

Theodor mantuvo su expresión neutra.

—¿Está hablando de dinero?

El coronel lo miró de reojo, con una leve sonrisa.

—Es un asunto de profesionalismo. Y de asegurar que ambos lados obtengan lo que desean.

Theodor asintió.

—Podemos discutir los términos. Estoy seguro de que llegaremos a un acuerdo.

El coronel no respondió, pero el silencio que siguió fue suficientemente elocuente.

Theodor, viendo que aún había resistencia en el coronel, cambió el enfoque.

—Coronel, usted jugaba en otro frente antes, pero las reglas han cambiado. Lo que enfrentamos ahora es diferente. No se trata solo de carne y hueso.

El coronel frunció el ceño, irritado.

—No me hable de fantasmas, Theodor. Deme algo concreto.

—Lo concreto es simple. Berzi, las hijas de Mateo Altamirano... están conectadas. Eso es solo la otra cara de la moneda. Pero ese otro frente, el de las sombras, es lo que Mateo Altamirano entendió antes que nosotros.

El coronel lo miró con escepticismo. Sus ojos entrecerraron levemente.

—¿Qué está diciendo?

—Lo que digo es que usted tiene libertad para monitorearlos. Por ahora, mantenga las cosas bajo control. Nada de brutalidades, coronel. Nada que pueda atraer atención antes de tiempo.

El coronel asintió, procesando cada variable de la estrategia.

—¿Y si no hay tiempo? ¿Qué pasa si alguien más se entera?

Theodor no perdió la calma.

—Entonces lo diluimos. Nada puede salir a la luz que no podamos controlar o desviar. Hasta entonces, usted hace lo que mejor sabe hacer: observar, esperar y luego actuar cuando sea el momento.

El coronel lo miró con una sonrisa ladeada.

—Monitorear... por ahora. Nada más.

Theodor asintió.

—Exacto. No hay lugar para errores ni precipitación.

El coronel se dirigió hacia la puerta, pero se detuvo.

—Pero no olvide esto, Theodor. Si llega el momento, no dudaré en actuar.

Theodor sostuvo su mirada.

—Lo sé, coronel. Y estaré esperando ese momento.

El apartamento de Verónica estaba en silencio. La ciudad dormía bajo un manto de quietud temporal.

Pablo se levantó del sofá sin prisa. Cruzó el pasillo hacia el baño y abrió el grifo de la ducha.

El agua salió helada, pero no esperó a que se templara. Se metió bajo el chorro y dejó que el frío sacudiera cada centímetro de su piel, despertando fibras adormecidas.

Respiró hondo mientras sentía cómo su cuerpo despertaba de la fatiga. Los músculos respondían al estímulo del agua fría con renovada energía.

Al terminar, se secó con rapidez y volvió al sofá.

Las cartas de Mateo seguían sobre la mesa, esperando ser descifradas. Pequeños mapas de un territorio invisible.

Pablo pasó la mano sobre la pila de papeles, como si con el tacto pudiera absorber algo más de su contenido.

Tomó una carta al azar y la abrió.

"Queridas hijas, cuando todo parecía perdido, me encontré a mí mismo en otro lugar. No sé cómo explicarlo. Mi cuerpo estaba allí. Pero mi mente, o lo que quedaba de ella, estaba en otro sitio. Era como si hubiera salido de mí mismo, flotando, observando desde una distancia que no podía medir. La angustia se desvanecía y, por un momento, fui libre."

Pablo leyó en silencio, con el ceño fruncido.

"Vi una luz. No sé si fue una alucinación o algo más. Era brillante, pero no cegadora. Me sentí atraído hacia ella, como si esa luz fuera la respuesta a algo que siempre había buscado, aunque no supiera qué. Sentí una paz que jamás había conocido, pero también una urgencia. No era mi tiempo. No debía cruzar al otro lado. No aún."

"Regresé a mi cuerpo con un conocimiento extraño. No era solo el hecho de haber sobrevivido, era como si algo se hubiera despertado dentro de mí. Como si hubiera visto algo que el resto de la humanidad aún no puede entender. Ya no temía a lo que vendría, porque sabía que no me tocaba. Mi misión, de alguna manera, se volvió más clara."

Pablo cerró la carta y se apoyó en el respaldo del sofá.

Mateo nunca había hablado de esto. El silencio guarda las verdades más profundas. Otra carta cayó de la pila. Pablo la recogió y leyó el destinatario. Verónica.

"Verónica, hay algo que no te dije. Algo que no pude compartir ni contigo ni con nadie. Después de aquella luz, después de ver todo lo que había visto, no regresé solo. No sé cómo explicarlo, pero una parte de mí quedó allá, en ese lugar. Como si algo de mí se hubiera fracturado, y esa fractura me permitió ver el mundo de una manera diferente. Lo que vine a entender es que el sufrimiento es solo una puerta, y lo que hay más allá de ella es lo que realmente importa. Quisiera poder explicártelo mejor, pero sé que solo lo comprenderás cuando estés lista."

El corazón de Pablo latía con fuerza. Las palabras de Mateo resonaban con algo que había percibido antes pero nunca había comprendido completamente. Mateo había descubierto algo en ese otro lugar, algo que lo había transformado para siempre.

El sonido del viento entre los árboles fue lo primero que percibió. Pablo abrió los ojos, pero no estaba en el apartamento. Estaba en un bosque de pinos. La nieve cubría todo a su alrededor con un manto blanco y uniforme. El frío se sentía intenso, pero no resultaba incómodo.

Unos rayos de luz atravesaban el cielo como líneas nítidas, brillantes láseres que cortaban la oscuridad e iluminaban el paisaje con un resplandor sobrenatural. De entre los árboles apareció una figura. Era Mateo. Se acercaba caminando despacio, sus botas hundiéndose en la nieve con cada paso. Su rostro mostraba serenidad, pero había algo en sus ojos que Pablo no reconocía. Un conocimiento profundo que iba más allá de todo lo que Pablo podía entender. Mateo se detuvo a unos metros de él. No dijo nada, solo lo miró. La brisa levantó un poco de nieve a su alrededor, pero él permanecía inmóvil, como una estatua en medio del paisaje invernal.

Pablo intentó hablar, pero las palabras no salieron de su boca. En lugar de eso, Mateo levantó una mano y señaló hacia el horizonte. Pablo siguió la dirección de su mano y, a lo lejos, vio un barco. Un velero, alto e imponente, navegando sobre un mar que no estaba allí hacía un segundo. La imagen del velero era clara, pero su significado permanecía en las sombras. Pablo sintió una urgencia, como si tuviera que seguir esa dirección, pero no podía moverse. Sus pies estaban firmemente anclados en la nieve, mientras el velero se deslizaba lentamente, alejándose hacia lo desconocido.

Mateo bajó la mano y dio un paso atrás. Pablo quiso gritarle, pero el sonido se quedó atrapado en su garganta. Solo quedaba el silencio del viento y el eco distante del velero cortando las aguas invisibles. En el sueño, Mateo le señalaba el velero, esa imagen simbólica que parecía flotar entre ellos como un mensaje cifrado. Pablo quería entenderlo, pero antes de poder procesarlo, sintió un tirón en su conciencia, como si una mano invisible lo arrastrara. De repente, no estaba allí. Estaba en otro lugar, otro tiempo. Tenía quince años.

El viento golpeaba su rostro mientras se aferraba al timón del Perseo. Las letras blancas brillaban sobre la carcasa roja, como una promesa que debía cumplir. Cruzaban el Río de la Plata, pero esa era solo una formalidad. Las olas rojizas, mezcladas con sedimentos del Amazonas, lo envolvían todo. No había tierra a la vista. El cielo se confundía con el agua en el horizonte.

Su padre estaba a su lado, pero la voz parecía venir de muy lejos.

—Debes apuntar más a la derecha. La correntada nos desvía.

Pablo sentía el miedo hundirse en su estómago.

Las olas golpeaban fuerte, el puerto era solo una mancha borrosa en la distancia.

Pero su padre no dudaba. Sabía lo que había que hacer.

—Corrige el rumbo, Pablo. No pierdas el foco.

El miedo lo paralizaba, pero algo más profundo lo empujaba a moverse.

Su padre no lo miraba. Solo transmitía certeza. Había algo en esa calma que lo obligaba a hacer lo correcto, a no desviarse del camino. Sus manos temblaron sobre el timón, pero giró hacia la derecha, como le había indicado. Las olas seguían azotando, el viento arreciaba, pero él mantuvo el curso. Sabía que estaba en medio de algo más que esa tormenta. No solo era el río.

Era la vida misma, siempre empujando, desviando, intentando sacarlo del rumbo.

Y él, en ese momento, entendió. Se trataba de corregir. De no perder la dirección, aunque el miedo golpeara más fuerte que las olas. Un hombre es lo que queda después de todas las tormentas. Pablo despertó con un sobresalto.

El sofá seguía allí, las cartas esparcidas a su alrededor como testigos silenciosos de su sueño. La sensación de nieve en su piel se desvanecía gradualmente, pero el eco de las palabras de Mateo seguía presente en su mente. Los sueños eran mapas de territorios que el hombre nunca pisaba despierto. Se quedó mirando el techo, su respiración aún acelerada por la intensidad de lo que acababa de experimentar.

CAPÍTULO 3

Samuel Ross inspiró hondo mientras observaba los datos en su pantalla. El aire frío del sistema de ventilación rozaba su nuca con la precisión de dedos familiares pero indiferentes. El informe en sus manos aceleró su pulso. La tinta azul oscura sobre el papel parecía vibrar con vida propia. Algo no encajaba en los patrones de miedo que Sentinel había detectado. Puntos rojos formaban constelaciones inesperadas. Apagó su celular con un movimiento que repetía cada vez que necesitaba concentración absoluta.

El sol de media tarde se deslizaba igual que aceite dorado sobre el Discovery District de Toronto. Una luz oblicua transformaba el vidrio de los edificios en oro líquido e inalcanzable. Las sombras se proyectaban con precisión matemática sobre las fachadas de cristal pulido. Había una geometría en ellas que nadie contemplaba excepto él. El Sentinel Data Labs dominaba la vista desde su posición, una masa rectangular de concreto y vidrio que absorbía la luz del atardecer de manera distinta al resto.

La pantalla a sus espaldas mostraba el mundo dividido en colores medidos con exactitud matemática. Una precisión cromática que cuantificaba el terror humano. El verde escaseaba—un reflejo de la esperanza en tiempos de crisis. El amarillo destacaba en Europa central, los Balcanes y los países nórdicos, territorios donde el miedo se extendía semejante a una mancha de aceite invisible. En el sur de Europa, una franja anaranjada se expandía desde Italia hasta España. La población permanecía congelada en una espera insoportable, suspendida cual insectos en ámbar. Más inquietantes eran las manchas rojas y púrpuras que oscurecían zonas de América. Estados Unidos brillaba en rojo oscuro, dividido por odios que habían encontrado sus propias arterias y venas para circular libremente.

El Dr. Vandermeer terminaba su exposición con la cadencia rítmica de quien ha repetido las mismas conclusiones demasiadas veces. Su cabello canoso estaba cortado con una precisión militar que reflejaba su mente analítica. Samuel sabía que había algo más bajo la superficie pulida de los datos. Sentinel anticipaba tendencias, pero algo ocurría fuera del algoritmo, en los márgenes no cuantificables de la experiencia humana.

—Debería preguntarle por qué las manchas no se explican —murmuró mientras reorganizaba los papeles en su carpeta.

Vio al Dr. Vandermeer avanzar por el corredor con la precisión de un metrónomo. Sus pasos eran medidos sobre el mármol negro que absorbía el sonido, un vacío hambriento.

Cuando el doctor estuvo a la distancia exacta, Samuel interceptó su mirada. Fue un contacto breve pero definitivo, dos imanes que se reconocen.

—He seguido su explicación de masa crítica —dijo Samuel. Su voz resonó con una claridad inesperada en el corredor vacío.

—Es por eso que abandonó la sala —dijo Vandermeer. Su tono era neutro, simplemente registraba el hecho, un instrumento de precisión.

—No, tenía que reflexionar. Llevo un mes analizando esto. Hay algo más que Sentinel no capta. Algo que se mueve bajo los números, corrientes profundas.

—¿Qué sería eso? —Vandermeer levantó las cejas. Un movimiento microscópico pero significativo.

—La ausencia de miedo —dijo Samuel. Sus palabras cayeron entre ellos, piedras en agua profunda, creando ondas concéntricas invisibles pero perceptibles.

Vandermeer parpadeó. Fue un microsegundo donde la máscara profesional vaciló, un temblor imperceptible para cualquiera que no estuviera observando con la atención obsesiva de Samuel.

—No estoy seguro de entender.

—Los casos de personas que han perdido el miedo. Antes eran anomalías estadísticas, puntos que podíamos ignorar en la periferia. Ahora, cada vez más testimonios confirman un patrón emergente. No es solo la falta de temor, un simple déficit neurológico. Es lo que viene después, la transformación que experimentan.

—Suena interesante, pero también suena a fenómeno periférico. Son anécdotas, no patrones sistemáticos. La neblina en los bordes del mapa, no el territorio.

—Quizás, pero si no lo abordamos ahora, esos casos periféricos formarán un sistema propio, una constelación fuera de nuestro modelo predictivo. Sentinel no mide eso. No capta lo que sucede cuando la mente humana escapa del modelo, cuando encuentra la puerta trasera del algoritmo.

Vandermeer cruzó los brazos en un gesto de autoprotección inconsciente.

—Hablas de ruptura de patrones establecidos. Es alarmismo sin base empírica. Un espejismo en el desierto de datos.

—Doctor —dijo Samuel. Su voz adquirió un filo metálico—, Sentinel omite un factor fundamental: la conciencia. La conciencia que despierta en ciertas personas. Les quita el miedo, una venda que cae de los ojos. Si eso se propaga...

—¿Conciencia? —Vandermeer soltó una risa breve, un sonido áspero, papel de lija sobre madera fina—. ¿Sugieres algún tipo de fenómeno transcendental? No te tomaba por místico, Samuel.

—No, doctor. Esto supera cualquier conspiración de aficionados en foros de internet. Algo cambia en las personas, algo medible pero que escapa a nuestros sensores actuales. Es una frecuencia distinta, una longitud de onda que no podemos captar con nuestros instrumentos.

Vandermeer quedó en silencio, evaluando cada palabra con precisión de gemólogo. Luego sacudió la cabeza, un movimiento mínimo pero definitivo.

—Exageras, Samuel. Una masa crítica de miedo desencadena comportamientos previsibles, pero no es una ecuación determinista. Nunca lo ha sido. Hay demasiadas variables en juego.

—Puede que tenga razón. O tal vez no. Si no evaluamos ahora, perderemos la ventana de observación óptima. Es trabajo de campo, doctor. Alguien debe hacerlo.

—¿Y crees ser esa persona? —dijo Vandermeer. Su voz descendió una octava completa, adquiriendo una densidad de amenaza velada.

—Sí, doctor. Nadie más lo hará. Nadie más ve lo que yo veo. Debo obtener más información, descender al territorio y no solo contemplar el mapa.

Vandermeer pareció pensativo por primera vez. Sus ojos recorrieron el rostro de Samuel, un escáner de alta precisión.

—Si tienes razón, sería algo sin precedentes en nuestros modelos. Un cisne negro en nuestro lago de datos.

—Lo es. No me detendré. Necesito respuestas. El algoritmo tiene limitaciones que debemos reconocer.

Vandermeer asintió. Las arrugas alrededor de sus ojos se profundizaron, grietas en hielo fino, testigos silenciosos de preocupaciones ocultas.

—Bien. Mantente en contacto. Hablaremos pronto.

Samuel lo miró antes de girarse. La luz del atardecer dividía ahora el corredor en secciones doradas y azules. Salió con el cuerpo lleno de una energía eléctrica que recorría sus nervios, un mensaje en código morse. Era el comienzo de algo irreversible, un punto de bifurcación en un sistema caótico.

El Dr. Vandermeer ajustó sus gafas mientras observaba la secuencia de mapas térmicos que iluminaban la pantalla principal. Sus ojos, entrenados durante décadas para detectar patrones donde otros solo veían ruido, recorrían los datos con la precisión de un relojero examinando un mecanismo complejo. La sala de control de Sentinel Data Labs permanecía en penumbra deliberada, permitiendo que las proyecciones cromáticas dominaran el espacio como un firmamento artificial.

—Interesante —murmuró para sí mismo, apenas audible sobre el zumbido constante de los servidores.

La pantalla mostraba Europa dividida en zonas de color que pulsaban como un organismo vivo. El algoritmo de Sentinel traducía millones de interacciones humanas, búsquedas en internet, publicaciones en redes sociales y comunicaciones monitorizadas en un mapa vivo del miedo colectivo. Los verdes —escasos, casi extintos— marcaban zonas de calma relativa. El amarillo y naranja —predominantes en Europa Central y del Sur— indicaban ansiedad moderada pero constante. El rojo intenso señalaba focos de pánico agudo, principalmente concentrado aún en regiones golpeadas por las últimas variantes del virus.

Pero lo que captaba la atención de Vandermeer era algo más sutil: un desplazamiento gradual, casi imperceptible para ojos no entrenados. Una migración del rojo pandémico hacia las fronteras orientales de Europa.

Vandermeer giró un dial digital y la imagen cambió, mostrando ahora una secuencia temporal. Los últimos seis meses desfilaron ante sus ojos en treinta segundos, revelando cómo el miedo al virus comenzaba a ceder terreno ante un nuevo temor. Las búsquedas sobre "síntomas Covid" y "nuevas variantes" disminuían proporcionalmente mientras términos como "conflicto Rusia-Ucrania", "OTAN" y "precios del gas" ascendían con precisión matemática.

—La transferencia ya está en marcha —dijo, tomando notas en su tablet con la eficiencia mecánica que lo caracterizaba—. Sentinel detecta el patrón dos semanas antes de que los medios tradicionales lo registren siquiera.

Desplegó un tercer mapa centrado específicamente en la región nórdica. Sus dedos largos y pálidos ajustaron los parámetros, filtrando datos para mostrar exclusivamente el caso que le interesaba: Suecia.

—Fascinante anomalía —continuó, hablando consigo mismo como quien piensa en voz alta para clarificar ideas complejas—. A diferencia del resto de Europa, que experimentó picos de miedo durante la pandemia y ahora comienza a mostrar ansiedad por el conflicto potencial, Suecia presenta el patrón inverso.

Los datos eran inequívocos. Durante los peores momentos de la crisis sanitaria, mientras otros países europeos brillaban en tonos carmesí en los mapas de Sentinel, Suecia había mantenido una coloración amarilla constante. Su enfoque distintivo —sin confinamientos estrictos, con recomendaciones en lugar de prohibiciones— había creado un perfil emocional único en su población.

Sin embargo, ahora, cuando las tensiones militares crecían en la frontera ruso-ucraniana, los indicadores suecos viraban bruscamente hacia el naranja profundo. Las búsquedas relacionadas con "refugios antiaéreos", "guerra nuclear" y "solicitud OTAN" se habían disparado en las últimas semanas con una verticalidad que contradecía su calma previa.

—El efecto péndulo —murmuró Vandermeer, fascinado por el patrón—. Cuando una población no procesa un miedo colectivo, queda vulnerable ante el siguiente. Los suecos, relativamente serenos durante la pandemia, ahora experimentan una sobrerreacción compensatoria ante la amenaza de conflicto.

La puerta de la sala se abrió con un siseo neumático, rompiendo su concentración. Vandermeer cerró rápidamente la pantalla que mostraba un archivo titulado "Proyecto Altamirano–Reconexión Cognitiva", dejando visible solo el análisis geopolítico. Samuel Ross, su joven protegido, apareció en el umbral con la energía inquieta que siempre parecía rodearle como un campo electromagnético.

—Dr. Vandermeer —dijo Samuel, la voz cargada de urgencia apenas contenida—. No esperaba encontrarlo aquí tan temprano.

Vandermeer se giró lentamente en su silla ergonómica, permitiendo que una sonrisa profesional se formara en su rostro. Siempre calculado, siempre midiendo cada reacción.

—Buenos días, Samuel. Estoy revisando patrones emergentes. Sentinel detecta algo significativo.

Samuel se acercó a la pantalla principal, sus ojos brillando con la intensidad febril que Vandermeer había aprendido a reconocer. Era la mirada de alguien que ha vislumbrado un fragmento de verdad y no puede detenerse hasta capturarla por completo.

—¿Los focos de resistencia? —preguntó Samuel, yendo directo al punto como era su costumbre—. ¿Las manchas verdes siguen expandiéndose?

Vandermeer sintió una punzada de inquietud. Samuel y su capacidad para detectar lo que otros deliberadamente ocultaban era tanto un activo como un potencial problema. Eligió sus palabras con precisión quirúrgica.

—Estaba analizando el desplazamiento predictivo del miedo. Si las tensiones en Ucrania escalan, Sentinel anticipa un cambio completo del foco emocional global. Un reset, por así decirlo.

Activó nuevamente la pantalla principal, mostrando ahora una simulación prospectiva. Si la crisis ucraniana avanzaba hacia un conflicto abierto, el mapa proyectaba un cambio radical: Europa entera se teñiría de tonalidades rojizas, mientras las preocupaciones pandémicas se desvanecerían casi por completo.

—La transferencia del miedo colectivo —continuó Vandermeer—. Ocurre cuando una amenaza existencial es reemplazada por otra percibida como más inmediata. El miedo no desaparece, simplemente... fluye hacia un nuevo cauce.

Samuel estudió los datos, absorbiendo información como una esponja perfectamente diseñada. Pero Vandermeer notó que su atención se desviaba intermitentemente hacia el borde de la pantalla donde había estado el archivo cerrado.

—Y sin embargo —dijo Samuel finalmente—, siguen existiendo anomalías. Zonas que no responden a los estímulos de miedo como predice el algoritmo.

Vandermeer mantuvo su expresión impasible, aunque sintió un escalofrío recorrer su columna. Samuel siempre volvía a eso, a las manchas verdes, a las excepciones que desafiaban el modelo. A la Reconexión Cognitiva.

—Anomalías estadísticas —respondió con deliberada neutralidad—. Ruido irrelevante en el patrón general.

—¿Irrelevante? —La incredulidad en la voz de Samuel era casi tangible—. Cuatro ciudades muestran resistencia sistemática al miedo propagado, sin correlación demográfica, socioeconómica o cultural. Barcelona, Madrid, Berlín, Toronto... ¿Cómo puede llamar a eso irrelevante?

Vandermeer apagó la pantalla principal y se levantó. Era más alto que Samuel, un detalle que aprovechaba inconscientemente en estas confrontaciones veladas.

—Es una línea de investigación interesante, pero periférica a nuestra misión principal.

—¿Periférica? —Samuel no cedía terreno—. La Reconexión Cognitiva podría explicar precisamente por qué esas zonas muestran inmunidad al miedo. Si lo que experimentan los individuos tras una ECM puede de algún modo propagarse, si esa ausencia de miedo puede convertirse en un fenómeno colectivo...

—Samuel —lo interrumpió Vandermeer, con tono firme pero no agresivo—, tu dedicación es admirable. Pero no debemos distraernos con hipótesis no verificables cuando tenemos responsabilidades concretas.

Samuel lo miró fijamente. Entre ellos crecía un silencio cargado de cosas no dichas, de verdades a medias y sospechas mutuas.

—El manuscrito de Mateo Altamirano —dijo finalmente Samuel—. Contiene las claves que estamos buscando, ¿verdad? Por eso hay tanto interés en recuperarlo... o en destruirlo.

La puerta se abrió nuevamente antes de que Vandermeer pudiera responder. La silueta imponente del General Thornton se recortó contra la luz del pasillo. Su uniforme impecable, sus hombros rectos como una regla de acero, su rostro tallado por décadas de decisiones imposibles. Entró sin solicitar permiso ni ofrecer saludo, como quien posee implícitamente cualquier espacio que ocupa.

—¿Qué tenemos? —preguntó, su voz áspera y autoritaria como papel de lija de grano fino.

Samuel, percibiendo el cambio inmediato en la atmósfera, asintió brevemente hacia Vandermeer y se retiró sin decir palabra. La puerta se cerró tras él con un chasquido definitivo.

Vandermeer esperó hasta estar seguro de que estaban solos antes de hablar.

—Buenos días, General. Estaba precisamente analizando los patrones de desplazamiento que discutimos en nuestra última reunión.

Thornton avanzó hacia la pantalla principal sin responder al saludo. Su presencia llenaba la habitación como gas presurizado.

—Muéstreme.

Vandermeer activó nuevamente las pantallas. Los mapas térmicos cobraron vida, desplegando su sinfonía cromática de miedo humano cuantificado.

—Si la situación en Ucrania escala a conflicto abierto, proyectamos una transferencia casi completa del miedo pandémico al miedo bélico —explicó con eficiencia profesional—. El efecto será particularmente pronunciado en regiones como Escandinavia y Europa Central.

Thornton observaba con ojos entrenados para evaluar campos de batalla, para calcular bajas aceptables y puntos de ventaja estratégica. Para él, estos mapas no representaban emociones humanas sino terreno conquistable.

—¿Y las anomalías? —preguntó finalmente, yendo directamente al punto que Vandermeer había intentado evitar.

El científico sintió cómo se tensaban imperceptiblemente sus músculos dorsales. Incluso ahora, a pesar de todas sus precauciones, el General también se obsesionaba con las manchas verdes.

—Las zonas de resistencia psicológica persisten —admitió, manteniendo un tono neutro—. Pero continúan siendo estadísticamente insignificantes en el panorama global.

Thornton lo miró directamente, sus ojos grises como acero templado.

—No me tome por idiota, Vandermeer. Sabe tan bien como yo que esas "zonas de resistencia" están creciendo. Lentamente, casi imperceptiblemente, pero creciendo.

Vandermeer sostuvo su mirada. En ese preciso momento, comprendió que su doble juego se estaba volviendo insostenible. Mantenía un pie en cada lado de una grieta que se ensanchaba peligrosamente.

—Los datos son... inconcluyentes —dijo finalmente.

—¿Inconcluyentes? —La palabra salió como un disparo—. El mismo algoritmo que predice con precisión milimétrica cómo reaccionará la población mundial ante una invasión a Ucrania, ¿de repente se vuelve "inconcluyente" cuando detecta focos de resistencia al miedo? —El General se acercó un paso más, invadiendo deliberadamente el espacio personal de Vandermeer—. ¿Qué está ocultando exactamente?

Vandermeer calculó rápidamente sus opciones. El engaño total ya no era viable. La evasión completa, tampoco. Quedaba solo la técnica que había perfeccionado durante décadas: revelar una parte de la verdad para proteger el resto.

—Estamos detectando un fenómeno emergente —admitió—. Lo llamamos provisionalmente "Reconexión Cognitiva". Aparece principalmente en individuos que han experimentado situaciones cercanas a la muerte, aunque también en ciertos practicantes avanzados de meditación y, curiosamente, en algunos supervivientes de trauma extremo.

Thornton no mostró sorpresa, solo una intensificación de su atención ya militarmente enfocada.

—Continúe.

—Estas personas muestran una alteración neurológica medible —explicó Vandermeer—. Sus amígdalas cerebrales, responsables de procesar el miedo, experimentan una recalibración radical. Ya no responden a los estímulos que normalmente activarían respuestas de pánico o ansiedad.

—¿Y qué tiene que ver esto con las "manchas verdes"?

—Ahí está lo fascinante —dijo Vandermeer, permitiendo que un genuino entusiasmo científico se filtrara en su voz—. Parece existir un efecto de contagio. Individuos que han experimentado la Reconexión de algún modo... irradian esa resistencia al miedo. Afectan a quienes les rodean, creando pequeños núcleos de inmunidad psicológica que Sentinel registra como anomalías en el patrón general.

Thornton guardó silencio, procesando la información con la eficiencia calculada de un superordenador militar. Cuando habló, su voz había adoptado un tono aún más grave.

—¿Y Mateo Altamirano? ¿Qué papel juega en todo esto?

La pregunta directa golpeó a Vandermeer como un puñetazo físico. Había subestimado el conocimiento del General, creyendo que podría mantener separados esos dos aspectos de la investigación.

—Altamirano experimentó la Reconexión durante su cautiverio —respondió, eligiendo cada palabra con extremo cuidado—. No solo la experimentó, sino que parece haber... documentado el proceso. Metodológicamente.

—El manuscrito —dijo Thornton, y no era una pregunta.

—Supuestamente contiene una descripción detallada de cómo indujo voluntariamente ese estado mental, cómo trascendió sistemáticamente el miedo durante las sesiones de interrogatorio —confirmó Vandermeer—. Potencialmente, podría ser un manual de instrucciones para la Reconexión Cognitiva.

Un silencio denso, casi táctil, se instaló entre ellos. Solo el zumbido electrónico de los servidores y el ocasional pitido de una alerta de datos interrumpían la quietud.

—¿Y si esto se propagara a gran escala? —preguntó finalmente Thornton—. ¿Si estas "manchas verdes" siguieran creciendo hasta convertirse en continentes enteros de resistencia al miedo?

Vandermeer sabía que había llegado el momento crucial. Su respuesta determinaría muchas cosas, quizás incluso su propio futuro.

—El miedo, General, es la herramienta de control social más antigua y efectiva de la historia —dijo lentamente—. Si una parte significativa de la población desarrollara inmunidad a él... el paradigma entero de gobierno global se vería comprometido.

Thornton asintió, y en ese simple gesto había una determinación glacial.

—Entonces estamos de acuerdo —concluyó—. El manuscrito debe ser asegurado. Y la investigación sobre este fenómeno debe mantenerse bajo estricto control.

—Completamente de acuerdo —respondió Vandermeer, manteniendo su expresión profesionalmente neutra.

El General se dirigió hacia la puerta con la eficiencia mecánica que caracterizaba todos sus movimientos. Antes de salir, se detuvo y miró a Vandermeer por encima del hombro.

—Una cosa más, doctor. Mantenga vigilado a Samuel Ross. Su... entusiasmo por la Reconexión podría convertirse en un problema.

La puerta se cerró tras él. Vandermeer permaneció inmóvil durante exactamente treinta segundos, contando mentalmente como había hecho tantas veces en su vida cuando necesitaba recalibrar sus pensamientos.

Luego, con un movimiento deliberado, activó la pantalla lateral que había mantenido apagada durante toda la conversación. Un mapa diferente apareció, uno que no había mostrado ni a Samuel ni al General.

Este no dividía el mundo por niveles de miedo, sino por potencial de Reconexión. Las manchas verdes no eran aquí anomalías sino puntos centrales, focos de transformación en expansión constante. Barcelona brillaba con especial intensidad, un epicentro de algo que el sistema apenas comenzaba a comprender.

Vandermeer estudió los datos con expresión indescifrable. El mismo hombre que acababa de asegurar al General que controlarían el fenómeno, ahora observaba con fascinación científica cómo se propagaba inevitablemente.

—El miedo es la última frontera —murmuró, repitiendo inconscientemente las palabras escritas en la primera página del manuscrito de Altamirano—. Más allá de él, somos verdaderamente libres.

Su teléfono emitió un leve zumbido. Un mensaje encriptado apareció en la pantalla:

"Ross sigue investigando. Sabe más de lo que aparenta. Solicito autorización para vigilancia de nivel 4."

Vandermeer dudó apenas un segundo antes de responder:

"Autorizada. Pero sin intervención directa. Necesitamos saber exactamente qué ha descubierto."

Luego, en un gesto inusual para un hombre tan metódico, cerró todos los sistemas y apagó las luces manualmente. La oscuridad lo envolvió como un manto protector. En el reflejo de la pantalla apagada, su rostro parecía el de un hombre mucho mayor, cargando un peso invisible sobre sus hombros.

El peso de saber que quizás, después de todo, Samuel Ross tenía razón. El miedo, la herramienta más antigua de control humano, estaba fallando. Y nadie, ni siquiera Sentinel con sus algoritmos perfectos, podía predecir lo que vendría después.

CAPÍTULO 4

—¿Qué derecho tenías para hacer esto, Denisse? —Verónica apretó los puños a los costados y su voz cortó el silencio—. Desapareces y ahora dices que vendiste el manuscrito.

Denisse levantó el rostro. Sus ojos se encontraron con los de su hermana. —No tengo que dar explicaciones. Yo lo encontré. Al menos saco algo de esto.

Verónica avanzó un paso. La madera crujió bajo sus pies. —No era tuyo solo, Denisse. Nos preocupaste a todos. ¿Qué derecho tenías para decidir por los demás?

Denisse permaneció inmóvil. —No era de ustedes. Era de mi padre. No del tuyo. Él compartió más con el mundo que conmigo.

Verónica acortó aún más la distancia, su respiración se había vuelto rápida y superficial. —No tenías derecho —murmuró con fuerza contenida—. No podías vender algo que no comprendes. Algo que no era solo tuyo.

La luz gris entraba por las ventanas e iluminaba apenas la sala, oscureciendo los contornos de los muebles dispuestos con precisión. El sofá de cuero negro frente a una mesa de cristal sostenía una botella de vino a medio vaciar y dos copas abandonadas. En la pared, un cuadro abstracto mostraba trazos violentos, con manchas que se extendían como heridas abiertas sobre el lienzo.

Pablo observaba sentado a ambas mujeres. Robert, junto a Denisse, no había cambiado de postura; su cuerpo rígido aguardaba el próximo golpe verbal.

Un silencio absoluto llenaba la casa entre cada palabra intercambiada. Un silencio pesado, cargado de acusaciones no dichas.

—Ya está hecho —dijo Denisse con voz átona.

Pablo, que hasta ese momento había estado callado, inclinó el cuerpo hacia adelante. Fijó sus ojos en Denisse, buscando grietas en su fachada.

—¿A quién se lo vendiste?

—Una editorial española —respondió Denisse secamente—. ¿Eso es lo que te importa? ¿Los detalles?

Pablo mantuvo la mirada fija en ella. —¿Qué editorial? ¿Cómo contactaste con ellos? ¿Qué les diste exactamente?

Denisse cruzó los brazos, su postura seguía imperturbable. —Me contactaron hace semanas. Firmé un contrato. El manuscrito ya no es mío.

Pablo entrecerró los ojos. —¿Qué les diste? ¿Los derechos de publicación? ¿Distribución mundial?

Denisse no parpadeó. —Les di lo que querían.

Verónica avanzó otro paso. Su mano temblaba levemente. —¿Qué más estás escondiendo? —La frase salió en un tono bajo, pero afilado como una navaja. Su cuerpo contenía la rabia; cada músculo tensado, listo para estallar.

Pablo se levantó despacio, calculando la distancia entre él y Robert. Observó los pies de Robert, ahora ligeramente separados. Las piernas del hombre se abrieron un poco más, sus manos se cerraron en puños. Una señal que Pablo registró de inmediato. La tensión fluía entre ellos sin necesidad de palabras; estaba en cada movimiento, en cada mirada.

—¿Y tú, Robert? —preguntó Pablo, sin alzar la voz, pero con tono directo—. ¿Qué más sabes?

Robert se levantó con calma y se ajustó la camisa. Su mirada se fijó en Pablo sin prisa. —Ya está hecho, Pablo. No hay más que discutir.

Verónica se giró hacia Robert. Sus labios formaban una línea tensa mientras su pecho subía y bajaba con rapidez. —¿Tú lo sabías? ¡Confiésalo! Sabías lo que estaba pasando.

Robert apenas movió la cabeza. Su expresión seguía neutral, pero su cuerpo se mantenía firme, como un muro entre ellos y alguna verdad oculta. —Sabía lo necesario.

Pablo permaneció inmóvil. Sus ojos no abandonaban a Robert, mientras Verónica tensaba los dedos a su lado. El aire entre ellos se cargó de algo invisible pero palpable.

Entonces, Pablo lanzó la pregunta que nadie había querido hacer: —¿Fue por el dinero?

Los ojos de Denisse parpadearon brevemente, pero guardó silencio. Pablo continuó, implacable: —¿Les han prometido un bestseller? ¿No hay otro interés? ¿Cuánto pagaron? ¿Dónde está el contrato?

A menos de un metro, inmóviles, Robert y Denisse intercambiaron una mirada rápida. En ese breve instante, algo quedó expuesto. Había más de lo que decían, algo que aún ocultaban.

Verónica, con la respiración agitada, tomó el brazo de Pablo. —Vámonos, Pablo —dijo, tirando de él hacia la salida.

Pablo, sin apartar los ojos de Robert y Denisse, no cedió de inmediato. Intuía que había más, algo que aún no comprendían del todo. —¿Qué están ocultando? —insistió, con voz tensa pero controlada.

Robert dio un paso adelante, plantó bien los pies en el suelo y adoptó una postura desafiante. —Es suficiente, Pablo. No hay nada más.

Verónica tiró con más fuerza del brazo de Pablo. —Es hora de irnos —dijo, mezclando frustración y determinación en su voz.

Pablo finalmente cedió y se dejó guiar hacia la salida. Robert los siguió hasta la puerta y la cerró lentamente tras ellos. Su mirada era fría, calculadora. —No vuelvan —dijo, con un tono cortante y definitivo.

El gimnasio estaba en silencio, roto únicamente por el eco amortiguado de los pasos de Verónica sobre el suelo de madera gastada. Las cuerdas del ring vibraban con cada golpe que lanzaba al aire. Sus puños cortaban el vacío sin encontrar resistencia. Solo había rabia. Una rabia que crecía con cada movimiento brusco de sus brazos.

Pablo observaba desde la esquina más alejada. Apoyado contra la pared con los brazos cruzados, dejó que su mirada recorriera la escena. Verónica proyectaba fuerza pero había algo vulnerable en su postura; cada golpe parecía también un intento de mantenerse en pie. Él reconocía esa lucha interior. La había visto antes, aunque nunca lo mencionaba.

Ella se detuvo repentinamente, inclinándose hacia adelante con las manos apoyadas en las rodillas. Respiraba rápido, con dificultad. Gotas de sudor caían al suelo formando pequeños círculos oscuros en la madera clara. Pablo avanzó un paso, pero se contuvo. Sabía que este momento no le pertenecía. No todavía.

El teléfono vibró en su bolsillo. Pablo lo extrajo sin prisa, miró la pantalla y contestó sin dejar de observar a Verónica. —¿Qué tienes? —preguntó con voz baja pero firme.

La voz de Jordi llegó urgente desde el otro lado: —Denisse ha activado contactos. Algo en Barcelona, un mediador. Parece que el manuscrito está en juego.

CAPÍTULO 5

El Volkswagen Tiguan gris avanzaba por la N-340. La niebla se abría en pliegues traslúcidos ante la luz ambarina del amanecer. Un resplandor tenue filtraba entre nubes bajas y bañaba el asfalto húmedo con destellos dorados. Verónica sujetaba el volante con ambas manos firmes, los nudillos ligeramente blancos por la presión. Los rayos horizontales del sol quebraban contra sus gafas Ray-Ban y creaban minúsculos prismas en los bordes del cristal oscuro.

Pablo miraba el paisaje por su ventanilla. Las colinas de perfiles suaves se cubrían de pinos mediterráneos que exhalaban aromas resinosos con el calor naciente. Encinas centenarias mostraban cortezas rugosas, cicatrizadas por el tiempo. Un mosaico de verdes vibraba en tonalidades cambiantes hasta fundirse con el horizonte ondulante bajo un cielo recién lavado por el rocío nocturno. El silencio entre ellos pesaba, ocupaba espacio físico entre sus cuerpos.

Verónica respiró hondo. La luz dorada inundaba el interior del vehículo. El cielo, ahora despejado por completo, se abría en una bóveda de azul intenso, casi doloroso. De la radio emanaba una melodía suave. Las notas de piano llenaban el espacio entre ellos. Verónica aflojó su agarre en el volante, revelando pequeñas cicatrices en sus manos, marcas de una vida que Pablo apenas empezaba a conocer. Su gesto evocaba recuerdos que no compartía.

Pablo la observaba en silencio atento. El sol iluminaba su perfil mediterráneo, definía el arco perfecto de su pómulo y la suave pendiente de su nariz. Las gafas oscuras no ocultaban por completo la intensidad de su mirada, una mezcla de determinación férrea y esperanza frágil. Su rostro se veía esculpido en luz cristalizada. Sus labios sellados guardaban historias que no compartía.

El coche redujo velocidad al entrar en Carrer Balaguer, una calle estrecha flanqueada por muros de piedra caliza. Siglos de lluvia y sol habían desgastado aquellas paredes. Habían visto pasar generaciones y guardaban secretos en cada grieta y mancha de líquenes. En la esquina, cuatro señales metálicas oxidadas apuntaban hacia la izquierda. Una indicaba el hotel con letras desvanecidas; otra, la urbanización Les Rovires. Pablo calculó mentalmente: once minutos hasta el destino. Un tiempo medido con la precisión de quien sabe que cada segundo constituye un lujo efímero.

Subían entre casas de tejados rojizos con tejas suavizadas por musgo y líquenes. Las ventanas mostraban contraventanas de madera descascarillada, revelando capas de pintura acumuladas como estratos geológicos. Arbustos bajos de romero y lavanda liberaban su aroma intenso en el calor creciente. Enredaderas de hiedra y buganvillas cubrían los muros, tejiendo patrones que narraban historias en un lenguaje olvidado. En la curva más pronunciada, Barcelona se desplegó ante ellos: ciudad de terracota y plata rodeada de colinas suaves que descendían hasta el mar. El agua dibujaba una línea brillante en el horizonte, un trazo de mercurio líquido sobre el lienzo del paisaje.

Al llegar a Carrer Puigmontmany Pm, única calle de acceso al hotel, el edificio se reveló ante sus ojos. Una construcción baja de piedra y madera que emergía del paisaje, arraigada en la tierra entre los pinos. Estacionaron junto a un patio de baldosas color miel pulidas por años de pisadas y sol. Las losas reflejaban la luz mañanera en fragmentos luminosos. En el centro se alzaba una pérgola de madera plateada por la intemperie, sostenida entre pinos centenarios que vigilaban el área en silencio perpetuo.

Las mesas y sillas de hierro forjado negro descansaban dispersas sin orden aparente, abandonadas en un momento de distracción o urgencia. Algunas mostraban manchas de óxido en las juntas; otras, rastros de pintura desconchada. Barriles de roble, antiguos contenedores de vino, servían ahora de mesas improvisadas. Sus duelas se habían oscurecido con la humedad y el tiempo. Faroles de hierro forjado con cristales ahumados colgaban de las ramas bajas. Sus siluetas proyectaban sombras geométricas quebradas sobre el suelo. Al fondo, más allá de la barandilla desgastada, Barcelona se extendía viva y palpitante. Sus edificios capturaban y devolvían la luz matinal en destellos intermitentes.

El aroma a pino y tierra húmeda saturaba el aire, mezclado con toques de romero silvestre y la sal distante del mar. Una brisa fresca descendía de las colinas, trayendo consigo el susurro de hojas y cantos lejanos de pájaros invisibles. Pablo señaló la carretera serpenteante que habían recorrido, ahora casi invisible entre la vegetación densa que avanzaba para reclamarla.

"Buena elección," dijo con voz baja pero firme. "Nadie llegaría sin ser visto desde kilómetros."

"¿De verdad pensaste en eso?" Verónica lo miró directamente, con intensidad interrogante.

"Sí," respondió sin apartar la mirada. "En nuestra situación, no está de más ser precavido."

Verónica guardó silencio, evaluando no solo sus palabras sino lo que ocultaban. Sus hombros se relajaron gradualmente y su expresión cambió. "Ven. Quiero mostrarte algo que descubrí ayer."

Atravesaron el patio. Sus pasos resonaban suavemente sobre las baldosas. Los faroles oscilaban con movimientos sutiles, mecidos por una brisa apenas perceptible. El sol descendía entre nubes formadas al oeste, tiñendo las colinas de dorado rojizo que se fundía con la tierra. Desde el borde del mirador natural, la ciudad se extendía ante ellos, infinita y vulnerable, gigante dormido bajo luz cambiante.

"Es hermosa, ¿verdad?" preguntó Verónica, su voz suavizada por nostalgia. "La vista desde aquí arriba."

Pablo no respondió inmediatamente. Contempló la ciudad con ojos entrecerrados contra el brillo, luego giró hacia ella. Su mirada revelaba una comprensión que trascendía el simple paisaje. "Hoy es el día," murmuró finalmente. "Lo presiento. Bajaremos y recuperaremos lo que es tuyo por derecho."

"Si todavía lo tiene en su poder," añadió ella con un matiz de duda en su voz.

Él la miró fijamente, buscando en su mirada oculta por la sombra. «Es muy probable que sí. Personas como él no se desprenden de lo que consideran trofeos. Y no lo tendrá en su posesión por mucho tiempo más.»

Verónica lo enfrentó directamente, ojos entrecerrados, reflexivos como agua profunda. «¿Quieres realmente hacerlo? Aún podemos dar marcha atrás.»

«Ya no hay marcha atrás posible,» afirmó con certeza absoluta. «Lo haré. Como te prometí. Ya lo sabes.»

Ella lo observó un segundo más, estudiando cada línea de su rostro, sopesando el significado real de cada palabra pronunciada. Se acercó con movimiento fluido y besó su mejilla, un contacto breve y cálido que contenía todo un pacto sellado sin necesidad de palabras.

«Vamos adentro,» dijo, tomando su mano con dedos sorprendentemente cálidos. «Necesitamos repasar los detalles una vez más.»

Una hora después, el silencio del mediodía se quebró con el rugido metálico de una Suzuki GSX-S750. La motocicleta negra y plateada surgió entre los pinos, bestia mecánica despertada. Sus neumáticos anchos brillaban con la humedad del viaje reciente por carreteras salpicadas de charcos. El motociclista desmontó con fluidez natural, un movimiento que prolongaba el ritmo de la máquina, pensamiento convertido en acción.

Tendría unos treinta años, quizás menos. Vestía una chaqueta de cuero negro que hablaba de viajes largos y noches interminables, desgastada estratégicamente en codos y puños, mapa topográfico de experiencias vividas. Jeans descoloridos mostraban el tono azul que solo se consigue con años de uso real, no con tratamientos artificiales. Calzaba zapatillas oscuras de suela gruesa que habían pisado terrenos diversos, desde asfalto mojado hasta tierra seca. Su barba corta y perfilada enmarcaba un rostro cuadrado de pómulos marcados. Sus ojos oscuros, casi negros, evaluaban a Pablo sin revelar nada, superficie de agua congelada bajo luz invernal.

El casco negro mate colgaba del manillar cromado con naturalidad que evidenciaba años de carretera. La mochila gris de nylon balístico, neutra e imposible de recordar, descansaba en su hombro derecho, testigo silencioso de lo que vendría. Se acercó a Pablo con paso decidido: erguido pero relajado, cada músculo preparado en alerta contenida que solo los entrenados reconocerían.

«Esto es todo,» dijo, entregando dos teléfonos Samsung idénticos envueltos en plástico transparente. Su voz había recorrido kilómetros de viento antes de llegar a sus cuerdas vocales. «Completamente limpios y listos. Jordi te llamará por Signal en exactamente diez minutos.»

«¿Qué tal estaba el camino hasta aquí?» preguntó Pablo, guardando los dispositivos en el bolsillo interior de su chaqueta.

«Tranquilo. Sin ojos curiosos.» Hizo una pausa breve, medida. «Me verás a mitad de tu recorrido. No reduzcas la velocidad cuando me veas. Estaré cerca aunque no me distingas.»

Montó la moto con precisión calculada. El motor rugió bajo su mano, sonido controlado y potente que reverberó entre los árboles. Un instante después, desapareció entre pinos y curvas del camino, absorbido por el paisaje, dejando solo el eco lejano del motor que se desvanecía.

La lluvia comenzó a rayar el parabrisas con líneas diagonales brillantes bajo las luces de la ciudad, trazos líquidos que se evaporaban en la velocidad. El Mercedes Clase E negro avanzaba en silencio entre sombras de una carretera húmeda junto al mar, depredador en la penumbra de su territorio. Moretti observaba las gotas desvanecerse contra el cristal blindado, cada una un momento irrecuperable. Jack, sentado con rigidez a su lado, estudiaba una tableta de última generación con concentración absoluta, rostro iluminado por el brillo azulado de la pantalla.

«El General quiere resultados concretos en las próximas doce horas. Sin margen para errores,» informó Jack sin desviar la mirada de los datos cifrados que se deslizaban por la pantalla.

Moretti sacó un Cohiba del estuche metálico de su bolsillo y lo encendió con un Zippo de plata envejecida. El humo denso y aromático se mezcló con la humedad atrapada en el interior del coche, creando remolinos fantasmales en el aire confinado. «No deberíamos esperar más. Si ya tenemos la ubicación confirmada, deberíamos actuar inmediatamente.»

Jack exhaló lentamente, un sonido que desplegaba toda una estrategia milimetrada en el tiempo. «No es tan simple. Si lo hacemos mal, quemamos todo el operativo. El sistema Centinel ha detectado patrones anómalos de comunicación en la zona. Si Pablo se mueve, lo sabremos en tiempo real, pero necesitamos empujar sin levantar las alarmas.»

Moretti chasqueó la lengua contra el paladar, gesto brusco que condensaba años de impaciencia militar y desdén por la cautela. «La precaución excesiva nunca fue lo nuestro, Jack. No estamos en Langley.»

«Por eso a ti te gustan las balas y el ruido, y a mí los algoritmos y el silencio. Complementarios,» dijo Jack con una expresión calculada, precisa como sus análisis.

La radio encriptada crepitó con sonido eléctrico, mensaje cifrado que se rompía en fragmentos incomprensibles para oídos no entrenados. Jack manipuló la pantalla táctil, decodificando con la precisión de un cirujano que opera un corazón expuesto.

«Ya tienen confirmación de que Pablo está en el hotel,» anunció finalmente, cerrando la aplicación. «Tenemos luz verde para la fase uno.»

Moretti apagó el cigarro a medio consumir contra el cenicero portátil de titanio, gesto deliberado y final como sentencia irreversible. Ajustó su chaqueta de corte militar, movimiento inconsciente más elocuente que cualquier palabra.

«Entonces movemos ficha ahora mismo.»

Jack volvió a la tableta con renovada intensidad. Sus dedos trabajaban sobre la pantalla ejecutando comandos precisos. «Les enviamos un mensaje inequívoco. Aún no apretamos el gatillo, pero le hacemos sentir el filo en la garganta.»

Moretti extrajo su Sig Sauer P226 del arnés oculto bajo su brazo izquierdo. La revisó metódicamente con la familiaridad de quien ha cruzado demasiadas líneas, abandonando conceptos como moral o límite. Su rostro mostró una expresión calculada, marcada por una cicatriz casi imperceptible en la comisura derecha. No era un gesto de alegría, sino la respuesta automática de quien conoce el sabor metálico de la inevitabilidad.

«No tardará en sentir más que el filo,» afirmó mientras enfundaba el arma. «Lo garantizo.»

CAPÍTULO 6

Verónica bajó al frente del hotel. Su cabello castaño capturaba el sol de la mañana, descomponiéndolo en hilos dorados que tejían un halo tibio alrededor de su rostro. La brisa matinal le rozaba las mejillas, transportando el aroma distante de flores recién cortadas que se mezclaba con la humedad del jardín.

—Vamos —dijo, señalando los laberintos del jardín con dedos que se extendieron, precisos y delicados, captando la luz como varillas de marfil contra el velo translúcido del aire—. Tenemos tiempo aún.

Pablo siguió sus movimientos con atención calibrada, registrando el crujido de cada paso sobre la grava como notas de una partitura familiar. Los pasos marcaban un ritmo áspero y ancestral sobre el sendero mientras avanzaban. El hotel se erguía detrás, monumento de solidez arquitectónica contra el cielo matinal. Los grandes ventanales capturaban fragmentos exactos de luz, proyectándolos en patrones geométricos sobre el suelo. Olivos dispersos formaban sombras alargadas, trazos de tinta negra contra la humedad persistente del jardín. El aroma de hojas empapadas por el rocío se fundía con el aire fresco, creando una densidad sensorial que parecía materializarse en el espacio entre ellos.

Llegaron a un pequeño parterre donde un seto recortado marcaba el inicio de un laberinto. Verde oscuro, casi negro bajo la luz oblicua que se filtraba entre las ramas. En el centro, una estatua de piedra permanecía desgastada, su forma original diluida por capas sucesivas de tiempo y erosión. Verónica extendió la mano hacia una hoja. La textura rugosa se deslizó entre sus dedos con la intimidad de algo vivo y respirante.

—Me gusta este lugar —dijo sin mirarlo, su voz apenas audible sobre el susurro constante de la brisa entre las ramas—. Sus pasos se detuvieron junto a un banco de madera envejecida, donde el tiempo había excavado las vetas como ríos diminutos en un mapa olvidado.

La mirada de Pablo absorbió cada detalle de su respiración, arqueología visual que descifraba intenciones desde el ritmo de su pecho mientras ella inhalaba profundamente. Mantenía los ojos cerrados, la cabeza inclinada en un ángulo exacto de concentración, su postura la de quien bebe un elixir invisible pero vital.

—A veces solo necesitas un momento de calma —dijo Verónica, abriendo los ojos y girándose hacia él. La luz matinal dibujaba sombras precisas bajo sus pómulos, esculpiendo la estructura ósea de su rostro con delicadeza implacable.

Pablo asintió. Sus ojos recorrieron el jardín en una exploración deliberada, deteniéndose donde lo cultivado cedía terreno a lo salvaje, frontera imprecisa de verdes degradados. Desde allí, la bandera roja de un hoyo de golf ondeaba en la brisa, nota vibrante de color contra el fondo estático del paisaje.

—Hay algo de belleza en esto —dijo Verónica, señalando hacia la vista con un gesto que abarcaba tanto lo visible como lo implícito—. El sol dibujaba patrones cambiantes sobre la hierba; cada brizna se convertía en un conductor microscópico de luz. La brisa animaba las hojas con una cadencia medida, creando pulsaciones verdes que revelaban el latido secreto del jardín.

—Sí, lo hay —dijo Pablo, acercándose hasta que sus hombros casi se tocaban, compartiendo el mismo espacio de contemplación sin necesidad de más palabras.

La caminata los llevó a un rincón donde flores silvestres, pequeñas y blancas, crecían entre rocas pulidas por la intemperie. Florecían con la obstinación callada de lo que no debería sobrevivir. Verónica se agachó, la tela de su vestido tensándose contra sus rodillas en pliegues exactos. Sus dedos rozaron un pétalo con delicadeza milimétrica, contacto tan leve que apenas alteraba la geometría frágil de la flor.

—Pequeñas cosas que se aferran a la vida —murmuró, su voz fundiéndose con el susurro continuo del viento entre las hojas altas.

Pablo contempló la flor, su blancura química contra la tierra oscura, contraste que hablaba de persistencia.

—Igual que nosotros —respondió, las palabras desnudas de adornos innecesarios.

Ella sonrió, dejando que la flor regresara a su posición con un movimiento que contenía tanto abandono como promesa. Sus ojos encontraron los de Pablo, reflejando una profundidad que superaba la simple absorción de luz.

—¿Has sentido su presencia? —La pregunta flotó entre ellos como una mota de polen, cargada de significados superpuestos.

Pablo sostuvo la mirada sin pestañear, el peso de lo no dicho creando un campo magnético entre ambos.

—Será inevitable cuando llegue el momento —respondió con precisión de cirujano.

El teléfono nuevo vibró en su bolsillo. Lo extrajo lentamente; el dispositivo descansaba contra su palma con la frialdad metálica de lo fabricado, objeto ajeno a la intimidad del momento, recordatorio del mundo que aguardaba más allá del jardín. Un mensaje iluminó la pantalla con palabras azules sobre fondo blanco: "Zona de la Avenida Diagonal. Clínica en número 3427. Está allí. Apúrense."

Pablo guardó el teléfono y miró a Verónica. La calma contemplativa había abandonado su rostro, reemplazada por una concentración mineral, dura y definida.

—El tiempo corre —dijo con economía verbal absoluta.

Ella asintió con un movimiento tan breve como preciso.

—Vamos ahora. Nos esperan allí.

Caminaron de regreso al coche. La brisa había adquirido filo, se deslizaba cortante contra la piel expuesta. El cambio en la atmósfera anticipaba una transformación inminente, como si las moléculas del aire reordenaran su composición ante lo que estaba por venir.

Avanzaban por la A2 cuando Pablo distinguió la motocicleta en el retrovisor. Negra, metálica, se desplazaba con propósito entre los vehículos como un depredador entre bancos de peces. Calculó tiempos y distancias con precisión militar: quince minutos hasta las oficinas. Estacionarían en Carrer de Balmes, lejos de miradas curiosas. Después caminarían hasta el frente mezclándose con la rutina urbana. La hora de consulta que Verónica había reservado les proporcionaba la coartada perfecta.

Pablo condujo con concentración absoluta. La calle se estrechaba ante ellos, comprimida por el peso acumulado de la historia urbana. El tráfico fluía en formación densa pero ordenada. Un carril para bicicletas, demarcado en verde eléctrico, corría paralelo a la hilera de motocicletas estacionadas con la precisión de una exposición. Había una docena de ellas, diferentes modelos y cilindradas, dispuestas con la disciplina geométrica de una guarnición silenciosa. Algunas conservaban gotas de humedad sobre los asientos, caligrafía transparente dejada por la lluvia nocturna.

Más adelante, los automóviles aparcados formaban una procesión interminable. Predominaban blancos y grises, uniforme cromático de la Barcelona contemporánea. Al lado izquierdo, una farmacia destacaba con su cruz verde pulsando en ritmo hipnótico. Los edificios se elevaban como testigos de otra época, balcones de hierro forjado sosteniendo plantas que se aferraban a la vida con tenacidad desesperada frente a la sequía persistente.

Unos metros más adelante, Pablo divisó un espacio vacío entre vehículos, ausencia que esperaba ser ocupada. Estacionó con movimientos precisos, cada giro del volante calculado hasta el milímetro. Estudió el entorno con mirada panorámica, evaluando ángulos de visibilidad y posibles rutas de escape. El lugar resultaba perfecto, anónimo en su completa cotidianidad urbana.

La pareja ingresó a la oficina esa mañana bajo la identidad de los Llorente, un matrimonio que nunca había existido. La falsedad se ajustaba sobre ellos como ropa recién adquirida, aún rígida e incómoda. La recepción los recibió con aire artificialmente purificado, desprovisto de las imperfecciones del mundo exterior. Un aroma tenue a rosas emanaba de un difusor oculto tras el mostrador, notas sintéticas apenas disimuladas bajo la aparente naturalidad. La luz blanca rebotaba contra paredes y superficies de mármol, creando una claridad quirúrgica donde nada quedaba en sombras.

Los sofás a la derecha eran de cuero blanco recién tapizado, superficie inmaculada que reflejaba la luz como espejos convexos. A su lado, un jarrón rosa de cristal tallado contenía tulipanes en perfecta simetría, sus pétalos abiertos con una uniformidad que desafiaba lo orgánico. Constituían la única presencia natural en aquel ambiente aséptico, concesión estratégica a lo vivo en un espacio dominado por lo inerte.

El sonido de la puerta automática al cerrarse selló la recepción en silencio total. Solo el zumbido del sistema de climatización establecía un ritmo constante, pulso mecánico que marcaba el compás de aquel espacio artificial. Fotografías cuidadosamente seleccionadas adornaban las paredes blancas: rostros femeninos que miraban hacia un horizonte prometedor situado fuera del encuadre. Las revistas sobre la mesa de vidrio capturaban la luz en ángulos exactos. Verónica pasó sus dedos sobre el papel satinado, encontrando portadas con rostros convertidos en máscaras de felicidad manufacturada.

La recepcionista elevó la mirada al detectarlos, componiendo una sonrisa profesional que nunca alcanzó la región superior de su rostro. Sus movimientos seguían una coreografía precisa, como si cada gesto hubiera sido ensayado hasta la perfección frente a un espejo. Vestía un blazer negro perfectamente ajustado, la tela rozaba una blusa de seda blanca con cada respiración medida. Un broche plateado con el logotipo de la empresa capturaba destellos de luz cuando su pecho se movía.

Verónica y Pablo intercambiaron una mirada breve pero cargada, comunicación silenciosa perfeccionada durante años de práctica conjunta. Se acercaron al mostrador con pasos deliberadamente amortiguados por la densidad de la alfombra.

—¿Nombre de la cita? —preguntó la recepcionista, su voz calibrada en el registro exacto de la eficiencia profesional. Mantenía la vista fija en la pantalla, evitando el contacto humano directo como quien esquiva un obstáculo.

—La señora Llorente —respondió Verónica con firmeza precisa, actriz que ha memorizado cada inflexión de su personaje.

La recepcionista verificó la información digital, sus dedos deslizándose sobre el teclado con familiaridad automatizada. Presionó un botón en el panel de comunicaciones. El sonido del micrófono activándose rasgó brevemente el silencio.

—El doctor Cáceres está listo para recibirla —anunció con una voz ligeramente alterada por el sistema electrónico.

El clic resonó cuando liberó el botón. Con un gesto economizado les indicó que podían tomar asiento en uno de los sofás blancos. Verónica notó la placa dorada en el mostrador donde letras grabadas con precisión industrial formaban las palabras: "Bienvenidos a Cáceres Asesores."

La recepcionista tomó un bolígrafo Mont Blanc y anotó algo en su agenda de cuero, el sonido de la pluma contra el papel resultaba anacrónico en aquel entorno digital. Sus uñas, perfectamente arregladas en tono nude, se movían con la destreza de quien ha convertido un gesto en ritual diario. El rasguido de la escritura se entrelazaba con las notas apenas audibles de música ambiental que emanaba de altavoces invisibles. Todo el espacio había sido diseñado para inducir calma controlada, entorno donde cada elemento servía a un propósito específico.

Verónica y Pablo tomaron asiento en el sofá. La textura del cuero era fría y resistente, material que rechazaba adaptarse a la forma humana. Un temblor breve recorrió la mano de Verónica al apoyarla sobre aquella superficie inmaculada. Cruzó las piernas con estudiada elegancia, movimiento calculado para proyectar seguridad. Su pie encontró un compás propio contra el suelo, péndulo involuntario que traicionaba la inquietud bajo la fachada de calma estudiada. Observó las fotografías enmarcadas en la pared opuesta, edificios florentinos capturados en blanco y negro con contrastes dramáticos que resaltaban la arquitectura centenaria.

Pablo se inclinó hacia ella, su perfil recortado contra la luz artificial como una silueta de papel.

—¿Cómo te sientes? —murmuró, las palabras apenas formadas por el movimiento de sus labios.

—Me siento concentrada en lo que viene —respondió ella, su mirada fija en la puerta al final del pasillo, rectángulo oscuro entre paredes blancas—. Solo quiero que esto termine rápido.

El tiempo avanzaba con lentitud deliberada, cada segundo marcado por el reloj analógico en la pared, círculo perfecto de acero inoxidable que enmarcaba un disco de vidrio transparente donde solo doce líneas negras y tres agujas delgadas habitaban el vacío blanco. La aguja de los segundos se desplazaba con exactitud implacable, fragmentando el tiempo en unidades idénticas. La recepcionista revisó su pantalla y elevó la mirada hacia ellos, su expresión calculadamente neutra.

—En unos minutos el doctor los atenderá —informó con voz modulada para transmitir tanto eficiencia como disculpa implícita.

Pablo respondió con un asentimiento breve. El olor a productos de limpieza se mezclaba con el perfume artificial del difusor, creando una atmósfera química que intentaba disimularse como natural. La espera se densificó entre ellos, presencia invisible pero palpable que ocupaba su propio espacio.

La puerta al final del corredor se abrió sin producir sonido, los goznes invisibles perfectamente mantenidos. Un hombre de cabello canoso y traje negro impecable asomó parcialmente. Su rostro presentaba ángulos definidos, como tallado por un escultor precisionista. Los recibió con una sonrisa profesional que revelaba dientes perfectamente alineados.

—Señora Llorente, pueden pasar ahora. Los estaba esperando —dijo, su voz grave resonando en el espacio acústicamente diseñado.

Verónica se levantó con un movimiento fluido y medido. Intercambió una mirada con Pablo, comunicación sin palabras cargada de intención estratégica, y se dirigió hacia el corredor con pasos rítmicos. El pasillo se estrechaba visualmente hacia el fondo, perspectiva que comprimía el espacio a medida que avanzaban. Las paredes de blanco absoluto absorbían la luz fluorescente creando una sensación de tránsito, de espacio intermedio entre realidades.

La puerta del Dr. Julio Cáceres estaba marcada con letras doradas sobre madera oscura, posiblemente nogal tratado para resistir décadas:

"Dr. Julio Cáceres". El título brillaba bajo la iluminación direccional, afirmación material de autoridad profesional.

Pablo y Verónica recorrieron el corredor. Sus pasos producían ecos controlados sobre el suelo de baldosas pulidas, la acústica del espacio amplificaba cada sonido mínimo. Verónica se detuvo brevemente frente a la entrada y escaneó el final del pasillo, evaluando distancias y opciones como quien memoriza una ruta de escape. Había dos puertas adicionales, una a cada lado, cerradas y sin identificación visible. Espacios anónimos con propósito desconocido. Más allá, una puerta de vidrio translúcido separaba el área administrativa de la zona de ascensores que comunicaban con las diferentes secciones del edificio.

Verónica inspiró profundamente, llenando sus pulmones con aire procesado. Asintió imperceptiblemente hacia Pablo. Abrió la puerta sin anunciarse, violación deliberada del protocolo social establecido.

El despacho del Dr. Cáceres revelaba una amplitud ordenada con precisión obsesiva. La luz matinal atravesaba una ventana panorámica al fondo, proyectando geometrías luminosas sobre el mármol veteado del suelo. A la izquierda se alineaba una estantería de madera oscura, ébano posiblemente, donde volúmenes sobre cirugía y anatomía artística formaban una biblioteca perfectamente simétrica. Una escultura de bronce —tres líneas curvas que convergían en un único punto de tensión— descansaba sobre un mueble bajo de diseño italiano, su superficie capturaba fragmentos de luz como mercurio solidificado. Junto a ella, una lámpara de cristal soplado contenía burbujas microscópicas suspendidas en su transparencia. Un cuadro abstracto dominaba la pared opuesta, violentas pinceladas rojas y negras enmarcadas en metal mate que absorbía toda luminosidad sin reflejarla.

Julio Cáceres permanecía de pie tras un escritorio de cristal y acero, estructura que parecía flotar sobre el suelo como una plataforma suspendida. Su traje negro había sido cortado por manos expertas, tela que revelaba una complexión mantenida con disciplina rigurosa. La corbata de seda azul índigo contrastaba con la camisa blanca impecable, cada pliegue exactamente donde debía estar. Su cabello, peinado hacia atrás con fijación precisa, mostraba canas estratégicamente distribuidas, señales de experiencia calculada más que de edad cronológica. Levantó la mirada de unos documentos y sonrió, pero solo la mitad inferior de su rostro respondió al impulso, la superior permaneció inmóvil como una máscara.

—Buenos días —dijo, cada palabra pronunciada con gravedad medida, como si asignara un peso específico a cada sílaba antes de liberarla—. Sus ojos marrones, intensos y evaluadores, recorrieron a los visitantes con la precisión de un escáner médico, descomponiendo apariencias y gestos en datos analizables.

—Señora Llorente —se presentó Verónica, su tono no admitía cuestionamiento alguno. La identidad falsa pronunciada con la convicción absoluta de lo real—. Tengo una cita para emprendimiento en España.

—Ah, sí, por supuesto. Bienvenida —respondió Julio. Un destello de interés genuino atravesó su mirada, como el brillo en los ojos de un cazador al identificar una presa potencial. Se volvió hacia Pablo con interrogación silenciosa, su cabeza ligeramente inclinada.

—¿Y usted es...? —La pregunta flotó entre ellos, cargada de sutil desconfianza profesional.

—Su esposo —respondió Pablo, economía verbal absoluta, sin adornos innecesarios.

Julio extendió la mano; su apretón resultó firme y calibrado, diseñado para establecer jerarquía sin resultar agresivo. Pablo mantuvo el contacto unos segundos adicionales, desafío imperceptible para cualquier observador casual.

—Por favor, tomen asiento —indicó Cáceres, señalando dos sillas frente a su escritorio con gesto elegante pero imperativo. Pablo se acomodó con aparente despreocupación que contradecía la tensión contenida en sus hombros. Verónica adoptó una postura erguida, manos juntas sobre las rodillas como una estudiante disciplinada.

Julio los observó durante un momento prolongado intencionalmente, estableciendo jerarquías invisibles en el espacio compartido. Después rodeó el escritorio con movimientos fluidos y se sentó en un sillón de cuero negro a distancia calculada para invadir sutilmente el espacio personal de sus visitantes. Cruzó las piernas con elegancia estudiada, el pantalón perfectamente planchado mantenía una línea impecable. Permitió que el silencio se instalara por espacio de varios segundos, técnica de interrogatorio encubierta en cortesía profesional.

—Entonces —dijo, inclinándose ligeramente hacia delante, creando una intimidad artificial—, ¿qué puedo hacer por ustedes hoy?

—Queremos emprender un negocio en España —explicó Verónica con naturalidad ensayada hasta la perfección—. Nos han recomendado que usted es el mejor para estructurar sociedades.

El abogado elevó una ceja, gesto refinado a lo largo de años de práctica. Dejó su bolígrafo sobre la mesa con precisión milimétrica, perfectamente alineado con el borde del bloc de notas.

—Eso es un halago, pero también una expectativa que debo cumplir —respondió, su tono mezclaba amabilidad superficial con un filo apenas perceptible—. ¿De qué tipo de negocio estamos hablando?

—Algo sencillo —intervino Pablo, voz controlada y deliberadamente imprecisa—. Servicios. Estamos definiendo detalles específicos, pero queremos asegurar una estructura legal adecuada desde el principio.

Julio alternó su mirada entre ambos, sus ojos intentaban descifrar subtextos ocultos bajo la conversación superficial, buscando la verdad detrás de las palabras cuidadosamente seleccionadas.

—En mi experiencia, lo más importante en los negocios no es lo que vendes, sino cómo lo vendes. —Su sonrisa parecía relajada, resultado de innumerables ensayos, pero sus ojos continuaban evaluándolos con intensidad predatoria—. ¿Han pensado en una sociedad limitada o preferirían algo más flexible?

—Queremos flexibilidad, pero también solidez —respondió Verónica sin titubear, cada palabra extraída de un guion mental perfectamente memorizado.

—Flexibilidad y solidez —repitió Cáceres con una risa breve que no alteró la frialdad calculadora de su mirada—. Como construir un barco que pueda navegar en cualquier mar, pero que no se hunda con las olas. Ambicioso, pero posible.

—Por eso estamos aquí —añadió Pablo, inclinándose hacia adelante, reduciendo el espacio entre ellos en un movimiento sutil de contraataque territorial.

—No diré que no disfruto un desafío. —Julio los observó nuevamente, evaluando tanto sus palabras como su dinámica de pareja, buscando fisuras en la fachada—. Siempre he creído que las sociedades exitosas se basan más en la química entre los socios que en los contratos. Aunque los contratos son mi negocio.

Verónica emitió una risa breve y calculada, sonido diseñado para disolver la tensión atmosférica y desviar atención de la verdadera naturaleza del encuentro.

—Dicen que usted es muy creativo, abogado. Que encuentra soluciones donde otros solo ven problemas.

Julio inclinó la cabeza aceptando el cumplido con medida satisfacción que revelaba años de negociaciones exitosas.

—Los contratos son mapas. Si no sabes hacia dónde quieres ir, no importa cuánto detalle tengan. Pero si tienes claro el destino, puedo dibujar el mapa perfecto.

—Nosotros sabemos exactamente a dónde queremos ir —afirmó Pablo, tono firme pero cordial, máscara social superpuesta a una determinación implacable—. Solo necesitamos a alguien que nos guíe por el terreno legal.

Julio sostuvo la mirada un momento más, evaluando la sinceridad de aquellas palabras con la agudeza desarrollada tras décadas detectando mentiras en entornos corporativos. Luego se reclinó en su asiento, el cuero emitió un crujido apenas audible bajo su peso. Entrelazó los dedos sobre el escritorio en un gesto estudiado para transmitir apertura.

—Perfecto. Creo que podremos trabajar bien juntos. Cuéntenme más sobre lo que tienen en mente.

La conversación fluyó durante minutos adicionales, con Cáceres planteando preguntas generales sobre el tipo de negocio, mercados potenciales y posibles complicaciones legales. Su manera de comunicarse revelaba una habilidad cultivada para mantener control absoluto mientras creaba la ilusión de estar cediendo terreno, ofreciendo información sin entregar nada realmente valioso.

Finalmente inclinó la cabeza hacia un lado, gesto que pretendía evocar curiosidad genuina. Permitió que una risa seca escapara de sus labios, sonido que contenía más desconfianza que humor.

—Por cierto, debo decirles que pocas parejas vienen tan preparadas. O, al menos, tan convincentes.

—¿Convincente? —repitió Verónica, su sonrisa permanecía inmutable mientras sus ojos se transformaban, obsidiana pulida reflejando determinación bajo la luz artificial.

—Digamos que sé reconocer cuando alguien viene con algo más que un simple plan de negocios. —Sus palabras quedaron suspendidas en el aire, invitación a una respuesta reveladora.

Verónica mantuvo la expresión controlada, pero en sus ojos brilló un destello de desafío, piedras pulidas bajo luz directa.

—Eso es porque sabemos lo que queremos.

Julio asintió lentamente, aceptando temporalmente esta explicación mientras la duda seguía alimentándose en su mirada, nutrida por años de tratar con mentirosos profesionales.

—Bien —concluyó, la palabra cortante como una sentencia—. Hablemos de lo que realmente importa.

Pablo se incorporó con movimientos deliberadamente lentos sin apartar la mirada del abogado aún sentado, cuya expresión transitaba del profesionalismo a la sorpresa contenida. Cada gesto medido, como si el tiempo hubiera reducido su velocidad a la mitad.

—Lo que importa es que tienes algo que no te pertenece —declaró con precisión quirúrgica—. Y que lo devolverás ahora mismo. Será un mal negocio para ti, una mala inversión. Pero cada parte de tu cuerpo permanecerá intacta si cooperas. ¿Entiendes lo que digo?

Julio Cáceres comprendió lo suficiente para intentar incorporarse, el instinto de supervivencia anulando cualquier consideración racional. Se abalanzó hacia Pablo con fuerza nacida de adrenalina pura. Un error anticipado, previsto como movimiento inevitable en un tablero prediseñado.

El impacto llegó preciso y seco, justo en la rodilla derecha. No un ataque salvaje sino quirúrgico, calculado hasta el milímetro. El sonido inconfundible de cartílago cediendo bajo presión exacta llenó el espacio. Julio sintió que todo su peso colapsaba sobre una extremidad súbitamente incapaz de responder a comandos nerviosos. Cayó de rodillas sobre el mármol implacable, dolor agudo atravesándolo como corriente eléctrica desde el punto de impacto. Los ligamentos cedieron, y la rótula se desplazó con un movimiento antinatural que su cerebro registró como profundamente incorrecto. Una sensación de desgarro orgánico lo invadió desde el interior, y el espacio aséptico se llenó con el jadeo ahogado que escapó involuntariamente de su garganta, sonido primario que trascendía capas de civilización.

Pablo lo sujetó por las axilas con la eficiencia metódica de quien ha practicado el movimiento innumerables veces. Colocó ambos brazos a la espalda, juntándolos en una posición dolorosa pero controlada. Extrajo del bolsillo una brida industrial negra, material sintético diseñado para soportar tensión extrema. Unió las muñecas con movimientos expertos y ajustó el cierre con precisión calibrada: suficientemente apretado para inmovilizar, no tanto como para comprometer la circulación sanguínea. Arrastró el cuerpo ahora pasivo sobre el suelo pulido y lo apoyó contra la pared como un objeto más en aquella oficina despersonalizada.

—Ahora mírame bien. Será la última vez que me veas —susurró Pablo, su voz baja y controlada, amenaza íntima entre ambos—. Este fue tu segundo mal negocio. Ahora dime dónde tienes el manuscrito. No sigas tomando decisiones erróneas. En media hora llegará una ambulancia. ¿Dónde está el manuscrito? —continuó sin pausa, su rostro a centímetros del abogado, pupilas dilatadas frente a pupilas contraídas por el dolor.

Julio Cáceres había perdido color, la sangre abandonando su rostro hasta dejarlo como una máscara de cera blanquecina. Movió la barbilla en dirección al escritorio, gesto mínimo de rendición absoluta.

—Vas muy bien —aprobó Pablo, tono casi paternal en su satisfacción controlada.

Abrió cada cajón metódicamente, explorando de arriba hacia abajo. En el tercero descubrió una libreta encuadernada en cuero rojo intenso. Examinó la escritura interior, pasando páginas con dedos que sabían exactamente qué buscaban, y colocó el hallazgo sobre el escritorio como evidencia documentada. Se dirigió hacia la camilla médica ubicada en la esquina y tomó la funda de almohada, lino blanco inmaculado. Cubrió con ella la cabeza de Cáceres, ritual impersonal ejecutado con eficiencia profesional.

—Ahora relájate. La ambulancia llegará pronto —prometió, las palabras flotando en el aire como sentencia final.

Pablo localizó el panel de control telefónico sobre el escritorio, sus dedos encontrando el botón preciso sin necesidad visual. Activó la función de ocupado, aislando efectivamente la oficina del mundo exterior. Revisó rápidamente los folios de la libreta hasta localizar el manuscrito, páginas amarillentas cubiertas de escritura densa. Dobló los documentos con pliegues exactos y se los entregó a Verónica, que observaba desde la entrada con atención clínica.

—Guárdalo en tu cartera —instruyó con economía verbal absoluta.

Abandonaron la habitación a paso deliberadamente normal, sin la prisa que delata culpabilidad. Continuaron por el corredor derecho, pasando frente a los ascensores sin dedicarles una mirada. Avanzaron por el pasillo en penumbra parcial, donde la iluminación funcionaba a media capacidad. Al final, la luz natural se filtraba por el vidrio esmerilado, rectángulo luminoso que prometía escape y anonimato urbano. La puerta se cerró con lentitud tras ellos, sellando lo sucedido como secreto compartido entre cómplices.

CAPÍTULO 7

Samuel Ross llegó a la Clínica Hartwell puntual. La clínica estaba en un edificio antiguo, bien conservado en las afueras de Toronto. Los muros de ladrillo rojo estaban cubiertos de enredaderas, y grandes ventanales de cristal antiguo reflejaban la luz matinal. El interior, sin embargo, era moderno, con pasillos silenciosos y revestidos de paneles blancos que reflejaban la luz fluorescente.

Samuel cruzó las puertas de vidrio y fue recibido por una recepcionista que lo saludó en voz baja. Las paredes estaban adornadas con pinturas abstractas, en tonos azules y verdes. Cada día apreciaba más los encuentros con gente real. Formado para encerrarse con informes y estadísticas, los encuentros con pacientes le despertaban ideas más claras. Las preguntas nuevas surgían solo al investigar los casos de cerca. Los informes, en cambio, lo conducían a un punto muerto donde las respuestas se evaporaban.

Al caminar hacia el área de investigación, Samuel notó las puertas de cristal con etiquetas que indicaban "EEG en Progreso", "Monitoreo Cerebral". El zumbido constante de las máquinas permanecía, inmutable, un recordatorio de que la ciencia intentaba capturar lo intangible.

El paciente, un hombre llamado Mark Hollander, de unos 40 años, estaba sentado en una habitación pequeña y simple, con paredes acolchadas en un tono gris claro. Su rostro mostraba una serenidad inusual, con una ligera sonrisa que no lo abandonaba. Su piel reflejaba la luz suave de la lámpara, dándole un aspecto casi etéreo.

La habitación tenía equipos de monitoreo: sensores conectados al cuero cabelludo de Mark, una pantalla que mostraba su actividad cerebral en tiempo real y un pequeño altavoz que emitía un suave zumbido. A su lado, una silla de respaldo alto esperaba a Samuel para la entrevista.

De pie, a un costado, el Dr. Jonathan Rives, renombrado especialista en neurociencia, lo recibió con un apretón de manos.

—El señor Mark Hollander ha tenido la amabilidad de compartir con usted su experiencia —dijo.

—Muchas gracias —dijo Samuel al hombre—. La colaboración entre la clínica y nuestro centro de investigaciones ayudará a comprender más de lo que le ha tocado vivir.

Samuel no dijo más. Y el jefe de la clínica lo apreciaba por eso. Su capacidad de escucha era legendaria en el departamento; dejaba que las palabras de los demás ocuparan el espacio.

El Dr. Rives hizo un gesto hacia la pantalla. Las líneas de la actividad cerebral de Mark parpadeaban, tranquilas.

—Hace seis meses, Mark sufrió un accidente automovilístico —dijo—. Fue declarado clínicamente muerto por cuatro minutos. Durante ese tiempo, experimentó lo que llamamos una ECM clásica.

Samuel inclinó la cabeza, atento.

—Describió el túnel, la luz. La sensación de flotar —continuó el doctor—. Pero lo más interesante vino después. Mark volvió y, desde entonces, ha mantenido un estado de calma absoluta. Nada de ansiedad. Nada de miedo.

Samuel miró al paciente. Mark le devolvió la mirada, sus ojos claros, serenos.

—¿Cuánto tiempo lleva así? —preguntó Samuel.

—Seis meses —dijo el Dr. Rives—. Sin fluctuaciones. Sus ondas cerebrales muestran un estado de coherencia que, en personas normales, solo se observa durante la meditación profunda.

Samuel asintió, pero algo no cuadraba. La información chocaba contra sus modelos predictivos habituales.

—¿Qué más se sabe de su caso? —dijo.

El Dr. Rives entrecerró los ojos. —Antes del accidente, Mark sufría de trastorno de estrés postraumático. Había tenido una vida difícil, llena de miedo. Ahora... es como si hubiera borrado todo.

Samuel se acercó a la pantalla. Las líneas fluían. Constantes.

—¿Y no hay rastro del trauma anterior?

—Ninguno —dijo el Dr. Rives—. Como si nunca hubiera existido.

Samuel respiró hondo, procesando la información. —¿Pudo explicar lo que sintió mientras estaba... fuera?

Mark se aclaró la garganta. Su voz era suave, firme. —Paz. Es lo único que recuerdo. No miedo. Solo... paz.

Hubo un silencio. La máquina continuó su zumbido, constante, mientras las palabras de Mark flotaban en el aire.

—¿Ha intentado volver a esa experiencia? —preguntó Samuel, sin apartar la mirada.

Mark sonrió, apenas. —No lo intento. Solo... sé que puedo.

Samuel se quedó quieto. Había algo en la mirada de Mark que le hizo sentir que había más. Mucho más. Una profundidad que las palabras no alcanzaban a transmitir.

—El cuerpo se recupera, pero la mente... ¿qué sucede con la mente? —Samuel murmuró.

El Dr. Rives le dio una palmada en el hombro. —Esa es la pregunta, Samuel. Y aún no tenemos respuestas.

Samuel dejó la última foto sobre la mesa y observó a Mark durante unos segundos antes de hablar.

—Me gustaría que se tomara un momento para reflexionar sobre estos eventos —dijo Samuel, su voz calmada, controlada—. No necesito su opinión ni su interpretación. Solo piense en ellos, en lo que representan y hacia dónde podrían conducir.

Le señaló la primera foto, la del conflicto mundial.

—Imagine cómo podría desarrollarse este conflicto. No importa si lo sabe o si lo ha leído. Deje que sus pensamientos fluyan.

Samuel pasó a la siguiente imagen de la violencia con armas.

—Haga lo mismo con esto. Piense en lo que sucede en la vida de esas personas. ¿Qué podría pasar a continuación?

Luego señaló la foto del hospital abarrotado.

—Y sobre la posibilidad de una nueva pandemia. Reflexione un momento.

Por último, dejó sus dedos sobre la imagen del río contaminado.

—Por favor, haga lo mismo con el cambio climático. No hay respuestas correctas o incorrectas. Solo valore lo que ve.

Samuel se recostó en la silla, sin presionar. El zumbido del monitor permaneció constante. Esperaba que Mark tomara su tiempo, sabiendo que la verdadera respuesta podía estar más allá de lo que se dijera en voz alta.

Samuel permaneció en silencio por un momento. Miró la fotografía en sus manos y respiró profundamente. Finalmente, la giró y la colocó frente a Mark.

—Ha sido usted muy afortunado —dijo Samuel, en voz baja—. Me alegra que esté aquí con nosotros, compartiendo algo que ya quedó atrás.

Mark bajó la mirada hacia la fotografía. El coche destrozado, la ambulancia a un lado, las manchas de sangre junto a la puerta abierta. Observó en silencio. Mantuvo la mirada fija. Luego miró a Samuel.

El zumbido de los monitores continuó llenando la sala, como una corriente submarina de datos que intentaba capturar lo incapturado.

Eran las 10 cuando Samuel abandonó la clínica. Los analistas harían su trabajo, y Rives le enviaría el informe. Sentinel Data Labs tendría acceso a esos datos en cuestión de horas. Todo quedaría registrado en la matriz para su posterior estudio.

Antes de entrar en el coche, sintió la vibración del celular en su bolsillo. Lo sacó y leyó el mensaje. El ceño se le contrajo en un gesto de preocupación. "Muy malas noticias."

Guardó el teléfono y subió al coche. Cerró la puerta de un golpe y miró al conductor. —El manuscrito ha desaparecido.

El coche arrancó a toda velocidad. Las luces de la ciudad pasaban fugaces por la ventanilla, un parpadeo constante que marcaba el ritmo de la urgencia. Samuel se inclinó hacia adelante, su mente trabajando a mil por hora, calculando variables y consecuencias.

El camino hacia Sentinel Data Labs se volvió un borrón de edificios y calles que se fundían unos con otros en la velocidad.

Samuel dejó caer su maletín en el asiento del copiloto. Cerró la puerta del coche con fuerza. Buscó el contacto de Vandermeer y esperó.

—Vandermeer, ¿me escucha? —dijo Samuel, esforzándose por mantener la calma.

La voz del Dr. Vandermeer llegó limpia, imperturbable. —Te escucho.

—Se ha perdido, señor. El manuscrito. Estábamos a punto de aclarar algo. Ahora, otra vez en un agujero negro. Las pistas se desvanecen mientras hablamos.

—Comprendo —dijo Vandermeer.

Samuel apretó los labios y miró por la ventanilla. Sus nudillos blancos alrededor del volante revelaban la tensión que intentaba contener. —Necesitamos más recursos, más información. Es vital para continuar la investigación.

—Sí —respondió Vandermeer—. Veré qué se puede hacer.

Samuel apretó los dientes. —¿Hay alguna instrucción en particular, señor? ¿Alguna dirección que deba tomar?

Vandermeer dejó un silencio calculado. —No por ahora. Siga con su trabajo. Esté atento a cualquier señal.

La línea se cortó. Samuel bajó el teléfono y golpeó el volante con el puño. La frustración reverberaba en sus dedos entumecidos.

El Dr. Vandermeer permaneció en silencio unos segundos. Luego, sacó otro teléfono de su chaqueta y marcó un número.

—General Thornton —dijo—. Es Vandermeer. Tenemos un problema. Es mejor solucionar esto pronto. Zurich ha fracasado en su intento de recuperación.

El silencio del otro lado era denso, cargado de implicaciones.

—Entendido —dijo el general—. Me ocuparé de ello personalmente.

—Recuerde —añadió Vandermeer—, todos los ojos están puestos en el manuscrito. No hay margen de error en esta operación.

—Lo sé —respondió Thornton.

Vandermeer guardó el teléfono y observó la ciudad una vez más. Ni un solo músculo se movió en su rostro impasible.

Samuel abrió la agenda y buscó el nombre que había memorizado semanas antes: coronel Marcus Kane. Respiró hondo y marcó, preparándose para la conversación.

El coronel respondió al tercer tono. —Kane —dijo.

—Samuel Ross, Sentinel Data Labs. Necesito hablar sobre Mateo Altamirano y el manuscrito. Es urgente. El tiempo se nos escapa.

Un silencio, luego una risa seca. —¿Y quién le dio permiso para llamarme directamente?

—Nadie —dijo Samuel, apretando el volante—. Pero no hay tiempo para protocolos burocráticos.

—Tienes agallas, Ross. ¿Theodor sabe de esta llamada? ¿Está al tanto de tu pequeña iniciativa?

—No —dijo Samuel, firme—. Y no tiene por qué saberlo. Algunas cosas funcionan mejor fuera del radar.

El coronel soltó un resoplido. —Veré qué puedo hacer. No prometo nada.

—Entiendo —dijo Samuel—. Espero su informe con cualquier pista.

La línea quedó en silencio. Samuel guardó el teléfono y esperó, con la mirada perdida en el horizonte.

La empleada no supo qué decirle. El hombre no era un paciente. Había algo en su postura, un aire de autoridad y cansancio acumulado. La camisa apretada, el último botón luchando por no estallar. El cuello rojo, marcado por la presión. Los ojos pequeños, hundidos entre párpados inflamados. Ojos que no parpadeaban, que parecían ver más de lo que mostraban. El olor a desinfectante y sudor seco impregnaba la sala, mezclado con el aroma agrio del miedo que emanaba de todos los presentes.

—Theodor te desea pronta recuperación —dijo el hombre, la voz áspera como piedra sobre metal.

Julio Cáceres, tendido en la camilla, lo miró. Un destello de alivio cruzó su rostro. La rodilla envuelta en vendajes, los restos de su traje cortados de un tajo, dejando al descubierto la piel pálida y los puntos que cosían su carne. La camisa del médico estaba manchada de sudor, pegada a su piel. Parecía un cadáver que había regresado antes de tiempo de su propio entierro.

—Dígales que no se preocupen —dijo Cáceres. Sus ojos se deslizaron hacia la recepcionista—. Está bien, Marita. Atiende simplemente la recepción. Esto no te concierne.

La joven asintió y se alejó con pasos apresurados, desapareciendo por el pasillo. Cáceres la siguió con la mirada hasta que la puerta se cerró detrás de ella con un chasquido suave.

Alfredo caminó lentamente hacia la esquina de la habitación, sus ojos fijos en la cámara de seguridad instalada en el techo. La luz roja parpadeaba, imperturbable. —Me gustaría ver la cámara de seguridad —dijo, sin apartar la mirada del pequeño ojo electrónico.

—¿Te envió Theodor? —preguntó Cáceres—. No has dicho ni cómo te llamas. Apareces sin identificación ni explicaciones.

—Llámalo si quieres. Dile que estás con Alfredo —dijo el hombre con calma, casi aburrido. Se quedó inmóvil, sin pestañear, como un depredador que ha avistado su presa.

Cáceres tragó saliva, sus manos temblaron al buscar el control remoto. Lo encontró entre las sábanas arrugadas de la camilla y lo sostuvo con los dedos pálidos por la presión excesiva.

—Entonces, ¿puedo ver la filmación? —dijo Alfredo, sin apuro. Sus ojos seguían sin parpadear. El sudor le brillaba en la frente como gotas de mercurio.

Cáceres apretó un botón y la pantalla en la esquina se iluminó. La imagen en blanco y negro mostró el pasillo de la clínica. Marita, la recepcionista, entrando y saliendo del cuadro. Luego, la puerta se abrió y apareció una figura. Verónica Llorente. Y detrás de ella, un hombre alto. Pablo. Las imágenes eran claras, nítidas, como una confesión involuntaria.

—Deténla ahí —dijo Alfredo, acercándose a la pantalla. Sus ojos pequeños brillaban con interés repentino. Olfateó el aire, una breve inhalación que sugería que captaba algo más que lo visible a simple vista.

—¿Quieres que te diga algo? —preguntó Cáceres, la voz intentando no quebrarse bajo el peso del miedo.

Alfredo sonrió. Apenas un movimiento de labios, sin llegar a los ojos. —Cuando recibimos lo que queremos, somos indiferentes. Pero cuando nos lo quitan, somos imprudentes. El deseo y la pérdida nos hacen predecibles.

Cáceres asintió, tragando saliva. —¿Eso es todo lo que necesitas saber?

—No. Si algo debemos saber, infórmelo —dijo Alfredo. Su tono seguía sin cambiar. Apagó la pantalla, guardó el control en su bolsillo y se volvió hacia la puerta—. Theodor no tiene paciencia con los errores. Los considera personales.

Cáceres no respondió. El dolor en su rodilla le robaba el aire. Alfredo lo miró por última vez, luego salió de la habitación. El olor a miedo quedó, suspendido en el aire, como una sombra que se niega a desaparecer incluso después de que se ha ido quien la proyecta.

De un lado del salón había sofás color arena, cubiertos con mantas suaves y almohadones que aún conservaban el calor de las últimas visitas. En el rincón, una lámpara de pie, delgada y retorcida como un árbol desnudo, iluminaba de forma tenue. Pero la verdadera luz venía de la ventana. El resplandor del lago congelado rebotaba en las paredes, llenando la habitación de una claridad fría, mientras el cielo, del mismo gris uniforme que el agua, se extendía sin fin. En verano se podían ver los altos edificios de Estocolmo. Pero en enero era solo una cortina de niebla espesa que ocultaba el horizonte.

El aire olía a café recién hecho, amargo, con el rastro persistente de la cera de las velas encendidas en las mesas. El sonido suave de la porcelana tocando la madera acompañaba el murmullo distante de los pocos clientes. Denisse, sentada junto a la ventana, miró su celular sin interés. Pero en cuanto vio el nombre en la pantalla, lo atrajo hacia sí, lo suficiente para que su copa de café temblara contra el platillo. Aceptó la videollamada, apoyando el celular en un jarrón para que la luz natural de la ventana iluminara su rostro.

—No esperaba que llamaras —dijo, en un tono neutral que ocultaba emociones más complejas.

Escuchó en silencio. Luego, su tono cambió: —Me alegro... ¿Qué te ha sucedido? ¿Qué te hicieron?

La cámara se movió un poco antes de que Julio Cáceres enfocara su pierna vendada. —Un recuerdo de tu amigo y tu hermana —dijo, señalando el vendaje con amargura.

Denisse se llevó una mano a la boca, el reflejo inconsciente de una preocupación que no supo ocultar, que delataba sentimientos enterrados.

—Se han llevado el manuscrito —dijo Cáceres.

—Me importa bien poco el manuscrito —replicó ella, con frialdad—. Sabes que ni siquiera sé de qué se trata. Son papeles sin valor para mí.

—Les traerá problemas —dijo él, serio.

—Me preocupa Verónica. Y me preocupas tú. Podría cuidarte unos días. Nadie te buscaría aquí.

—¿Vendrías realmente?

—Les devolveré el dinero. No quiero problemas con esa gente. Solo quiero que esto termine de una vez.

—¿Por qué tanto problema por un montón de anotaciones viejas?

—No es asunto nuestro. Nunca debió serlo.

Denisse respiró profundo, observando cómo la luz del lago se volvía más intensa a medida que el sol bajaba. —No quiero que le pase nada a Verónica. ¿Entiendes? A pesar de todo, sigue siendo mi hermana.

—Se ha metido en un lío. Un lío serio esta vez. —Hubo una pausa cargada de significado—. ¿Quieres venir realmente?

—Solo para estar contigo. Deberías tomarte unas vacaciones —dijo Denisse, su voz suavizada por un tono más íntimo que revelaba capas de su relación.

—Es mejor en otra ciudad. Aquí pasan cosas peligrosas. Barcelona se ha vuelto un campo minado.

—Sí, lejos de Barcelona. Podríamos volver a Madeira. ¿Recuerdas las ponchas en el Barreirinha mirando el atardecer? El mar tiñéndose de naranja.

—Sería un oasis —dijo Cáceres, con la voz arrastrada por el cansancio y la nostalgia.

—Un paraíso —añadió Denisse—. ¿Quieres ver cómo se ve esto ahora? Te enseñaré mi refugio de invierno.

Denisse cogió el celular y cruzó el salón. El crujido de las tablas bajo sus pies rompió el silencio. La dueña del bar la observó con una sonrisa sutil, familiarizada con los rostros que solían frecuentar en verano. Las mesas junto al mirador estaban vacías, y en invierno, el lugar adquiría una melancolía que Denisse encontraba en sintonía con su estado de ánimo. La luz en sus ojos se volvió más viva cuando llegó al mirador, como si la distancia le otorgara una fuerza renovada.

Desde lo alto, enfocó la cámara hacia el lago congelado. —Si, vamos a Madeira —dijo Julio, y aunque intentó una risa, esta terminó en un gemido cuando su rodilla envió un punzante recordatorio de su estado actual.

—Te cuidaré —dijo Denisse con firmeza. Un compromiso que iba más allá de las heridas físicas.

Julio frunció el ceño. —¿Crees que Verónica te llamará?

—No lo creo. Aunque si vende ese manuscrito, seguro me enviará la mitad. Tiene esas cosas de querer quedar bien siempre. De comprar aprobación con dinero.

—¿Crees que podrá vender esos apuntes? —Cáceres se movió incómodo, ajustando su posición para aliviar el dolor—. Creo que lo que podía venderse, ya lo hizo mi padre.

—La verdad, no me importa. Es un mal negocio. Y muy malo para ella también. Adviértela si te llama. Dile que se aleje de esto mientras pueda.

Denisse bajó la mirada, un destello de tristeza en sus ojos. —Todo lo que me dejó mi padre son malos negocios. Ya lo he vivido. Pero ella no me escucha. Nunca lo ha hecho.

—Entonces aléjate. Vamos a Madeira —insistió Cáceres.

Denisse no respondió de inmediato. Observó el horizonte, el resplandor del lago iluminando su rostro en un contraste casi fantasmal. Finalmente asintió, como si se diera permiso para huir de todo lo que la rodeaba, de los fantasmas del pasado que seguían persiguiéndola.

Los tres tipos llegaron frente a las oficinas de alquiler de coches. Se detuvieron al ver la cola de cuatro personas frente al mostrador. El aire olía a café barato y desinfectante industrial. El eco de los anuncios por megafonía llenaba el ambiente, rebotando en las paredes de vidrio como voces fantasmales.

Uno de ellos murmuró algo. Los otros dos se alejaron unos metros, sus pasos resonando en el suelo impecable del aeropuerto. El tercero se adelantó, esquivando la fila con determinación. Mostró su placa oficial y la tarjeta de identificación a la recepcionista. Un intercambio rápido de palabras y credenciales. Luego dio una vuelta, rodeando el mostrador, y entró por una puerta lateral que llevaba a las oficinas traseras. Los otros dos se quedaron cerca, conversando como dos turistas comunes, sus miradas ocasionales revisando los monitores de vuelos con aparente casualidad.

El reflejo de las luces frías del aeropuerto iluminaba el piso de baldosas. El ruido de maletas rodando y de tacones resonaba, imperturbable, creando la banda sonora constante de los no-lugares.

Vestían diferente. Pero los tres parecían comprar en la misma zapatería. El más alto, de pantalón caqui y camisa blanca, caminaba con decisión. Era el más flaco del grupo, con movimientos precisos y económicos. Los otros dos iban más llamativos. Uno llevaba una camisa a cuadros tipo escocés, barba corta y negra. Jeans gastados y una camiseta azul oscura que se tensaba sobre sus hombros anchos. El otro, con el pelo corto y parado por la laca, vestía jeans y una chaqueta de cuero que crujía con cada movimiento.

Quince minutos después, el más flaco salió con carpetas clasificatorias en la mano. Caminaba rápido, confiado. El zumbido del aire acondicionado retumbaba a lo lejos. Parecía satisfecho con su hallazgo. Pasó ágil, con la mirada al frente. Los otros dos lo siguieron fuera del aeropuerto, donde el ruido sordo de los motores y el sonido de los aviones despegando se mezclaban con el viento que barría la explanada.

Caminaron juntos hasta el aparcamiento. El flaco metió los documentos en el coche, el sonido del cierre de la puerta resonó en el estacionamiento vacío. Luego sacó su celular y marcó con impaciencia.

—Ahora a esperar la confirmación —dijo, mirando a los otros.

—Buen comienzo —dijo el de barba, mientras un coche pasaba despacio por el nivel inferior, como un depredador acechando.

El flaco levantó los hombros con indiferencia. Los servicios de apoyo nunca eran claros en sus intenciones. No le gustaban las operaciones compartimentadas. Tampoco le gustaba la voz del tipo al otro lado de la línea, cargada de autoridad sin mérito.

—Ya está en camino —dijo, mirando al de pelo parado—. Le damos esos papeles y buen viaje. Limpio y sin complicaciones.

Un coche se acercó lentamente y se detuvo junto a los tres hombres. El hombre que descendió se presentó sin prisa, como quien tiene todo el tiempo del mundo.

—Soy Alfredo —dijo, mirándolos a todos, uno por uno, con ojos que catalogaban debilidades.

El flaco dio un paso adelante y le entregó los documentos. —¿Dónde estaba el coche?

—Lo dejaron en la caseta. Entregaron las llaves. La empresa lo inspeccionó y ya lo habían lavado. Meticulosos hasta en la huida.

—No importa. No buscamos pruebas. Solo quiero lo que han robado.

—Tenemos lo que dejó en el coche.

—Vine por eso —dijo el coronel, mirando los documentos. Sus ojos se entrecerraron al revisarlos. Luego sonrió, más bien una mueca que no expresaba alegría sino desprecio.

—Está jugando con nosotros —dijo, apretando los dientes. Los otros lo miraron serios, reconociendo el tono de peligro.

—Todo el tiempo intentando distraernos. Hacerme venir por esta basura sin valor.

—¿No es lo que buscábamos? —dijo el flaco, con un tono que revelaba confusión.

—¿Han controlado los vuelos?

—No está su nombre en ninguna lista. Se ha evaporado.

—Nos trajo hasta aquí barato. Le gusta jugar —dijo el coronel, mordiéndose el labio con fuerza suficiente para dejar una marca blanca.

—¿Vieron quién entregó el coche?

—No. Lo dejaron en la caseta con las llaves. Así funciona el sistema.

—Estamos perdiendo el tiempo —dijo, lanzando los papeles al asiento del coche—. Busquen otras vías. Estos papeles van a la clínica. Son del médico, no lo que buscamos.

—Controlen todas las vías y me avisan. Aquí no hay nada que hacer. Solo huellas falsas.

El coronel se subió a su coche y arrancó con un ruido seco. El flaco miró al de barba con resignación.

—Fuiste optimista. Esto no empezó bien. Tendremos problemas.

Se subieron al coche y avanzaron por la autopista, el ruido de los neumáticos contra el asfalto llenando el silencio incómodo que se extendía entre ellos como una promesa de fracaso.

CAPÍTULO 8

La luz fría recortaba la mandíbula de Thornton como piedra tallada por siglos. Sus ojos, duros como fragmentos de granito pulido, examinaban a Samuel con la precisión de un instrumento militar. El aire de la sala destilaba café frío y decisiones irreversibles, un ambiente denso donde cada palabra podía alterar destinos.

—Explíqueme por qué este manuscrito es tan importante —su voz cortó el espacio, sin prisa, pero sin margen de error—. Necesito algo más que teorías.

Samuel tragó saliva. La garganta, seca como papel de lija, le impedía articular de inmediato. Respiró hondo, midiendo cada palabra como un químico calibra venenos.

—El manuscrito contiene un protocolo de Altamirano sobre la reprogramación del miedo mediante experiencias cercanas a la muerte. Lo desarrolló durante los interrogatorios del Plan Cóndor. Mateo sobrevivió siete sesiones de tortura en cinco años. Logró disociarse del dolor, escapar de su propio terror. Pudo salir de esa situación y volver, como quien regresa de un viaje imposible.

El general permaneció inmóvil. Un tamborileo breve sobre la madera, código morse sin destinatario. El silencio se espesó, conteniendo mundos no dichos.

—Mateo documentó el proceso paso a paso —continuó Samuel—. Eso hace que el manuscrito sea peligroso. En manos equivocadas, podría inducirse esa disociación de forma masiva. Una explicación precisa de cómo eliminar el miedo voluntariamente. Imagine un ejército de soldados sin miedo.

Thornton asintió. Los años procesando información estratégica habían convertido cada músculo facial en cuero curtido, impenetrable. Las líneas de su rostro no revelaban nada, ni una sombra de emoción.

—No quisiera un poder enemigo con soldados sin miedo —dijo finalmente—. Ni poblaciones que escapen al control.

Las palabras flotaron entre ellos como una nube tóxica, cargadas de implicaciones que ni siquiera se atrevían a nombrar completamente.

—¿Cómo puede estar seguro del contenido si no está en su poder?

—Por referencia —murmuró Samuel—. Alguien cercano a su hija. El laboratorista lo comentó al director del instituto que colabora en nuestro proyecto.

La conversación continuó, un juego de ajedrez donde cada movimiento podía desencadenar consecuencias irreversibles. La búsqueda del manuscrito se convertía en algo más que un simple documento: era la llave de un mundo donde el miedo podía ser controlado, manipulado, eliminado.

El aroma de café recién molido saturaba la cafetería, presencia física casi tangible. El calor húmedo se adhería a la piel con la intimidad de un amante persistente. Emily esperaba junto a la ventana: la luz grisácea de la tarde transformaba su perfil en un estudio de claroscuro, líneas y sombras que revelaban más que cualquier palabra.

Su violín descansaba en el estuche negro, madera silenciosa que guardaba música no ejecutada. Un Guarneri con ciento cincuenta años de historia dormida, testigo mudo de promesas musicales aplazadas indefinidamente.

Samuel llegó tarde. El cuero gastado de la carpeta bajo su brazo conservaba el olor de noches interminables de trabajo, archivo móvil de obsesiones. Su mente vagaba kilómetros más allá de su cuerpo físico, ausente incluso antes de entrar.

Emily captó la tensión antes que él llegara: la rigidez en los hombros, la contracción microscópica de los músculos faciales, el temblor imperceptible que precedía a las revelaciones definitivas.

—¿Cómo fue con Vandermeer? —preguntó cuando Samuel se desplomó en la silla. La pregunta flotó entre ellos como humo espeso, cargada de historia y presagios.

—Frustrante. No quiere ver lo que ocurre. O no puede. —Se pasó la mano por el cabello oscuro, musgo nocturno desordenado—. Estamos al borde, Emily. La "Reconexión Cognitiva" no es un fenómeno aislado.

Sus palabras destilaban certeza. Una constante universal emergiendo entre líneas de datos, entre intersticios de lo conocido. Personas que sobreviven experiencias cercanas a la muerte regresan transformadas: más fuertes, más presentes. El miedo se desvanece como niebla ante el sol de mediodía.

Emily sostenía su té con ambas manos. El calor se transfería de la porcelana a sus dedos, circuito cerrado de energía. Vapores caprichosos ascendían entre ellos, escribiendo historias efímeras.

—¿Puedes hacer algo que no implique obsesionarte hasta desaparecer? —Su voz contenía preocupación envuelta en irritación, medicamento amargo administrado con amor.

Samuel la miró con intensidad de rayo láser, capaz de cortar diamantes. Sus ojos ardían con una determinación que bordeaba el fanatismo, revelando un camino del que ya no podía apartarse.

—Este proyecto puede cambiarlo todo —dijo Samuel, su voz descendiendo a un sonido áspero, como piedras rozándose—. Conseguiré financiación. Hay gente que verá el valor cuando otros solo ven ruido en la señal. Cuando obtenga el manuscrito, lo demostraré científicamente.

Sus palabras flotaban entre ellos, cargadas de una urgencia que trascendía lo personal. Imaginar comprender, quizás controlar este fenómeno. Las implicaciones se extendían desde la psicología más íntima hasta los límites de la seguridad global.

Emily dejó la taza en la mesa. El golpe seco subrayó el silencio, un punto final acústico que resonó más allá de lo físico. Sus ojos, del color exacto de las aceitunas maduras, escrutaron a Samuel. Buscaban algo perdido en los laberintos de sus obsesiones, un rastro del hombre que había sido.

—¿Vale todo eso más que nosotros? —Su dedo señaló el ambiente de la cafetería: sus amigas, una pianista y una violonchelista, conversando a distancia. Tres mujeres cuyos instrumentos creaban armonías que Samuel ya no escuchaba.

—No es "esto o lo otro". Es todo, Emily —respondió él, un rayo láser capaz de cortar diamantes—. No lo hago por reconocimiento. Si más personas logran esta "reconexión", el impacto será global. Un cambio de paradigma. No soy el único que lo ve venir.

La luz de la ventana proyectaba su sombra sobre la mesa, una línea divisoria más precisa que cualquier palabra. Emily decidía si insistir o dejarlo precipitarse hacia el abismo que solo ella podía ver.

—Ya lo has decidido —dijo al fin. Las palabras salieron como aire de un globo que se desinfla lentamente—. Seguirás sin importar lo que diga.

Samuel asintió. Sus ojos reflejaban una determinación que rozaba el fanatismo, un brillo febril que Emily conocía demasiado bien. Un brillo que la hacía temer por él.

—No puedo detenerme. Esto es crucial —insistió—. Cuando lo logre, tendremos más tiempo juntos. Más libertad. Más todo.

El suspiro de Emily contenía años de conversaciones similares. Un archivo acústico de promesas incumplidas, de expectativas postergadas indefinidamente.

—Ojalá tengas razón —murmuró—. Espero que no te pierdas a ti mismo en el proceso.

Samuel miró por la ventana. Un taxi amarillo pasaba en la distancia, insecto metálico perdido entre edificios grises. Su mente ya calculaba movimientos futuros, como un jugador de ajedrez que visualiza diez jugadas por delante.

La cafetería quedó atrás. Caminaba por calles húmedas donde la lluvia caía con creciente intensidad. Los charcos reflejaban las luces de la ciudad, espejos rotos dispersos en el pavimento. Su mente bullía con pensamientos entrelazados, una red compleja de posibilidades y riesgos calculados.

"Emily no lo entiende", pensó mientras cruzaba la calle. "No puede ver lo que yo veo. El patrón está ahí, esperando a ser descubierto."

Se detuvo frente a un escaparate. Su reflejo lo miraba distorsionado por las gotas de lluvia. No reconoció al hombre que veía: ojos hundidos, piel pálida, tensión en cada línea del rostro. ¿Dónde había quedado el músico que tocaba el piano? ¿El hombre que reía con Emily, que compartía desayunos largos los domingos?

"No puedo retroceder ahora", se dijo. "Hay demasiado en juego."

Sus manos temblaban mientras sacaba el teléfono. Había estado evitando esta llamada, pero ya no tenía opción. Marcó el número memorizado semanas atrás.

—Kane —respondió una voz áspera.

—Samuel Ross, de Sentinel Data Labs —dijo, sintiendo un nudo en la garganta—. Necesito hablar sobre Mateo Altamirano y el manuscrito.

Una pausa. Luego, una risa seca.

—¿Y quién le dio permiso para llamarme?

—Nadie —admitió Samuel—. Pero esto es más grande que los protocolos. Que todos nosotros.

El coronel Kane guardó silencio unos segundos.

—Tiene agallas, Ross. ¿Theodor sabe de esta llamada?

—No. Y no tiene por qué saberlo.

Otra pausa, más larga.

—Veré qué puedo hacer. No prometo nada.

La llamada terminó. Samuel guardó el teléfono y continuó caminando bajo la lluvia. Un punto de no retorno. No podía volver atrás.

"Lo siento, Emily", pensó mientras las gotas se mezclaban con la primera lágrima que se atrevía a derramar en años. "Pero alguien tiene que hacerlo."

El viento sacudió las ramas de los pinos como dedos nerviosos. Jordi detuvo el coche frente a la casa de Helena, donde muros de piedra antigua absorbían la luz mortecina del atardecer como esponjas sedientas. Dos ventanas altas recortaban rectángulos dorados contra la penumbra. Inhaló profundamente. El aire frío de Santa Coloma le quemó la garganta.

Bajó del coche. Sus pasos crujieron sobre la gravilla con un sonido que recordaba a huesos rotos. La calle permanecía desierta, los pocos vehículos aparcados parecían abandonados hacía tiempo. La casa de piedra se aferraba al cerro como una garrapata a la piel, implacable y silenciosa.

La puerta se abrió antes de que él pudiera llamar. Helena apareció recortada contra la luz interior, sus ojos lo escanearon con la precisión de instrumentos quirúrgicos.

—Pasa, Jordi —su voz cortó el aire frío de la montaña como un filo de cuchillo.

Jordi cruzó el umbral. El aroma a incienso y hierbas secas lo envolvió como una segunda piel. Madera oscura, tapices antiguos, paredes cargadas de libros se alzaban como centinelas silenciosos. Helena lo guió hacia una pequeña mesa redonda junto a la ventana. Se sentaron sin ceremonias, dos figuras tensas en el silencio de la habitación.

—Leí el manuscrito —dijo ella, cada palabra precisa como un bisturí que disecciona la verdad—. Lo estudié a fondo.

Jordi asintió. La mirada de Helena lo atravesaba. No era solo una médica. Era una mujer que había caminado entre los muertos, que había sostenido vidas al borde del precipicio, que había visto los secretos ocultos bajo la superficie del miedo.

—¿Y? —preguntó él, su voz apenas un susurro que flotaba entre ellos.

Helena respiró hondo. Entrelazó los dedos y contempló un punto invisible en el espacio, como si estuviera leyendo un mensaje escrito en el aire.

—La mayoría de los escritos sobre Experiencias Cercanas a la Muerte describen el "lugar" al que viaja la conciencia, sus colores, su paz... —murmuró, con un temblor casi imperceptible—. Pero esto va más allá.

Jordi sentía cada palabra clavándose en su consciencia como agujas que desgarran la realidad.

—¿Más allá de la paz o del conocimiento trascendental? —su pregunta cortó el silencio como un rayo.

Helena asintió lentamente, sus ojos brillando con una intensidad que hablaba más que cualquier palabra.

—No es lo que ven o sienten, sino lo que ya no sienten. El miedo —sus palabras resonaron como un eco en la habitación—. Este manuscrito describe un estado donde el miedo ha sido extirpado. No como alivio temporal, sino como liberación definitiva.

Jordi frunció el ceño. Su mente luchaba por comprender la magnitud de aquella revelación, como un explorador intentando descifrar un mapa de territorios inexplorados.

—¿Mateo descubrió cómo manipular eso? ¿Cómo hacer que un ser humano deje de temer para siempre? ¿Lo logró soportando las torturas? —cada pregunta caía entre ellos como piedras arrojadas a un pozo sin fondo.

Ella asintió. Sus ojos brillaban con una alarma contenida, una mezcla de fascinación y terror que hacía vibrar el aire a su alrededor.

—Exacto. Eso convierte este manuscrito en un arma codiciada. La humanidad ha sido controlada bajo la sombra del miedo. Si alguien lograra erradicarlo, ¿cuánto poder tendría sobre las personas?

Un escalofrío recorrió la espalda de Jordi, serpenteando como un río de hielo. Cada vertebra se tensó, cada nervio se puso en alerta.

—Esto no es solo una experiencia trascendental... —sus palabras emergieron lentas, como si cada una pesara toneladas— Es un portal al único estado que los poderes no pueden permitir: la libertad absoluta del miedo.

Helena afirmó con un movimiento casi imperceptible de cabeza. La revelación le había tensado los músculos del rostro como cuerdas de violín a punto de romperse.

—En ese estado, la obediencia, el control, todas las estructuras quedarían obsoletas. Esto no es solo espiritual; es profundamente político —explicó, cada palabra destilando una verdad que trascendía lo obvio.

Jordi asimilaba todo. Sus pensamientos giraban como hojas en un tornado, arremolinándose sin encontrar un punto de reposo.

—Si la gente se libera del miedo, todo el sistema tambalea —dijo, más para sí mismo que para Helena.

—Exactamente —lo miró con severidad, evaluándolo como un metal precioso que puede ser fundido y transformado—. Por eso están desesperados por controlar este conocimiento. Y por eso debemos hacer lo imposible para que nunca caiga en sus manos.

Jordi asintió lentamente. Una idea tomaba forma en su cabeza, nítida y cortante como un fragmento de cristal.

—Lo encontrarán. El asunto es que no puedan ocultarlo. Que aun si encuentran el original, no impidan su divulgación —su voz sonaba como un plan de batalla, una estrategia diseñada en los márgenes de lo permitido.

La tensión en el aire se aflojó, como un alambre demasiado tenso que finalmente encuentra su punto de equilibrio. Helena lo miró con una aprobación silenciosa que decía más que mil palabras.

—No hay tiempo que perder —declaró Jordi, poniéndose de pie.

Compartieron una mirada de complicidad, un pacto tácito que se tejía más allá de las palabras.

—El documento puede salvarse. Pero tu amigo y la hija del autor están en grave peligro —advirtió Helena—. Necesitamos su consentimiento para publicarlo globalmente.

—Los llamaré —respondió Jordi, sacando el teléfono con un movimiento preciso, como quien desenfunda un arma.

CAPÍTULO 9

Verónica apretó sus dedos contra los de Pablo. Regresaban a la casa mientras el sol se hundía en el horizonte. El cielo sangraba hacia la noche con tonalidades cobrizas que se extendían como tinta derramada. Los pinos exhalaban su aroma resinoso al aire inmóvil, una fragancia primitiva que impregnaba cada respiración.

—Este lugar es más que perfecto —dijo ella, observando la quietud que dominaba el entorno. Su voz quedó suspendida en el silencio, como si las palabras pudieran condensarse y volverse visibles en el aire frío.

El viento entre las ramas rompía el silencio. Los árboles susurraban con una constancia casi musical; su sonido llenaba la noche como una orquesta invisible, primitiva y constante.

—Sí... tal vez sea un buen refugio por un tiempo —respondió él, sus dedos entrelazados con los de ella como raíces buscando ancla—. Y partiremos al amanecer.

Verónica lo miró de reojo. Captó la seriedad tras sus palabras, una gravedad que no admitía discusión. Decidió callar mientras el crepúsculo se tragaba los últimos rayos de luz.

—Vamos a la casa antes que oscurezca —dijo, adoptando un tono deliberadamente ligero como quien intenta equilibrar el peso de lo no dicho.

Pablo asintió. Caminaron por el sendero de tierra rojiza que crujía bajo sus pasos. Las llamas de la estufa proyectaban sombras a través de las ventanas. Danzaban como pensamientos inquietos contra los cristales, cada uno con vida propia.

—Ves, ya ha calentado —dijo él, señalando el fuego que ardía con vida propia, irradiando un calor que parecía respirar con ellos.

Abrió el refrigerador. El casero había dejado la comida. Paquetes cuidadosamente dispuestos sobre estantes de cristal inmaculado. Todo mostraba un orden en lo cotidiano; los objetos revelaban atención a los detalles, una precisión casi obsesiva en su disposición.

Pablo sonrió, arrodillándose detrás de ella.

—Me pregunto si también nos ha dejado una botella de vino —dijo ella, su voz cargada de esperanza mientras sus dedos recorrían el borde de la mesa—. Estamos rodeados de viñas. ¿Crees que produce su propio vino?

—Sí, las que están detrás de la casa parecen pertenecerle.

—Tendremos suerte. Busquemos una botella —dijo ella, sus ojos recorriendo la habitación con anticipación—. Luego tomaré una ducha. No quiero enfriarme buscando cuando salga del baño.

No necesitó hurgar demasiado. Había un pequeño armoire à vin en el rincón opuesto a la chimenea. La madera se había oscurecido con el paso del tiempo, adquiriendo el color ámbar de las cosas que han contemplado muchas vidas pasar frente a ellas. Al ir a la cocina descubrió la botella y dos copas sobre la mesa. El cristal atrapaba los reflejos del fuego; las llamas bailaban en la superficie transparente como pequeños espíritus atrapados en otro mundo.

—El casero es hospitalario —comentó él, observando el detalle con apreciación.

Verónica corría las cortinas de lino verde. El tejido áspero rozaba bajo sus dedos; la textura rústica contrastaba con la suavidad de su piel como dos mundos destinados a encontrarse, pero nunca a fusionarse completamente.

—A veces las cosas salen muy bien —dijo ella, su voz ligera como el aire nocturno—. O muy mal, sin vino.

Rio. Un sonido claro en la habitación semivacía que rebotó contra las paredes desnudas y regresó a ellos transformado.

Pablo la miró. Sus ojos absorbían la luz del fuego. Parecían pozos oscuros donde cualquier destello se ahogaba sin remedio, como si toda luminosidad fuera consumida por una gravedad interior.

—Recién me hiciste acordar a mi padre —dijo ella. Su voz cambió, más profunda, más íntima, como si descendiera a una capa inferior de sí misma.

—¿Qué he dicho o hecho?

—Dijiste que estabas relajado por estar lejos de todo.

—Sí, puede ser.

—Lo escuché decir que la crueldad del desconocido es azar. La de los que te conocen, precisión.

—Tu padre era muy amigable. Pero no con todo el mundo.

—No sabía fingir —dijo ella. Una afirmación precisa. Final. Como una puerta que se cierra suavemente, pero con determinación.

—Creo que lo has heredado.

—¿De veras lo crees? Dime algo lindo antes de irme a duchar.

—Sonríes con los ojos.

—Me gustó. Iré a la ducha y cantaré para ti. Y dejaré la puerta abierta para que escuches.

—¿Sabes lo que vas a cantar?

—No, bajo el agua se me ocurrirá. Las mejores ideas siempre llegan cuando el agua corre sobre la piel.

Pablo avivó el fuego con más leños de encina. La madera crujió al recibir el calor, un sonido ancestral que conectaba con algo primitivo en el interior. Fue hasta la mesa. Sacó el manuscrito de la mochila. Lo abrió con cuidado en la primera página, como quien desvela un tesoro cuyo valor solo él conoce. Buscó en el celular la aplicación y tomó una foto. Controló la calidad en la pantalla. La luz de la ventana bastaba para su trabajo. Las cortinas traslúcidas dejaban pasar suficiente claridad, un velo de luz difusa que envolvía los objetos en una atmósfera onírica. Continuó con las páginas siguientes. Sus dedos inventariaban el futuro con meticulosa precisión. Resistió la curiosidad de leer. Su tarea: escanear cada hoja. Documentar lo inédito.

Mientras fotografiaba, recordó las palabras de Jordi. Los hombres tras el manuscrito no improvisaban. Actuaban con precisión quirúrgica, ocultos tras fachadas limpias, neutras, impecables. Profesionales en distintas áreas, con recursos y contactos transfronterizos que se extendían como una red invisible. Operaban con sutileza tan eficaz como intimidante, sin dejar rastros ni huellas que pudieran seguirse. Desconocían exactamente qué buscaban, pero lo deseaban con desesperación febril, casi religiosa. El control de internet y las principales vías de acceso a Barcelona lo confirmaban. La amenaza invisible fermentaba fuera de aquellas paredes, respirando como una bestia paciente.

Avanzaba rápidamente página tras página. No tan veloz como deseaba, pero contaba con toda la noche por delante. En la habitación se mezclaban los chasquidos del fuego y el obturador de cada foto. Una sinfonía mecánica que marcaba el ritmo de su trabajo. Verónica cantaba en la ducha. Su voz rebotaba contra los azulejos y llegaba hasta él transformada por el agua y la distancia.

—'Round and around and around and around we go...

—¿Escuchas? —gritó ella, su voz amplificada por el eco del baño que la convertía en algo más grande que ella misma.

—Stay —respondió él.

Escuchó su risa. Una cascada de sonido claro que descendía como agua pura. Luego Verónica dijo:

—Es tu turno de cantar en la ducha. Yo adivinaré. ¿Has cantado alguna vez en público?

—Sí, lo hice de adolescente.

—No lo puedo creer. ¡Cuéntame! —dijo ella, sentándose a su lado. El colchón cedió bajo su peso como una ola que se forma y desvanece.

Envolvió el cabello en la toalla, formando un turbante improvisado sobre su cabeza. Gotas diminutas brillaban en su cuello como diamantes recién formados, captando y reflejando la luz del fuego.

—¿Dónde cantaste? —preguntó, sus ojos fijos en él con genuina curiosidad.

—En el coro de la secundaria.

Verónica rio efusiva. Su cuerpo se inclinó ligeramente hacia adelante con el movimiento, como si la alegría fuera una fuerza física que la impulsara.

—Me sorprendes.

—A mí también me sorprendió hacerlo. Creo que fue porque en el coro estaban las chicas más guapas.

—Explícame cómo debo escanear esto, y tú vas a la ducha.

—Faltan unas pocas páginas. Lo único importante es no saltearse ninguna. Luego guarda los papeles en la mochila.

—Lo haré bien. Ve tranquilo. El manuscrito está en buenas manos.

La lluvia de agua sobre su cabeza resultó agradable. Limpia. Renovadora. Como un bautismo que lavaba preocupaciones y miedos acumulados. Pensaría con más claridad después. Más tarde hablaría con ella. Habían ganado tiempo. Podrían descansar durante la noche. Un paréntesis necesario antes de retomar la huida.

—Es solo un momento, es una mirada y saber —cantó en voz alta. Su voz resonó contra las paredes del baño, amplificada por el espacio cerrado y el eco del agua cayendo.

Verónica rió desde fuera. El sonido llegó amortiguado por la puerta, pero aún así cargado de alegría auténtica.

—Solo un momento —repitió. Entró corriendo al baño con una copa de vino. El líquido oscilaba peligrosamente en el cristal, rozando el borde sin derramarse—. Lo sabía. Toma un trago. Te lo has ganado.

Ella le alcanzó la toalla. Sus dedos se rozaron brevemente, un contacto fugaz pero cargado de electricidad.

—Está helada. ¿Por qué te duchas con agua fría?

—Canto mejor así —dijo ella, sus ojos brillantes como estrellas recién encendidas.

—Ven. Tienes otra tarea —añadió con una sonrisa cómplice que revelaba intenciones no pronunciadas.

Pablo se dejó guiar de vuelta al salón. Las llamas esculpían la oscuridad con maestría antigua. Las paredes respiraban sombras y luz. Un latido visual constante, como si la casa misma tuviera pulso.

Verónica se sentó en la cama, frente a la estufa, apoyando los codos en sus rodillas. La tela de su camisa caía en pliegues precisos, dibujando mapas de sombras sobre la tela clara.

—Necesito un masaje en la espalda—. Ella se hundió bajo su peso como una barca en aguas tranquilas.

Sus manos comenzaron a moverse sobre sus hombros. Presión firme pero suave, encontrando nudos de tensión que parecían haberse acumulado durante años. El calor de la estufa se mezclaba con el de sus manos. Con el calor que emanaba de su piel como radiación solar. Afuera, el viento agitaba las ramas de los pinos. Un rasgueo interminable contra la noche, la música perpetua del mundo continuando su curso.

—Prométeme que mañana todo saldrá bien —murmuró ella, casi en un susurro que parecía dirigido más al universo que a él.

Pablo se inclinó hacia ella, sus manos deteniéndose por un momento. Su respiración en su nuca, cálida y húmeda.

—No puedo prometer eso. Pero te prometo que lo intentaré con cada fibra de mi ser.

—Tienes manos de oficinista —dijo ella, cambiando de tema con la naturalidad del agua que encuentra un nuevo cauce—. ¿Crees que esos aullidos son perros?

—Sí, son perros. Es fácil verlos en la oscuridad. Se acercan a la luz y los ojos los delatan. Brillan como monedas en la noche, dorados y antiguos.

—¿Por qué hay tantos perros sueltos?

—Se las arreglan bien así. Son como nosotros. Adaptados a una libertad precaria.

Permanecieron en silencio. La luz del fuego parpadeaba en el salón con ritmo irregular. Sombras bailaban por las paredes como recuerdos que se niegan a quedarse quietos. El sonido del viento apenas perceptible desde el exterior, un murmullo constante que recordaba la fragilidad de su refugio. Verónica dejó caer su cabeza hacia adelante. Sus vértebras formaban una línea visible bajo la piel, como cuentas de un rosario antiguo. Disfrutaba del calor. Las manos de Pablo trabajaban sobre su piel. Fricción y alivio. Dolor y placer en la misma danza.

Después de un rato, él se levantó. Caminó hacia la mesa. Vertió más vino en ambas copas. El líquido caía con un sonido suave, casi musical, como un arroyo en miniatura. Le entregó una a ella, quien la recibió con una sonrisa tranquila, íntima. Verónica entrelazó su copa con la de él. El cristal tintineó levemente, produciendo una nota clara en el silencio.

—Y por nosotros. Que siempre encontremos el camino de vuelta, el uno hacia el otro.

Luego se tendió y quitó la toalla que cubría su cuerpo. Su espalda desnuda reflejaba el brillo del fuego. Piel y luz fundidas en una aleación imposible de separar. Los leños habían caldeado la habitación hasta volverla un refugio contra el frío exterior que parecía acechar en cada ventana.

Se quedaron en silencio. Afuera, el viento sacudía las ramas. Los árboles susurraban como confidentes en la oscuridad; la naturaleza conversaba consigo misma en un lenguaje más antiguo que las palabras. Las sombras se movían por las paredes como pensamientos fugaces, imposibles de atrapar.

—Continúa —dijo ella. Dos sílabas que contenían toda una invitación; su voz dejaba clara la intención detrás de la palabra, como un velo transparente adornado de silencios.

Deslizó sus manos por sus hombros, apoyándose mientras se inclinaba con la gracia de un sauce mecido por el viento. Los dedos de Pablo recorrían su espalda con reverencia y deseo. Subían y bajaban con el movimiento de sus caderas. Un ritmo ancestral que antecedía a la civilización. Respiraban lentamente. En sincronía perfecta, como si siempre hubieran sido una misma entidad. Cada exhalación marcaba el compás de sus movimientos, invisible pero palpable. Sus cuerpos tecleaban un lenguaje cifrado. Antiguo y siempre nuevo, reescribiéndose con cada encuentro.

Se enderezó mientras apoyaba una mano en su muslo y la otra en el suelo junto a la cama. Su cuerpo se balanceaba con la flexibilidad de una rama de sauce. Fuerte y decidido a la vez, poderoso en su vulnerabilidad.

Sus movimientos fueron ralentizándose. El ritmo se desvaneció gradualmente. Poco a poco. Como una canción que termina nota a nota, disolviendo la melodía en el silencio. Permanecieron quietos. Sus respiraciones sincronizadas como si compartieran un solo pulmón. Sin palabras. El momento terminó por sí solo. Sin prisa. Como un atardecer que se desvanece tan lentamente que resulta imposible determinar el instante exacto en que la luz desaparece.

Permanecieron un rato en silencio mirando el fuego. Las llamas aún fuertes. Vitales. Lenguas naranjas y azules que danzaban en la oscuridad.

—Quisiera hacer un bocadillo y traértelo —dijo ella finalmente, rompiendo el silencio con palabras cotidianas que contrastaban con la intimidad recién compartida.

—Y yo me lo comería si tú lo haces —Pablo la miró y sonrió. Una mirada cómplice que encerraba secretos recién formados.

—Quiero, pero no quiero —dijo ella, su voz atrapada entre deseos contradictorios—. Quiero seguir aquí abrazándote.

Pablo observó sus cabellos enredados. Sus ojos brillaban con luz interior. Más vivos que nunca, como si acabaran de descubrir algo fundamental sobre la existencia.

—Soy muy feliz contigo —dijo.

—Supón que no entendiera. Tradúcelo al sueco.

—Jag älskar dig —dijo. Las palabras salieron simples y directas. Un "te amo" desnudo que no necesitaba adornos para transmitir su verdad, como si el idioma extranjero permitiera una honestidad imposible en la lengua propia.

—Te resulta más fácil decirlo en sueco —dijo ella, una sonrisa en sus labios que revelaba comprensión profunda.

—Igual de verdad.

—He sido perspicaz, reconócelo —dijo ella sonriendo con una satisfacción que iluminaba su rostro desde dentro.

—Sí, has sido perspicaz y yo he sido sincero.

—Has sido más sincero en sueco —dijo ella mirando la luna que asomaba en la ventana. Un disco pálido tras el cristal, testigo silencioso de confesiones nocturnas—. No importa, suena bonito. Me gusta cómo lo has dicho. Me gustaría escuchar música ahora. Mientras te preparo el bocadillo.

—Tenemos conexión a internet. Pero no la usaremos. No con el celular.

—Entiendo. ¿Crees que tendremos tanta suerte como con el vino? ¿Cómo se llamaba el Monsieur?

—Étienne Morel.

—¿Crees que Étienne ha pensado en la música? ¿Habrá anticipado también esta necesidad?

—Puede que le guste cocinar con música, y tenga una radio vieja en la cocina.

Verónica se levantó de la cama y fue hacia la cocina. Su piel desnuda brillaba momentáneamente bajo la luz como mármol pulido. Abrió el refrigerador. La luz artificial iluminó su rostro brevemente, creando contrastes dramáticos en sus facciones. Tomates intensos, brillantes y firmes. Jamón curado con vetas de grasa blanca que prometían sabor concentrado. Queso de cabra fresco, su blancura inmaculada contrastando con el rosa del jamón. Una hogaza de pan rústico con corteza agrietada como la tierra seca en verano. Los puso sobre la encimera con cuidado ceremonioso. Tomó el cuchillo. La hoja reflejó la luz como un espejo afilado. Cortó el pan en rodajas gruesas. Partió los tomates, restregándolos hasta que el jugo penetró la miga. El pan absorbió la humedad rojiza como tierra sedienta. Dejó el cuchillo a un lado. Tomó la botella de aceite. El líquido ámbar dibujó venas doradas sobre el pan, penetrando lentamente en la superficie porosa. Cortó el jamón en lonjas delgadas. Las dispuso con precisión, como páginas de un libro antiguo. Una sobre otra, ligeramente superpuestas, creando profundidad donde antes solo había superficie.

El queso de cabra estaba suave. Lo desmenuzó con las manos. Lo dejó caer en copos blancos como nieve sobre el jamón. Cada trozo encontraba su lugar con precisión aparentemente casual. Fue hasta la despensa. Las bisagras crujieron levemente, revelando años de uso silencioso. Encontró un frasco de pimientos rojos. Lo abrió. El vacío cedió con un suspiro audible. Sacó los pimientos y los cortó en tiras finas. Las colocó con cuidado sobre el queso, líneas carmesí sobre blanco impoluto. Miró alrededor de la cocina. En el alféizar, unas hojas de albahaca. Verde intenso contra la madera desgastada. Las tomó. Las rompió con los dedos. El aroma llenó el aire a su alrededor, fresco y potente. Las dejó caer como confeti sobre el bocadillo. Una finalización perfecta.

Terminó su creación. Limpió sus manos en un trapo. Tomó el plato. Lo miró un momento. Satisfecha, como una artista ante su obra. La radio sonaba de pronto. Sin estática ahora. Una melodía en francés llenaba el aire. "Je te le donne", de Vitaa y Slimane. Las voces llenaron la cocina. Notas graves. Profundas. Acompañaban el murmullo de las llamas en la otra habitación. Una sincronía no planeada pero perfecta, como si el universo conspirara para armonizar cada elemento.

Regresó al salón. La luz del fuego iluminaba sus pasos, dibujando su silueta en las paredes en un juego de sombras chinescas.

—Voilà —dijo, con tono ligero y humorístico que ocultaba el cuidado puesto en la preparación.

Pablo fue por más vino. Llenó las dos copas. El líquido brillaba como sangre oscura, captando y transformando la luz del fuego.

—Es tan fácil sentirse en casa aquí. Contigo. Como si todo fuera nuestro. Y todo estuvo allí desde siempre —dijo ella, sus palabras cargadas de verdad inmediata que trascendía el momento.

—Brindemos por lo que siempre ha estado —dijo él, levantando su copa en un gesto tan antiguo como el vino mismo.

Verónica guardó silencio. Miró, sin querer, su maleta. No había allí ningún abrigo para el frío que vendría. Tomó una manta que estaba a los pies de la cama. La textura áspera rozaba su piel desnuda; el tejido rústico le recordaba telas antiguas hechas a mano, por dedos que hace tiempo se convirtieron en polvo.

—Un manto de reina —dijo Pablo, observando cómo la tela caía sobre sus hombros.

—¿Soy tu reina? Entonces mañana me llevarás a nuestro palacio.

—Allí estarás —dijo él. Las palabras llevaban el peso de una promesa que no necesitaba elaboración, simple y absoluta.

—Tú también —añadió ella con la misma certeza.

—A eso me refiero.

—De pequeña mi padre me corregía si decía 'obvio'. Nada es obvio. Dilo mejor.

—Digo que estaremos los dos allí. Y saldremos bien temprano, y al mediodía brindaremos nuevamente. Igual que ahora, pero con la certeza del peligro superado.

—Entonces brindemos ahora —dijo ella, como si sellara un pacto con el futuro.

Verónica fue hasta la mesa y trajo el manuscrito. Las hojas crujieron bajo sus dedos como criaturas vivas que respiraban secretos.

—¿Solo una idea sí? —dijo ella, su mirada intensa fija en las páginas.

—Te escucho —dijo Pablo, su atención completa enfocada en ella.

—Desde esa conciencia fuera, vi tres falsedades: El juicio era una creación de mi mente. Proyectaba, percibía y luego juzgaba. Todo falso. Un caleidoscopio: proyección, percepción, juicio. Ninguno mostraba la verdad. Cada cambio, un espejismo. Eso era inevitable en este mundo, pero en la conciencia superior, la verdad era lo único posible.

Verónica torció la cabeza. Se mantuvo en silencio. Las palabras flotaban entre ellos como niebla sobre agua quieta.

—Deberíamos poner más leños. Quiero dormir con luz. Y me abrazarás cuando duerma —dijo—. No debería haberlo leído de noche. Hay cosas que me gustan más por la mañana, cuando la luz desnuda los misterios.

—Lo podrás leer siempre y a la hora que quieras. Y todo el mundo lo podrá leer —dijo Pablo. Una promesa simple que contenía el propósito de toda su misión.

Ella fue al baño. Sus pasos descalzos apenas audibles sobre el suelo, como si flotara sobre la madera. Al rato el agua de la ducha sonaba. El rumor constante del agua al caer creaba un fondo sonoro hipnótico. No cantó esta vez. Al regresar se sentó junto al fuego. Su piel húmeda reflejaba la luz como alabastro pulido. Monsieur Étienne solo les había dejado una toalla para cada uno. Junto al fuego secaría el resto de la humedad, comentó con practicidad. Pablo pareció no escucharla, absorto en pensamientos distantes. Antes que ella dijera algo más, la besó.

—Disculpa —dijo, y ella sonrió. Entre ellos fluyó un entendimiento mudo; sus miradas comunicaban lo que no hacía falta decir con palabras, un lenguaje más directo que cualquier idioma.

—Ahora —dijo ella. Ofreció una afirmación simple que no dejaba espacio para dudas ni necesitaba explicaciones. Una palabra que contenía universos de significado.

—¿Qué entonces ahora es lo único a salvo? —levantó el índice a su sien, señalando el presente como único refugio seguro.

Pablo sonrió. Verónica colgó la toalla en una silla. El tejido goteaba levemente, formando un pequeño charco en el suelo de madera. Fue hasta la cama y se cubrió con la manta hasta el cuello. Lana áspera contra piel suave, dos texturas opuestas en conversación táctil. Él guardó el manuscrito dentro de la mochila. Evaluó su peso con ojo crítico. Demasiado ligera. No podría arrojarla lejos si fuera necesario. Identificó el problema y decidió resolverlo de inmediato con pragmatismo callado.

En la entrada había visto un borde de piedras rodeando el jardín. Salió a la noche fría que mordía la piel expuesta con dientes invisibles. Cogió una roca de buen tamaño. Peso sólido en su mano, anclado a la tierra de forma irrevocable. La colocó en la mochila. Volvió a sopesar. Ahora el peso resultaba adecuado para sus propósitos, una garantía tangible en un mundo incierto.

Jordi había sido claro. Los hombres que buscaban el manuscrito utilizaban todos los recursos disponibles. No eran obsesivos comunes movidos por curiosidad. Tampoco se trataba de derechos de autor o disputas editoriales. Habían controlado las principales vías de acceso a Barcelona con meticulosa eficiencia. Aeropuertos y embarcaciones. Contaban con equipos de precisión. Profesionales en múltiples áreas. Operaban en la sombra con eficacia letal. Alcance transfronterizo que no conocía límites geográficos. Jordi había detectado su actividad en internet, rastros digitales apenas perceptibles. Sabían lo que querían. Podían hacer imposible la vida de cualquiera que se interpusiera entre ellos y su objetivo. Pablo desconocía sus motivos exactos. Solo sabía que lo buscaban con urgencia febril. Llegar al punto de encuentro representaría su única oportunidad de supervivencia.

Al regresar, tomó las dos copas aún por la mitad y fue hacia ella. Cruzaron ambos brazos entre sí y brindaron. Un ritual antiguo que conectaba con algo primitivo y esencial.

—Te has erizado del frío —dijo Pablo, notando la piel de gallina que cubría sus brazos.

—Ven junto a mí. Me darás calor. El tuyo es el único que necesito ahora.

Pablo dejó las copas sobre la mesita junto a la cama y se deslizó bajo la manta. Verónica se acercó, buscando el calor de su cuerpo como un animal que busca refugio. La luz lunar entraba débilmente entre las cortinas de lino. Líneas suaves se dibujaban en el suelo como riachuelos de plata. El aire quieto. Sellado por el frío invernal que acechaba afuera, presionando contra las ventanas como un intruso paciente.

Verónica apoyó la cabeza en su pecho. Pablo la rodeó con el brazo. Sus cuerpos se fundieron bajo la manta, creando un microcosmos de calor en un universo frío. La radio en la cocina seguía tocando una balada francesa. Notas que envolvían el silencio como una segunda manta, invisible pero real, tejida con sonidos en lugar de hilos. Las nubes cubrían intermitentemente la luna. La luz oscilaba entre sombras y claridad. Un pulso visual constante, el respirar del mundo exterior.

Deslizó la mano sobre el brazo de Pablo. No habló. Permaneció quieta. Sintió el calor bajo su palma, la vida que pulsaba bajo la piel como un río subterráneo. La habitación en silencio. Solo la música desde la cocina como una presencia más, un tercer ocupante invisible. Las sombras en las paredes cambiaban al compás de las nubes cruzando el cielo, un ballet de oscuridad y luz.

Acarició su pecho. Sus dedos recorrieron la tela de su camiseta. El tejido mostraba señales de uso frecuente; la tela, suavizada por incontables lavados, guardaba la historia de su dueño en cada fibra. Acomodó su cuerpo. El abrazo de Pablo la envolvía por completo. Sus respiraciones, lentas y sincronizadas como instrumentos afinados a la misma nota. El crujido bajo la manta acompañaba la música distante, un contrapunto rítmico apenas perceptible.

El tiempo seguía su curso. Ninguno se movía. Verónica cerró los ojos. Se abandonó a la quietud del momento, dejando que el presente la envolviera por completo. Afuera, silencio. Dentro, serenidad. Pablo la sostuvo con más fuerza. Sin palabras. En ese abrazo una promesa de calma que solo juntos podían encontrar. Una pausa antes de lo inevitable, un instante robado a la vorágine que los esperaba.

—¿Te has dormido? —preguntó ella en voz baja, un susurro que apenas perturbaba el aire.

Pablo no respondió. Verónica deslizó la mano por su pecho. Su abdomen tenso. Firme bajo sus dedos como tierra compactada. Acarició con ambas manos su cabeza. Sintió el calor. La calma del momento que parecía extenderse indefinidamente. Él continuó besándola suavemente, cada beso un punto en una constelación que trazaban juntos.

Verónica tensó los músculos de sus muslos. Dejó escapar un suspiro profundo que venía de muy adentro. Se aferró a sus muñecas. Sus dedos comunicaban una fuerza silenciosa pero elocuente, un mensaje sin palabras, pero inequívoco. Su cuerpo respondió. Relajación buscando cercanía, tensión anhelando contacto.

Pablo subió lentamente su mano. Recorrió su piel con deliberada calma. Alargó el tiempo con cada movimiento, como si pudiera detener el reloj mediante el contacto. Sus labios rozaron el cuello de ella. Con un gesto silencioso pero firme, Verónica lo guió entre sus muslos. Lo atrajo hacia ella como la tierra atrae todo hacia su centro. Sincronía perfecta. No necesitaban palabras. Sus movimientos comunicaban todo lo que importaba. Cada caricia dictaba el ritmo de una intimidad hallada en la quietud, en ese espacio donde el mundo exterior dejaba de existir.

Las nubes cubrieron por completo la luna. La luz se desvaneció gradualmente. La habitación quedó sumida en penumbra. Solo la música como compañía. Una balada francesa. Lenta. Suave. Los envolvía en profunda calma mientras el mundo exterior se disolvía en la nada, reducido a un rumor distante que ya no podía tocarlos.

CAPÍTULO 10

Moretti fruncía el ceño mientras salía con los fumadores al aparcamiento. La luz del mediodía caía oblicua sobre el asfalto, creando un espejismo de calor que se elevaba en ondas invisibles. Detestaba el humo acre que se adhería a su ropa como un parásito persistente, pero prefería eso a quedarse encerrado en las habitaciones de la improvisada oficina. Las cortinas, de un beige desgastado por el sol, siempre cubrían las dos ventanas, ocultando la vista desde la calle con la tenacidad de un secreto bien guardado. Llevaban tres días trabajando juntos, respirando el mismo aire viciado, intercambiando miradas de reconocimiento mutuo.

Sonreía solo para burlarse. Lo hacía a menudo, con una mueca que apenas elevaba la comisura derecha de sus labios. Prefería que lo llamaran "coronel", como si el rango fuera un escudo contra la familiaridad no deseada. Los dos españoles de Barcelona lo complacían escuchándolo con atención fingida, sus ojos siguiendo cada gesto como perros adiestrados.

Esa mañana, el americano se sentó frente a él, mirándolo fijo a los ojos con la intensidad de quien mide a un adversario potencial. Tenía rapado el cabello a los costados, dejando apenas unos centímetros arriba, un corte militar que hablaba de disciplina y orden. Llevaba barba de tres días, sombra oscura que enmarcaba una mandíbula tallada en ángulos precisos. Sus orejas parecían moldeadas en cemento, pegadas a los lados de su cabeza como apéndices ajenos. Fruncía el ceño como quien necesita gafas y se niega a usarlas por orgullo mal entendido.

—Que no te molesten los otros —dijo, señalando con un movimiento leve de cabeza hacia la puerta donde los españoles habían desaparecido.

—No me molestan —respondió el coronel, con voz neutra que no revelaba nada.

—No te molestes con esos dos —insistió el americano, como si no hubiera escuchado la respuesta.

Al coronel le cayó bien. Le gustaba la gente clara, especialmente si daba órdenes con la seguridad de quien no contempla la desobediencia.

—Han cambiado algunas cosas. Ya no necesitas darle el manuscrito a Theodor. El documento se queda conmigo —el americano se detuvo y lo miró a los ojos con la intensidad de un depredador evaluando a su presa—. ¿Quieres verificarlo con él?

—No, sigue.

—Somos un equipo. Trabajas con nosotros. Seremos más generosos.

—Un cambio de escritorio —dijo el coronel, con la precisión de quien traduce jeroglíficos.

—Es eso —afirmó el americano, satisfecho con la comprensión mutua.

—¿Has matado mucha gente?

—Nunca fuera del servicio. No invento guerras.

El americano hizo una mueca de aprobación. Su rostro se relajó brevemente, como una máscara que cede por un instante.

El coronel sentía incomodidad ante cualquier duda sobre su profesionalismo, una sensación física que le oprimía el pecho como un corsé demasiado ajustado. Se veía como un militar leal a su servicio, una pieza eficiente en una maquinaria más grande. No había nada personal en sus acciones, solo la precisión mecánica de quien cumple órdenes. Tampoco dejaba cosas sin terminar, cada misión era un círculo que debía cerrarse con perfección geométrica.

Había culminado su carrera militar cinco años atrás, cuando las canas comenzaron a poblar sus sienes como invasores silenciosos, y continuó en el sector privado con la misma disciplina implacable. Esta misión estaba conectada a su pasado como un hilo invisible que tiraba de él. La vivía como una tarea no cumplida, un pendiente en su impecable historial. Una incomodidad creciente, como una piedra en el zapato que se hunde más con cada paso. Algo que cuestionaba su desempeño en el servicio, un fantasma que lo perseguía en las noches de insomnio.

Sentía que lo observaba un dios que lo perdonaba mientras cumpliera su deber, un juez silencioso que pesaba cada acción con una balanza invisible. La lealtad era cumplir bien, como un reloj que marca la hora exacta sin fallar. Los vicios, como fumar, iban contra el trabajo bien hecho, pequeñas rendiciones que despreciaba en otros y en sí mismo. No bebía, así que no tenía refugio ante el dolor que a veces lo asaltaba sin aviso. El dolor lo redimía, igual que a los injustos a quienes enfrentaba, una moneda con la que pagaba deudas invisibles.

—No vamos por dos civiles. Vamos por una información. ¿Se entiende? —dijo Jack Stone, pronunciando cada palabra como si la tallara en piedra.

Los ojos del coronel se estrecharon aún más, dos rendijas que apenas dejaban entrever el frío calculador de su mirada. Sus mandíbulas cubrían casi toda su cara ancha, tensas como las de un depredador a punto de morder.

—Vamos por información que tienen dos civiles. Así lo entiendo —respondió el coronel, con la precisión de un disparo.

—Si algo cambia, lo sabrás por mí.

El americano volvió a hablar de los otros dos, como quien recuerda un detalle importante.

—Tú conoces al civil. Los otros conocen el terreno. Son como dos ojos diferentes del equipo.

—Me parece bien —dijo el coronel, con la economía verbal de quien ha aprendido que las palabras, como las balas, deben usarse con precisión.

No le gustaba la gente que hablaba demasiado, que llenaba el silencio con palabras innecesarias como quien llena un vaso hasta derramarlo. Al final, siempre rompen el grupo, como una manzana podrida en un cesto. Sospechó que Alejandro Moretti, exmilitar latino, podía ser uno de esos. Pero quizás por experiencia, por cicatrices invisibles que moldeaban su carácter, había aprendido a controlarse. Eso le dio tranquilidad, como quien confirma que un arma está asegurada.

Jack dejó Boise, Idaho, hacía tiempo, abandonando recuerdos y rostros como quien deja ropa vieja. Creía que todos deben aprender a dejar cosas atrás, a cortar amarras cuando es necesario, a navegar ligero. A veces, la solución es un martillo, contundente y definitivo. Sabía dar tareas claras y precisas, como quien dibuja un mapa sin detalles superfluos.

El mensaje llegó temprano, cuando la luz apenas comenzaba a filtrase por las persianas como dedos pálidos. Desde un puerto menor en Perpiñán informaron que los rostros capturados por las cámaras coincidían con los buscados, imágenes borrosas pero suficientes. El grupo en Barcelona se reunió al instante, con la urgencia de cazadores que han detectado a su presa. El americano informó al General Thornton con la eficiencia de un subordinado ejemplar. El siguiente punto de interés era Marsella, donde el mar Mediterráneo lame costas que han visto siglos de historias similares. El coronel sonrió con burla, un gesto que le arrugaba el rostro como papel viejo.

—Si me permite buscar un poco más en Perpiñán —dijo al americano con tono sarcástico, casi desafiante.

En la comisaría local de Perpiñán, bajo luces fluorescentes que zumbaban como insectos atrapados, el americano autorizó al coronel a moverse por la ciudad con libertad limitada.

El coronel Moretti entró en la pequeña comisaría. El olor a café rancio y desinfectante barato impregnaba el aire como una presencia tangible. El comisario local, un hombre delgado con ojos cansados de ver demasiado, movía la pierna derecha bajo la mesa en un tic nervioso que delataba ansiedad o aburrimiento.

—¿Tienen algo más? —preguntó Moretti, con tono cortante que no admitía evasivas.

—Hemos verificado las cámaras del puerto. La pareja tomó un taxi desde allí, justo después de desembarcar. Tenemos la matrícula y el taxista ya viene. No es mucho, pero...

—No importa, es suficiente —respondió el coronel, calculando ya sus siguientes movimientos como en un tablero de ajedrez.

El taxista llegó minutos después. Era un hombre de unos cincuenta años, con el rostro quemado por el sol mediterráneo y arrugas profundas que contaban historias sin palabras.

—Llevé a una pareja ayer. Parecían turistas, pero hablaron poco —dijo el taxista mientras encendía un cigarrillo con manos ligeramente temblorosas, visiblemente nervioso bajo la mirada penetrante del coronel.

—¿A dónde los llevaste? —preguntó Moretti, inclinándose ligeramente hacia adelante.

—A las afueras, a una casa de campo rodeada de viñedos. Estaban tranquilos, aunque ella parecía algo inquieta, miraba constantemente por la ventanilla como si buscara algo o a alguien.

El coronel asintió, almacenando cada detalle como munición.

—Muestra las fotos. Quiero confirmar que sean ellos.

El comisario mostró las imágenes en la pantalla, rostros capturados en el momento exacto, congelados en pixeles. El taxista entrecerró los ojos antes de asentir lentamente, con la certeza de quien reconoce un rostro familiar.

—Sí, eran ellos. Sin duda. La mujer tenía ese mismo pelo rojizo y el hombre esa mirada intensa.

El americano le ordenó al coronel regresar a Barcelona para planificar el operativo y presentar a dos nuevos miembros del equipo, piezas adicionales en un juego cada vez más complejo. Jack Stone siempre preparaba su trabajo con precisión milimétrica, como un relojero obsesivo. Tenía informes de cada miembro del grupo, personas competentes para una operación de esa magnitud, seleccionadas con el cuidado de quien elige herramientas específicas para un trabajo delicado.

Había misiones más complejas que quitar papeles a dos civiles, operaciones donde la sangre corría y las explosiones rompían el silencio. Sin embargo, el informe del coronel despertó su curiosidad como una llama pequeña pero persistente. El coronel había pedido detalles adicionales, más de los necesarios para la operación inmediata. La conexión del coronel con la misión era clara como agua de manantial, pero su perfil indicaba algo más, capas ocultas bajo la superficie profesional. ¿Qué hacía alguien como él en la red del General Thornton? La pregunta quedó flotando en su mente. La curiosidad llevó a Jack a revisar los informes durante horas, bajo la luz tenue de una lámpara que proyectaba sombras alargadas.

Según los archivos, documentos amarillentos que olían a secretos antiguos, el coronel había conocido al escritor del manuscrito en una unidad especializada en contrainsurgencia, fuera de su ámbito habitual como quien visita una tierra extranjera. El coronel evitaba el anonimato como otros evitan la luz. Pedía a los prisioneros quitarse las vendas y se presentaba usando su nombre real, un acto inusual en ese mundo de sombras y códigos. Esto le permitió conocer a un prisionero que generó alerta inmediata, como una alarma silenciosa. Interrumpió la tortura para hablar con él en privado, en una habitación donde solo las paredes escuchaban. Tras esa conversación inicial, el coronel trasladó al prisionero a una unidad especial de reclusión, un lugar donde el tiempo se detenía y los gritos se ahogaban en paredes gruesas.

Durante meses, no obtuvieron resultados claros, solo silencio y más preguntas. El coronel dirigió personalmente cinco interrogatorios, sesiones que duraban horas bajo luces que nunca se apagaban. Pero el prisionero, Mateo Altamirano, nunca cedió, como una roca que resiste el constante golpear de las olas. Incluso tras varios paros cardíacos, Mateo sobrevivía, mostrando una resistencia casi inhumana que desafiaba la lógica médica. Las notas del coronel revelaban una obsesión creciente, anotaciones cada vez más detalladas y personales. Estaba convencido de que Mateo sabía más de lo que admitía, secretos enterrados bajo capas de silencio.

La tenacidad del prisionero no se correspondía con la de alguien inocente, un detalle que el coronel subrayaba repetidamente en sus informes, pero no lograban quebrarlo ni con técnicas que habían funcionado con veteranos de guerras brutales. Este informe dejó a Jack Stone con más dudas, preguntas que se multiplicaban como ramas de un árbol. Aunque sabía que no necesitaba respuestas para cumplir su trabajo con la eficiencia mecánica que lo caracterizaba, odiaba quedarse con preguntas sin resolver sobre las personas con quienes trabajaba. Finalmente, decidió hablar con el coronel, enfrentarlo directamente.

El coronel tomó asiento en la silla metálica que crujió bajo su peso como una queja articulada. Jack lo observó, analizando cada gesto como quien estudia un mapa en busca de trampas ocultas.

—¿Por qué tanto interés en ese prisionero? —preguntó Jack, con tono llano como una carretera recta.

El coronel apoyó los codos sobre la mesa, entrelazando los dedos con la precisión de quien prepara un arma. Mantenía una expresión neutral, una máscara perfecta, pero su mirada era calculadora, fría como agua de pozo profundo.

—¿A quién le interesa? Eso quedó atrás —desvió la vista, mirando un punto distante como si pudiera ver a través de las paredes.

Jack frunció el ceño, notando que la respuesta del coronel no era completa, solo una fracción de la verdad que buscaba.

—No es cuestión de duda. Él jugaba con nosotros. Los inocentes no mantienen el control bajo tortura. Nada lo afectaba.

Jack lo miraba fijamente, procesando cada palabra, cada inflexión, imperturbable como quien observa una tormenta desde la seguridad de un refugio.

—Tal vez nunca habló porque no había nada que decir —sugirió, dejando caer las palabras como piedras en agua quieta—. Pudiste invertir esos recursos en algo útil.

El coronel sostuvo la mirada de Jack, con rabia contenida que se manifestaba en un ligero temblor en su mandíbula.

—No sabes de qué hablas. ¿Entiendes lo que es enfrentar a alguien que no siente miedo? El terror quiebra a los hombres como ramas secas.

Jack permaneció calmado, sin mostrar reacción, como la superficie de un lago en día sin viento.

—No te equivoques. Somos piezas de una maquinaria mayor. Tú, yo, el prisionero... Seguimos una línea trazada por manos que nunca vemos.

El coronel se inclinó hacia adelante, con los ojos brillando de furia contenida como brasas bajo cenizas.

—Tal vez creas eso. Yo sé que un hombre decide cuándo desafiar al destino. No sé si era culpable, pero nunca logramos quebrarlo. Me enfrenté a él, y me mostró algo que tú no entenderías.

Jack lo miró por unos segundos, midiendo la intensidad de sus palabras como quien pesa oro. Luego replicó, en un tono bajo y desafiante que llenó el espacio entre ellos:

—La guerra no tiene espacio para vendettas personales. Esa fijación tuya es tu verdadera derrota.

El coronel apartó la vista, como si esas palabras lo hubieran removido profundamente, tocando una herida que nunca había sanado completamente. Se levantó y lo miró antes de hablar, erguido en toda su estatura.

—No era una vendetta; era un desafío. Si estás cara a cara con alguien que no se quiebra, entonces hablamos de derrotas que van más allá de misiones fallidas.

Jack permaneció en silencio, dejando que las palabras del coronel calaran hondo como agua en tierra sedienta. Finalmente, respondió con la calma de quien ha visto demasiado para sorprenderse:

—Eso no me concierne. Nuestra misión es asegurar el manuscrito. Si hay algo más, otros lo juzgarán. Nosotros solo cumplimos.

Después, Jack habló con el grupo, reuniéndolos como un pastor a sus ovejas. Incluía a dos americanos más, sumando seis en total, un número que le daba confianza. La habitación era pequeña, con olor a colonia barata y tabaco de los españoles, un aroma que se adhería a la ropa y el pelo. El coronel miró a los recién llegados con ojo crítico; al menos sabían correr, pensó, notando sus cuerpos atléticos. Uno era alto, una cabeza más alto que el otro, con hombros anchos como vigas. Ambos llevaban el cabello corto, peinado hacia adelante como soldados de un ejército invisible. El más bajo parecía más amigable, con ojos que aún conservaban algo de humanidad.

Formaron un círculo con las sillas, un ritual antiguo de guerreros antes de la batalla. Jack inició el operativo con palabras medidas. Irían en helicóptero hasta Perpiñán, atravesando el cielo como aves de presa. Allí, dos americanos continuarían la vigilancia: Gavilán 1 y Gavilán 2, encargados de vigilancia aérea y apoyo, ojos en el cielo que no parpadean. El coronel, como Lobo 1, y los dos españoles, Lobo 2 y Lobo 3, se moverían por tierra, siguiendo el rastro como cazadores experimentados.

—Tendrán comunicación conmigo, Jabalí —dijo Jack, haciendo una pausa para que el nombre en clave se grabara en sus mentes.

Subrayó la importancia de la discreción con gestos precisos que cortaban el aire.

—No llamemos la atención. Comunicaciones constantes entre equipos. Cerramos rutas de escape rápido.

—Gavilán 1 y 2 llevarán fusiles Barrett M82 para neutralizar desde el aire si es necesario. Ustedes usarán Sig Sauer P320. No sabemos si los civiles contarán con apoyo. Si no es así, puede que no haya enfrentamiento. No lo sabemos con certeza.

CAPÍTULO 11

Samuel avanzó por el pasillo con paso medido. El eco de sus pisadas quedaba amortiguado por la moqueta industrial gris; sonido único además del zumbido constante de los servidores. Cinco oficinas separaban su posición actual de Sentinel. Su mente registraba cada espacio mientras avanzaba, una costumbre que ordenaba el caos y calmaba su ansiedad.

Cruzó oficinas vacías a esta hora temprana: la de Rolf, el auditor principal; la de Linda, control de recursos energéticos; el territorio caótico de Mike, analista de temáticas diarias; la sala hermética de Jimmy, responsable de seguridad; y finalmente, la oficina siempre vacía de Ben, el nexo con la dirección superior.

Samuel se deslizaba, un fantasma calculado entre estos espacios. Sus movimientos precisos y estudiados formaban parte de su fachada. El zumbido constante de las luces fluorescentes, el acero frío que sustentaba toda la estructura, el aire estéril recirculado; todo constituía el telón de fondo para la misión que estaba a punto de ejecutar.

La puerta de acceso a Sentinel. Señalización de restricción máxima. Deslizó la tarjeta con un movimiento fluido. Luz verde de confirmación.

Entró con naturalidad practicada. El latido sordo de servidores masivos inundó sus oídos, un océano tecnológico en plena marea. Terminales parpadeantes mostraban flujos incesantes de datos que se transformaban en patrones reconocibles. Sentinel: mente colmena artificial. Inteligencia tejiendo una red global de miedo cuantificado. No solo detecta: manipula con precisión quirúrgica. La dirección marca el ritmo silenciosamente. Sentinel amplifica metódicamente la sinfonía calculada del pánico. Guerras teledirigidas. Crisis orquestadas. Terrorismo algorítmico. El miedo convertido en moneda de cambio universal.

Terminal principal. Conexión establecida. Chip de acceso insertado. Código encriptado. Verificación biométrica completada. Autorización concedida.

Dedos deslizándose sobre el teclado con precisión pianística. Interfaz familiar. Datos fluyendo, un río digital desbordante. Localización de línea clave en el algoritmo central. Patrones de miedo identificados. Precisión quirúrgica en cada movimiento. Ajuste mínimo pero crítico. Una sombra imperceptible en el código maestro.

Fecha de activación: pendiente de confirmación.

Ejecutó la secuencia. Latido fantasma en el sistema. Retardo imperceptible en la respuesta. Parpadeo fugaz en la pantalla principal. Invisible para ojos inexpertos. No para Sentinel mismo. Frío repentino en la nuca. Exhaló lentamente. Latencia ajustada según parámetros calculados. Error potencial identificado y corregido. Rastros digitales eliminados meticulosamente. Superficie aparentemente intacta.

Se reclinó ligeramente. Cerró sesión con protocolo estándar. Extrajo el chip con movimiento fluido. Se levantó manteniendo la calma exterior, una máscara perfecta.

Al otro lado de la sala: panel de monitoreo parpadeando sutilmente. Azul estándar transformándose en ámbar de advertencia. Alerta silenciosa registrada en el sistema.

Un analista nocturno, ojos enrojecidos por horas frente a la pantalla, encorvado sobre su terminal, inclinó la cabeza con curiosidad profesional. Ojos entrenados fijos en el panel de monitoreo. Retardo mínimo detectado. Insignificante para estándares normales pero inusual en un sistema que nunca vacila.

—Te olvidaste de cerrar el protocolo de verificación —dijo una voz a sus espaldas.

Samuel giró despacio, calculando su reacción. El analista señalaba la terminal negra con gesto profesional.

—Lo estaba revisando específicamente —respondió con voz deliberadamente plana. Expresión impasible, máscara de indiferencia—. Sin cambios críticos detectados.

El analista frunció el ceño ligeramente. Tecleó una secuencia rápida. La luz ámbar persistía en el monitor.

—Hay un retardo inusual en la respuesta. Demasiado inusual para ser aleatorio. Casi parece orgánico en su patrón. Probablemente un bug en el sistema. Lo reportaré después del cambio de turno.

Samuel asintió imperceptiblemente. Salida inmediata. Pasillo que parecía extenderse infinitamente. Ascensor al final del corredor. Cabina cerrándose con suavidad hidráulica. Sudor frío formándose en la nuca. Chip tibio en el bolsillo interior. Subrutina silenciosa germinando en el corazón mismo de la máquina.

Las primeras gotas de lluvia golpeaban el pavimento cuando Samuel dejó el taxi. La noche había caído completamente sobre la ciudad, las luces artificiales creaban un resplandor enfermizo contra las nubes bajas.

El hotel se alzaba, fortaleza de cristal y acero contra el cielo nocturno. En el piso veinticuatro, una sala de conferencias había sido preparada para un encuentro que cambiaría el curso de todo.

Al entrar, vio a la periodista revisando sus notas y al camarógrafo ajustando el equipo. La mujer, de unos cuarenta años, tenía el cabello negro recogido en un moño austero que enfatizaba los ángulos de su rostro. Sus ojos, de un gris cambiante, habían visto caer reputaciones y carreras, hojas de otoño arrastradas por el viento del escándalo.

—No somos del Toronto Globe ni del Montreal Tribune —dijo Samuel, cerrando la puerta firmemente—. Ustedes son de The Dominion Report por una razón específica. Yo los elegí por su independencia editorial. Por su inmunidad a presiones institucionales.

La periodista levantó la vista sin mostrar sorpresa. El control era su oficio, la neutralidad su uniforme.

—Lo sabemos. También conocemos las implicaciones de esta entrevista. Los riesgos para todas las partes involucradas.

El camarógrafo conectó el micrófono inalámbrico a la solapa de Samuel. Sus manos trabajaban con precisión profesional, sin temblar ni dudar un milímetro.

—Listos en dos minutos —dijo sin levantar la vista del monitor donde las ondas de sonido dibujaban patrones sinusoidales.

Samuel se sentó en la silla designada. Ajustó su corbata con un movimiento exacto que había practicado frente al espejo esa mañana. Una tensión eléctrica cargaba la habitación, tormenta inminente en aire confinado.

—Treinta y siete casos —dijo la periodista. Su voz cortó el silencio, bisturí sobre piel—. Ninguno tan significativo como Mateo Altamirano.

Samuel asintió. El número confirmaba la meticulosidad de su investigación, la seriedad de quien no deja cabos sueltos en un tapiz complejo.

—Sentinel lo sabe. El General también. Quieren que el manuscrito desaparezca, borrado de la memoria colectiva.

—Y tú quieres lo contrario. Exposición total. —Sus palabras no eran una pregunta sino una confirmación, un diagnóstico preciso.

Samuel inspiró. El aire frío llenó sus pulmones, verdad largamente retenida expandiéndose en su interior con urgencia vital. Se inclinó sobre la mesa y redujo el espacio entre ellos, dos conspiradores en una habitación vigilada.

—El miedo: herramienta de control social desde el principio de los tiempos. Mi investigación señala hacia su superación neurológica, un salto evolutivo no planeado. La Reconexión Cognitiva no es teoría, es realidad documentada. Personas que despiertan de una pesadilla colectiva.

La periodista anotó con rapidez en una libreta de cuero gastado. Su pluma arañaba el papel, cirujano capturando no solo palabras sino tonos e implicaciones.

—Esto es neurociencia académica. No vende ejemplares ni atrae clics. Lo que vende es la manipulación masiva. La conspiración institucional. El control encubierto.

Samuel sonrió sin alegría. Un gesto calculado que no alcanzaba sus ojos, movimiento facial ensayado para momentos cruciales.

—Lo sé perfectamente. Pero si se hace público en los términos correctos, con el encuadre adecuado, la reacción será inmediata. Un incendio en pradera seca. No podrán enterrarlo nuevamente.

La periodista cruzó los brazos en gesto de evaluación final. La luz roja parpadeaba en la cámara, ojo electrónico testigo de verdades peligrosas.

—Hablemos entonces. Todo grabado. Sin cortes. Sin edición previa. Pero esto costará más que tu carrera, Samuel. Lo sabes, ¿verdad?

—Lo sé —dijo simplemente. Dos palabras conteniendo una decisión irreversible.

El camarógrafo hizo una señal con tres dedos. Dos. Uno.

—Grabando.

Samuel miró directamente a la lente negra que absorbía luz y verdad por igual. En ese círculo de cristal oscuro, firmaba su destino con plena consciencia del precio a pagar.

CAPÍTULO 12

Pablo escuchó motores antes que Verónica, un zumbido distante que cortaba el silencio matutino como cristal rajándose. Alzó la cabeza del mapa que llevaba repasando desde el amanecer, sus dedos ligeramente entumecidos por horas de inmovilidad. La ruta al punto de encuentro quedaba clara en su mente, cada curva y desvío memorizado con precisión militar, pero no aliviaba la presión en su pecho, ese peso constante que se asentaba justo bajo el esternón.

Lo que no dependía de él era lo más difícil. Solo podía intuirlo, como quien adivina tormenta en un cielo aún despejado.

Desde la cocina llegaba el aroma del café, intenso y terroso, con esa promesa de claridad que solo el primer café del día contiene. Verónica lo preparaba bajo los primeros rayos del sol que penetraban por la ventana, polvo dorado suspendido en franjas de luz ambarina. Pablo la observaba, cautivado por la precisión de sus movimientos, la economía de gestos que hablaban de una concentración absoluta.

Vertió el agua antes de que hirviera sobre el café grueso en la cafetera de émbolo, un sonido sibilante escapando entre vapor. La espuma subió, crema marrón formando una corona efímera. Esperó tres minutos exactos, medidos en respiraciones contenidas, y luego presionó lentamente, con la deliberación de quien ejecuta un ritual antiguo. El aroma llenó la cocina, denso como una presencia física.

Verónica se acercó con dos tazas, porcelana blanca con bordes desportillados por el tiempo. Al entregarle la suya dijo:

—Volverás a querer estar conmigo después de un café.

Él sonrió, una leve curvatura de labios que alcanzaba a sus ojos por primera vez en días.

—Nunca he dejado de hacerlo.

La miró directamente, sus ojos encontrando los de ella con la intensidad de quien memoriza un paisaje antes de partir.

—Nunca te olvidaré. Siempre querré acariciarte al final del día.

Tocó su mejilla, la piel cálida bajo sus dedos ásperos. Notaba que los últimos días Verónica mostraba una energía diferente, juvenil, como si hubiera recuperado algo perdido tiempo atrás. Esa mañana había despertado más vital que nunca, su cuerpo moviéndose con una ligereza que contradecía la gravedad del momento. Pablo dejó pasar los minutos sin interrumpirla, temeroso de que ese estado fuera frágil como cristal recién soplado. La juventud baila al borde del peligro como si fuera un paso más en la música, desconocedora del abismo.

Desde la terraza observaron el paisaje, inmóvil bajo el cielo pálido del amanecer. Carrizos cantaban a lo lejos, notas agudas y penetrantes que se mezclaban con el zumbido constante de abejarucos trazando arcos invisibles en el aire. El viento traía el aroma húmedo de pinos y encinas cercanas, savia y resina calentándose bajo el sol naciente. Bajo sus pies, el rocío en la hierba liberaba un olor terroso, primitivo, que ascendía en volutas invisibles con cada paso.

El viento entre los cipreses susurraba con cadencia hipnótica, anunciando una calma que Pablo sabía temporal, efímera como las nubes que se deshacen bajo el sol. Al fondo brillaban luces de una casa distante, puntos amarillos que parpadeaban entre la bruma matutina.

—Pronto partiremos —dijo Pablo, las palabras escapando como si pesaran—. Intentarán detenernos antes del punto seguro.

—¿Quiénes? —La pregunta flotó entre ellos, simple y compleja a la vez.

—Jordi solo detectó movimientos. No son comerciantes de libros. Tienen recursos para controlarlo todo hasta encontrarnos. Cada carretera, cada teléfono, cada rostro desconocido.

—Más razón para que no consigan el manuscrito —dijo Verónica con firmeza, su mandíbula tensándose levemente bajo la piel tersa.

—Tenemos un tiempo muy corto a nuestro favor. Minutos que se convierten en segundos mientras hablamos.

—¿Cuánto? —Sus dedos apretaron la taza, blanqueando los nudillos.

—Unas cuatro horas. Pero ellos las acortan a cada momento. El tiempo nunca es fijo cuando se vive en los márgenes.

Pablo se concentró en el mapa mental de la ruta, carreteras secundarias que se bifurcaban como venas sobre la piel del territorio, caminos de tierra que aparecían y desaparecían entre vegetación densa.

—Tú conducirás —dijo, rompiendo el silencio que se había asentado entre ellos como un tercer ocupante—. Es un camino entre cerros, sinuoso pero despejado al amanecer. Cuando falte una hora para el punto de encuentro, usarás el celular para verificar la ubicación. Solo entonces, ni antes ni después.

Ella asintió con decisión, un movimiento breve y preciso que hablaba de resolución más que de obediencia.

—¿Y tú? —Sus ojos escudriñaron los de él, buscando lo no dicho.

—Estaré atento a todo. Si nos siguen o algo cambia, tomaré decisiones rápido. Hay alternativas que preferiría no considerar, pero existen.

—¿Qué piensas que puede pasar? —La pregunta sonó desnuda, desprovista de la protección que da la ignorancia.

El silencio llenó el espacio entre ellos antes de su respuesta, denso como niebla matutina que se resiste a disiparse.

—Si algo me pasa, debes seguir sola. El tiempo no espera y el manuscrito debe llegar. Lo demás es secundario, incluso yo.

Verónica lo miró con intensidad, las primeras luces del día esculpiendo sombras bajo sus pómulos.

—Pensé que la ausencia era todo lo que quedaba. Hasta que llegaste.

—¿Y ahora? —Pablo sostuvo su mirada, encontrando en ella algo que creía perdido.

—Ahora quiero saber si tú has dejado de creer. Si todo esto es solo estrategia o hay algo más.

—Pensé que la ausencia era lo único. Hasta que apareciste —dijo Pablo, las palabras emergiendo desde un lugar olvidado dentro de él—.

No esperaba nada. Solo sobrevivir. Pero estos días volví a creer que existe algo por lo que vale la pena el riesgo.

—¿En qué? —Su voz apenas un susurro.

—En que a veces el destino te cambia sin aviso. Te da lo que no sabías que necesitabas en el momento menos esperado.

Verónica apartó la mirada hacia la carretera, una cinta gris que se perdía entre colinas neblinosas.

—¿Podríamos ganar tiempo si cambiamos la ruta? Conozco caminos que no aparecen en mapas.

—Ya lo pensé —la interrumpió Pablo, su mano cubriendo la de ella sobre la mesa—. Si hay una forma, lo sabremos cuando llegue Miguel. Él conoce cada piedra de estos montes.

La conversación se apagó. El silencio entre ellos se volvió cómodo, lleno de entendimiento tácito, de palabras no necesarias. Afuera los pájaros continuaban su canto matutino, ajenos a la tensión humana, a planes y contrarréplicas, a la fragilidad de cada momento.

La neblina se densificaba en los valles, ascendiendo lentamente. Una capa blanca se alzaba desde la tierra, envolviendo los troncos de pinos centenarios y ocultando los bosques distantes bajo un manto de algodón húmedo.

—Se ve mucho menos —dijo Verónica, mirando hacia las colinas ya invisibles bajo el blanco invasor—. La niebla cubre todo como si quisiera protegernos.

Pablo escuchó los motores atravesando la curva cercana a las casas: el sonido inconfundible de una motocicleta, seguido por el rumor más profundo de una furgoneta. Los reconoció antes de verlos, como un animal atento a señales de peligro o salvación. Recogieron sus escasas pertenencias y cerraron la casa, movimientos precisos, ensayados mentalmente. Dejaron la llave bajo la maceta derecha, pequeño ritual de normalidad en medio del caos.

Se quedaron en el jardín, muy cerca uno del otro, respirando el mismo aire frío y húmedo. Verónica lo abrazó, su cuerpo delgado apoyándose contra el de él con una necesidad que iba más allá del contacto físico. Pablo la besó, saboreando café y algo más primitivo, más esencial.

—Verás que lo logramos —dijo ella, sus ojos brillantes con una determinación que desmentía cualquier duda.

Pablo sintió una certeza nueva, una claridad que llegaba inesperadamente. Un segundo: la única puerta que la eternidad deja abierta. Cruzarla o dejarla pasar marca la diferencia entre lo vivido y lo perdido para siempre, entre ser y haber sido. La besó otra vez, sumergido en el silencio que ambos habían construido, refugio temporal contra un mundo de ruido y persecución. Verónica se apartó cuando los motores se acercaron, dejando un rastro de calor en sus labios.

Miguel llegó en su motocicleta con una sonrisa familiar, dientes blancos en rostro bronceado por intemperies. Detrás, un joven conducía una Renault Kangoo blanca, metal desgastado que brillaba opaco bajo la luz matinal. Miguel, delgado y ágil como un animal de montaña, destacaba por su destreza con las dos ruedas, por la forma en que se fundía con la máquina.

—Jordi envía saludos —dijo, estrechando la mano de Pablo con firmeza callosa—. Marco trae cosas útiles. Todo lo que pediste y algo más.

Abrió las puertas traseras con un movimiento teatral. Dentro brillaban treinta pinchos metálicos, estrellas de acero con puntas afiladas como dientes de lobo. Un tanque de combustible descansaba en la esquina, líquido ambarino visible a través del plástico.

—Jordi dice que Miguel te ha traído «miguelitos». Una broma personal, supongo.

Pablo agradeció con una palmada en su hombro, comunicación de hombres acostumbrados a la economía de palabras.

Marco llevaba una chaqueta azul ceñida que marcaba hombros fuertes y barba corta bien cuidada, negra como ala de cuervo. Observaba a Verónica con interés evidente, una evaluación masculina apenas disimulada.

—¿Eres la hija de Mateo Altamirano? —Su voz tenía la cadencia de quien está acostumbrado a que lo escuchen.

Verónica asintió, un gesto breve que no invitaba a más preguntas.

—Muchos lo estudiamos en la universidad —dijo Marco, inclinándose levemente hacia ella—. Encontrarás seguidores allá —señaló hacia el camino, hacia un horizonte invisible bajo la niebla—. Cuando quieras, puedo mostrarte la ciudad. Conozco lugares que no aparecen en guías.

Verónica sonrió, un gesto que no alcanzaba sus ojos.

—¿Vives allí? —La pregunta casual ocultaba evaluación.

Marco asintió, satisfecho de haber captado su interés, real o imaginario.

Miguel tomó a Pablo del brazo y lo apartó con discreción, extrayendo dos celulares nuevos del bolsillo interior de su chaqueta de cuero.

—Hora de cambiar. Evitar rastreos. Líneas limpias, sin historia.

Pablo le explicó su plan, palabras breves y precisas como cuchillos.

—Necesito una gasolinera en la carretera a Perpiñán. Coloca los celulares encendidos en un vehículo que viaje hacia la ciudad. Camionero o turista, alguien que mantenga velocidad constante.

—Sencillo —dijo Miguel, asintiendo con aprobación profesional—. Jordi los activará para atraer atención. Señales falsas, migajas electrónicas.

—Confirma con él. Necesito certeza, no probabilidades.

Miguel se apartó para llamar, su voz un murmullo inaudible bajo el ronroneo del motor en ralentí. Marco se acercó a Verónica, invadiendo su espacio personal con la confianza de quien rara vez encuentra resistencia.

—¿Tu amigo también se quedará en Andorra? —Su mirada se desvió hacia Pablo brevemente.

—No sé qué hará él. Yo tampoco sé qué haré —dijo, mirando a Pablo con una intensidad que hablaba de decisiones aún no tomadas.

Miguel regresó con paso rápido, energía contenida en cada movimiento.

—Jordi aprueba la idea. Es brillante —señaló el vehículo con un gesto amplio—. Ved el equipo completo. Calidad garantizada.

Los pinchos formaban estrellas perfectas, simetría letal en metal pulido. El tanque de gasolina descansaba en el rincón derecho, inocuo en apariencia, devastador en potencial.

—Si os siguen en el tramo final, los caminos se estrechan hasta convertirse en gargantas —dijo Miguel, su voz bajando a un registro conspirativo—. Los pinchos frenarán cualquier vehículo. La gasolina creará una barrera de fuego después. Imposible cruzar, imposible perseguir.

Pablo asintió, calibrando mentalmente distancias y tiempos, contingencias y escapes.

Miguel le entregó un encendedor Zippo plateado, metal frío contra la palma.

—Nos vemos en Andorra. Dos días, no más.

Los jóvenes montaron la motocicleta, cuerpos sincronizados por la costumbre. Desaparecieron en la niebla, el sonido del motor desvaneciéndose hasta convertirse en memoria.

Verónica tomó el volante con firmeza, manos pequeñas pero seguras sobre el cuero agrietado.

—La frontera está a 140 kilómetros. Después subiremos 20 más hasta el refugio. Conozco el camino como mis propias manos.

—¿Miguel y Marco vendrán detrás? —Pablo revisaba los asientos traseros, acomodando equipo con precisión militar.

—Dejarán los celulares y nos seguirán —dijo Pablo, su mirada fija en el espejo retrovisor—. Por cierto, tienes un nuevo admirador. Insistente.

Verónica giró la cabeza, una sonrisa inesperada iluminando sus facciones.

—Acostúmbrate. Me pasa cada día. La ventaja de ser hija de alguien famoso.

Pablo sonrió brevemente, un destello de algo casi olvidado. El ascenso a los Pirineos modificaba el paisaje con cada kilómetro recorrido. Colinas suaves daban paso a montañas escarpadas, verde cediendo ante gris y blanco. Ramas cubiertas de escarcha brillaban bajo el cielo gris como candelabros de cristal, captando luz donde parecía no existir.

—No parecías celoso —dijo ella sin apartar la vista del camino sinuoso.

—No lo soy. ¿Eso crees? —Sus ojos estudiaban cada vehículo que pasaba, cada sombra sospechosa.

Una sonrisa apareció en sus labios, genuina como pocas.

—Algo en ti quiere controlar todo. Los detalles, los planes, incluso el clima si pudieras.

—No todo. Solo lo que depende de mí —dijo Pablo, su voz suavizándose—. Me gustas cuando decides. Lo haces bien, con instinto.

—¿Qué parte mía escapa a tu control? —La pregunta flotó entre ellos, provocativa y seria a la vez.

—Toda. Y me alegra. Eres incontrolable como el viento, impredecible como la lluvia de verano.

Verónica sonrió para sí misma, un gesto íntimo que Pablo captó de reojo.

—No quiero perderte en ninguna curva —dijo él, palabras que significaban mucho más que su sentido literal.

—Bonito. Pero prométeme algo.

—¿Qué? —Pablo se giró hacia ella completamente.

—Dejemos que el camino también decida. No solo nuestros planes.

Pablo rio sin apartar la vista del paisaje que se transformaba ante ellos, esos cambios constantes de luz y sombra.

—Firmé eso hace tiempo. Renuncié al control absoluto cuando comprendí su imposibilidad.

—¿Desde cuándo? —La pregunta parecía casual pero buscaba algo profundo.

—Desde que entendí que no todo depende de nosotros. Algunos caminos solo se cruzan una vez, algunas oportunidades son únicas e irrepetibles.

—Cierto. A veces tienes una oportunidad única. Un instante que contiene todos los posibles futuros.

Las montañas nevadas crecían ante ellos como testigos mudos, indiferentes a dramas humanos, a persecuciones y fugas, a manuscritos y deseos.

—¿Te arrepientes de algo? —dijo ella, rompiendo un silencio que se había vuelto espeso.

—No arrepentimiento. Pude hacer cosas mejor, elegir con más sabiduría. La vida no espera, no otorga segundas oportunidades. Solo tienes una oportunidad para cada momento. Sin tiempo para volver, sin posibilidad de corregir.

—Parte de vivir. Arriesgarse y aceptar las consecuencias, buenas o malas.

—Ahora quiero estar en este camino. Contigo. Lo demás son posibilidades, fantasmas de futuros que quizás nunca existirán.

—Entonces dejemos que el camino decida. Soltar es a veces la única forma de conservar.

El motor y la nieve crujiendo bajo los neumáticos llenaron el silencio entre ellos, sinfonía mecánica que acompañaba su viaje hacia lo desconocido.

El Toyota Land Cruiser gris frenó frente a la casa, neumáticos mordiendo grava húmeda. Los cuatro hombres descendieron antes que el motor callara, movimientos sincronizados por práctica y propósito. El americano, rostro duro como piedra erosionada y barba gris recortada con precisión militar, avanzó hacia la puerta principal con pasos medidos. El coronel lo seguía a tres pasos exactos, distancia que hablaba de jerarquía y respeto. Los españoles rodearon la edificación con movimientos precisos, sombras entrenadas para la invisibilidad.

El helicóptero flotaba inmóvil en el aire treinta metros sobre ellos, insecto metálico suspendido contra el cielo pálido. El americano estudió las ventanas con cortinas cerradas, evaluando puntos de entrada, calculando resistencias. Señaló al coronel para que vigilara mientras un español extraía una ganzúa del bolsillo interior de su chaqueta, metal brillante como escama de pez.

Silencio denso envolvía la escena, solo quebrado por el zumbido del helicóptero, sombra vigilante que proyectaba círculos inquietos sobre el suelo húmedo.

La puerta cedió con un chasquido apenas audible. Entraron en formación practicada, armas invisibles pero presentes bajo ropas civiles. El coronel llegó a la cocina y tocó la hornilla con dedos sensibles a temperaturas.

—Dos horas —dijo, sintiendo el calor residual que emanaba como testigo silencioso—. No más.

El americano levantó la mano para silenciarlo. Escuchaba su auricular con concentración absoluta, rostro inmóvil.

—Celulares activos en el área. Señal clara.

—¿Dirección? —El coronel se tensó, alerta como predador que detecta movimiento.

—Perpiñán. Moviéndose constante hacia el este.

El coronel frunció el ceño, líneas profundas apareciendo en su frente curtida.

—Trucos otra vez. ¿Por qué volverían a Perpiñán? Conocen nuestra presencia allí —miró al americano, evaluando su reacción—. Controlen esos celulares desde el aire. Nosotros continuamos hacia la frontera. No son amateurs.

El americano asintió y transmitió la orden con palabras breves, económicas. Salieron en formación inversa, cerrando la puerta como si nunca hubieran estado allí. El motor del Land Cruiser rugió hacia la frontera, fuerza contenida liberándose sobre asfalto húmedo.

La carretera serpenteaba hacia los Pirineos, negra arteria pulsante entre vegetación helada. Asfalto negro contra pinos escarchados, contraste brutal de colores bajo luz invernal.

—Te lo dije —dijo el coronel desde el asiento del copiloto, satisfacción apenas contenida en su voz—. Pistas falsas. Nunca regresarían a Perpiñán. Demasiado obvio.

El americano, mandíbula tensa como cable de acero, activó el comunicador con un movimiento brusco.

—¿Ubicación de los celulares?

—Camión de carga. Rumbo Perpiñán. Velocidad constante, 82 kilómetros por hora.

Apretó los labios, fina línea blanca en rostro bronceado.

—Olviden el camión. Regresen. Los civiles van adelante, dirección Andorra. No los pierdan.

La carretera se estrechaba, abrazando la montaña como amante posesivo. El vehículo avanzaba firme, devorando kilómetros con hambre metálica. Árboles centenarios proyectaban sombras alargadas sobre el asfalto, patrones hipnóticos que se deslizaban bajo las ruedas. El cielo gris presionaba desde arriba, losa de plomo que amenazaba con caer sobre ellos. El paisaje se volvía más hostil con cada curva, más primitivo, territorio donde las reglas humanas se diluyen como niebla bajo sol fuerte.

—Esta vez los tenemos —dijo el americano, palabras que sonaban a promesa y amenaza simultáneas.

El coronel asintió. Casi una sonrisa apareció en su rostro severo, un gesto que hablaba de conclusiones y cierres, de círculos que finalmente se completan.

CAPÍTULO 13

Miguel detectó el helicóptero primero. Bajo los pinos nevados, él y Marco esperaban ocultos en un desvío a veinticinco kilómetros. La luz invernal filtrándose entre las ramas proyectaba sombras azuladas sobre la nieve compacta. El cielo, despejado y frío, amplificaba cada sonido. Tras el helicóptero, apareció el vehículo con cuatro hombres, metal oscuro avanzando lento sobre la carretera helada. Tomó el celular, su pantalla brillando con intensidad antinatural contra el blanco que los rodeaba.

—Los tienes a veinte minutos detrás. Helicóptero y vehículo con cuatro personas.

—Comprendido. Mantente a distancia. El helicóptero no debe verte —dijo Pablo, su voz firme atravesando kilómetros de silencio digital.

Pablo miró los cinco kilómetros rectos de camino que se extendían ante ellos. Un cerro se alzaba al fondo, hacia la derecha, macizo y oscuro contra el cielo pálido de invierno. Sus laderas cubiertas de pinos parecían una piel áspera y antigua.

—Acelera hasta el cerro. Los tenemos detrás.

Verónica pisó el acelerador. El cuentakilómetros marcó ochenta y cinco mientras el motor rugía con esfuerzo contenido. La carretera se estrechaba paulatinamente, como un río que busca su cauce más íntimo. El hielo brillaba bajo la luz, diamantes diminutos esparcidos por un gigante invisible. La ruta giraba a la derecha tras el cerro, ocultándose como un secreto deliberado.

—Los esperaremos allí. El helicóptero no podrá vernos.

El espejo retrovisor mostraba solo camino gris entre bosques inmóviles. Franjas de asfalto cortando la naturaleza que esperaba paciente, indiferente.

Miguel y Marco dejaron pasar el vehículo y partieron tras él. El sol reflejado en los cascos plateados dificultaba la visión, creando destellos que cortaban el aire como navajas de luz. Miguel aceleró. El camino descendía hacia un valle abierto donde el viento dibujaba remolinos de nieve fina. Entonces vieron el helicóptero, negro y amenazante contra el azul perfecto del cielo.

Verónica giró a la derecha. Pablo había calculado la curva con precisión matemática, casi sensual en su exactitud.

La colina bloquearía la visión aérea por minutos preciosos. Una pausa en el tiempo, un paréntesis en la persecución. Al sobrevolar el cerro, verían la carretera de nuevo, un hilo gris sobre la nieve. Alertarían al vehículo con urgencia metálica. Frenarían con los primeros pinchos, un encuentro inevitable. Y él esperaría de pie, visible, con el manuscrito en la mano como ofrenda o desafío.

—Frena cincuenta metros más allá. Quiero que se detengan, no que se accidenten.

El coche aceleró ligeramente. El terreno se inclinaba a la izquierda, con rocas dispersas que emergían de la nieve como huesos de un animal prehistórico. El cerro no permitía errores, su presencia imponente dictaba las reglas del encuentro. Un frenazo no bastaría en este escenario helado. Necesitaba el punto exacto, precisión de relojero.

El sol brillaba de frente, intermitente entre montañas que lo ocultaban y revelaban en un juego ancestral. El helicóptero retumbaba arriba, presencia constante como un depredador paciente. Pablo miró la curva, calculando distancias, velocidades, tiempo. Los pinchos estaban listos en sus manos enguantadas.

El coche redujo velocidad. Las ruedas sobre asfalto helado sonaban más fuerte, un suspiro contenido, una promesa de fricción. Pablo sacó los pinchos uno a uno. La línea debía ser irregular, imposible de esquivar, una trampa perfecta en su imperfección calculada.

Los primeros pinchos cayeron entre piedras, cortando el camino varios metros. Metal afilado sobre hielo traslúcido. Cada pieza en su sitio, rompecabezas invisible para quien no supiera mirar. Trazó una línea de gasolina, oscura y resbaladiza, por más de cincuenta metros. La mancha se extendía como una vena negra sobre la piel blanca del paisaje.

Respiró hondo. Aire frío y seco que cortaba los pulmones con cada inhalación. El bosque atrapado en niebla lo envolvía, abrazándolo con dedos húmedos y gélidos. Miró el tanque. La línea debía ser continua, sin espacios, una frontera líquida entre dos momentos.

Vertió el líquido despacio, midiendo cada gota. La estela apareció en el borde del camino, serpiente oscura durmiendo al sol.

Volvió al coche. Verónica esperaba cinco metros adelante. Motor encendido, ronroneo constante en el silencio invernal. Ojos fijos al frente, intensos y decididos. El sol cegaba, implacable en su indiferencia. Pablo miró la línea de gasolina y el retrovisor, donde el pasado y el futuro se encontraban en cristal pulido.

El helicóptero se acercaba, inevitable como el amanecer. El coche enemigo rugía a lo lejos, sonido que crecía en el silencio del valle. Pablo se mantuvo alerta, inmóvil como las rocas que lo rodeaban.

El ruido del motor creció hasta llenar el espacio. El coche pasó sobre los pinchos con violencia ignorante. Un crujido seco resonó, metal perforando caucho en matrimonio destructivo. La curva los atrapó sin escapatoria, geometría implacable. Las ruedas frenaron violentamente, gritando contra el asfalto. El asfalto se quebró bajo presión, cediendo ante fuerzas superiores. Los pinchos funcionaron con eficacia mecánica.

El vehículo derrapó, frenando antes de la línea con un quejido metálico. Levantó polvo y hielo en una nube que brillaba bajo el sol. Pablo avanzó con pasos firmes, mochila en alto como ofrenda antigua.

Un hombre salió corriendo, pistola en mano, rostro endurecido por años de órdenes dadas y recibidas. Pablo lo observó sin prisa, reconociendo en él no al individuo sino al tipo, al molde del que salen cientos como él. Detrás se perfilaban tres siluetas: el americano y sus agentes, figuras recortadas contra el paisaje blanco.

El hombre se detuvo a treinta metros. Bajo y compacto, con la fuerza concentrada de los depredadores eficientes. El silencio llenó el espacio entre ellos, denso como niebla. El viento levantó polvo y hojas secas en pequeños remolinos a sus pies.

—Sabes lo que quiero —dijo el coronel, su voz un eco del pasado, familiar en su amenaza velada.

Pablo lo miró sin sorpresa, solo reconocimiento. Los ojos del coronel, fríos pero perdidos, como si buscaran algo más allá del momento presente, algo que se les escapaba constantemente.

—Lo de tu amigo Mateo. Suéltalo y te vas.

Pablo recordó las palabras de Mateo, pronunciadas años atrás en una habitación con olor a tabaco y café rancio. "El pasado es una sombra proyectada sobre el presente. Nunca puedes tocarla. Solo puedes ver cómo distorsiona la luz."

—¿Quién eres?

El coronel sonrió, ligeramente divertido, como quien ve a un niño descubrir algo obvio para los adultos.

—Para ti, un desconocido. Para tu amigo, el coronel Alejandro Moretti.

Pablo bajó la mochila. Sin prisa ni miedo, solo claridad cristalina. Recordó a Mateo. El interrogador que quitaba vendas buscando honor en actos deshonrosos. "No les tengo miedo. La muerte es solo un momento; el miedo es una vida entera."

La maldad nunca se va. Se transforma y vuelve con más arrogancia, como una enfermedad que muta en el cuerpo social.

—Te arrojaré el manuscrito. Lo tomas y nos vamos.

El coronel avanzó un paso. El sol le molestaba, pero mantenía la pistola firme, extensión metálica de su voluntad. Las aspas del helicóptero cortaban el aire, levantando ráfagas que agitaban su cabello gris.

—A eso vine. Y te irás.

El americano apuntaba con el Barrett M82 desde el coche. Sin gestos, solo mirada fija a través de la mira telescópica. Pablo sintió la presión de estar en la mira, un peso invisible sobre su pecho.

El helicóptero descendió tras el coche. El viento aumentó, frío y cortante. Las aspas levantaban remolinos de nieve cristalizada que brillaba como polvo de diamantes.

—No disparen —ordenó el americano, su voz apenas audible sobre el ruido mecánico.

Pablo lanzó la mochila. El objeto flotó suspendido, como detenido en el tiempo, negro contra el cielo blanco. El coronel se agachó con agilidad sorprendente para su edad. La mochila cayó a sus pies con un golpe sordo. La abrió rápido, hojeando páginas con dedos ansiosos.

—Ahora vete. Tuviste más suerte que tu amigo.

Pablo buscó ironía en sus palabras, pero solo encontró la certeza fría del que ha dictado muchas sentencias.

—Si le gustaba el silencio, haremos que siga en silencio para siempre.

Pablo encendió el encendedor con movimiento rápido y preciso. La impaciencia del coronel, la misma que lo hizo correr desde el coche, nubló sus últimos momentos con ansia depredadora.

—Si al menos una vez te hubieras arrepentido.

Alejandro Moretti apretó las mandíbulas. Sus ojos revelaron, por un instante, el reconocimiento de algo inevitable. Silencio.

—Arriba no hay infierno, pero te lo mereces aquí —dijo Pablo, palabras como pequeñas piedras lanzadas a un lago profundo.

Dejó caer el encendedor sobre la gasolina.

El fuego se alzó voraz, extendiéndose como ola inevitable. Una línea naranja recorrió el camino con precisión matemática. Las llamas iluminaron los ojos del coronel, reflejándose en pupilas dilatadas por el miedo súbito. Apretó los papeles contra su pecho y corrió hacia el coche. Sus ropas ardían, pequeñas lenguas de fuego trepando por la tela sintética. Cayó frente al americano, levantando la mano para proteger los papeles incendiados como un tesoro antiguo.

Jack Stone abrió el puño del coronel con cuidado quirúrgico. Recogió una bola de papel chamuscado, fragmentos de secretos calcinados. La envolvió en un pañuelo y guardó como trofeo, reliquia de una guerra personal. Apuntó con manos firmes, esculpidas por años de precisión. Sin vacilación, sin duda moral. El fuego rodeaba a Pablo, creando un halo infernal a su alrededor. Disparó. La bala impactó en la espalda alta, doblándolo como una marioneta con hilos cortados. Cayó de rodillas. La presión de la herida lo abrumó como una revelación dolorosa. La sangre fluyó, tibia contra el frío circundante.

Verónica corrió hacia él. El mundo se contrajo a sus pasos sobre la nieve, al ritmo de su respiración visible en el aire frío. Usó toda su fuerza para subirlo al coche, músculos tensos bajo capas de ropa.

Las llamas crecieron, hambrientas y vibrantes. El aire se mezcló con humo acre que oscurecía el cielo. Pablo vio borroso a Verónica junto a él, su rostro un óvalo pálido contra el fondo difuso. Ella lo empujó dentro, cerró la puerta, respirando agitada.

El americano se acercó al cuerpo tembloroso del coronel. Lo miró implacable, sin emoción visible, como quien observa un insecto. Apuntó a su nuca y disparó. El sonido, seco y definitivo. El cuerpo quedó inmóvil, marioneta con hilos cortados. El coronel yacía humeante, olor a grasa quemada flotando en el aire invernal.

Hizo una señal, económica y precisa. Los hombres del helicóptero bajaron con eficiencia militar. Envolvieron el cuerpo en sacos negros y lo cargaron a la nave, peso muerto contra el metal frío.

El americano miró al horizonte, evaluando distancias, calculando tiempos. Los tres subieron al coche y regresaron por el mismo camino, dejando tras de sí una escena que pronto sería borrada por la nieve y el viento.

Caminaban lento por la calle empedrada. Torso erguido, ceño fruncido. Sus pasos resonaban con deliberada regularidad. No eran turistas disfrutando del paisaje urbano, ni trabajadores apresurados hacia sus oficinas. Eran hombres con propósito concentrado, visible en la tensión de sus hombros.

La dueña de la cafetería, cincuenta años, robusta como un roble maduro, sonrisa cansada pero cordial tallada en arrugas de expresión, los recibió con un "buenos días" que resonó en el espacio vacío, rebotando en paredes de yeso antiguo.

Local pequeño y luminoso, gastado por años de conversaciones y café derramado. Paredes en tonos cálidos suavizaban la mañana gris que entraba por ventanas amplias, rectangulares como cuadros sin pintar. Mesas de madera gastada, distribuidas sin prisa, mostraban marcas de tazas y codos. Sillas de respaldo curvo mostraban años en patas desiguales, pulidas por miles de movimientos humanos. Lámparas colgaban sobre cada mesa, luz tenue apenas cubriendo el rincón donde se sentaron, creando islas de claridad en la penumbra general.

Desde allí veían la barra a la derecha, cafetera murmurando constante como un animal doméstico. Al fondo, puerta entreabierta revelaba patio interior con plantas trepadoras que se aferraban a muros antiguos. Olor a café recién hecho y pan tostado, rastro leve de limpieza con productos cítricos.

Eligieron la mesa más alejada, única con vista completa del establecimiento. Ramiro Salcedo, cabello gris tupido como un casco metálico, manos grandes en la mesa, dedos ligeramente doblados como garras relajadas. Ojos pequeños, oscuros, directos como balas. Sergio Olmedo, más delgado, mandíbula marcada como tallada en piedra, cabello peinado hacia atrás revelando entradas incipientes, mirada baja estudiando patrones invisibles en la madera.

—Dos cafés —dijo Salcedo con voz ronca, pulida por años de órdenes y cigarrillos—. Y dos bocadillos de jamón y queso.

La mujer asintió con familiaridad profesional.

—¿Los quiere calientes?

Olmedo levantó la vista y negó con un movimiento seco.

—Natural —dijo con firmeza innecesaria.

La camarera se alejó con paso regular, zapatos resonando contra baldosas gastadas. Olmedo se inclinó hacia Salcedo, voz apenas audible sobre el murmullo constante de la cafetera.

—Mire, Salcedo, el coronel siempre nos tenía al tanto. Algo ha pasado. No desaparece así, sin dejar rastro.

Salcedo carraspeó, frotando su cuello con dedos gruesos, piel callosa contra barba incipiente.

—Tocaremos varias puertas. Alguien debe saber algo.

—¿Theodor? —preguntó Olmedo, ceja levantada en interrogación silenciosa.

—Sí, para empezar. Si alguien sabe algo, es él. Siempre ha tenido oídos en todas partes.

La camarera volvió con cafés humeantes y bocadillos envueltos en servilletas de papel. Los colocó con movimientos medidos, años de práctica en sus manos.

—Aquí tienen. Que lo disfruten —dijo, retirándose ya.

Olmedo la detuvo con un gesto.

—Disculpe, señorita. Somos amigos del coronel Moretti. Quedamos en encontrarnos aquí. ¿Lo ha visto?

La mujer sonrió al escuchar el nombre, reconocimiento iluminando sus facciones cansadas.

—Ah, el señor Moretti. Sí, lo recuerdo bien. Un hombre muy amable, siempre dejaba buena propina.

—¿Lo ha visto recientemente? —preguntó Salcedo, mezclando curiosidad con algo más profundo, más peligroso.

La camarera negó sin incomodidad, ajena a las corrientes subterráneas de la conversación.

—No. Hace una semana dejó la habitación alquilada aquí cerca. Pensé que se había marchado de la ciudad.

Olmedo arqueó una ceja mientras Salcedo mantenía expresión imperturbable, máscara perfecta sobre emociones controladas.

—¿Comentó si se quedaría en la ciudad? ¿Algún plan?

La camarera se encogió de hombros, gesto amplio y despreocupado.

—Creo que sí. Le gustaba mucho Barcelona. Pero no dijo nada concreto. Era reservado con sus asuntos.

Olmedo hizo pausa, estudiando palabras antes de soltarlas, calibrando su peso.

—¿Dejó alguna pertenencia? ¿Algo que tuviera que venir a buscar?

—No, no dejó nada. Se llevó todo. Quizás se haya mudado a otro hotel. Hay muchos turistas estos días.

Salcedo tomó café y dejó la taza con cuidado exagerado. Miró a la mujer con intensidad medida.

—¿Y usted? ¿Está aquí siempre? ¿Si volviera, lo vería?

La mujer se relajó ante la pregunta aparentemente inocua.

—Sí, trabajo aquí casi todos los días. Mi hermana me sustituye los lunes. ¿Van a quedarse mucho tiempo? Puedo recomendarles sitios.

—No, solo de paso —dijo Olmedo, tono seco cortando ofertas de hospitalidad.

La camarera asintió y se retiró, capas de conversación cotidiana ocultando profundidades.

Olmedo observó su salida, evaluando posibilidades, descartando escenarios.

—Habla mucho, pero no dice nada útil. Como casi todo el mundo.

Salcedo dejó la taza, sonrisa apenas perceptible en la comisura de sus labios.

—La gente siempre dice más de lo que cree. Solo hay que escuchar bien. Escuchar lo que no dicen.

La cafetera llenó el silencio con su murmullo constante, promesas de cafeína y normalidad. Olmedo ajustó su bufanda, lana áspera contra piel envejecida.

—Habrá que buscar en otros hoteles. Si está en la ciudad, lo encontraremos —dijo Salcedo con determinación fría, calculada.

Olmedo asintió, compartiendo la certeza.

—Theodor será nuestra primera parada. Él sabe mucho más de lo que dice. Siempre lo ha sabido.

La conversación se desvaneció en silencio cargado, denso como niebla marina.

—Tiempos de mierda, Olmedo. Ganar la tercera guerra mundial y que los perdedores canten victoria... Todo patas para arriba, todo irreconocible.

—Pasajero —dijo Salcedo, mordiendo el bocadillo con precisión de depredador—. Es verdad que en esa guerra que llamaron fría las cosas estaban más claras. Sabíamos quién era quién.

—Ahora vamos a la basura como trapos viejos. La Hermandad ni siquiera sería necesaria. Los héroes se honran, se veneran. Y aquí vamos, de velorio en velorio, enterrando a los nuestros.

—Hermano, no se me ponga fúnebre —dijo Salcedo en tono de broma que no alcanzaba sus ojos. Dio carraspeo grave, cortando el tema con precisión quirúrgica—. Siempre que llovió, paró. Siempre ha sido así.

—Tiene razón. Qué desorden ha quedado. Pondremos orden nuevamente. Qué juego de niños se ha convertido todo.

—Olvídese, Olmedo. Estamos retirados. Con que no nos toquen los huevos alcanza. Ahí plantamos frontera, ahí trazamos línea.

Olmedo se hundió en su café, ojos reflejados en superficie oscura.

—Llame a Theodor, por favor. Ya me pone nervioso esto. Necesito saber.

Salcedo sacó su teléfono con movimientos deliberados, ensayados. Su mirada no abandonó la pantalla mientras buscaba el número. Al llamar, dejó el aparato sobre la mesa y entrelazó los dedos, observando el fondo del café como si contuviera secretos.

La línea tardó en conectarse. Cafetera y pasos de la camarera llenaron el vacío sonoro. Finalmente, una voz grave respondió del otro lado.

—Theodor —dijo Salcedo sin preámbulos, sin saludos innecesarios—. Necesitamos un informe sobre Moretti.

Breve silencio, pesado como plomo. La voz de Theodor sonó distante, marcando frontera invisible entre mundos.

—Déjenlo. Moretti ya no es asunto de ustedes. Ni de nadie.

Olmedo levantó la vista, alerta súbita en sus ojos. Salcedo no reaccionó visiblemente. Inmóvil, expresión neutral como máscara bien ajustada. Theodor continuó:

—Un incidente en la carretera. Un auto lo interceptó. Hay versiones contradictorias, pero nada que no se resuelva con discreción. Insisto, no es algo que deban seguir. Vuelvan a casa. Déjenlo estar.

Salcedo esperó segundos precisos, midiendo el silencio.

—Entendido.

La línea se cortó. El teléfono quedó en silencio sobre la mesa, hundido por el peso de la conversación no dicha.

Olmedo lo observó con ceño fruncido, esperando explicación. Finalmente, Salcedo habló, tono frío como acero en enero.

—Lo interceptaron en la carretera. El resto son excusas. Nos dicen que no es asunto nuestro, que lo olvidemos. Lo cierto es que se lo cargaron. Como a tantos otros.

Olmedo se recargó en la silla, suspiro de frustración escapando entre dientes apretados. El silencio se alargó, cargado de pensamientos no dichos, de palabras pesadas como piedras. Salcedo lo rompió con precisión calculada.

—El juego cambió, Olmedo. Antes había reglas. Ahora... ahora hay desorden. Caos disfrazado de orden nuevo.

Olmedo asintió lentamente, sin apartar la mirada del café que giraba en su taza como pequeños remolinos oscuros.

—¿Qué hacemos ahora? —preguntó, sin ocultar incomodidad, la sensación de terreno que se mueve bajo los pies.

Salcedo se levantó, ajustándose el abrigo con movimientos lentos pero firmes, precisos en su intención.

—Como le dije. Que no nos toquen los huevos. Esto no queda así. Vamos por un empate. Al menos eso.

Olmedo terminó el café de un trago, decisión súbita. Dejaron monedas sobre la mesa y salieron en silencio. Para ellos, el día apenas comenzaba, cargado de promesas sombrías.

CAPÍTULO 14

Pablo estaba sentado en la cama del hospital con la espalda recta. El costado vendado. La vía en el brazo. Las luces frías cortaban el pasillo. Enfermeros se deslizaban sobre el suelo encerado. No le dolía, pero al moverse sentía el cuerpo entumecido y la piel ardiente donde la bala había atravesado.

El policía entró sin aviso. Vestía un uniforme azul oscuro con la palabra POLICÍA en blanco sobre el pecho. Una chaqueta delgada cubría sus hombros. No tenía el descuido rutinario de los policías de provincia. Su corte de cabello estaba fijado en punta con los costados rapados con precisión. Alto, atlético, sin peso extra en el abdomen. Se movía con la seguridad de quien confía en su físico.

No llevaba libreta ni grabadora. Se acomodó en la silla junto a la cama. Cruzó una pierna sobre la otra. Sus ojos semicerrados tenían el aire de quien desmonta una historia sin esfuerzo, con la paciencia de un hombre acostumbrado a interrogar y a que le mientan. Su boca formaba una sonrisa fruncida, cerrada. Un gesto que no transmitía amabilidad ni dureza. Solo cálculo.

—Soy el inspector Xavier Martí —dijo.

Pablo asintió.

—¿Cómo fue exactamente lo que pasó?

Pablo lo miró. La pregunta no era difícil, pero el inspector la había formulado con la intención de que sonara así.

—Me detuve en la carretera —dijo Pablo—. No vi de dónde vinieron. Solo los tenía encima. Alguien gritó algo. No alcancé a entender. Luego un disparo.

—¿No intentaron robarle?

—No.

Martí giró levemente la cabeza, como si procesara la respuesta en otro idioma. El gesto de quien no descarta, de quien ya tiene un hilo que tirar.

—¿No le dijeron nada antes de disparar?

—No.

—¿Y por qué cree que lo atacaron?

—No lo sé.

Martí dejó la respuesta flotando un momento. Era el tipo de hombre que podía esperar. La paciencia era parte del trabajo.

—¿Usted vive en Suecia? —preguntó al fin.

—Sí.

—¿Cuánto tiempo ha estado fuera?

—Unos meses.

Martí deslizó la lengua sobre sus dientes sin abrir la boca. Un gesto casi imperceptible que decía mucho. Pensaba rápido. Buscaba la grieta en la historia.

—Debe saber entonces que la violencia de bandas está en su punto más alto.

Sacó un cigarrillo. Lo giró entre los dedos sin encenderlo.

—Ataques con armas, granadas, atentados por encargo. En Estocolmo, Malmö, Uppsala. Cada ciudad tiene muertos.

Levantó la mirada y la dejó en Pablo. Un pequeño silencio, como si esperara confirmación de algo que aún no había dicho.

—Y ahora usted llega a Andorra y le disparan.

No era una pregunta.

—Podría ser una coincidencia —dijo—. O podría no serlo.

Pablo mantuvo la expresión neutra.

—¿Ha tenido algún conflicto con grupos criminales en Suecia?

—No.

Martí no reaccionó de inmediato. Era un hombre de cultura. Lo suficiente para saber que la criminalidad rara vez era lineal, y que no todos los involucrados en algo turbio lo estaban por decisión propia.

—¿Entonces quién quería matarlo?

—No lo sé.

El inspector deslizó la silla hacia atrás. Apoyó los codos en los muslos y se inclinó un poco hacia adelante.

—Andorra es un país pequeño —dijo—. Un sitio tranquilo. Lo que ha pasado aquí no es habitual y crea problemas.

Pablo no respondió.

—No somos un país que tolere problemas importados. Haría bien retornando a su país lo antes posible.

Martí dejó la última frase en el aire. No sonaba como una advertencia, pero tampoco como un consejo. Era solo un hecho.

—Ahora, si tiene que ver con algo de aquí, entonces quiero saber más.

Hizo una pausa. Observó la venda en el costado de Pablo, luego volvió a mirarlo.

—Aquí los motivos siempre son los mismos. Cuando se dispara a alguien en Andorra, se hace por dinero.

Se levantó. Alisó su chaqueta con una mano.

—No hay problemas de inmigración. Aquí no se mata por odio. Se mata por algo concreto. Y yo quiero saber qué es.

Miró a Pablo una última vez antes de girar hacia la puerta.

—Si recuerda algo, estaré atento a su llamado.

No dijo si creía o no la versión de Pablo. Salió de la habitación con la misma calma con la que había entrado, sin apuro, porque no necesitaba resolverlo todo en ese momento. Lo resolvería después.

Pablo dejó salir el aire que había estado conteniendo.

El sendero se empinaba entre piedras sueltas y manchas de nieve que brillaban bajo el sol. Pablo avanzaba despacio. El frío cortaba su respiración. La textura irregular del suelo presionaba bajo sus botas. Desde que despertó, un pensamiento persistía en su mente: las palabras de Mateo. "En el huerto de Getsemaní están todas las claves de la conducta humana". ¿Se refería solo a la adversidad y las respuestas humanas? ¿O había algo más, algo que en su momento no supo preguntar?

Detrás, el grupo subía en silencio. Verónica caminaba junto al doctor Villaseca, intercambiando comentarios breves. Ella inclinaba la cabeza hacia él, su perfil iluminado por la luz entre las ramas de los pinos. Pablo desvió la vista, sintiendo un calor inesperado en el pecho.

En la cima, el paisaje se abrió con claridad deslumbrante. El cielo azul profundo enmarcaba montañas recortadas con precisión. Nubes flotantes proyectaban sombras largas sobre los valles. Un círculo natural de piedras, parcialmente cubierto de nieve, reunió a los ocho meditadores tomados de las manos. Villaseca permaneció fuera, observando con los brazos cruzados y expresión seria.

Pablo se unió al grupo. Las manos que sostuvo transmitían calor a pesar del frío, una corriente sutil que recorría el círculo. Cerró los ojos, intentando concentrarse. Algo lo distraía. Al entreabrir los ojos, captó destellos imposibles de ubicar, como hilos de luz atravesando el aire. Sacudió la cabeza y cerró los ojos nuevamente.

La meditación duró casi una hora. Pablo se dejó llevar entre fragmentos de pensamiento y momentos de vacío absoluto. Al abrir los ojos, el mundo parecía transformado. Las montañas eran las mismas, pero había una vibración innombrable. Fue entonces cuando lo vio: una columna de luz descendía sobre Villaseca, envolviéndolo en un resplandor distintivo.

Pablo no supo cuánto tiempo lo observó. Algo magnético en esa visión lo empujaba hacia adelante. Se levantó y cruzó el círculo. Los demás lo miraron en silencio. Se plantó frente al doctor y preguntó con voz firme:

—¿Hay algo que debe decirme y no puede? ¿Podrá al menos decir lo que sienta que puede?

Villaseca lo miró, y en sus ojos brillaba algo más que sorpresa. Una chispa entre la duda y una certeza inquebrantable.

Pablo miró al grupo. Una sonrisa leve marcó su cara.

—Hacen cosas increíbles. Y mucho gracias a usted, ¿verdad?

Esta vez Villaseca lo miró a los ojos.

—Sí —dijo—. Son gente excepcional.

—He podido sentir la emoción que tenían. Pude saber también la intención. Un propósito muy claro. Hoy me ha tocado ser el centro. Se lo agradezco.

—¿Qué siente? —dijo Villaseca.

—Sé que ya estoy bien. Sé que puedo terminar mi tarea.

—¿Por qué quiere interferir en algo que no es lo suyo?

—¿Cuál cree que fue el propósito de Mateo con ese manuscrito?

—Supongo que pensó en personas que como él pasaron tormentos.

—El torturado y el torturador sufren del mismo miedo —dijo Pablo. Giró apenas hasta que el sol le dio de frente en los ojos—. No quiero interferir. Pero no se puede ver y no ver.

Pablo se puso frente a Villaseca. El doctor parecía distante, con la mirada perdida.

—¿Qué le preocupa?

Villaseca sostuvo el silencio, buscando palabras en un espacio donde el tiempo no existía. Su mirada se movió lentamente de Pablo al grupo, aún conectados en algo invisible.

—Es difícil explicarlo sin sonar pesimista —dijo finalmente—. Pero me preocupa que todo esto dependa de recursos que no siempre estarán. Hay fuerzas, intereses, que no comprenden lo que hacemos. O peor, lo comprenden demasiado bien.

—Lo que hacen aquí no puede detenerse. Es demasiado grande, demasiado importante.

Villaseca negó con la cabeza.

—He visto cosas grandes caer. La falta de apoyo, el desinterés, incluso el miedo, pueden acabar con cualquier cosa, por noble que sea.

—El miedo no puede tocar esto —respondió Pablo, con voz profunda—. Lo he sentido. Lo que hacen aquí es más fuerte.

Villaseca cruzó los brazos, mirando hacia el paisaje.

—Eso crees tú. Pero he visto cómo toman algo puro y lo convierten en lo opuesto.

—¿Qué quiere decir? —preguntó Pablo, casi en un susurro.

Villaseca respiró hondo.

—Quieren usarlo. Lo que hacemos aquí. Pero no para sanar, no para crecer. Lo quieren para controlarlo todo.

Pablo se inclinó ligeramente hacia adelante, el sol iluminando sus ojos.

—¿Controlar qué? ¿A quién?

Villaseca lo miró directamente.

—Quieren soldados. Quieren hombres sin miedo, que no duden, que obedezcan. Y peor, quieren entender cómo usar el miedo. No para liberarse de él, sino para manipularlo mejor.

Pablo dejó escapar un leve suspiro.

—Eso no define lo que hacen aquí. No define su propósito.

—No importa cómo lo definamos nosotros —replicó Villaseca—. Importa cómo lo usen ellos.

—El propósito es más grande que quienes lo manipulan —dijo Pablo, su voz tranquila pero cargada de convicción—. Y eso no lo pueden cambiar.

Villaseca lo estudió largamente.

—Quizá tengas razón. Pero eso no significa que no intenten moldearlo a su manera. Y esa lucha puede destruirnos.

El viento sopló suavemente entre las montañas. Pablo no respondió de inmediato, pero su rostro mostraba comprensión y desafío.

—Esa lucha es inevitable —dijo finalmente—. Pero lo que ustedes han creado aquí, lo que han despertado en la gente, eso no lo pueden destruir tan fácilmente.

Villaseca dejó caer los brazos y miró al cielo.

—Espero que tengas razón —murmuró. Pero su tono llevaba una advertencia, un eco de algo que sabía y no podía ignorar.

El silencio regresó, cargado de significados. Ambos hombres miraron al grupo, ahora dispersándose lentamente, como si el círculo hubiera cumplido su propósito.

Villaseca miró a Pablo con una mezcla de seriedad y cansancio. Sus manos descansaban en los bolsillos del abrigo.

—El policía me llamó esta mañana. No te quieren aquí, Pablo. Me han pedido que te diga que dejes el país lo antes posible.

Pablo dejó que las palabras flotaran un momento antes de responder. Su tono era tranquilo.

—No hay problema. Estoy bien. Me iré pronto. No quiero causar molestias.

Villaseca asintió despacio.

—Les he dicho que no hay de qué preocuparse. Confían en mí, por ahora.

Pablo lo miró con un ligero gesto de gratitud y cambió el rumbo de la conversación.

—Hábleme de Samuel. ¿Qué busca exactamente?

Villaseca bajó la mirada, sopesando sus palabras.

—Samuel está enfocado en la reconexión cognitiva. Eso parece interesarle más que todo lo demás. No exclusivamente en el miedo, aunque lo menciona.

Pablo se cruzó de brazos, asintiendo.

—Suena como un enfoque más sensato. Más amplio.

Villaseca lo miró de reojo, frunciendo levemente el ceño.

—Tal vez. Pero el algoritmo de Sentinel... parece ir en otra dirección.

Pablo arqueó las cejas, curioso.

—Siempre están las dos direcciones. Por todos lados. Unos quieren abrir caminos, otros quieren cerrarlos.

Villaseca soltó un leve suspiro.

—Abrir caminos no siempre es lo que buscan. A veces quieren que los caminos sean solo para ellos. Para guiar. Para decidir.

Pablo lo observó detenidamente. Su voz salió más firme.

—Eso no dura. Siempre hay algo que se sale de control. Lo que se libera, no vuelve atrás.

Villaseca hizo una pausa, mirando el horizonte. Luego habló despacio.

—Pero el daño que hacen mientras tanto... ese sí permanece. No todo lo que se sale de control es bueno, Pablo.

Pablo inclinó ligeramente la cabeza, aceptando la verdad en sus palabras, pero con desafío en sus ojos.

—Y no todo lo que controlan puede durar para siempre. Lo que hacemos aquí... lo que ustedes hacen... es más grande que cualquier algoritmo.

Villaseca lo miró con una sombra de duda.

—Eso espero. Pero quienes están del otro lado tienen paciencia. Y recursos.

Pablo sonrió apenas, un gesto casi imperceptible.

—También los tiene la gente que despierta. Solo necesitan tiempo. Y ese tiempo, tarde o temprano, llega.

Villaseca no respondió de inmediato. Su mirada volvió al grupo que descendía por el sendero. La luz reflejada en la nieve parecía más intensa.

—No cree que puedan aparecer hechos casuales. Caídos de la nada. Y sin embargo el rumbo de las cosas cambia.

—¿Fuera de control? —dijo Villaseca.

—Se dan en cada movimiento. Lo he visto muchas veces. Obsérvelos, encontrará el propósito.

—Ya has hecho bastante. Deberías volver a lo tuyo —advirtió Villaseca.

—Sí, eso haré —dijo Pablo.

Verónica se acercó con pasos suaves sobre la nieve crujiente. Pablo abrió los brazos y la abrazó con fuerza. El calor del gesto contrarrestó el frío ambiente.

—¿Cómo te sientes? —preguntó ella, su voz cálida.

Pablo tomó un momento antes de responder, soltando un leve suspiro.

—Ha sido un gran momento. Diferente... intenso —Hizo una pausa, mirándola directamente—. Por cierto, la doctora Helena Santamaría quiere encontrarme. Quiere saber más de mi experiencia.

Verónica arqueó las cejas, interesada.

—¿Helena? He oído hablar mucho de ella. Su trabajo ha cambiado la manera en que muchos ven las experiencias cercanas a la muerte.

Villaseca, que había permanecido unos pasos atrás, intervino.

—Helena es una pionera en su campo. Su enfoque ha sido esencial en el desarrollo de protocolos de intervención en ECM. Ha hecho que Montaña de Vida sea un referente en medicina integrativa. No me sorprendería que quiera hablar contigo. Siempre busca nuevas perspectivas.

Villaseca reunió al grupo y retornaron cuesta abajo rumbo a la clínica. Pablo y Verónica los seguían a cierta distancia.

El grupo descendía en fila por el sendero estrecho entre los pinos. El suelo irregular estaba cubierto de piedras y charcos de nieve derretida. Pablo y Verónica se quedaron atrás, caminando en silencio. El aire frío y el sol en sus rostros creaban un equilibrio perfecto.

La luz se filtraba entre las ramas, proyectando sombras alargadas. Pablo miró el horizonte donde las montañas se alzaban bajo un sol inmóvil. Abajo, el bosque se densificaba, los troncos oscuros parecían sostener el cielo.

Verónica rompió el silencio con tono directo pero cálido.

—¿Le has dicho que iríamos a lo de Santamaría?

Pablo asintió.

—Sí, podemos ya dejar este lugar.

Ella lo miró de reojo, sus labios marcando una leve curva.

—Mejor, que sepa lo que tiene que saber.

Pablo se detuvo, sorprendido por su certeza. La miró en silencio, admirando esa fuerza tan distinta y familiar a la vez. En su mirada se reflejaba todo lo que no necesitaba decir.

Ella sostuvo su mirada un momento antes de seguir caminando. Sus pasos seguros hacían crujir la nieve. Pablo la siguió, mientras resonaba en su mente: Lo que llevas en el corazón termina pintando el cielo y el suelo donde caminas.

El sendero descendía hacia un claro de nieve espesa. Las sombras de los árboles dibujaban patrones en la blancura, como escritura que solo ellos podían leer. Más allá brillaban las montañas bajo un sol eterno.

Pablo sintió una calma nueva. Lo que antes lo inquietaba ahora parecía parte del orden natural. Miró a Verónica, que avanzaba delante de él, y supo que ese pensamiento no era solo suyo. Era algo compartido, algo que el mundo entero había intentado decirles.

Sentinel Labs ocupaba un edificio de líneas simples en Toronto, rodeado por un paisaje urbano de modernidad y tradición. Las oficinas de paredes blancas y cristal transparente, desprovistas de ornamento alguno, se extendían en geometrías precisas bajo luces LED que no proyectaban sombras. Escritorios idénticos separados por exactamente noventa centímetros, monitores negros alineados con perfección matemática, ni una fotografía personal ni un objeto fuera de lugar. Albergaban a más de mil empleados dedicados al proyecto Sentinel, un sistema avanzado de monitoreo global que interpretaba el comportamiento humano mediante análisis masivo de datos.

El "robot de monitoreo", como lo llamaban internamente, captaba patrones de emoción y conducta en tiempo real. La inteligencia artificial no solo recopilaba información; la contextualizaba. Preveía crisis sociales, anticipaba decisiones de consumo y predecía disturbios antes de ocurrir.

Multinacionales lo utilizaban para campañas publicitarias, gobiernos para gestionar emergencias y fuerzas armadas para operaciones estratégicas. El CEO Henry Clarkson, un canadiense-estadounidense con visión de negocio y estilo directo, había convertido Sentinel Labs en líder mundial.

Clarkson estaba sentado en su oficina luminosa con vista panorámica de la ciudad. Frente a él, el doctor Elias Vandermeer sostenía un informe. El neurocientífico neerlandés, mentor de Samuel Ross, rara vez perdía la compostura, pero la tensión en su rostro delataba una conversación difícil.

—Elias, no me malinterpretes, el chico es brillante, pero sus informes sobre la reconexión cognitiva no están alineados con lo que necesitamos —dijo Clarkson con tono firme.

Vandermeer ajustó sus lentes y respiró hondo.

—Henry, Samuel identificó un fenómeno que nuestros algoritmos no podían medir. Lo definió. La reconexión cognitiva explica por qué ciertos individuos experimentan un cambio radical después de una experiencia límite. Esto afecta directamente nuestras métricas sobre miedo, recuperación emocional y comportamiento colectivo.

Clarkson arqueó una ceja.

—¿Y cómo nos beneficia más allá de teorías académicas? Necesitamos datos para aplicaciones prácticas.

Vandermeer no se inmutó.

—Las aplicaciones son prácticas, Henry. Imagina identificar individuos que han superado traumas extremos y entender por qué. Imagina aplicar esos principios a terapias masivas o diseñar entornos para respuestas más resilientes. No solo son beneficios sociales, sino un mercado multimillonario.

Clarkson golpeó la mesa con los dedos.

—El general Thornton no comparte tu entusiasmo. Dice que todo se reduce a una tropa sin miedo y controlada.

Vandermeer se inclinó hacia adelante.

—Eso es lo que él ve, porque ese es su límite. Hay algo más grande, Henry. Sentinel no puede quedarse en mapas emocionales. Con Samuel ampliamos el horizonte. Este concepto no solo tiene valor científico. Es rentable. Muy rentable.

Clarkson suspiró y miró el informe. Sabía que Vandermeer tenía razón. Los informes de Samuel ya atraían interés fuera del ámbito militar.

Dejó el informe y cruzó los brazos.

—De acuerdo, respaldaremos a Samuel. Pero quiero avances. Hablen con Pablo. Si tiene algo que complemente la reconexión cognitiva, lo necesitamos. Presionen si es necesario.

—Ya estamos en eso —respondió Vandermeer—. Pero si queremos a Samuel seguro, necesitamos garantías. Hablaré con la embajada canadiense en España. La seguridad de Samuel será prioridad.

Clarkson asintió.

—Haz lo que debas, Elias. Pero esto tiene que funcionar. Y rápido.

Vandermeer recogió los documentos.

—Funcionará, Henry. Samuel tiene más claro el futuro que cualquiera de nosotros.

La puerta se cerró. Clarkson miró la vista de Toronto, sabiendo que Sentinel Labs apostaba fuerte con Samuel Ross como pieza clave.

La ODP, Organización de Defensa de Patriotas, no contaba con apoyo institucional. Era una sociedad de autodefensa de militares veteranos con finanzas estables gracias a los aportes de sus miembros.

La mayoría eran retirados con buenas finanzas, o como el difunto coronel Moretti, aún activos pero de forma privada. Hasta ahora la organización no había tenido acciones violentas más allá de presiones por inmunidad para sus miembros.

La muerte de Moretti conmovió a la organización. Eran muchos exmilitares en prisión. En lugar de inmunidad, ahora era un logro obtener prisión domiciliaria para los mayores. Este descontento interno tenía consecuencias.

La dirección ejecutiva estaba en un edificio discreto en las afueras de Miami. Sin placas ni símbolos, solo una fachada anodina y cámaras de vigilancia. Dentro, tres hombres ocupaban una sala funcional. A estos se los conocía como "los tres de Miami".

Estos veteranos, con décadas en operaciones encubiertas, formaban el núcleo decisorio. Definían cuándo actuar y contra quién. Un dossier sobre Moretti aguardaba su veredicto.

—Está muerto. No hay duda —dijo el primero, robusto, de cabello canoso y piel curtida. Su tono descartaba toda incertidumbre.

El segundo, delgado y de rostro afilado, asintió revisando el informe de Theodor.

—Theodor lo confirma. Dice que fue interceptado en la carretera. No sobrevivió.

—Y nuestros contactos en Fort Bragg confirman lo mismo. No hay rastros de él —agregó el tercero, de barba recortada y ojos penetrantes.

Un silencio tenso llenó la sala. El primero apoyó sus manos sobre la mesa.

—Esto no puede quedar así. Moretti no era perfecto, pero era uno de los nuestros. Lo que le hicieron requiere respuesta.

El segundo cruzó los brazos.

—¿Y qué propones? No podemos iniciar una cacería sin más. Necesitamos un objetivo claro, un mensaje.

El tercero intervino con tono clínico.

—Tenemos un nombre. Pablo. El informe de Salcedo y Olmedo lo vincula con los últimos movimientos de Moretti.

—Theodor también lo mencionó —agregó el segundo—. Dice que Moretti se interesó por ese hombre, pero nunca explicó por qué.

—No necesitamos saber por qué —dijo el primero, cortante—. Si quieren mandar un mensaje, que sea directo. Eliminamos a Pablo. En un lugar y momento propicio. Sin errores.

El segundo aprobó con la cabeza.

—Que sea limpio. No queremos ruido. Esto es un mensaje, no un espectáculo.

—Que lo manejen los de campo. Salcedo y Olmedo pueden coordinarlo —concluyó el tercero, buscando disenso sin encontrarlo.

El primero se puso de pie, cerrando el dossier.

—Entonces queda decidido. Que se muevan rápido. Esto no es venganza, es advertencia.

Los tres decidieron cortar toda comunicación. Los responsables del operativo no podían contactar a nadie, menos a los tres de Miami, quienes quedarían incomunicados hasta nuevo aviso.

Lo crucial era evitar vincular a ODP con cualquier acción. Los dos activos en Barcelona, militares experimentados, actuarían independientemente.

Los tres hombres intercambiaron una última mirada antes de salir, cada uno en silencio pero con resolución que no necesitaba palabras. Para ellos, Moretti había caído, pero su memoria tendría respuesta.

CAPÍTULO 15

Robert se aferró al borde del asiento frente al escritorio del director. Sus nudillos blancos revelaban una tensión que recorría sus brazos como corriente eléctrica. Quería pararse y salir corriendo, sentir el aire frío del pasillo en su rostro. El director Lundqvist continuaba hablando, su voz sin inflexiones cortaba el aire como una hoja de acero templado. Esta sección del Karolinska Institutet dependía de recursos muy concretos, tangibles como la gravedad misma.

Los subsidios de grupos financieros determinaban qué proyectos sobrevivían, cuáles se marchitaban en el olvido. Erik Lundqvist captaba esos subsidios con precisión quirúrgica, con la frialdad calculada de un cazador. La luz grisácea que entraba por los ventanales altos se deslizaba sobre su calvicie como mercurio líquido. Su habilidad para recabar fondos lo había vuelto intocable. En los pasillos de mármol pulido, su nombre se pronunciaba con una mezcla de admiración temerosa y recelo silencioso.

La audacia en investigar con innovación generaba admiración en círculos académicos y titulares en revistas científicas, pero requería acuerdos suscritos en habitaciones silenciosas. Para estos acuerdos, Lundqvist no conocía la piedad. Sus ojos, del gris opaco de un cielo de invierno, nunca vacilaban al tomar decisiones que alteraban carreras y destinos.

La reputación del Karolinska pendía de un equilibrio frágil como un móvil de cristal. El prestigio global funcionaba simultáneamente como escudo protector y espada afilada. Detrás de las publicaciones brillantes y las innovaciones aclamadas existía un entramado de acuerdos y presiones que nadie mencionaba en voz alta, pero que todos sentían como una corriente subterránea bajo el suelo lustrado de los laboratorios.

Lundqvist había perfeccionado ese arte a lo largo de décadas. El roce de su traje de lana fina contra el respaldo de cuero parecía un susurro de poder. Presentaba a los inversores un futuro repleto de promesas científicas y retornos económicos con la misma convicción con que respiraba. Su talento para conseguir recursos y convertirlos en proyectos audaces lo mantenía en la cima de una pirámide invisible, a pesar de los murmullos que lo perseguían como sombras persistentes.

Los rumores nunca carecían de fundamento en el mundo académico. Cada palabra tenía el peso y la sustancia de la evidencia. En los pasillos del instituto, las voces bajaban instintivamente al hablar de investigaciones interrumpidas sin explicación, decisiones inexplicables tomadas a puerta cerrada, y contratos con cláusulas propias de multinacionales. El olor a antiséptico y ambición se mezclaba en el aire acondicionado.

Las filtraciones sobre la influencia de grupos financieros habían alcanzado a los medios con la inevitabilidad de la gravedad. El Karolinska había estado en el ojo del huracán repetidamente, soportando tormentas mediáticas que sacudían sus cimientos de granito. La luz fluorescente revelaba cada línea de tensión en los rostros de quienes caminaban bajo su fulgor implacable.

El escándalo reciente involucraba a un cirujano estrella cuyo trabajo prometedor se transformó en símbolo de ambición desmedida y negligencia ética. Los titulares habían sangrado durante meses en periódicos y pantallas. Ese episodio había dejado cicatrices visibles en la institución y en la confianza pública, como marcas de quemaduras imposibles de ocultar bajo la ropa.

Aun así, Lundqvist conservó su puesto con la obstinación de un árbol centenario. Su habilidad para navegar tormentas solo igualaba su control absoluto sobre el sistema. Conocía cada engranaje, cada palanca de poder. El reloj de pared marcaba los segundos con un tic-tac que resonaba en el silencio como gotas de agua sobre metal.

Ahora, frente a Robert, su mirada fija y tono impasible utilizaban ese control como arma. Las palabras salían de sus labios finos y precisos, directas pero cargadas de implicaciones sombrías. El aire entre ellos parecía espesarse con cada sílaba pronunciada.

—Déjame resumirte cómo estábamos y tú me dirás por qué estamos ahora donde estamos, Robert —dijo Lundqvist, los dedos entrelazados sobre la mesa formaban una red intrincada—. Tú aconsejaste a Denisse la venta de los derechos de los escritos sobre el miedo.

La madera del escritorio reflejaba el rostro de Lundqvist como un espejo turbio. El silencio pesaba como plomo.

—Sí —respondió Robert, evitando la mirada de Lundqvist como evitaría un precipicio—. Era lo mejor para todos.

Lundqvist asintió. Su gesto calculado no ocultaba el peso de sus palabras, que caían como piedras arrojadas a un estanque profundo. Las ondas de consecuencias se expandían invisibles.

—El instituto en Zúrich aportaría los fondos. Theodor Reinhardt estaba interesado. Todos ganábamos.

La mención de aquel nombre pareció cambiar la densidad del aire en la habitación. Robert permaneció en silencio, respirando superficialmente. Las paredes de la oficina, cubiertas de diplomas y reconocimientos enmarcados, parecían acercarse milímetro a milímetro, reduciendo el espacio disponible para el oxígeno.

—Y resultó en qué —continuó Lundqvist, su tono frío, cortante como hielo recién formado—. Tu esposa desaparece. Los derechos terminan vendidos, pero no gracias a nosotros.

Un rayo de sol atravesó brevemente la ventana, iluminando partículas de polvo suspendidas en el aire, pequeños mundos flotantes ajenos a la tensión humana.

—Lo sé —dijo Robert, su voz un murmullo apenas audible, como hojas secas arrastradas por el viento.

—¿A quién, Robert? Dímelo.

Robert levantó la vista. La mirada de Lundqvist, dura como piedra pulida por siglos de lluvia, no permitía evasiones. El tictac del reloj marcaba un ritmo implacable.

—A Theodor Reinhardt —murmuró, cada sílaba un esfuerzo.

Lundqvist sonrió. Ninguna calidez en ese gesto, ninguna humanidad. Solo el movimiento mecánico de músculos bajo piel. Sus dientes perfectamente alineados brillaron brevemente.

—Sí, otra vez. A Theodor. Pero no gracias a nosotros. Sino a otro que ganó donde nosotros perdimos.

Robert sintió un nudo en la garganta como un puño cerrado. Las palabras se negaban a salir, prisioneras de un miedo que trepaba por su espalda como un insecto frío.

—¿Qué opinas de eso, Robert? —preguntó Lundqvist, inclinándose hacia él. El aroma de su loción de afeitar, cítrica y cara, invadió momentáneamente el espacio—. ¿Crees que hiciste lo correcto?

Robert apretó los puños bajo el escritorio. Sus uñas se clavaron en las palmas dejando marcas semicirculares, pequeñas lunas crecientes.

—Pensé que estaba ayudando.

—¿Pensaste? —La palabra salió como un golpe seco, el impacto de un martillo sobre madera—. Dime, Robert. ¿Tienes orden en tu casa?

El silencio cayó entre ellos como un telón de terciopelo. Lundqvist no apartaba los ojos, dos fragmentos de hielo gris incrustados en carne. Robert sentía su mente desmoronándose como un castillo de arena bajo la marea creciente.

—No lo sé —admitió al fin, la voz quebrada como cristal bajo presión.

Lundqvist se recostó, cruzando los brazos con calma calculada. La tela de su traje crujió suavemente, un sonido que parecía amplificarse en el silencio.

—Entonces será mejor que lo averigües.

El bar estaba medio vacío, un refugio de sombras amables y conversaciones murmuradas. Luz cálida de lámparas antiguas se derramaba sobre superficies de madera oscura, pulida por años de copas deslizadas y codos apoyados. El aroma a whisky añejo y cuero gastado flotaba como una presencia constante. Verónica entró y sus ojos recorrieron el espacio hasta encontrar a Denisse, sentada al fondo como una isla solitaria en un mar de mesas vacías.

Sostenía un vaso con ambas manos, como si buscara calor en el cristal frío. Su expresión oscilaba entre el cansancio acumulado de noches sin sueño y la resignación de quien ha dejado de luchar contra corrientes demasiado fuertes. El hielo en su bebida tintineaba suavemente con cada movimiento.

Verónica avanzó con pasos firmes sobre el suelo de madera que crujía revelando historias antiguas, pero se detuvo antes de sentarse. La música suave, un jazz melancólico, se deslizaba entre las conversaciones como un río entre piedras. Denisse no levantó la vista. Sus dedos, con esmalte descascarado en las uñas, seguían el contorno del vaso. Habló primero.

—No sé por dónde empezar —dijo, girando el vaso entre sus manos. La luz ámbar atravesaba el líquido proyectando sombras doradas sobre la mesa.

Verónica se sentó, dejó el abrigo sobre el respaldo. Su perfume, sutil y fresco, contrastaba con el aire cargado del bar. Su mirada directa pero no dura, como quien observa una herida que necesita atención.

—Empieza por lo que importa.

Denisse soltó un suspiro que parecía contener años de palabras no dichas. Levantó la mirada y enfrentó a su hermana. Sus ojos, del mismo tono pero con historias diferentes, revelaban culpa y alivio entrelazados como ramas de un mismo árbol.

—Te lo debo. Lo que pasó... lo que hice. Necesitas saberlo.

Verónica esperó en silencio. A su alrededor, conversaciones ajenas continuaban en tonos bajos, mundos paralelos que nunca se cruzarían con el suyo. El pianista en la esquina tocaba notas melancólicas que parecían seguir el ritmo de una confesión inminente.

Denisse bebió antes de continuar, un sorbo largo que dejó una marca de lápiz labial desvanecido en el borde del vaso. El hielo crujió contra sus dientes.

—Cáceres. Fue él quien me convenció de vender el manuscrito. Sus palabras sonaban razonables bajo la luz correcta, como verdades parciales vestidas de certezas. Me dijo que sería lo mejor. Que los derechos servirían para algo más grande, para protegernos. Pero nunca fue así —hizo una pausa, mirando el vaso como si contuviera respuestas diluidas en alcohol—. Intentó venderlo a un tal Theodor Reinhardt.

Verónica frunció el ceño, procesando la información. Sus dedos jugaban inconscientemente con un posavasos de corcho, girándolo como un pequeño volante.

—El mismo comprador que tenía el Instituto. El mismo que Robert me propuso.

—Sí —interrumpió Denisse, su tono seco como tierra sin lluvia—. El mismo que Robert buscó. Pero Cáceres no me dijo nada de eso. Me enteré por mi cuenta, siguiendo hilos sueltos que nunca debieron quedar expuestos. Y cuando lo enfrenté, solo se rió, un sonido sin humor que reverberó en paredes de hotel anónimas. Dijo que yo nunca entendería lo que estaba en juego.

Verónica tamborileó los dedos sobre la mesa, su mente acelerada conectando piezas de un rompecabezas con bordes irregulares. Una camarera pasó cerca, el aroma de café recién hecho siguiéndola como una estela.

—Y Robert... ¿sabe esto?

—Fue él quien me advirtió de todo. Su jefe lo acusó de traición. Las palabras cayeron como sentencias irrevocables.

—Robert cree que lo traicioné. Que fui yo quien entregó todo en bandejas de plata. Pero no fue así. Al final, Cáceres me traicionó también, con la misma facilidad con que cambia de camisa. Vendió los derechos sin decirme nada de quién se trataba realmente —sus ojos se oscurecieron al recordar, pupilas dilatadas absorbiendo luz.

Un silencio se instaló entre ambas, denso pero no impenetrable. Verónica miró a Denisse detenidamente, observando las líneas que el tiempo y las decisiones habían tallado alrededor de sus ojos. Por un momento, vio a una mujer atrapada en un juego imposible de ganar, luchando por retener algo ya perdido entre sus dedos como arena seca.

—Finalmente nunca llegó a sus manos —dijo Verónica, observando la reacción de su hermana como quien estudia el cielo antes de una tormenta.

—¿Por qué me lo cuentas ahora?

Denisse dejó el vaso sobre la mesa. El sonido del cristal contra la madera pareció finalizar un acto. Cruzó los brazos, protegiéndose de algo invisible que solo ella podía percibir.

—Porque tú estás en medio de esto. Porque tú y Pablo son lo único que queda de algo que alguna vez fue completo. Y porque, aunque sea tarde, aunque el tiempo haya pasado como un río imparable, creo que mereces saber la verdad.

Verónica asintió lentamente. Sin juicio en su rostro, solo aceptación silenciosa como quien recibe un objeto frágil con manos cuidadosas.

—Y ahora, ¿qué piensas hacer?

Denisse dejó escapar una risa amarga, un sonido que no contenía alegría sino reconocimiento de ironías crueles.

—Ya no hay mucho que pueda hacer. Cáceres me dejó sin nada, como una casa vaciada por ladrones meticulosos. Solo espero que tú no cometas mis errores.

Verónica se inclinó hacia adelante, su voz baja pero firme como cimientos antiguos.

—No pienso cometerlos. Pero esto no termina aquí. Estarás en la presentación del libro de papá.

Denisse la miró sorprendida. Su rostro reveló algo indescifrable, como un texto en un idioma olvidado. Quizás miedo, quizás esperanza. Quizás ambos entrelazados como raíces bajo tierra.

Fuera del bar, la luz del atardecer teñía de naranja intenso las aguas del puerto. Rayos oblicuos atravesaban edificios creando sombras alargadas sobre muelles y embarcaciones inmóviles. La ciudad contenía la respiración en ese espacio suspendido entre día y noche. El murmullo de las olas se mezclaba con pasos ocasionales en calles empedradas, creando una sinfonía urbana de final de jornada.

El viento arrastraba aroma a mar y sal hacia ventanas abiertas, colándose entre cortinas que se mecían como fantasmas pálidos. Las gaviotas trazaban círculos perezosos sobre el agua, manchas blancas contra un cielo que comenzaba a oscurecerse como tinta derramada.

Verónica se levantó y colocó su abrigo sobre los hombros con un movimiento fluido. La lana pesada la protegería del frío creciente del atardecer. Denisse permaneció sentada unos momentos más, observando el vaso vacío, buscando respuestas inexistentes en las últimas gotas de líquido ambarino. Finalmente se incorporó, y ambas salieron juntas al aire fresco del puerto, dejando atrás las sombras del bar y las confesiones que aún resonaban entre sus paredes.

CAPÍTULO 16

La noche de Toronto se fragmentaba en luces dispersas a través de la ventana. Emily observaba el paisaje urbano desde el apartamento del piso veintidós, ese horizonte de cristal y concreto que durante tres años había significado hogar. Los rascacielos perforaban un cielo teñido de naranja artificial. Abajo, diminutos vehículos trazaban rutas ordenadas, predecibles. Como lo había sido su vida hasta hace veinte minutos.

La voz de Samuel resonaba todavía en el espacio entre ellos, como si las palabras, una vez pronunciadas, hubieran adquirido consistencia física, alterando la composición misma del aire.

Todo parecía irreal. Como en esas películas de catástrofes que Emily veía ocasionalmente, donde la vida cotidiana se fractura en un instante imprevisto. Pero esto no era ficción proyectada en una pantalla. Esto estaba sucediendo. Aquí. Ahora. En su sala de paredes blancas y muebles escandinavos, con la taza de té aún tibia entre sus manos.

El calor abandonó primero sus extremidades. Luego un frío invasivo se desplazó por su cuerpo como una corriente eléctrica mal calibrada. Sus dedos temblaban contra la porcelana, produciendo un sonido apenas perceptible, como código morse involuntario transmitiendo pánico.

—¿Emily? —La voz de Samuel emergió desde algún lugar distante.

Ella lo miró. Realmente lo miró, como si fuera la primera vez. Su rostro contenía una expresión que nunca había visto antes. No era miedo, ni tampoco duda. Era la claridad transparente de quien ha tomado una decisión definitiva.

—Lo que estás diciendo… —Las palabras se atascaron en su garganta—. Estás diciendo que debemos abandonarlo todo. Ahora mismo.

No era una pregunta.

Samuel se acercó. Se arrodilló frente a ella, tomando las manos que sostenían la taza. Sus dedos eran cálidos, firmes, contrastando con el frío que se expandía dentro de ella.

—Si revelo lo que Sentinel está haciendo con ese aparato, si muestro cómo manipulan el miedo de las personas para controlarlas, no habrá marcha atrás. —Su voz era baja, medida, como si cada palabra tuviera un peso exacto—. Vendrán por mí. Y vendrán por ti.

Emily dejó la taza sobre la mesa de cristal. Un pequeño círculo de condensación quedó marcado en la superficie transparente. Un perímetro húmedo, efímero. Como la vida que habían construido.

—¿No hay otra manera? —Su voz emergió quebrada, apenas audible.

Samuel negó lentamente con la cabeza. Sus ojos no abandonaron los de ella ni un segundo.

—He repasado cada escenario posible. Si me quedo callado, soy cómplice. Si hablo, pero permanecemos, nos encontrarán. Esa gente no se detiene ante nada.

El apartamento, con sus líneas limpias y sus espacios ordenados, parecía ahora una elaborada escenografía. Los platos a medio lavar en la cocina. Los libros perfectamente alineados. Las fotografías enmarcadas de viajes a Vancouver y Montreal. Todo revelaba su fragilidad, su condición de decorado temporal.

—¿Qué pasará con mi trabajo? ¿Con mis padres? ¿Con todo lo que hemos…?

Samuel se levantó y la envolvió en un abrazo repentino. Su cuerpo era sólido, cálido, anclado a una realidad que Emily sentía disolverse. El olor familiar de su colonia se mezcló con algo más primitivo, el aroma leve del miedo transformado en decisión.

—He estado viviendo una contradicción insostenible —murmuró él contra su cabello—. Cada día en Sentinel, cada vez que observo cómo utilizan el sistema para manipular, para convertir el miedo en control… Es como si me dividiera en dos personas. Y ya no puedo seguir así.

Emily se separó lo suficiente para mirarlo a los ojos.

—¿Y yo? ¿Has pensado en mí?

—Constantemente.

El silencio que siguió tenía textura, densidad. A través de la ventana, Toronto continuaba su rutina nocturna, ajena a la ruptura que ocurría en aquel apartamento elevado.

—Podrías no hacerlo —dijo ella finalmente—. Podrías simplemente dejarlo, buscar otro trabajo. Alejarte sin hacer... esto.

—¿Y vivir sabiendo lo que sé? ¿Viendo en las noticias, en las calles, los efectos de algo que pude detener y no lo hice?

Emily se levantó. Caminó hacia la ventana. La ciudad brillaba con una belleza indiferente. Puntos de luz que representaban vidas ajenas, rutinas estables, certezas que ella ya no poseía.

—¿Libertad? —Su voz contenía un tono amargo—. ¿Llamas libertad a huir, a perderlo todo?

—Llamo libertad a elegir la verdad por encima del miedo.

Se giró para mirarlo. Samuel permanecía en el centro de la sala, los hombros ligeramente inclinados hacia adelante, como quien soporta un peso invisible pero considerable. Por un instante, Emily vio en él al hombre que había conocido cinco años atrás, cuando ambos creían que podrían cambiar algo en el mundo.

—No es solo la verdad, Samuel. Es nuestra vida. Todo lo que hemos construido.

—¿Y qué hemos construido exactamente? —Su voz era suave, sin acusación—. Una vida cómoda, sí. Segura, también. Pero basada en mirar hacia otro lado. En pretender que lo que hago no tiene consecuencias.

Emily observó los objetos que definían su existencia compartida. La lámpara italiana que habían comprado el verano pasado. El sofá donde veían películas los domingos. La pared donde planeaban colgar más fotografías de viajes que ahora no realizarían.

—¿Adónde iríamos? —La pregunta surgió casi involuntariamente, como si una parte de ella ya hubiera comenzado a aceptar lo inevitable.

Un cambio sutil ocurrió en el rostro de Samuel. Un destello de esperanza contenida.

—Turquía. Estambul. Al menos por ahora. Es un lugar seguro, neutral. Desde allí podríamos planear nuestro siguiente movimiento.

—¿Estambul? —La palabra sonaba exótica, ajena—. ¿Y después?

Samuel se acercó nuevamente, esta vez sin tocarla. Respetando el espacio que ella necesitaba para procesar cada palabra.

—Después, no lo sé con certeza. Pero sé que estaremos juntos. Y que estaremos siendo honestos. Conmigo mismo, con el mundo.

Emily cerró los ojos. Tras sus párpados, imágenes fugaces se sucedían: su oficina con vistas al parque, la sonrisa de su madre en Navidad, la seguridad de una rutina predecible. Y junto a estas, otras comenzaban a formarse: calles desconocidas, sabores nuevos, la posibilidad desconcertante de reinventarse.

—Tengo miedo, Samuel. —La confesión emergió como un suspiro.

Él asintió. Sus ojos reflejaban comprensión.

—Yo también tengo miedo. Pero he descubierto algo. —Hizo una pausa, buscando las palabras exactas—. El miedo no desaparece cuando huyes de él. Sólo cambia de forma, te sigue. La única manera de ser verdaderamente libre es mirarlo de frente.

Un avión atravesó el cielo nocturno, sus luces intermitentes marcando un rumbo definido. Emily lo siguió con la mirada hasta que desapareció tras los edificios.

—¿Cómo puedes estar tan seguro? —preguntó, sin apartar la vista del punto donde el avión había desaparecido.

Samuel no respondió inmediatamente. Cuando lo hizo, su voz había adquirido una cualidad diferente, como si las palabras emergieran de una comprensión recién alcanzada.

—Porque no podemos vivir sin esperanza. —Se acercó hasta situarse junto a ella frente a la ventana—. No se trata solo de superar el miedo, Emily. Se trata de transformarlo en algo más. En la certeza de que, pase lo que pase, estamos eligiendo ser fieles a nosotros mismos.

La ciudad continuaba su vida abajo, ajena e indiferente. Miles de ventanas iluminadas, cada una enmarcando existencias particulares, decisiones cotidianas, miedos silenciosos.

—Nuestra vida puede ser diferente —continuó él—. Pero será libre. No podemos seguir aquí negándonos esa libertad.

Emily lo miró. Algo había cambiado en el aire entre ellos. No era aceptación completa, no todavía. Pero sí un principio de comprensión. Sus ojos brillaron con una intensidad nueva, reflejo no de las luces exteriores, sino de algo que comenzaba a despertar en su interior.

Samuel extendió su mano hacia ella. Un gesto simple, cargado de significado. Una invitación a un futuro desconocido pero elegido conscientemente.

Tras un momento de duda, Emily la tomó.

El calor de Estambul era diferente. No el calor seco de los veranos canadienses, sino una calidez saturada de historia, de especias, de vidas superpuestas durante siglos. Se filtraba a través de las cortinas blancas de la habitación, acariciando la piel de Emily como una pregunta persistente.

Tres días habían transcurrido desde su llegada. Tres días de calles estrechas y bulliciosas, de mezquitas que perforaban el cielo con sus alminares, de cafés donde el tiempo parecía suspenderse en tazas pequeñas de líquido oscuro y espeso.

La habitación del hotel era simple pero agradable. Paredes blancas, una cama amplia, muebles de madera oscura con tallas geométricas. A través de la ventana abierta, los sonidos de la ciudad ascendían en oleadas irregulares: pregones de vendedores, llamadas a la oración, el claxon impaciente de algún taxi.

Samuel dormía todavía. Su respiración era profunda, rítmica. En sueños, su rostro había perdido aquella tensión constante que lo acompañaba durante la vigilia. Parecía más joven, casi vulnerable.

Emily se levantó sin hacer ruido. Caminó hacia la ventana y se asomó al balcón diminuto. Abajo, la calle ya bullía de actividad. Mujeres con pañuelos coloridos, hombres que empujaban carretas de fruta, niños que correteaban entre los adultos.

Una vida completamente ajena a la que había dejado atrás. Y sin embargo, extrañamente familiar en su humanidad esencial.

—Buenos días.

La voz de Samuel la sorprendió. Se giró para encontrarlo despierto, apoyado en un codo, observándola con una sonrisa leve.

—Buenos días. —Su respuesta fue suave, como si temiera romper la frágil paz de la mañana.

Él se incorporó, sentándose en el borde de la cama. La luz matinal dibujaba contornos dorados alrededor de su silueta.

—¿Cómo has dormido?

—Mejor de lo que esperaba.

Una verdad simple, pero significativa. Cada noche desde su llegada, el sueño había sido más profundo, menos interrumpido por sobresaltos de ansiedad.

Samuel se levantó y caminó hacia ella. Se detuvo a su lado en el balcón, observando el espectáculo de vida que se desarrollaba abajo.

—Es hermoso, ¿verdad? —dijo, refiriéndose no solo a la vista, sino a algo más amplio, indefinible.

Emily asintió. El sol cálido bañaba sus rostros, creando un momento de comunión silenciosa.

—Tenías razón —dijo ella finalmente.

Samuel la miró, expectante.

—¿Sobre qué?

—Sobre el miedo. —Emily observaba el movimiento incesante de la calle—. Es extraño. Dejamos todo atrás, estamos en un lugar desconocido, con un futuro incierto... y sin embargo, me siento más ligera.

Samuel no respondió inmediatamente. Dejó que las palabras se asentaran entre ellos, tomando su propio espacio.

—¿Sabes lo que creo? —dijo finalmente—. Creo que el mayor peso que cargamos no es el miedo mismo, sino el esfuerzo constante de evitarlo.

Emily reflexionó sobre esto. En Toronto, cada día había estado estructurado alrededor de certezas cuidadosamente cultivadas. Horarios, planes, rutinas diseñadas para mantener a raya cualquier sensación de vulnerabilidad. Y sin embargo, el miedo siempre había estado allí, agazapado bajo la superficie de su vida ordenada.

—Cuando tomamos el avión, pensé que estaba cometiendo el peor error de mi vida —confesó—. Cada minuto era como... como saltar al vacío, una y otra vez.

—¿Y ahora?

Ella sonrió, una sonrisa genuina que iluminó sus ojos.

—Ahora siento que estoy aprendiendo a volar.

El bullicio de la calle ascendía hacia ellos, mezclándose con el aroma de pan recién horneado y café turco. La vida continuaba, diferente pero persistente.

—Aún no sé qué pasará mañana —añadió Emily—. Y eso todavía me asusta. Pero ya no de la misma manera.

Samuel tomó suavemente su mano. Sus dedos se entrelazaron, creando un pequeño mundo de contacto y calor.

—La libertad es esto —dijo él, su voz apenas audible sobre los sonidos de la ciudad—. No la ausencia de miedo, sino la decisión de no permitir que nos defina.

Abajo, un vendedor de alfombras desplegaba sus mercancías, creando un estallido de colores contra el pavimento gris. Más allá, la cúpula de una mezquita reflejaba el sol de la mañana. La vida en un lugar que hasta hace poco era solo un nombre en un mapa, ahora convertido en su refugio temporal.

—¿Estás lista? —preguntó Samuel.

La pregunta contenía más significados que los evidentes. No se refería solo a bajar a desayunar, a enfrentar un nuevo día en esta ciudad extraña. Se refería a los próximos pasos, a las decisiones que aún debían tomar, al camino que apenas comenzaban a recorrer juntos.

Emily respiró profundamente. El aire de Estambul, denso de historia y posibilidades, llenó sus pulmones.

—Sí —respondió—. Estoy lista.

Y lo estaba.

CAPÍTULO 17

Pablo ajustó la capucha de su sudadera con un movimiento preciso, casi ritualizado. Sus dedos conocían la textura específica del algodón gastado, suavizado por años de lavados que habían registrado su historia en cada fibra. La tela oscura contra su piel le proporcionaba un anonimato necesario mientras se orientaba hacia la salida del gimnasio. Las luces fluorescentes zumbaban sobre su cabeza con una constancia mecánica.

Barcelona se extendía ante él, fascinante y aterradora a la vez. Reconocía en ella algo profundamente propio, una familiaridad inquietante que lo desarmaba. En sus calles había encontrado patrones que pertenecían a sus propios laberintos internos, cartografías coincidentes. Las esquinas no eran simples intersecciones de cemento y piedra. Eran portales a dimensiones paralelas donde lo cotidiano y lo extraordinario intercambiaban lugares sin previo aviso.

El aire transportaba historias densas, narrativas no solicitadas que se adherían a la piel y se infiltraban en los pulmones con cada respiración. Historias antiguas como la piedra de Montjuïc, salobres como el Mediterráneo en agosto cuando el calor transforma la ciudad en un organismo diferente.

Los árboles de la Avenida Diagonal proyectaban una sombra casi líquida, densa en su consistencia. No era la oscuridad frágil de vegetación ordinaria. Era el tiempo detenido, condensado en manchas irregulares sobre el pavimento. El sol luchaba por filtrarse entre hojas diseñadas específicamente para negociar su paso. La luz hería el suelo en patrones interrumpidos, códigos de una comunicación antigua.

Edificios de cristal y acero convivían con estructuras centenarias en un diálogo arquitectónico inconcluso. Una conversación entre épocas suspendida a mitad de frase, esperando una resolución que nunca llegaría completamente.

Cada respiración le recordaba a Pablo que estaba vivo y recuperándose. El aire entraba frío y salía caliente. Un intercambio elemental que durante meses había parecido un privilegio inaccesible, algo que otros daban por sentado. A lo lejos, entre el asfalto que conservaba el calor del día y aceras del gris específico de la indecisión, Jordi aguardaba. Su silueta resultaba inconfundible incluso a distancia. Hablaba por teléfono con precisión gestual, comunicándose en varios niveles simultáneamente.

"Esta ciudad tiene ritmo", pensó Pablo mientras cruzaba la calle observando el flujo urbano. Un ritmo interno, una cadencia propia que no respondía a metrónomo alguno. El tráfico fluía como sangre por sus cauces designados, con ordenada determinación. Los motores zumbaban en tonalidades distintas pero complementarias, formando armonías improbables. Los cláxones puntuaban la sinfonía urbana con exclamaciones metálicas que nadie había solicitado, pero todos comprendían perfectamente.

Jordi guardó el teléfono con un gesto que parecía concluir algo definitivo y se giró hacia ellos. La luz del atardecer definía el contorno de su rostro mientras dejaba los detalles faciales en una penumbra calculada, como un retrato renacentista inacabado.

—¿Listos? Hoy se cena bien. Musol nunca falla —dijo, señalando hacia el final de la avenida donde las luces comenzaban a encenderse en secuencia. Primero tímidas, luego con creciente determinación, creaban un horizonte dorado de posibilidades nocturnas que se extendía ante ellos.

—¿Crees que me he ganado esa cena? —Pablo se frotó las manos. El gesto pretendía eliminar no solo el sudor del entrenamiento sino algo más profundo, una fatiga que no pertenecía al cuerpo sino a algún lugar más inaccesible.

—Más que merecida —respondió Verónica. Su voz cargaba un orgullo que trascendía lo inmediato, un reconocimiento de victorias que escapaban a mediciones convencionales, logros que solo ellos comprendían en su verdadera dimensión.

Caminaron por calles donde cada tramo contaba una historia diferente. La arquitectura modernista surgía con la sorpresa calculada de una aparición ensayada mil veces. Tiendas artesanales exhibían mercancías que desafiaban la producción en masa, colocadas junto a boutiques donde el diseño se vendía como filosofía de vida. El aroma del pan recién horneado se encontraba con el café arábica de tueste medio en esquinas precisas donde ambos olores establecían alianzas temporales.

Llegaron a Musol justo cuando el cielo completaba su transición cromática. Ya no era día, todavía no era noche completa. Era el momento exacto donde la ciudad cambiaba de personalidad sin disculparse por ello, un metabolismo urbano en plena transformación. Las luces del restaurante se derramaban sobre la acera en polígonos dorados perfectamente delimitados. Dentro, el murmullo de conversaciones se entrelazaba con el tintineo ocasional de cubiertos y cristal, creando una acústica íntima que invitaba a las confidencias importantes.

—Barcelona nunca deja de alimentar el alma —dijo Jordi mientras sostenía la puerta. Un gesto simple que contenía toda la generosidad del anfitrión nato, del que conoce el valor exacto de la hospitalidad.

Verónica asintió, pero su mirada permanecía fija en Pablo. En su paso ahora firme, en su respiración rítmica, en la manera específica en que ocupaba el espacio. La ciudad no solo los recibía; los estaba transformando molécula a molécula, reconstruyéndolos desde dentro hacia fuera con la paciencia mineral de las grandes urbes.

Las paredes de piedra antigua conservaban exactamente la temperatura correcta, como si hubieran sido calibradas por siglos de uso. Lámparas estratégicamente bajas creaban zonas de intimidad medida. Las mesas con mantelería de lino conocían incontables cenas importantes, conversaciones que habían cambiado vidas. Todo el espacio parecía diseñado específicamente para contener palabras que al pronunciarse adquirían un peso tangible.

Pablo tomó el menú con una deliberación que transcendía la simple selección gastronómica. No era simplemente un hombre eligiendo platos; era un ser humano en el proceso meticuloso de recobrar su centro de gravedad, de restablecer su equilibrio en un mundo que lo había desplazado violentamente de su eje.

Jordi llamó al camarero con un gesto tan sutil que resultaba casi telepático. Una señal calibrada para ser captada únicamente por su destinatario, como un código morse visual perfeccionado con los años.

—El secreto está en pedir la crema catalana. Ningún sitio la hace mejor —su tono sugería la transmisión de un conocimiento privilegiado, algo verificado personalmente a través de exhaustiva investigación, casi científica en su metodología.

Pablo sonrió levemente. Una expresión que Verónica registró como significativa precisamente por su escasez, por su condición de evento raro. No había visto esa configuración exacta de sus labios en mucho tiempo. La cena no era simplemente una comida; era un punto de inflexión que solo ellos tres tenían el contexto completo para reconocer en su verdadera importancia.

La ciudad respiraba al mismo ritmo que ellos, expandiéndose y contrayéndose en perfecta sincronía con sus propios ciclos internos. Fuera, luces amarillentas transformaban los adoquines húmedos en superficies que reflejaban posibilidades alternativas, universos paralelos temporalmente accesibles. Dentro, el murmullo de otras mesas creaba un manto sonoro protector que amortiguaba sus silencios, dándoles permiso para existir sin necesidad de explicarse.

Verónica se giró hacia Pablo con un movimiento preciso. Su sonrisa alteró la composición química del aire entre ellos, creando nuevas moléculas invisibles. Lo abrazó con un contacto breve pero cargado de significado, dos cuerpos que habían aprendido el lenguaje exacto del otro a través de años de traducciones mutuas. Dejó un beso en su mejilla, un gesto aparentemente simple que contenía toda una historia no narrada.

—Has estado muy disciplinado —dijo. Tres palabras que representaban meses de observación continua, de registrar pequeñas victorias, de presenciar la reconstrucción meticulosa de un hombre que se rehacía desde los fragmentos.

Pablo sonrió. Sus ojos, de un marrón con vetas ambarinas bajo la luz específica del restaurante, comunicaron lo que su voz no necesitaba articular. Un lenguaje visual donde cada micromovimiento constituía una frase completa, perfectamente formada.

Verónica extendió su mano hacia Jordi, quien observaba la escena con la precisión atenta del que ha aprendido a leer situaciones como textos complejos. El apretón fue firme, cálido, inesperado en su intensidad particular. Sorprendió a Jordi, un hombre que raramente se permitía la sorpresa.

—Gracias por tu lealtad, Jordi —su voz tenía la textura precisa de la sinceridad absoluta, sin adornos ni calificaciones.

Jordi inclinó la cabeza, un gesto que equilibraba la satisfacción con la reserva calculada de quien conoce el valor exacto de su contribución, ni más ni menos.

—No hemos terminado —dijo. Las palabras cayeron entre ellos con densidad mercurial, pesadas en su simplicidad directa.

Verónica asintió. Su expresión experimentó una transformación sutil pero completa, como una habitación donde alguien ha apagado determinadas luces y encendido otras, alterando toda la percepción del espacio.

—Denisse me ha contado algo. Hay un nombre. Un hombre en Zúrich. Theodor Reinhardt.

La mención del nombre alteró la acústica del espacio entre ellos, como si hubiera cambiado la presión atmosférica. Pablo frunció el ceño con un movimiento mínimo pero definitivo que reestructuró toda la geografía de su rostro. Jordi alzó una ceja con interés profesional, su cuerpo repentinamente más atento, como un animal que detecta un sonido anómalo en su territorio familiar.

—¿Zúrich? —dijo Jordi—. En las publicaciones del falso manuscrito, muchas interacciones venían precisamente de Zúrich. No puede ser casualidad.

—Lo sé. Es alguien que ha estado moviéndose en las sombras con precaución de relojero. Si Denisse tiene razón, debemos averiguar su conexión exacta con todo esto —las palabras de Verónica tenían bordes afilados, precisos como instrumentos quirúrgicos.

Jordi cruzó los brazos. Su mirada se dirigió hacia la avenida visible a través del cristal tintado, como si buscara piezas ausentes de un rompecabezas en la coreografía nocturna de la ciudad que continuaba su ritmo indiferente.

—Si es cierto, entonces no solo es un nombre. Es una pista que podría reconfigurar todo el caso. Podría explicar lo que hasta ahora permanecía inexplicable.

Verónica y Pablo intercambiaron una mirada donde toda una conversación compleja tuvo lugar sin necesidad de vocalizarse, un lenguaje desarrollado durante años de proximidad.

La luz dorada del restaurante participaba activamente en la escena, creando una atmósfera donde los secretos podían revelarse a un ritmo específico, controlado como una medicación precisa. Jordi desplegó su computadora portátil con la exactitud de un cirujano preparando instrumentos vitales. Cada movimiento contenía exactamente la energía necesaria, medida con precisión milimétrica. Pablo observaba con atención absoluta, sin perder detalle. Verónica tamborileaba los dedos sobre el mantel de lino blanco, un ritmo irregular que traducía su ansiedad interna a un código personal que solo los presentes podían interpretar.

—Quiero saber más de ese tal Theodor —dijo Jordi mientras encendía el dispositivo. La pantalla iluminó su rostro desde abajo, creando sombras dramáticas que acentuaban los ángulos precisos de sus pómulos.

—¿Por dónde empiezas? —preguntó Verónica, inclinándose hacia adelante. Su perfume delicado se mezcló con el aroma a pan recién horneado que flotaba permanentemente en el restaurante.

Jordi apenas sonrió, un movimiento tan sutil de labios que casi parecía un espejismo. Sus ojos permanecieron fijos en la pantalla luminosa.

—Primero lo obvio: búsquedas en Google. Pero eso apenas arañará la superficie.

Sus dedos se movieron sobre el teclado con la familiaridad de quien ha pasado más horas comunicándose con máquinas que con humanos. Escribió "Theodor Reinhardt" y esperó. Los resultados aparecieron, inofensivos en su normalidad programada: artículos académicos con títulos técnicos impenetrables, entrevistas sobre conceptos psicológicos abstractos, páginas web de consultores con fotografías profesionales perfectamente iluminadas que no revelaban nada.

—Demasiado limpio. Sabe esconderse a plena vista —la voz de Jordi contenía un tono de respeto profesional, de reconocimiento entre artesanos de campos diferentes.

Abrió una terminal de comando, fondo negro con texto verde que evocaba épocas anteriores de la informática, tiempos más simples y a la vez más complejos. Tecleó comandos con la velocidad precisa de quien ha convertido un lenguaje técnico en algo puramente instintivo, como respirar.

—¿Qué estás haciendo ahora? —Verónica se inclinó más cerca, su perfil recortado contra la luz ambarina de la lámpara de mesa, creando un contorno nítido.

—Escaneo bases de datos públicas y foros ocultos. Lugares donde quedan rastros persistentes, donde las conexiones interesantes se forman como cristales en una solución saturada. Incluye filtraciones antiguas, documentos olvidados que nadie reclama, registros gubernamentales que permanecen en la periferia del interés público por su aparente insignificancia.

La pantalla reflejaba líneas verdes desplazándose a velocidad vertiginosa, creando un efecto hipnótico en quien las observaba demasiado tiempo. Pablo frunció el ceño más profundamente, los pliegues entre sus cejas marcados como si hubieran sido grabados por un instrumento de precisión milimétrica.

—¿Eso es legal? —su voz tenía la textura específica de quien ha desarrollado una relación compleja con los límites establecidos, con la frontera entre lo permitido y lo necesario.

—Depende de a quién le preguntes —respondió Jordi sin alzar la mirada—. No violento sistemas cerrados ni fuerzo entradas. Solo busco lo que ya está ahí, visible pero disperso, piezas que nadie se ha molestado en conectar. Es como leer entre líneas en un texto donde las líneas están separadas por kilómetros de espacio en blanco.

Jordi abrió el Wayback Machine, ese archivo digital que funciona como una arqueología del internet, preservando capas de información que sus propios creadores han intentado enterrar sin éxito. Buscó el Instituto de Zúrich junto con "Theodor Reinhardt" y comenzó a explorar versiones antiguas de páginas web, como un paleontólogo cepillando sedimentos con meticuloso cuidado para no dañar el fósil subyacente.

—Estos archivos digitales revelan asociaciones pasadas que consideraban olvidadas. Es el historial permanente de alguien, sus huellas en la nieve digital, aunque haya intentado borrarlas con herramientas sofisticadas.

Minutos después, se detuvo con un movimiento súbito y preciso. Su dedo índice señaló un punto específico en la pantalla con un gesto que contenía toda la certeza de un descubrimiento significativo, uno de esos momentos donde lo invisible se vuelve repentinamente evidente.

—Mira esto con atención. Una lista de miembros en una conferencia de 1998. Theodor Reinhardt aparece con segundo apellido: Peña. Registrado oficialmente con doble nacionalidad, suiza y uruguaya, algo inusual para la época.

Verónica alzó una ceja. El sutil movimiento alteró toda la geometría de su rostro, transformando su expresión de curiosidad en algo más definido, más penetrante.

—Uruguay no encaja con la imagen construida. Es un elemento discordante en la narrativa que ha elaborado —sus palabras quedaron suspendidas en el aire, flotando como partículas de polvo visibles en un rayo de luz específico.

—Voy a buscar en bases de migración antiguas ahora. Hay un portal latinoamericano con registros digitalizados de exiliados políticos. Los datos no siempre son completamente fiables, tienen inconsistencias deliberadas a veces, pero ofrecen pistas valiosas para quien sabe interpretarlas correctamente.

Segundos después, Jordi ajustó el brillo de la pantalla reduciendo la intensidad. La luz azulada creaba una topografía completamente nueva en su rostro, acentuando ángulos que la iluminación cálida del restaurante había suavizado misericordiosamente.

—¡Aquí está, exactamente donde esperaba! Theodoro Marcelo Peña. Mismo año de nacimiento preciso. Mismo perfil académico específico. Emigró a Suiza a principios de los 90, precisamente cuando el régimen militar uruguayo enfrentaba las primeras denuncias internacionales por violaciones sistemáticas.

—¿Y qué significa exactamente? —preguntó Pablo. Su voz mantenía una calma superficial, pero contenía densidades submarinas, corrientes profundas que solo los presentes podían percibir.

—Significa que no siempre fue "Theodor Reinhardt". Cambió de nombre legalmente, adoptó una nueva identidad completa. Probablemente huyó de algo... o de alguien que lo buscaba. Es como encontrar la muda de piel de una serpiente en el camino.

La pantalla mostraba ahora un artículo antiguo, digitalizado con la imperfección característica de los archivos de aquella época. El nombre Theodoro Marcelo Peña aparecía directamente vinculado a una serie de violaciones sistemáticas de derechos humanos en el Penal de Libertad, Uruguay. El texto describía con precisión clínica métodos de manipulación psicológica aplicados a prisioneros políticos. Palabras técnicas cuidadosamente elegidas que ocultaban realidades brutales bajo terminología científica.

Verónica sintió un frío físico en la espalda, una sensación concreta que se extendió desde la base de su columna hacia arriba, como mercurio en un termómetro a la inversa, registrando horror en lugar de temperatura.

—¿Eso hacía específicamente? —su voz había perdido volumen, pero ganado densidad, como un líquido que se concentra.

—Parece que sí, sin lugar a duda —dijo Jordi, cerrando ventanas rápidamente, como quien borra huellas por puro instinto de autopreservación—. Y suena como alguien meticuloso hasta la obsesión, alguien que no deja cabos sueltos por descuido. Necesitamos más información verificable, pero ya sabemos algo crucial: tiene un pasado que ha invertido recursos considerables en ocultar sistemáticamente.

—Entonces no solo es poderoso en el presente. Es genuinamente peligroso por lo que sabe, por lo que ha hecho —dijo Pablo. Las tres palabras finales cayeron en el espacio entre ellos con peso específico, como piedras lanzadas a un estanque profundo y quieto.

La conversación quedó momentáneamente suspendida. El restaurante continuaba con su ritmo propio, perfectamente ajeno a sus descubrimientos. Clientes entraban y salían según coreografías invisibles. Meseros se movían con la precisión entrenada del servicio experto. Botellas de vino tinto eran descorchadas con el sonido característico que siempre sugiere celebración y continuidad. Pero en su mesa, el ambiente se había solidificado, congelado en un momento de realización colectiva. Jordi cerró la computadora con un movimiento definitivo y respiró hondo, inhalando no solo el aire perfumado del restaurante sino el peso específico de la información recién descubierta.

—Seguiremos buscando por vías alternativas. Pero esto confirma algo fundamental: estamos contra alguien que no juega según reglas conocidas. Y si le interesa tanto el manuscrito, hay mucho más en juego de lo que inicialmente habíamos imaginado —sus palabras quedaron flotando en el espacio entre ellos, cargadas con la gravedad específica de una verdad parcialmente revelada.

Pablo bebió agua lentamente. El vaso de cristal tallado devolvía la luz en patrones geométricos precisos, fractales líquidos. Lo depositó sobre la mesa con una fuerza controlada, calibrada exactamente. Su mirada se fijó en Jordi con intensidad quirúrgica, pero su mente viajaba hacia coordenadas temporales distantes, revisitando territorios que había intentado dejar atrás. Verónica lo observaba con el ceño levemente fruncido, registrando los micromovimientos de su rostro como quien descifra un texto en un idioma casi olvidado pero que una vez dominó completamente.

—Coincide exactamente con la misma época en que Mateo y yo estuvimos presos allí —dijo Pablo, rompiendo el silencio denso que se había establecido entre ellos—. Este Theodor, o Peña... debe conocer bien a Mateo. Probablemente lo estudió metódicamente, como a todos nosotros. El observador científico catalogando especímenes humanos para su archivo personal.

Verónica dejó su copa sobre el mantel de lino blanco inmaculado. La pequeña mancha circular que dejó el cristal se expandió levemente, una cartografía mínima de humedad que crecía como un continente líquido. Su rostro mostraba una combinación precisa de incredulidad y rabia contenida, emociones dispuestas en capas tan evidentes como los estratos geológicos en un acantilado costero.

—¿Estás completamente seguro? ¿Estuvo vinculado directamente con lo del penal en aquellos años? —cada palabra salía perfectamente articulada, como si temiese que la menor imprecisión alterara fatalmente la verdad emergente.

—Absolutamente seguro. Ciertos nombres no se olvidan jamás, se graban en regiones cerebrales que no responden al tiempo —respondió Pablo, su voz constante como un metrónomo perfectamente calibrado—. Tampoco se olvidan sus métodos específicos. Este hombre fue parte integral del sistema represivo. Si se reinventó después como Vandermeer lo hizo para borrar su pasado como quien reescribe cuidadosamente sobre un palimpsesto antiguo.

Jordi, con manos cruzadas sobre la computadora cerrada, observaba a ambos alternadamente. La luz lateral del restaurante acentuaba la verticalidad de sus dedos entrelazados, creando un patrón de sombras que recordaba a una celosía gótica, a una estructura ritual.

—Peña debería ser legalmente extraditado sin demora. Tiene cargos graves pendientes: tortura sistemática, violaciones documentadas de derechos humanos básicos. Esto no desaparece simplemente cambiando nombre y nacionalidad en documentos oficiales. La sangre no se disuelve en papel burocrático por más sellado que esté.

Pablo asintió, su expresión dura, tallada en un material que no cedía fácilmente a las presiones externas.

—Suiza no extradita con facilidad a nadie. Menos aún a alguien con influencia actual, con conexiones en los círculos correctos. Necesitaríamos pruebas absolutamente irrefutables, documentación que probablemente fue destruida intencionalmente hace décadas.

—Si existe algo que lo conecte directamente al presente, lo encontraremos aunque esté enterrado digitalmente. Pero necesito tiempo y recursos. Ha enterrado su pasado con la meticulosidad de un arqueólogo trabajando a la inversa —dijo Jordi, reactivando la pantalla que volvió a iluminar sus facciones desde abajo con luz espectral.

Verónica tomó la mano de Pablo, un gesto breve pero cargado de múltiples significados. Sus dedos apretaron los de él con precisión calibrada, comunicando exactamente lo necesario sin palabras superfluas.

—Esto también es profundamente personal para ti —no era una pregunta sino una constatación de hechos inamovibles.

Verónica miró a Pablo directamente, escrutando más allá de su expresión serena, buscando en capas más profundas que las inmediatamente visibles en la superficie compuesta.

—Esto te incumbe directamente en niveles que nosotros apenas podemos comprender. Él te hizo daño irreparable. A ti, a otros muchos. No puede quedar permanentemente impune, protegido por burocracias internacionales y nuevas identidades cuidadosamente construidas.

Pablo sostuvo su mirada sin parpadear, sin concesiones. Su tono no experimentó variación alguna, manteniendo una cadencia constante que contrastaba con la intensidad contenida en sus palabras precisas.

—Él tiene su propia carga que transportar cada día. Como todos nosotros la tenemos —hizo una pausa medida, perfectamente calibrada como un silencio musical—. Ahora le corresponde enfrentarla completamente.

Jordi levantó la vista del portátil, frunciendo el ceño con intensidad, creando nuevas topografías en su frente que alteraban toda la geografía de su expresión.

—¿Enfrentarla simplemente? Pablo, este hombre destruyó vidas sistemáticamente. Metodológicamente. Científicamente, como quien conduce un experimento. Él no merece... —se detuvo abruptamente, como quien se acerca demasiado a un precipicio en la oscuridad y siente el vacío bajo sus pies.

—¿No merece exactamente qué? —preguntó Pablo con calma cortante, precisa como un escalpelo quirúrgico—. ¿No merece entender completamente lo que hizo? Ver claramente en qué se convirtió por sus propias decisiones. Eso es lo que más duele al final del camino. Mirarte en un espejo y no reconocer lo que ves reflejado. Es como despertar súbitamente con un rostro completamente ajeno que te devuelve la mirada desde el cristal.

Verónica se inclinó hacia adelante, acortando distancias. La luz ámbar del restaurante definió su perfil con precisión renacentista, como un retrato de Vermeer. Su intensidad emocional era palpable, casi material en su densidad.

—¿Realmente crees que un hombre así se arrepentirá genuinamente? ¿Que alguien con esa historia va a transformarse por simplemente enfrentarse a su pasado documentado?

Pablo respiró hondo, absorbiendo la tensión del aire circundante como una esponja especializada, incorporándola a su propia sustancia molecular.

—No lo sé con certeza. No es mi trabajo ni mi responsabilidad cambiarlo fundamentalmente. Es mi trabajo esencial no convertirme en una versión de él. Si lo trato exactamente como él me trató a mí, si repito sus métodos precisos, habrá ganado aunque superficialmente parezca derrotado. La victoria sería suya en el nivel que realmente importa.

Jordi apoyó los codos en la mesa, adoptando una postura completamente nueva que alteraba toda la geometría establecida de la conversación. Observaba a Pablo con curiosidad genuina, como quien contempla un fenómeno natural inesperado y fascinante.

—¿Qué propones entonces concretamente? ¿Entregarlo a las autoridades competentes y confiar en la justicia institucional con todas sus limitaciones?

Pablo asintió lentamente, un movimiento que tenía algo de ritual antiguo, de ceremonia privada con significados múltiples.

—Exactamente eso. No para castigarlo desde la venganza personal. Para cerrar apropiadamente el círculo. Todo círculo inevitablemente se completa, por más amplio que sea su radio específico. El suyo también debe completarse según las leyes naturales.

—¿Y si finalmente no hay justicia verificable? ¿Si todo queda exactamente igual, si logra escabullirse entre tecnicismos legales y conexiones poderosas? —Verónica cruzó los brazos, su mirada fija, intensa como una llama azul perfectamente controlada.

—No importa tanto lo exterior y visible. Importa fundamentalmente lo interior e invisible. En nosotros mismos. Si hacemos lo correcto según nuestros principios, cerramos nuestro propio círculo personal. Es lo único que realmente controlamos en este mundo impredecible.

Jordi soltó un suspiro leve pero audible, bajando momentáneamente la mirada hacia la mesa donde pequeñas gotas de condensación formaban constelaciones mínimas alrededor de su vaso, universos microscópicos.

—Eres genuinamente extraño, Pablo. Extraño y jodidamente lógico en tu extrañeza particular.

Una sonrisa fugaz cruzó el rostro de Pablo. Un reconocimiento inesperado pero internamente grato, como encontrar una moneda valiosa en un bolsillo olvidado después de mucho tiempo.

—No soy particularmente lógico. Solo estoy profundamente cansado de cargar lo que no me corresponde por naturaleza o derecho.

El silencio que siguió estaba densamente cargado de significados, pero no resultaba incómodo en absoluto. Un silencio que proporcionaba el espacio exacto para que las palabras se asentaran completamente, encontrando su lugar preciso en la arquitectura compleja de la conversación compartida.

Verónica finalmente asintió con decisión, su voz baja pero firme como cimientos bien asentados después de décadas.

—De acuerdo entonces. Pero si vamos a cerrar definitivamente el círculo, hagámoslo con absoluta precisión técnica. Sin margen para errores evitables.

Pablo sostuvo su mirada intensamente. No necesitaban más palabras elaboradas para comprenderse mutuamente en ese momento específico. Afuera, las luces de Barcelona intensificaban gradualmente su brillo a medida que la noche se hacía más profunda y definitiva. Cada bombilla, cada farola, cada anuncio luminoso contribuía a la ilusión persistente de que la oscuridad podía mantenerse permanentemente a raya mediante tecnología y determinación. Dentro, el peso específico de sus decisiones se integraba perfectamente al ruido nocturno de la ciudad, un sonido constante que lo absorbía todo sin discriminación, transformándolo en parte de su propia sustancia urbana.

CAPÍTULO 18

Pablo estiró los brazos hacia el techo desnudo, blanco, sin adornos. Los músculos respondieron con un dolor sordo y familiar, una vibración que ascendía desde las muñecas hasta los omóplatos donde se depositaba como sedimento oscuro acumulado durante noches de tensión. La luz se filtraba entre las cortinas de la habitación —tela de algodón demasiado delgada para el invierno catalán— dibujando líneas doradas sobre la alfombra desgastada en patrones invisibles por miles de pasos desconocidos, huéspedes que nunca se cruzaron.

El cuerpo podía disciplinarse. Era lo único verdaderamente controlable, un territorio conquistable centímetro a centímetro, músculo a músculo, como tierra reclamada al mar. Los demás aspectos de la vida eran ilusiones de control, espejismos que se desvanecían al intentar tocarlos con dedos ansiosos de certezas. La traición existía con una materialidad innegable, palpable como cicatrices bajo luz cruda. El fracaso también. El dolor físico se superaba con esfuerzo, con métodos, con secuencias calculadas; el otro tipo de dolor requería algo distinto, algo para lo que no existían manuales fiables, solo tiempo y la erosión lenta de los recuerdos.

Respiró hondo. El aire matutino de Barcelona entraba por la ventana entreabierta, ligeramente salado, mezclado con el aroma de pan recién horneado de la panadería tres pisos más abajo. La rigidez de sus hombros había mejorado. Podía sentir la diferencia, medible, verificable como cifras en un balance. Dos semanas de ejercicios constantes daban resultados visibles en la precisión del movimiento, en la fluidez restaurada de articulaciones antes oxidadas por la inmovilidad. Solo aquí la voluntad creaba orden tangible, arquitectura muscular verificable. Las personas, en cambio, eran ecuaciones insolubles. Las traiciones siempre llegaban frías, como la corriente de aire bajo una puerta mal sellada, aun cuando se anticipaban con la claridad de inevitables tormentas en horizonte despejado.

Se levantó y caminó hacia la ventana. El suelo frío bajo sus pies descalzos transmitía una sensación que no era desagradable, sino anclaje a la realidad material de la habitación. La traición era solo energía mal dirigida, pensó mientras sus dedos tocaban el marco de madera donde la pintura se había agrietado formando un mapa de territorios desconocidos. La rabia también. Ambas podían transformarse, moldearse hacia algo útil, como agua desviada hacia un molino de aspas pacientes. Había aprendido eso después de noches sin dormir, de horas mirando techos desconocidos en ciudades sin nombre donde el insomnio construía catedrales de pensamiento. Las heridas físicas sanaban con método, con paciencia calculada; las otras cicatrizaban con entendimiento, aunque las marcas permanecían visibles bajo cierta luz, cierto ángulo de memoria.

"Controlar" era la palabra más peligrosa. Lo sabía ahora como sabe un nadador la profundidad después de hundirse. Algunas cosas eran juego, otras no. Existían límites infranqueables, líneas invisibles pero absolutas como horizontes. Los había cruzado antes, cuando creía en la posibilidad de dirigir lo indirigible, de moldear voluntades ajenas como arcilla húmeda. No volvería a hacerlo.

Miró por la ventana. La ciudad despertaba con una lentitud casi vegetal, como un organismo que se estira después del letargo. Los primeros transeúntes caminaban sobre el pavimento siguiendo patrones rutinarios, hormigas ordenadas por instinto más que por decisión. Sabía que esa calma nunca duraba en Barcelona. La ciudad vivía a rachas, como una respiración irregular, alternando entre sofoco y suspiro. Las palabras de Mateo resonaban en la habitación vacía: "La vida es solo un ejercicio para soltar". En aquellos días, había sonado como otra de sus frases enigmáticas, acertijos verbales sin solución aparente. Ahora adquiría la claridad cortante de lo inevitable, como cristal recién roto que refleja toda la luz disponible.

Mientras se preparaba, una leve sonrisa apareció en su rostro, fugaz como un reflejo en agua agitada por viento repentino. No sabía qué le esperaba, pero la vida siempre sorprendía, incluso cuando parecía repetirse en ciclos predecibles de luz y oscuridad.

Abrir las ventanas para ver el mar era su ritual matutino. Un acto sencillo pero necesario, como respirar o parpadear, gestos pequeños que sostienen la vida sin celebración. Pablo había elegido un hotel pequeño, de esos que no figuran en guías turísticas, lejos del bullicio incesante que inundaba La Rambla y sus arterias adyacentes con voces en todos los idiomas. Desde allí, el mar era horizonte constante, una presencia azul-grisácea que cambiaba de humor con la luz pero nunca abandonaba su puesto, centinela de agua y sal. Las calles mantenían una serenidad improbable incluso con el paso de los pocos transeúntes que caminaban abrigados contra el viento frío que barría desde el Mediterráneo, arrastrando aromas de sal y gasoil mezclados en una química imposible de replicar.

Los habitantes llevaban bufandas enrolladas tres veces alrededor del cuello y chaquetas gruesas con cremalleras subidas hasta la barbilla como armaduras contra el invierno. Pablo también, aunque la temperatura le resultaba cálida comparada con lo que había dejado atrás, ese frío seco que cortaba como vidrio recién roto. El contraste lo hacía sentir extraño y a la vez conectado, un extranjero que reconocía patrones universales en gestos cotidianos, en miradas huidizas entre desconocidos. Quizá algún día vería Barcelona con los mismos ojos que ellos, catalogando como frío lo que ahora percibía como templado, una mutación gradual de percepción que señalaba pertenencia. Verónica seguía dormida. Podía escuchar su respiración desde donde estaba, un sonido apenas perceptible, regular como un metrónomo perfecto que marcaba el compás de sueños desconocidos. El silencio que envolvía aquel sonido reconfortaba en su completitud casi táctil, como una manta invisible. Verla descansar, el leve ritmo de su respiración bajo la sábana que se elevaba y descendía imperceptiblemente, le daba una paz inexplicable, algo que no podía nombrar sin reducirlo a palabras insuficientes. Observó a la gente caminar desde la ventana, tres pisos por encima de sus vidas ordenadas en rutinas reconocibles. Cafés con terrazas protegidas por mamparas de vidrio empañado, pequeñas tiendas con escaparates recién iluminados que proyectaban rectángulos dorados sobre la acera húmeda, cada persona con su carga invisible de preocupaciones y esperanzas. Escenas de un teatro donde todos tenían papel asignado sin guion explícito, improvisando diálogos que solo tenían sentido en el momento exacto de pronunciarlos.

El café estaba fuerte, perfecto en su amargor controlado que despertaba los sentidos como pequeñas descargas eléctricas en la lengua. La taza —porcelana blanca con un borde azul descolorido por miles de lavados— calentaba sus manos como un animal pequeño y confiado. Pensó en Mateo, en sus palabras precisas sobre lo importante, palabras talladas por años de reflexión y silencio. "Cuida tu juego", le había dicho en aquella terraza de Madrid, mientras movía un alfil con dedos sorprendentemente ágiles para su edad, nudillos marcados como raíces de árbol antiguo. No todo le correspondía.

La taza tembló ligeramente cuando la apoyó en el platillo, produciendo un tintineo que reverberó en el silencio como una nota musical perfecta. Denisse apareció en sus pensamientos. No como presencia completa sino como fragmentos, como piezas de un mosaico incompleto que se resistía a formar imagen coherente: su perfil contra la luz de la tarde que lo había fascinado años atrás, el sonido particular de sus zapatos sobre madera pulida que anunciaba su llegada como un heraldo invisible, aquel gesto de apartar el cabello de la frente cuando algo la contrariaba y las palabras no bastaban. Ella tenía sus ilusiones, sus nubes mentales que oscurecían el horizonte real como tormenta anunciada. Mateo siempre supo que las ilusiones cegaban, transformaban la verdad en eco distante, irrecuperable como voz en caverna profunda.

¿Podría Denisse redimirse? Tal vez, pensó mientras observaba una gaviota posarse en el alféizar de la ventana del edificio frente al hotel. La oportunidad existía en el presente, en la siguiente respiración, en el próximo gesto no contaminado por pasados irrevocables. Nunca en el pasado, territorio irrecuperable como arenas movedizas que tragan todo intento de retorno. El cambio real solo ocurría aquí y ahora, en este momento que ya se deslizaba entre los dedos como agua imposible de retener.

Bebió más café y miró el manuscrito sobre la mesa. Las páginas amarillentas, el papel con textura casi orgánica bajo las yemas de los dedos revelaban su edad con dignidad, como arrugas en rostro amado. El placer de leerlo estaba ahí, tangible como un objeto que pudiera sostenerse en la palma de la mano, pero la comprensión total llegaría después, si llegaba. Mateo había escrito con precisión forjada en la oscuridad, en noches de insomnio y claridad mental que solo aparece cuando el mundo duerme. Había belleza en esa oscuridad productiva. Verdad aún por descifrar en constelaciones de palabras aparentemente simples que escondían universos de significado bajo su superficie engañosamente tranquila.

Las palabras de Mateo resonaban como eco en cañón rocoso, multiplicándose hasta llenar cada espacio disponible. «Esto es lo tuyo», le había dicho jugando ajedrez bajo una lámpara de luz insuficiente que proyectaba sombras alargadas sobre el tablero como presagios. Las aperturas abiertas, ese juego arriesgado pero potencialmente devastador donde cada pieza expuesta era tanto vulnerabilidad como amenaza. Ahora la vida no era un juego elegido, pero debía jugarlo con las piezas disponibles, algunas dañadas, otras intactas. Entender el tablero, conocer sus movimientos posibles y los prohibidos, le daba un mínimo control en un universo caótico donde las reglas cambiaban sin previo aviso.

Los juegos vitales eran su mantra repetido en silencio durante noches de insomnio: salud, relaciones, empresa. El trípode invisible que sostenía toda existencia digna de vivirse. Verónica representaba su mayor inversión ahora, un contrato no escrito de presencias mutuas que trascendía palabras y promesas superficiales. La salud había sido su golpe más duro, ese recordatorio de fragilidad en forma de médicos con expresiones calculadamente neutras que ocultaban diagnósticos bajo terminología opaca, pero mejoraría como paisaje después de tormenta.

La empresa funcionaba bien, con gente adecuada en posiciones adecuadas, engranajes bien lubricados en máquina perfecta. Todo volvería. «La normalidad es malabarismo», pensó mientras la luz cambiaba sobre las fachadas ocres del edificio frente al hotel, transformando el color como alquimia lumínica.

Se levantó y volvió a mirar por la ventana. Barcelona despierta, viva, un organismo que respiraba a través de miles de pulmones sincronizados inconscientemente en sinfonía urbana inaudible pero perceptible. Sabía que esa calma aparente no duraría. Algo iba a suceder, lo sentía como los animales presienten terremotos inminentes. Lo percibía en el aire, en la densidad particular de la atmósfera cargada de posibilidades, en cómo Verónica lo observaba cuando creía que él no se daba cuenta, con esa mezcla de curiosidad y preocupación que precedía a las grandes revelaciones.

Ella entró al cuarto con sigilo involuntario. El sonido de sus pies descalzos sobre la madera apenas alteraba el silencio, como lluvia fina sobre hojas. Soñolienta, con marcas de almohada aún visibles en su mejilla izquierda como mapas temporales, el cabello despeinado de una manera que resultaba perfecta en su imperfección calculada por el azar.

—¿No dormiste bien? —preguntó. Su voz conservaba ese tono ligeramente áspero de quien acaba de despertar, grave y suave a la vez como terciopelo gastado.

La habitación contenía aún el aroma a sueño, ese calor particular que se acumula durante la noche como memoria térmica de cuerpos en reposo. Una bandeja de desayuno a medio terminar sobre la mesa junto a la ventana mostraba los restos de rituales matutinos. El periódico doblado precisamente por la mitad, mostrando una fotografía en blanco y negro de un político cuyo nombre Pablo había olvidado deliberadamente, ejercicio consciente de selección memorística.

—Dormí lo justo —dijo Pablo, mirándola con esa atención completa que hacía sentir a cualquiera como único recipiente de su concentración—. Me gusta levantarme temprano. Es un placer que no necesita justificación.

Ella sonrió. Una sonrisa lenta, que comenzaba en las comisuras y se extendía gradualmente como una mancha de tinta en papel absorbente, transformando su rostro en otra versión de sí mismo, luminosa y cómplice.

—El café está bueno por aquí, ¿verdad? —preguntó, acercándose a la ventana donde la luz la envolvía como un halo dorado.

—Sí —dijo Pablo—. Es un buen comienzo para cualquier día que merezca ser vivido.

La luz había cambiado cuando llegaron al Carré de Pujades. No era la claridad implacable del mediodía que desnuda cada imperfección, sino algo más suave, más indulgente con las fachadas antiguas que mostraban cicatrices de décadas como medallas. El mismo aire que había acariciado el mar minutos antes los envolvía ahora mientras caminaban, llevando partículas invisibles de sal que se depositaban en la piel como recuerdo constante de la proximidad del agua. La calle estrecha se extendía en luces y sombras moduladas bajo balcones adornados con plantas imprecisas que se mecían con el aire tibio como bailarines perezosos. El bullicio de la ciudad resonaba mezclado con conversaciones fragmentadas y tintineos de tazas desde las terrazas donde la vida transcurría a velocidad distinta, como si tiempo y espacio obedecieran leyes físicas particulares en cada rincón de Barcelona.

El café emergió al doblar la esquina, revelándose gradualmente como escenario perfecto para lo que estaba por venir. Toldos blancos, desgastados en sus bordes por el viento marino incansable, proyectaban sombras azuladas sobre mesas de hierro forjado que habían presenciado décadas de conversaciones, de principios y finales, de confesiones y silencios. Jardineras de terracota con hierbas aromáticas —romero, albahaca, tomillo— formaban una frontera imprecisa entre el ritual de los comensales y el flujo incesante de la calle donde la vida continuaba su curso imparable. El letrero brillaba discreto, con letras que alguna vez fueron doradas, ahora patinadas por años de sol y lluvia, enmarcado por tonos cálidos y ventanas abiertas que liberaban aroma a café recién molido mezclado con mantequilla caliente que derretía en lengua y memoria al mismo tiempo. Pablo se detuvo, capturado por la escena como por una fotografía tridimensional. Había algo relajante en aquel microcosmos que lo envolvió como una segunda piel, más liviana que la propia, casi imperceptible excepto por la sensación de pertenencia inmediata. Un espacio donde la vida transcurría a otro ritmo, lejos de tensiones con nombres propios y fechas marcadas en calendario mental. Verónica le dirigió una mirada cómplice, entendimiento sin palabras que habían desarrollado con sorprendente rapidez, y caminó hacia una mesa bañada por la luz de la tarde que caía en ángulos precisos sobre la madera desgastada por miles de codos y manos anónimas.

—Es perfecto —dijo Pablo, sentándose y dejándose envolver por el ambiente que penetraba por cada poro como medicina invisible.

Las conversaciones en la terraza formaban un murmullo casi musical junto con los motores distantes de las motos que aceleraban en la avenida paralela, sinfonía urbana de sonidos superpuestos en partitura improvisada. Verónica se acomodó en la silla metálica mientras Pablo observaba el sol filtrarse entre edificios centenarios, creando patrones geométricos sobre el pavimento como lenguaje lumínico descifrable solo por iniciados. Una brisa casi imperceptible movía las hojas de las plantas que delimitaban la terraza como centinelas verdes, guardianes vivos de espacios transitorios.

—Tiene encanto esta ciudad, ¿verdad? —dijo Verónica, rompiendo el silencio con palabras que parecían elegidas cuidadosamente, seleccionadas entre múltiples posibilidades como fruta madura.

Pablo asintió con una leve sonrisa que apenas alteraba la geometría de su rostro pero iluminaba sus ojos con luz interior reconocible para quien supiera mirar.

—Sí, tiene algo especial que trasciende descripciones turísticas. Es fácil imaginarse viviendo aquí permanentemente, como si la ciudad te hubiera estado esperando.

—¿Lo harías? ¿Te quedarías en Barcelona alguna vez? —preguntó ella, inclinándose hacia él con genuina curiosidad. El sol capturaba hebras doradas en su cabello oscuro, creando un halo imperfecto que enmarcaba su rostro como técnica pictórica.

—Podría hacerlo sin dudar. No sería difícil acostumbrarme a este ritmo, a esta luz que transforma lo ordinario en extraordinario. Ya he estado antes, aunque no tanto tiempo como quisiera para conocer sus secretos mejor guardados.

Verónica lo miró con curiosidad multiplicada, con esa expresión que sugería la existencia de preguntas bajo preguntas, capas de interés superpuestas como estratos geológicos.

—¿Solo, o acompañado por alguien que conocías bien?

Pablo dejó la taza de porcelana sobre el platillo con cuidado milimétrico, observando cómo el líquido oscuro formaba una onda perfecta antes de volver a la calma, metáfora involuntaria de conversaciones que alteran superficies.

—Acompañado por alguien que creía conocer. Pero la ciudad cambia según quién esté contigo, se transforma como camaleón emocional adaptándose al estado de la relación. No era lo mismo entonces que ahora. Como si fueran dos ciudades superpuestas con el mismo nombre, pero distinta arquitectura emocional.

—¿Y ahora qué ves cuando miras alrededor? —preguntó Verónica, con una sonrisa que buscaba más que una respuesta literal, como si sondeara territorios aún no cartografiados entre ellos, tierras incógnitas por nombrar.

—Ahora la veo más serena, más honesta en su belleza imperfecta. Como si no tuviera que sacrificar nada para disfrutarla plenamente —hizo una pausa, dejando que sus palabras se asentaran en el aire entre ellos, espacio cargado de significados no pronunciados pero presentes como electricidad—. Antes Barcelona exigía algo a cambio, una moneda invisible de compromiso. Ahora simplemente está ahí, ofreciéndose sin condiciones como un amigo reconciliado.

Verónica tomó un sorbo de café. Sus labios dejaron una marca casi imperceptible en el borde de la taza, media luna carmesí que desaparecería con el siguiente uso.

—Es curioso cómo funciona nuestra percepción. A veces pienso que las ciudades reflejan lo que llevamos dentro, amplificándolo. Como espejos urbanos que devuelven nuestra imagen interior vestida de arquitectura y ambiente.

Pablo la miró reflexivo, permitiendo que el silencio respirara entre ellos como entidad propia. La luz recortaba su perfil contra el fondo borroso de transeúntes anónimos que pasaban sin mirar, ocupados en sus propias historias.

—Quizá sea cierto. Quizá sea por eso que me gusta más ahora, porque refleja algo mejor dentro de mí, algo más cercano a quien quiero ser realmente.

Un silencio cómodo se instaló entre ellos, denso como la mantequilla que se derretía lentamente sobre el croissant intacto, amarillo sobre dorado en gradación cromática perfecta. Verónica tamborileó los dedos sobre la mesa de hierro, craquelada por décadas de sol y lluvia mediterránea. Su uña golpeaba con ritmo irregular mientras observaba la luz jugar con los bordes del vaso de agua, creando pequeños arcoíris fragmentados sobre el mantel blanco como promesas multicolores.

—¿Crees que Denisse vendrá a la presentación del manuscrito? —preguntó, cambiando la conversación como quien gira un caleidoscopio para formar un nuevo patrón con los mismos cristales de colores.

Los hombros de Pablo se tensaron brevemente bajo la camisa de lino antes de ceder en un gesto que no era exactamente indiferencia sino aceptación madura de realidades imposibles de cambiar.

—Sería bueno que viniera a escuchar las palabras que Mateo nos dejó. Tu padre habría querido que estuviera allí, como parte de un círculo que nunca termina de cerrarse completamente. Además, creo que la ayudará a cerrar un capítulo de su vida que permanece abierto como libro abandonado a mitad de lectura. Los finales incompletos persiguen más que los dolorosos pero definitivos.

—¿Tú crees que todos merecemos segundas oportunidades después de hacer daño? —preguntó ella, mirándolo directamente con ojos que buscaban más que una respuesta filosófica.

El sol se había movido en su trayectoria invisible. Ahora proyectaba una franja dorada que dividía la mesa en dos mitades desiguales, luz y sombra en equilibrio perfecto. Pablo observó la línea divisoria con atención de científico.

—No es cuestión de merecerlas como premio o castigo —dijo, mirando hacia la calle donde un niño perseguía una paloma con determinación inútil pero hermosa en su pureza—. Es que todos hacemos lo mejor que podemos en cada momento con las herramientas que tenemos entonces, no las que adquirimos después cuando la sabiduría llega tarde como invitado rezagado. Denisse está haciendo algo mejor ahora que antes. Está intentando reparar lo que puede repararse, reconocer lo irreparable. Eso es lo que importa en el presente donde vivimos realmente.

Verónica entrecerró los ojos, la cabeza ligeramente inclinada en gesto de evaluación cuidadosa. Sus dedos se detuvieron a medio camino hacia la taza, suspendidos en el aire como buscando algo invisible entre las palabras de Pablo, una verdad oculta entre sílabas. Finalmente, asintió con un movimiento que contenía aceptación y algo más profundo, un reconocimiento de complejidades irreductibles.

—Tienes razón en esa forma de ver las cosas. Papá estaría orgulloso de verla allí, intentando algo mejor que antes.

Pablo apoyó los codos sobre la mesa, acercándose levemente. El espacio entre ellos se redujo a centímetros que contenían universos enteros de posibilidades no expresadas, de futuros potenciales.

—¿Y tú? ¿Qué piensas hacer con Samuel y sus teorías interminables? —dijo ella, cambiando nuevamente el rumbo de la conversación.

Un camarero pasó junto a ellos con elegancia profesional. Llevaba una bandeja con tazas que tintineaban suavemente, como campanillas lejanas anunciando ceremonias privadas en cada mesa.

—No lo sé con certeza absoluta. Samuel tiene buenas intenciones bajo capas de terminología académica, pero sigue atrapado en sus propias ideas preconcebidas. Como insectos en ámbar, perfectamente preservados e igualmente inmóviles, incapaces de evolucionar con nueva información.

—Samuel parece tener una intención bastante transparente detrás de su jerga técnica —dijo Verónica, moviendo la cucharilla en su café con precisión de metrónomo. La porcelana resonaba con un sonido casi musical cada vez que el metal la tocaba, percusión mínima para acompañar conversación—. Al menos en eso puede ser honesto cuando otros esconden agendas menos claras.

Pablo asintió, mirando más allá de ella hacia el final de la calle donde las olas se dibujaban como una promesa de horizontes imposibles, de infinitos acuáticos que relativizaban problemas terrestres.

—Quiere usar el manuscrito para fundamentar su teoría académica. La llama "reconexión cognitiva" con esa solemnidad científica que pretende objetivar lo subjetivo. Palabras impresionantes para algo que Mateo entendía sin necesidad de nombrar, como se entiende la sed o el hambre, experiencias directas que no requieren etiquetas.

—¿Te parece mal que intente sistematizarlo? —preguntó ella, estudiando su reacción con atención de orfebre.

La brisa se había intensificado ligeramente. Trajo consigo el aroma de aceite de oliva y ajo de alguna cocina cercana, recordatorio sensorial de vida cotidiana continuando su curso imparable alrededor de ellos.

—No realmente —respondió tras una pausa medida como compases musicales en partitura invisible—. Comparado con otras intenciones que hemos visto, esto es casi... limpio en su transparencia académica. Hemos visto a tantos que solo quieren silenciar el manuscrito, hacerlo desaparecer como arena entre dedos, borrarlo de la memoria colectiva. O usarlo para fines que ni ellos mismos admitirían bajo tortura, propósitos oscuros disfrazados de altruismo. Frente a eso, Samuel parece más honesto, aunque limitado por su propio marco conceptual. Transparente en su opacidad teórica que confunde mapas con territorios.

Verónica lo observó atentamente, sus ojos rastreando cada microexpresión en el rostro de Pablo como quien busca un tesoro en un mapa incompleto, siguiendo pistas invisibles para otros.

—Mateo también era honesto, ¿no? Pero en otro sentido más profundo, más directo.

—Sí, de una manera fundamentalmente distinta —dijo Pablo—. Era honesto sin necesitar análisis ni teorías que justificaran su visión del mundo. Sin la seguridad artificial de los sistemas que pretenden encapsular la experiencia humana en diagramas y fórmulas. Siempre tenía una sonrisa, incluso en las peores situaciones cuando otros se hundían en desesperación. No era planeada, no era cortesía académica ni máscara social. Simplemente surgía, parte de él como sus huesos o su voz, natural como respirar.

Una brisa marina acarició sus rostros con dedos invisibles pero perceptibles, mensaje táctil del mar cercano. A lo lejos, el sonido de un barco zarpando rompió el silencio como tela rasgada, recordatorio de partidas y llegadas constantes. Verónica tamborileó los dedos sobre la mesa, sus uñas recién pintadas de un rojo que parecía capturar toda la luz disponible, pequeños faros carmesí contra la superficie oscura.

—¿Y tú crees que eso se puede diseccionar, analizar como espécimen bajo microscopio? ¿Que Samuel podrá encontrar la fórmula detrás de lo que Mateo vivía naturalmente?

—Es lo que muchos intentan con persistencia admirable pero mal dirigida —dijo Pablo—. Como si la vida fuera una cebolla y todo estuviera en las capas sucesivas esperando ser descubiertas por mentes suficientemente agudas. Pero lo que buscan no está escondido tras velos de complejidad. Está a la vista, completamente expuesto como paisaje en día claro. Solo que ellos no saben mirar correctamente. Confunden ver con comprender, información con sabiduría, como quien estudia partituras sin escuchar música.

Verónica jugueteó con su taza, girándola lentamente sobre su eje como un planeta diminuto en órbita alrededor de un sol invisible, ritual inconsciente mientras procesaba sus palabras.

—¿Y qué crees que pasará finalmente con el manuscrito cuando todos terminen de estudiarlo, analizarlo, diseccionarlo?

—El manuscrito —dijo Pablo, mirando el horizonte donde el cielo y el mar se fundían en una línea imposible, frontera ilusoria entre elementos— debe estar ahí, accesible. Para quien lo necesite cuando lo necesite. Si alguien lo lee con el corazón adecuado, no solo con la mente analítica, encontrará lo necesario para su particular momento vital, como agua que encuentra su propio nivel por leyes físicas inmutables. Mateo no quería adornos ni juegos de intelecto que oscurecen más que revelan, que convierten lo simple en complicado. Yo tampoco busco esas complejidades artificiales que alejan en vez de acercar.

El camarero llegó con dos croissants dorados, perfección del oficio transmitido por generaciones de manos hábiles, acompañados de café humeante en tazas nuevas de porcelana blanca inmaculada. Pablo los observó con apreciación genuina y sonrió ante belleza tan simple y perfecta.

—Estos croissants son como el manuscrito en esencia. No necesitan nada más que manteca verdadera y el amor del panadero que comprende la alquimia de lo simple. Nada de adornos superfluos, nada de técnicas que enmascaran en vez de revelar. Solo son lo que deben ser. Completos en su simplicidad, perfectos en su honestidad material.

Verónica sonrió, un gesto que transformaba todo su rostro y el aire circundante como luz que entra en habitación oscura, revelando colores antes invisibles.

—¿Y qué piensas realmente de los demás, como Villaseca o Samuel con sus agendas cruzadas sobre el manuscrito?

—Ellos juegan su propio juego según reglas personales —respondió Pablo, rompiendo un trozo del croissant que desprendió láminas doradas como oro antiguo recién desenterrado, tesoro comestible—. Pero he aprendido que si dependes del juego de otros, te pierdes inevitablemente en sus laberintos conceptuales. No quiero perderme más en corredores ajenos. Ya he pasado suficiente tiempo vagando por pasadizos construidos por otros, buscando salidas que nunca existieron.

Guardó silencio un momento, permitiendo que sus palabras se asentaran como sedimento valioso. Una gaviota solitaria se posó en la barandilla cercana, observándolos con ojos amarillos, inmóviles y atentos como testigo imparcial de conversación humana.

—Los malvados son prácticos en su enfoque del mundo. Actúan para destruir con una eficiencia que los bondadosos raramente alcanzan en su construcción, mientras los inteligentes se pierden en sus ideas como en nubes de humo autogeneradas que confunden con realidad tangible. Pero el amor es otra cosa enteramente, una especie diferente de realidad que opera bajo leyes propias. La maldad ni siquiera es el opuesto verdadero. Solo es ausencia de amor, como la oscuridad no es lo contrario de la luz sino simplemente su privación, un vacío que no puede existir por sí mismo.

Tomó la mano de Verónica sobre la mesa con naturalidad perfecta. Sus dedos se entrelazaron con una familiaridad que parecía existir desde siempre, como ramas de árboles que crecen entrelazadas por decisión propia.

—Tenemos que salir definitivamente de estos laberintos teóricos y prácticos. Nos espera algo mejor más allá de estas complejidades innecesarias.

Verónica lo miró con intensidad creciente, con el sol bañando su rostro en un resplandor ámbar que suavizaba cada línea, cada ángulo, transformando lo cotidiano en extraordinario por pura fuerza de luz.

—¿Crees que es tan fácil abandonar los laberintos cuando se han convertido en hogar?

—No —respondió Pablo, sosteniendo su mirada con seguridad tranquila—. Pero vale la pena intentarlo cada día, cada hora, cada minuto. Estamos en la luz ahora, juntos, y eso siempre será suficiente para encontrar el camino hacia algo mejor, más simple, más verdadero.

Una paloma levantó vuelo repentinamente desde algún lugar cercano, batiendo alas con urgencia de quien descubre libertad inesperada. El sonido fugaz se perdió en el murmullo constante de Barcelona, ciudad que respiraba al ritmo exacto del mar que la abrazaba desde tiempos inmemoriales, dos antiguos amantes en danza perpetua.

CAPÍTULO 19

E l bar en Poblenou vibraba con contención, un organismo vivo respirando bajo el compás pausado de la tarde. Un Ricard de 1935, desteñido por décadas de luz y conversaciones, colgaba sobre botellas alineadas con disciplina militar. La precisión de su orden contrastaba con el caos que mostraba la televisión en la esquina. Afuera, bicicletas amarillas y negras de alquiler deslizaban por el Carrer de Pujades, sus ruedas silbando sobre asfalto húmedo que brillaba bajo el sol mediterráneo.

La luz —esa luz catalana privilegiada y cruel que no perdona imperfecciones— se filtraba a través de ventanales moteados por sal marina acumulada durante años. Creaba geometrías de sombra sobre mesas de nogal desgastado por mil codos, mil conversaciones. El local emanaba el aroma inconfundible del café recién molido mezclado con la acidez dulce del vermut catalán, ese olor que permanece en la ropa horas después de abandonar el lugar.

En la esquina norte, un televisor Sony de pantalla plana emitía imágenes de guerra que nadie había pedido ver. Columnas de tanques T-90 avanzaban sobre nieve sucia, dejando tras de sí cicatrices de cadenas metálicas en la tierra helada. Las explosiones florecían a lo lejos, silenciosas en la pantalla pero ensordecedoras en la realidad distante. Civiles cargando maletas y bolsas de plástico cruzaban fronteras nevadas, su aliento formando nubes densas que se disipaban en el aire gélido. Sus rostros llevaban impreso ese vacío universal, esa mirada hueca que solo poseen los desplazados. "Rusia invade Ucrania–24 de febrero de

2022" pulsaba en rojo en la parte inferior, como una herida abierta que se niega a cicatrizar.

Pablo apartó la mirada de su expreso. La taza parecía ahora insignificante entre sus dedos. Fijó los ojos en la pantalla con la atención meticulosa que dedicaría a un diagnóstico terminal. El presentador hablaba con esa gravedad cultivada en escuelas de locución, ese tono reservado para momentos históricos: la guerra había regresado a Europa. Un cliente mayor en la barra, con dedos amarillentos por décadas de nicotina y una boina gris de lana que había conocido mejores tiempos, negó lentamente con la cabeza, un gesto de resignación ancestral. Murmuró algo sobre "los viejos fantasmas" que nunca parecían morir del todo, y bebió su coñac con la sabiduría amarga de quien ha visto demasiados ciclos repetirse.

Europa volvía a arder, esta vez bajo un sol invernal.

Verónica siguió el rastro de la mirada de Pablo, sus ojos —de un verde oliváceo intensificado por esa luz lateral que entraba por la ventana— encontrándose brevemente con los de él antes de volver a la televisión. Un mechón rebelde de pelo castaño caía sobre su frente, enmarcando un rostro que había aprendido a ocultar emociones. No hizo intento alguno de apartarlo.

—Esto cambia todo —dijo Pablo finalmente.

Su voz emergió como si ascendiera desde una profundidad submarina, grave y ligeramente áspera. Tomó un sorbo de café ya tibio, dejando que las palabras flotaran en el aire cargado del bar. Sus dedos —largos, con uñas perfectamente recortadas, manos de pianista o de cirujano— sostenían la taza como si fuera un objeto sagrado, frágil y valioso.

Verónica ladeó la cabeza, un gesto estudiado que había adquirido durante sus años en la facultad de psicología y que nunca había abandonado. La luz lateral acentuaba la estructura ósea de su rostro, los pómulos altos, la mandíbula definida, como si fuera un estudio de Modigliani en tres dimensiones.

—¿Por qué lo dices? —preguntó.

Su voz contenía esa cualidad particular de quien sabe escuchar profesionalmente, de quien ha aprendido que las preguntas correctas valen más que cien respuestas apresuradas.

Pablo depositó la taza sobre la mesa con la precisión de un cirujano colocando un escalpelo. El sonido de porcelana contra madera fue apenas audible. Sus dedos comenzaron un tamborileo rítmico sobre la superficie rayada, creando un patrón irregular que parecía seguir algún pensamiento interno que se negaba a ser verbalizado. La madera conservaba cicatrices de miles de conversaciones pasadas, de tazas depositadas con furia o con amor, de vidas que se habían cruzado brevemente para luego seguir caminos divergentes.

—El miedo nunca desaparece —dijo al fin, tras una pausa que pareció contener un universo completo de reflexiones—. Solo fluye hacia un nuevo cauce, como agua que encuentra siempre camino al mar. Antes era la pandemia con sus cubrebocas y distancias medidas en metros exactos; ahora, esto.

Hizo un gesto hacia la pantalla donde los tanques rusos cruzaban una frontera invisible pero absolutamente real, una línea trazada en mapas que ahora se desdibujaba bajo el peso del acero y la voluntad de poder.

—Lo interesante es cómo los focos de miedo redirigen las acciones de quienes lo administran. No todos temen lo mismo al mismo tiempo, pero el miedo global... —hizo una pausa mientras sus ojos se estrechaban, concentrados en una idea que parecía estar formándose en tiempo real— ese mueve montañas. Y jugadores.

La televisión mostraba ahora a líderes europeos reunidos en Bruselas. El azul institucional de la Unión Europea enmarcaba rostros pálidos bajo luces halógenas que acentuaban cada arruga de preocupación, cada gesto tenso. Discutían sanciones y respuestas con la urgencia de quien siente que el tiempo se agota en un reloj de arena invisible pero implacable. Una tensión casi táctil emanaba desde la pantalla, atravesando el vidrio y los circuitos, como si el miedo pudiera transmitirse a través de ondas electromagnéticas.

Verónica miró a Pablo. Un pequeño pliegue vertical se formó entre sus cejas, esa señal involuntaria de concentración intensa que aparecía cuando conectaba ideas aparentemente inconexas.

—¿Crees que esto afecta a lo que estamos viviendo? —preguntó, bajando instintivamente el volumen de su voz hasta convertirla en algo apenas superior a un susurro.

En la mesa contigua, dos hombres de negocios con trajes oscuros y maletines de cuero italiano intercambiaban miradas mientras hablaban en alemán. Sus voces parecían deliberadamente controladas, como si temieran que alguien pudiera estar escuchando conversaciones que no debían ser escuchadas.

Pablo asintió. No fue un gesto amplio sino preciso, medido, como todo lo que hacía. Una economía de movimientos que sugería años de autodisciplina.

—No lo dudes ni por un instante —respondió—. Cambiará prioridades, redirigirá recursos, desviará la atención como un ilusionista distrae con una mano mientras la otra ejecuta el verdadero truco. Y eso puede ser una ventaja o un riesgo, dependiendo de nuestra posición en el tablero. Los que nos persiguen no operan en una campana de vacío; también reaccionan a esto. El miedo es contagioso incluso para quienes creen administrarlo.

Verónica apoyó un codo sobre la mesa. Su camiseta de algodón negro —ligeramente descolorida en las costuras por demasiados lavados— contrastaba con la palidez de una piel que parecía no haber visto el sol mediterráneo en semanas. La tela se tensaba ligeramente sobre sus hombros estrechos pero fuertes.

—Si el miedo ahora es otro, ¿qué significa eso para nosotros? —preguntó con esa claridad analítica que Pablo siempre le había envidiado secretamente, esa capacidad de reducir situaciones complejas a su esencia más pura.

Pablo guardó silencio durante lo que pareció una eternidad comprimida en segundos. Sus ojos, de un castaño profundo con motas ambarinas, se fijaron en el reflejo fragmentado que ofrecía el ventanal, donde Barcelona se descomponía en formas cubistas como en un cuadro de Picasso: edificios modernistas junto a grúas portuarias, cielo azul cortado por antenas parabólicas, humanidad en movimiento perpetuo. Observó un momento el reflejo distorsionado de sí mismo, como si en esa imagen imperfecta pudiera encontrar respuestas que la realidad le negaba.

—Significa que el tablero cambia —dijo al fin, cada palabra pesada como plomo—. Y tenemos que aprender rápido las nuevas reglas antes que los demás jugadores.

Fuera, una brisa fresca del Mediterráneo agitaba las hojas de los plátanos que bordeaban la calle. Creaba un susurro conspirador, como si los árboles intercambiaran secretos ancestrales sobre la ciudad y sus habitantes. El viento transportaba el aroma inconfundible de sal marina mezclado con gasolina y comida, esa combinación que solo conocen las ciudades portuarias, esa mezcla de yodo, algas y la promesa de distancias infinitas más allá del horizonte.

Verónica bajó la mirada hacia su taza de té verde, ahora frío e intacto. Sus pensamientos aceleraban como caballos desbocados en una carrera interior que nadie más podía ver. En el bar, la conversación había subido varios decibelios; un grupo de jubilados discutía acaloradamente sobre la OTAN, utilizando servilletas de papel para dibujar mapas improvisados de Europa del Este, mientras un comerciante solitario hablaba por teléfono sobre el inevitable aumento en el precio del gas, cada palabra cargada con la ansiedad de quien prevé tiempos difíciles.

Pablo respiró hondo, inhalando el aire denso del local. Sus pulmones —curados milagrosamente tras aquella experiencia cercana a la muerte que muy pocos conocían en detalle— se expandieron completamente, saboreando el oxígeno como solo puede hacerlo alguien que ha estado a punto de perder esa capacidad para siempre.

—Verónica —dijo, con esa intimidad que solo surge entre quienes han compartido peligros mortales, secretos inconfesables, noches de insomnio vigilando puertas que podrían abrirse en cualquier momento—, en todo esto, hay algo que no cambia. Nosotros jugamos nuestro propio juego, con nuestras propias reglas. No estamos aquí para seguir el flujo del miedo; estamos aquí para enfrentarlo, exponerlo como quien expone un negativo fotográfico a la luz hasta que pierde su poder, y luego salir de este tablero de una vez por todas.

Ella levantó la vista. Sus ojos encontraron los de él con una precisión inquietante, como dos francotiradores que se reconocen a través de la distancia. No había necesidad de palabras adicionales; habían desarrollado ese lenguaje silencioso que solo existe entre personas que han visto juntas la cara oculta del mundo.

—Entonces terminemos nuestro café y vayamos al puerto —dijo finalmente, su voz firme pero suave—. Si algo cambia, quiero estar preparada.

Pablo sonrió levemente, un gesto tan sutil que solo Verónica podía interpretarlo correctamente. Dejó caer dos billetes de veinte euros sobre la mesa —propina excesiva calculada para ser recordada, para comprar memoria y silencio si fuera necesario.

—El puerto siempre ha sido un buen lugar para pensar —dijo—. Y para planear.

Se levantaron simultáneamente, como bailarines que conocen la coreografía hasta el último movimiento. Pablo dejó que su mano rozara brevemente la espalda de Verónica mientras salían, un contacto tan ligero como significativo, apenas perceptible para cualquier observador casual. La puerta de cristal se cerró tras ellos con un siseo de aire presurizado, sellando el mundo que dejaban atrás.

Comenzaron a caminar hacia el puerto, donde los mástiles de los veleros se recortaban contra el cielo como agujas dirigidas hacia un azul imposible. La brisa marina acariciaba sus rostros con dedos invisibles y salados. El sol de media tarde, tibio y anaranjado, bañaba la ciudad en una luz dorada que convertía incluso lo ordinario en extraordinario, que perdonaba temporalmente las imperfecciones de edificios y personas.

No hablaron más. No era necesario.

La villa en Barcelona se ocultaba entre pinos mediterráneos y cipreses centenarios, en una zona elevada donde el silencio tenía precio de mercado. Arquitectura brutalista de hormigón y vidrio, diseñada por algún discípulo anónimo de Siza, con ángulos precisos que cortaban la luz como cuchillos japoneses recién afilados. Las altas rejas de hierro forjado —negro mate, sin ornamentos, funcionales como un arma— y las cámaras Bosch de vigilancia en cada esquina advertían silenciosamente que la discreción y la seguridad no eran lujos sino necesidades vitales. El sistema de alarma era holandés, tan discreto e implacable como sus diseñadores de rostros nórdicos y mentalidades matemáticas.

Samuel recibió al Dr. Esteban Villaseca en la puerta principal —roble macizo con bisagras ocultas que no emitían sonido alguno— estrechándole la mano con la firmeza medida de quien ha practicado ese gesto frente al espejo durante años. Samuel vestía un suéter de cachemira gris sobre camisa blanca sin una sola arruga, zapatos italianos hechos a mano sin marca visible pero que cualquier conocedor reconocería instantáneamente.

—Gracias por venir, doctor —dijo mientras lo guiaba hacia el interior.

Su voz tenía esa cualidad particular de los hombres jóvenes acostumbrados a ser escuchados sin necesidad de elevar el tono, esa seguridad que viene del poder real y no de su simulacro.

—Sé que fue un viaje complicado, pero la situación lo requiere.

—Entiendo la necesidad —respondió Villaseca.

Sus ojos —grises, afilados, de una inteligencia inquietante que parecía capaz de diseccionar almas— recorrieron las terrazas escalonadas con olivos en macetas de terracota antigua y las amplias ventanas que capturaban la luz ambarina de la tarde catalana como si fuera un tesoro líquido. El médico llevaba un traje azul marino impecable que no mostraba una sola arruga a pesar del largo viaje.

—Aunque debo admitir que este nivel de seguridad es... inusual.

—Lo es —concedió Samuel.

Una sonrisa breve, calculada, cruzó su rostro como una nube pasajera sobre un lago tranquilo.

—Pero no podemos arriesgarnos. No en este momento particular de la historia.

El lujo ocultaba propósito como la belleza oculta a veces veneno.

Dentro de la villa, el ambiente era sofisticado pero funcional, como un bisturí con mango de plata: hermoso pero diseñado para cortar con precisión mortal. Un amplio salón con muebles escandinavos —líneas limpias, maderas claras, tapizados en tonos neutros que no distraían la atención— daba paso a una mesa de nogal cubierta de papeles perfectamente alineados en ángulos rectos, gráficos impresos en papel fotográfico de alta calidad y una MacBook Pro de última generación. En una de las pantallas secundarias, una visualización tridimensional mostraba fluctuaciones de datos que pulsaban y se retraían como un organismo vivo bajo un microscopio digital, colores que transitaban del azul profundo al rojo alarma según patrones que solo un iniciado podría interpretar.

—Por favor, tome asiento —dijo Samuel, señalando una butaca Eames original frente a la mesa.

El joven se sentó frente a Villaseca, cruzando las piernas con estudiada casualidad que no tenía nada de casual. Su rostro mostraba la intensidad febril de alguien que había pasado noches consecutivas descifrando patrones invisibles para mentes ordinarias. Pequeñas venas rojas surcaban el blanco de sus ojos como ríos carmesíes en un mapa de territorios inexplorados.

—¿Cómo está Pablo? —preguntó Samuel, yendo directo al núcleo del asunto sin rodeos innecesarios.

No era hombre de preámbulos; nunca lo había sido.

Villaseca apoyó los codos sobre el respaldo de la butaca, una postura que había adoptado durante décadas de sesiones terapéuticas donde el silencio a veces comunicaba más que las palabras. El cuero crujió levemente bajo sus brazos como un animal vivo que responde al contacto humano.

—Está bien, físicamente recuperándose con esa rapidez que desafía protocolos médicos establecidos. Pero no se ha abierto más allá de lo esencial. Es reservado, como siempre lo ha sido —hizo una pausa calculada, el tipo de silencio que utilizan los médicos antes de entregar un diagnóstico significativo—. Sin embargo, mencionó algo significativo: en su experiencia cercana a la muerte, Mateo estuvo presente.

Samuel levantó la vista. Un destello de interés genuino iluminó sus ojos por primera vez, como si encendieran un foco en una habitación hasta entonces a oscuras.

—¿Mateo? ¿Qué dijo específicamente sobre él?

—Que fue Mateo quien lo convenció de regresar —respondió Villaseca con la calma estudiada de un hombre acostumbrado a transmitir noticias imposibles a pacientes y familiares, a navegar los mares turbulentos entre la ciencia y lo inexplicable—. Pablo no entró en detalles técnicos o metafísicos, pero su tono —ese temblor casi imperceptible en la voz que solo un oído entrenado podría detectar— dejó claro que esa presencia fue absolutamente decisiva en su retorno.

Samuel asintió, su mente visiblemente trabajando a una velocidad que casi podía percibirse físicamente en la habitación. Sus dedos tamborilearon brevemente sobre la madera —un ritmo que parecía código Morse traduciendo pensamientos a un lenguaje secreto— antes de detenerse abruptamente, como si hubiera llegado a una conclusión definitiva.

—Eso tiene sentido perfecto —dijo, cada palabra pesada con significado—. Pablo confía en Mateo incluso más allá de los límites de la física, incluso en circunstancias como esa, en ese umbral indescriptible donde la existencia misma se reconfigura. Pero el problema inmediato es convencerlo de colaborar con nuestro proyecto. Sin su aporte, estamos en un punto muerto científico y operativo.

El doctor lo miró con esa mezcla particular de interés profesional y cautela personal que desarrollan los psiquiatras después de décadas tratando con mentes brillantes y potencialmente peligrosas, con genios cuyas fronteras morales no siempre coinciden con las convencionales.

—¿Qué exactamente esperas que aporte Pablo? No es retórica, Samuel. Necesito precisión absoluta. Sabes que Pablo no es alguien que se deje convencer por generalidades o promesas vagas. Requiere datos concretos, evidencia tangible, propósito claro.

Samuel se inclinó hacia adelante. La luz lateral que entraba por los ventanales acentuaba los planos de su rostro, creando sombras bajo sus pómulos prominentes que le daban un aspecto casi escultórico. Sus codos se apoyaron sobre documentos clasificados como si fueran simples manteles de papel, documentos que contenían secretos por los que algunos matarían o morirían.

—Pablo es la clave que abre la cerradura que ni siquiera sabíamos que existía —comenzó, su voz adquiriendo ese tono hipnótico que utilizaba cuando explicaba conceptos complejos—. Su experiencia podría ayudarnos a validar algo que apenas comenzamos a comprender en sus bordes más superficiales: la Reconexión Cognitiva. No estoy hablando de las implicaciones individuales de una ECM, que han sido estudiadas a muerte por neurólogos y místicos por igual. Hablo de cómo esas experiencias pueden ser catalizadoras de algo exponencialmente mayor —sus ojos brillaban ahora con intensidad casi religiosa—. Imagínelo como un cambio que se amplifica a través de la tecnología y la comunicación global, como ondas en un estanque que se convierten en tsunami, como un susurro que se transforma en sinfonía.

—¿Te refieres a que las experiencias individuales pueden transformarse en un fenómeno colectivo, en una especie de contagio neurológico? —preguntó Villaseca.

Un pliegue vertical se formó entre sus cejas mientras procesaba la idea, conectando puntos que hasta ahora habían permanecido separados en su mapa mental.

—Exactamente eso —respondió Samuel.

Su mano derecha —dedos largos, uñas perfectamente cuidadas, la mano de un pianista o de un asesino— señaló los gráficos pulsantes en la pantalla con precisión quirúrgica.

—Observe esto con atención clínica, doctor. En los últimos siete días, Sentinel ha detectado un cambio abrupto, casi vertical, en los patrones de miedo colectivo. Hasta hace exactamente 168 horas, el miedo principal que alimentaba las búsquedas, publicaciones y comunicaciones privadas giraba obsesivamente en torno a la pandemia, sus variantes, sus secuelas interminables. Pero con la entrada de Rusia en Ucrania esta semana, el miedo ha cambiado de tonalidad y objetivo como un camaleón en un arcoíris. Ahora, el foco está en una posible guerra mundial, radiación, refugios antinucleares y cómo sobrevivir al fin de la civilización tal como la conocemos.

Villaseca observó los datos serpenteantes con la calma de quien ha visto suficientes tormentas emocionales para reconocer patrones donde otros solo ven caos. Cruzó los brazos sobre su pecho, donde un Patek Philippe discreto pero inequívocamente costoso marcaba los segundos con una precisión suiza que contrastaba con la impredecibilidad humana que estudiaban.

—Eso no me sorprende en absoluto —dijo con voz medida—. Los miedos colectivos siempre han sido fluidos, cambiando de objeto según las circunstancias externas, pero manteniendo su estructura interna inmutable. ¿Qué es exactamente lo que estás intentando demostrar con esta observación aparentemente banal?

Samuel inhaló profundamente, como un buceador antes de sumergirse en aguas profundas donde el oxígeno es limitado y cada palabra debe contar.

—Lo que intento demostrar —y estamos extraordinariamente cerca de conseguirlo— es que el miedo, al igual que las experiencias transformadoras como una ECM, no solo afecta a los individuos atomizados en su soledad existencial. Se propaga con patrones identificables, se transforma en un fenómeno social con propiedades emergentes completamente nuevas e inesperadas. Si logramos descifrar la anatomía exacta de este proceso, podríamos usarlo para algo genuinamente positivo, algo que trascienda la simple manipulación. Podríamos desencadenar un cambio a nivel de comunidades enteras, incluso de sociedades completas. Un renacimiento cognitivo, si quiere llamarlo así.

Todo cambiaba con miedo, como cambiaba la luz con el paso de las horas.

Villaseca mantuvo su mirada fija en Samuel, estudiando cada micromovimiento facial como solo un psiquiatra experimentado sabe hacer, leyendo las verdades ocultas tras las palabras dichas, los mensajes codificados en pupilas que se dilatan o contraen, en músculos faciales que traicionan pensamientos privados.

—Entonces, lo que propones es convertir un fenómeno individual, privado y transformador en un catalizador colectivo, una especie de vacuna social contra el miedo mismo —dijo con precisión clínica.

—Exactamente —dijo Samuel.

Una chispa de entusiasmo auténtico iluminó sus ojos, ese brillo febril que solo poseen los verdaderos creyentes, los visionarios, los que han visto algo que los demás aún no pueden percibir.

—Y Pablo, con su experiencia única y su mente analítica implacable, puede ayudarnos a entender el mecanismo exacto de cómo hacerlo. Pero primero, necesitamos convencerlo. Y para eso, doctor, necesito su ayuda particular. Su influencia sobre él es innegable.

Villaseca se levantó con la fluidez sorprendente de un hombre que mantiene su cuerpo tan disciplinado como su mente. Caminó hacia una de las ventanas panorámicas, observando los jardines japoneses meticulosamente cuidados que se extendían hasta los límites murados de la villa como un lienzo tridimensional. Un jardinero anciano, con rostro tallado por décadas de sol y concentración, podaba un bonsái de 200 años con la atención reverente de un cirujano operando un corazón.

—Samuel —dijo al fin, sin girarse, su silueta recortada contra la luz dorada del atardecer catalán—, ¿alguna vez te has planteado seriamente que quizá Pablo no quiera formar parte de esto? No es una pregunta retórica ni provocativa. Él tiene sus propias razones, sus propios límites morales y epistemológicos que han sido forjados en experiencias que ninguno de nosotros puede reclamar. Ha visto el otro lado de una manera que ninguno de nosotros puede comprender realmente.

—Lo sé perfectamente —dijo Samuel, poniéndose de pie también.

La luz lateral atravesaba su perfil, creando un halo casi religioso alrededor de su silueta que contrastaba con la frialdad analítica de sus palabras.

—Pero si le mostramos con evidencia irreprochable que puede hacer una diferencia fundamental, que esto no es solo ciencia especulativa sino algo que puede transformar vidas concretas, personas reales, creo —no, estoy absolutamente convencido— de que aceptará. Pablo siempre ha sido vulnerable ante la posibilidad de ayudar genuinamente, de hacer una diferencia tangible. Es su punto ciego, si quiere verlo así.

Villaseca se giró hacia él. Sus ojos habían adquirido esa cualidad penetrante que hacía que sus pacientes confesaran secretos que ni siquiera sabían que guardaban, que revelaran verdades enterradas bajo capas de autoengaño.

—Si eso es lo que realmente quieres, deberías hablar con él directamente, cara a cara, sin intermediarios ni mensajeros. Dale garantías concretas, muéstrale datos verificables, convéncelo de que esto no es una trampa elaborada ni una manipulación psicológica disfrazada de altruismo. Si logras esa transparencia absoluta, tal vez acceda a lo que propones. Pablo valora la honestidad por encima de cualquier otra cualidad.

Samuel cruzó las manos sobre la mesa, formando un puente con los dedos como si quisiera conectar orillas distantes. Su mirada se fijó en Villaseca con intensidad medida, calculada para impresionar sin intimidar. Afuera, la villa estaba envuelta en un silencio casi táctil, ese silencio exclusivo que solo el dinero puede comprar, interrumpido únicamente por el canto distante y preciso de pájaros que parecían contratados específicamente para ambientar la escena.

—Doctor Villaseca —comenzó Samuel con un tono estudiadamente pausado, como quien dosifica información valiosa, administrando cada palabra como un farmacéutico mide gramos de un medicamento potente—, sé con certeza documental que usted tiene contacto directo y privilegiado con el General. Sé que le informa regularmente sobre avances relacionados con el miedo, la contención psicológica, la influencia social. Todo eso es vitalmente importante para él y sus objetivos inmediatos, objetivos que respeto pero que no necesariamente comparto en su totalidad. Mi propuesta se mueve en un plano distinto, quizás complementario, pero fundamentalmente diferente.

Villaseca elevó una ceja perfectamente delineada, su rostro una máscara de curiosidad profesional que ocultaba cualquier reacción emocional que pudiera haber experimentado al escuchar sus conexiones mencionadas tan abiertamente.

—Conmigo —continuó Samuel, cada palabra pesada y medida como lingotes de oro en una balanza de precisión—, usted podría colaborar en otro sentido completamente distinto. Sentinel Labs obtiene recursos prácticamente ilimitados para apoyar investigaciones como la suya, pero nuestro enfoque no se limita al miedo como herramienta de control sociopolítico. Queremos dar consistencia científica, replicable, a nuestra teoría de la reconexión cognitiva. Usted ya ha obtenido resultados sorprendentemente similares con sus pacientes traumatizados y con meditadores avanzados, ¿no es así?

El doctor asintió lentamente, un gesto mínimo pero inequívoco que confirmaba la precisión de la información que Samuel poseía.

—Sí, ha habido resultados fascinantes, estadísticamente significativos que desafían explicaciones convencionales. Aunque debo admitir que lo que plantea ahora me intriga a un nivel más profundo, casi primordial.

Samuel sonrió, relajando imperceptiblemente la tensión en el ambiente cargado, como quien abre ligeramente una ventana en una habitación donde el oxígeno comenzaba a escasear.

—La reconexión cognitiva se manifiesta de manera natural y espontánea en experiencias cercanas a la muerte, como bien sabe por sus estudios pioneros en el campo. Lo verdaderamente revolucionario que buscamos es llevar esa transformación individual, que hasta ahora ha sido aleatoria e imprevisible, azarosa como un rayo en una tormenta, a un nivel colectivo coherente, utilizando la tecnología y el conocimiento actual como amplificadores. Imagine el impacto potencial: no solo en el ámbito social inmediato, sino también en la medicina, la política y la conciencia global. Podríamos estar presenciando y catalizado el próximo paso evolutivo de la conciencia humana.

Villaseca se inclinó hacia adelante, su interés profesional ahora completamente evidente, como un cazador que finalmente vislumbra la presa que ha estado rastreando durante días.

—Es extraordinariamente ambicioso, casi utópico. Pero, ¿cómo encaja exactamente todo este proyecto con lo que el General espera obtener? Él no es precisamente conocido por su paciencia con proyectos de largo alcance o especulaciones filosóficas. Thornton quiere resultados medibles, cuantificables, inmediatos. Su visión del mundo es intensamente pragmática, casi brutal en su simplicidad operativa.

Samuel hizo una pausa calculada, eligiendo sus palabras con la precisión de un relojero que manipula engranajes microscópicos, donde un movimiento en falso puede arruinar meses de trabajo.

—El General Thornton tiene sus propios intereses inmediatos y comprensibles: influencia política directa, control social predecible, resultados medibles en ciclos cortos que coinciden con sus objetivos tácticos. Nosotros buscamos un avance global de mayor profundidad y permanencia, un cambio que trascienda administraciones y ciclos de poder. Sin embargo, ambos caminos pueden confluir naturalmente, como ríos que finalmente desembocan en el mismo océano. La diferencia está en la escala temporal y en la profundidad de la transformación.

Villaseca exhaló un suspiro apenas audible y permitió que una sonrisa mínima curvara sus labios, un gesto que en él equivalía a una carcajada en otros hombres menos contenidos.

—Lo que plantea tiene una coherencia interna innegable, una elegancia casi matemática. Pero el manuscrito —ese documento que tanto preocupa a todos, esa piedra filosofal moderna— sigue siendo un punto de tensión considerable. El General teme obsesivamente que caiga en manos equivocadas, que se convierta en un catalizador incontrolable de precisamente el tipo de transformación que usted describe.

—Y esa es precisamente la deliciosa ironía de todo esto —respondió Samuel con una firmeza repentina que contrastaba con su tono mesurado anterior—. El General quiere inflarlo artificialmente, convertirlo en un globo de desinformación que eventualmente estalle bajo su propio peso. Al final, según su estrategia, será simplemente un ruido más en el caos ensordecedor de teorías conspirativas y especulaciones del New Age digital, perdido entre mil otros rumores y fantasías. ¿Qué sentido estratégico tiene hacerlo desaparecer si de todas formas su valor intrínseco será eventualmente nulo? Es como quemar un libro cuando puedes simplemente publicar mil versiones falsificadas.

Villaseca se quedó en silencio absoluto durante treinta y dos segundos exactos, procesando meticulosamente lo que acababa de escuchar como un supercomputador analizando millones de variables simultáneas. El único sonido en la habitación era el zumbido casi subliminal de los equipos electrónicos y la respiración acompasada de ambos hombres, dos mentes brillantes contemplando posibilidades que cambiarían el mundo tal como lo conocían. Finalmente, asintió con la decisión de quien ha llegado a una conclusión después de evaluar todas las variables, de calcular cada resultado posible.

—Entiendo perfectamente. Como científicos racionales, sabemos que las ideas no desaparecen simplemente porque alguien lo ordene, no importa cuánto poder o influencia posea. Se transforman, evolucionan, encuentran nuevos huéspedes, nuevos caminos. Son como el agua: puedes bloquear un cauce pero encontrarán otra ruta hacia el mar.

—Exactamente —dijo Samuel, con un destello de genuino entusiasmo intelectual en su voz, el tipo de pasión que no puede fingirse—. Podemos trabajar en conjunto, con métodos verificables y éticos, para que lo que surja de esta investigación sea algo mucho más sustancial que simple ruido informativo. Algo que realmente trascienda los ciclos de miedo y reacción que hemos estado estudiando, algo que eleve la conciencia humana en lugar de manipularla.

Villaseca apoyó una mano sobre la mesa de nogal, un gesto que sellaba un pacto invisible pero vinculante entre ambos, más poderoso que cualquier contrato firmado.

—De acuerdo, Samuel. Es un enfoque fascinante que merece explorarse completamente, con todo el rigor científico y ético que requiere. Pero también necesitará, y esto es absolutamente innegociable, que Pablo esté genuinamente de su lado. Él es la clave que conecta todos los elementos dispares, el puente entre teoría y experiencia, entre lo abstracto y lo vivido.

—Lo sé perfectamente —admitió Samuel, con una honestidad que sorprendió incluso a él mismo, un momento de vulnerabilidad no calculada—. Convencerlo será un desafío considerable, quizás el más difícil que hemos enfrentado hasta ahora, pero absolutamente necesario para avanzar hacia donde queremos llegar.

Ambos se miraron en un entendimiento tácito que trascendía las palabras, una complicidad intelectual que surgía del reconocimiento mutuo de mentes excepcionales. Afuera, el sol catalán comenzaba su descenso ritual hacia el horizonte, tiñendo el cielo con tonalidades naranja y carmesí que ningún pintor podría capturar con precisión absoluta. La conversación había llegado a un punto de inflexión, pero la dirección futura estaba ahora claramente delineada entre ambos, un camino invisible pero innegablemente real.

El silencio también vigilaba, atento a las palabras no dichas.

La sala de reuniones en el complejo Sentinel—un búnker subterráneo revestido de acero quirúrgico y hormigón de alta densidad calculada para resistir impactos directos—permanecía en una penumbra deliberada, científica. La oscuridad no era accidental sino cuidadosamente diseñada para crear el ambiente psicológico adecuado. Pantallas gigantes de resolución militar iluminaban el espacio con un resplandor azulado y espectral que convertía los rostros humanos en máscaras alienígenas, en entidades de otro mundo. Gráficos de líneas ascendentes como electrocardiogramas de un organismo febril y mapas interactivos con zonas pulsantes de color cubrían las paredes como un papel tapiz tecnológico que cambiaba constantemente. En una esquina apartada, un mapa del este europeo parpadeaba con insistencia casi orgánica, resaltando Ucrania con un contorno rojo sangre que parecía latir con vida propia, mientras las fronteras de sus países vecinos brillaban en un amarillo enfermizo en un amarillo enfermizo. Las búsquedas globales de términos como "búnkeres antinucleares", "pastillas de yodo", y "refugios antibombas" ascendían en tiempo real en una pantalla lateral, los números cambiando con la rapidez vertiginosa de un contador Geiger cerca de Chernóbil. El aire en la sala era denso, artificial, procesado por filtros HEPA que eliminaban cualquier partícula superior a 0.3 micras, creando una atmósfera que no pertenecía realmente al mundo exterior. Olía vagamente a ozono y a la colonia Acqua di Parma del General, esa mezcla de cítricos mediterráneos y maderas nobles que se había convertido en su firma olfativa. El General Morris Thornton—West Point con honores, dos tours en Afganistán donde había adquirido esa mirada que ve a través de las personas, especialista reconocido en guerra psicológica—se apoyó sobre la mesa de acero inoxidable con acabado mate que no reflejaba nada, como si absorbiera la luz en lugar de devolverla. Sus nudillos—blanqueados por la presión hasta adquirir el color del hueso expuesto—se apretaron contra la superficie metálica hasta que los tendones de sus antebrazos se marcaron como cuerdas tensas bajo la piel curtida por soles de desiertos extranjeros. Llevaba un Rolex Submariner en la muñeca izquierda y un anillo de graduación militar en la derecha, símbolos discretos pero inequívocos de pertenencia y poder. La camisa Oxford blanca, impecablemente planchada con ese tipo de perfección que solo consiguen ciertos asistentes militares, contrastaba con su piel bronceada bajo luces artificiales diseñadas para revelar debilidades.

Frente a él, el director de Sentinel, Marcus Blackwell—Yale summa cum laude, PhD en Ciencias Computacionales por Stanford, dos matrimonios fallidos que habían dejado cicatrices invisibles pero innegables—observaba los datos en movimiento perpetuo con una calma calculada que rayaba en lo inhumano, en lo artificial. Alto, delgado, con ese tipo de elegancia austere que solo otorga haber crecido en ciertos códigos postales de Nueva Inglaterra donde la riqueza es antigua y no necesita exhibirse. Su traje, un Brioni azul marino sin una sola arruga confeccionado a mano en Roma, parecía absorber la luz como un agujero negro portátil.

—Esto cambia absolutamente todo —comenzó Thornton.

Su voz, baja y controlada como la de un depredador que no necesita rugir para ser letal, resonó como un disparo silenciado en la acústica perfectamente calibrada de la sala.

—La guerra en Ucrania ha desviado el foco global del miedo, ha reorientado la brújula emocional planetaria como un imán gigantesco. Ya nadie habla de la pandemia, de variantes, de mascarillas o vacunas. Ahora es el apocalipsis nuclear, la tercera guerra mundial, el invierno atómico, la caída de Europa. Y esto... esto lo necesitamos monitoreado en tiempo real, cada fluctuación, cada temblor en la psiquis colectiva, cada vibración del miedo global.

Blackwell asintió con la precisión de un metrónomo, un movimiento que parecía más mecánico que humano.

—Ya hemos ajustado los algoritmos a esta nueva realidad, general. Sentinel está detectando cada variación emocional con una precisión de milisegundos que habría sido impensable hace cinco años. Estamos capturando todo: en las búsquedas digitales, en las redes sociales, incluso en las conversaciones privadas captadas por micrófonos cercanos a zonas de conflicto. El sistema ha incorporado 247 nuevos términos de monitoreo solo en las últimas 12 horas. Pero el cambio ha sido tan abrupto, tan sísmico, que necesitaremos recalibrar prioridades operativas y tácticas.

Thornton lo interrumpió con un gesto cortante de la mano, el tipo de movimiento que habría detenido a un pelotón completo en plena marcha.

—Recalibren con velocidad militar, no académica —sus ojos, de un gris metálico que recordaba al acero templado, se clavaron en Blackwell como miras telescópicas adquiriendo un objetivo—. Quiero saber dónde surge el miedo, cómo se propaga, a qué velocidad exacta, por qué canales específicos. Quiero conocer los disparadores específicos que están funcionando y cuáles han quedado obsoletos. Y lo más importante, Black, quiero eliminar las interferencias. Todas ellas.

Blackwell alzó una ceja perfectamente delineada, su único gesto visible de cuestionamiento.

—¿Interferencias? ¿Podría precisar ese término, general?

—Sí —escupió Thornton, la palabra emergiendo como una bala de pequeño calibre, letal en su simplicidad—. Activistas, desinformadores, esos cazadores de fantasmas como Jordi y su organización de iluminados digitales que creen haber descubierto algo significativo. Se están convirtiendo en un problema operativo real, cuantificable. Su interferencia con Jack fue absolutamente inaceptable, un fallo de seguridad que no volverá a repetirse mientras yo respire. Están exponiendo fragmentos de nuestras operaciones de una forma que simplemente no podemos tolerar en esta fase crítica. Black, neutralícelos en las redes. No quiero que esa gente siga colocando palos en la rueda de esta operación cuando estamos tan cerca.

Blackwell se cruzó de brazos con elegancia estudiada, un movimiento que había perfeccionado frente a juntas directivas y comités gubernamentales. Su mirada, fija en Thornton, no revelaba absolutamente nada, como agua profunda sin ondas.

—Neutralizar, general, es una palabra con un espectro semántico extraordinariamente amplio en nuestro ámbito particular de operaciones. ¿Qué espera exactamente? Necesito parámetros precisos para implementación efectiva.

Thornton se enderezó, estirando su 1.85 de altura militar forjada en décadas de disciplina y propósito. Caminó alrededor de la mesa con la precisión de un depredador que conoce exactamente la geometría de su territorio, cada centímetro cuadrado, cada ángulo y esquina.

—No me tome por estúpido, Blackwell —dijo con una calma más amenazante que cualquier explosión de ira—. Usted domina perfectamente este campo. Silencio mediático. Desinformación estratégica. Hagan que parezcan ridículos, teóricos de conspiración paranoicos sin base factual ni credibilidad. Inunden sus redes con basura informativa de baja calidad hasta que la señal se pierda en el ruido. Si persisten, asegúrese de que pierdan acceso a sus plataformas de difusión, a esas ventanas digitales que tanto valoran. Y si aun así no captan el mensaje, elimínelos del tablero de manera... quirúrgicamente discreta. Sin huellas, sin conexiones, sin caminos de regreso a nosotros.

Blackwell respiró profundamente, el único indicio de que lo que acababa de escuchar requería procesamiento adicional, evaluación de riesgos, cálculo de probabilidades y consecuencias. Sus ojos recorrieron las pantallas una vez más, como si buscara respuestas en los patrones cambiantes de los datos, en esos ríos digitales que fluían incesantemente.

—Entendido con claridad meridiana, general. Pero debo advertirle que Jordi no es un amateur digital, no es un aficionado a quien podamos simplemente silenciar con técnicas estándar. Es un hacker con pedigrí técnico, con conexiones estratégicas en varios niveles de la infraestructura digital global, y su organización tiene el respaldo de figuras públicas con capital reputacional considerable. Si esto no se maneja con precisión milimétrica, puede convertirse en un efecto Streisand que amplifique exactamente lo que intentamos minimizar. La física social tiene sus propias leyes, tan implacables como la gravedad.

—Entonces maneje esa precisión como si su vida dependiera de ello —gruñó Thornton, golpeando la mesa con el puño cerrado.

El sonido reverberó como un trueno metálico en la sala, un eco que parecía multiplicarse en la oscuridad.

—Ya no estamos jugando a los soldaditos, Black. No es un ejercicio teórico ni una simulación académica. Estamos enfrentando una guerra asimétrica en múltiples frentes simultáneos. No solo armas convencionales y soldados de carne y hueso, sino información y emociones colectivas que pueden movilizar masas. Si no controlamos esas variables, perdemos no solo una batalla sino la guerra completa.

Blackwell asintió con estudiada lentitud, asimilando la gravedad del momento y las implicaciones de lo que se le pedía.

—Muy bien. Comenzaré de inmediato con un protocolo escalonado de contención y neutralización. Pero necesitaré acceso sin restricciones a todas las operaciones en curso para evitar contradicciones tácticas o estratégicas que puedan comprometer la integridad operativa. Necesito ver el tablero completo, todas las piezas, todos los movimientos planificados.

—Lo tendrá —dijo Thornton, girando hacia la puerta de acero con escáner retinal que solo respondía a ciertos ojos autorizados—. Y Black... quiero resultados concretos y verificables en 72 horas exactas. No hay margen para fallos en esta fase. Estamos en el punto de inflexión donde todo puede ganarse o perderse.

La sala quedó sumida en un silencio opresivo cuando Thornton salió, el siseo neumático de la puerta al cerrarse sellando el espacio como una cámara hermética. Blackwell quedó solo frente a las pantallas que continuaban parpadeando con datos como constelaciones artificiales, como estrellas digitales que formaban patrones solo visibles para quienes sabían interpretar el firmamento del miedo humano. Su mirada se endureció mientras analizaba las implicaciones multidimensionales de lo que acababa de escuchar, calculando recursos necesarios, probabilidades de éxito, colaterales potenciales. Neutralizar a Jordi y su organización no sería una operación simple—sería como intentar capturar humo con las manos desnudas, como intentar silenciar un eco que ya se había propagado demasiado lejos. Pero si algo sabía hacer Sentinel con maestría indiscutible, con eficiencia clínica, era silenciar sombras antes de que pudieran crecer lo suficiente para proyectarse sobre los planes del General.

Su dedo índice presionó un botón invisible en la mesa, una superficie aparentemente lisa que ocultaba un universo de posibilidades letales.

—Activen el Protocolo Fénix —dijo a la aparente nada, a la oscuridad atenta y expectante—. Objetivo: Jordi Mestre y su red. Prioridad máxima. Autorización Blackwell-77-Delta.

Un piloto verde se encendió bajo la superficie de la mesa, tan tenue como una luciérnaga en noche cerrada. La inteligencia artificial de Sentinel comenzó a trabajar, despertando algoritmos que dormitaban esperando ser llamados, poniendo en marcha maquinarias invisibles de influencia y control.

El silencio era absoluto, pero cargado de propósito.

CAPÍTULO 20

Olmedo asintió. Un gesto mínimo, apenas visible en la penumbra del pasillo. La sombra difuminaba los contornos de su rostro, suavizando las aristas que años de vigilancia habían tallado en su expresión. Ajustó el cuello de la chaqueta azul índigo —un azul institucional, de esos que nadie recuerda, pero todos reconocen— que había preparado meticulosamente para la misión. La tela sintética crujía levemente contra su piel, un susurro artificial que le recordaba la falsedad de su papel, la precisión calculada de cada movimiento en este teatro de sombras. Todo estaba dispuesto sin margen para errores, cada pieza encajando en un mecanismo invisible.

Salieron sin decir una palabra más. Sus pasos resonaron en la escalera de cemento mientras descendían, un ritmo metálico que rebotaba en las paredes desnudas. El sonido creaba patrones como código morse involuntario, mensajes secretos que solo ellos podían interpretar en el vacío gris de aquel descenso. El eco multiplicaba cada pisada, transformándola en una advertencia que nadie escuchaba.

El carrito de limpieza chirriaba sobre el suelo pulido de la editorial Satélite. Producía un quejido agudo, intermitente, como el llanto de un pájaro metálico atrapado entre ruedas de plástico y metal. La luz fluorescente arrancaba destellos del acero inoxidable, pequeñas explosiones de blancura que herían los ojos. El olor a productos químicos —amoníaco disfrazado de limón artificial, cítricos de laboratorio sin vida— precedía su avance como un heraldo invisible, anunciando presencias que debían pasar desapercibidas.

Olmedo y su compañero avanzaban por el pasillo con uniformes azules y logotipos genéricos en los bolsillos. Eran símbolos diseñados específicamente para ser olvidados nada más verlos, identidades corporativas fabricadas para evaporarse en la memoria. Sus movimientos seguían una coreografía ensayada hasta la perfección mecánica, hasta perder toda espontaneidad humana. Avanzaban como sombras funcionales, parte del decorado urbano, dos empleados más en una ciudad donde la invisibilidad se convierte en el privilegio silencioso de quienes mantienen funcionando las cosas que nadie quiere ver.

—Sala de reuniones, ¿verdad? —dijo Olmedo. Su voz sonaba neutra, calibrada como un instrumento de precisión. Sostenía una carpeta verde descolorida con una hoja de servicios falsificada, el papel amarilleado por un tiempo que nunca había transcurrido. Su acento era un constructo artificial, deliberadamente preparado para no delatar orígenes ni pertenencia, palabras moldeadas para existir sin historia.

El recepcionista apenas levantó la vista. La luz azulada de su pantalla le bañaba el rostro con un resplandor fantasmal, dibujando sombras bajo sus ojos cansados, acentuando el tono enfermizo de quien vive bajo fluorescentes. Sus dedos no dejaron de teclear mientras hacía un gesto vago con la mano, señalando el camino con indiferencia. Era un movimiento que parecía existir en ese espacio liminal entre la consciencia y la automatización, el gesto de quien ha renunciado a distinguir entre ambas.

El compañero de Olmedo empujaba el carrito con herramientas de limpieza. Las ruedas dejaban un rastro húmedo sobre el suelo, una estela efímera que se evaporaba a los pocos segundos como promesas nunca pronunciadas. La humedad dibujaba patrones aleatorios que desaparecían casi al instante, geometrías efímeras sin testigos. En el interior del carrito, bajo productos con etiquetas genéricas y colores primarios desvaídos, descansaba un dispositivo pequeño y angular como una navaja plegada; un teléfono modificado que grababa sin emitir luz, sin delatar su existencia electrónica en ese universo de vigilancia.

En la sala de reuniones, Olmedo registró cada detalle con la precisión metódica de un escáner: ventanas amplias hacia el patio interno

—cristal de seguridad, doble capa, imposible de abrir—, dos puertas —una al pasillo con marco de aluminio recién pintado, otra a la zona de archivos con cerradura digital de código— y cámaras apuntando a la entrada principal, pequeñas esferas negras como ojos de insectos mecánicos que todo lo veían, todo lo archivaban en servidores sin rostro.

—Bonito lugar —dijo mientras desplegaba un trapo de microfibra gris sobre la mesa de cristal. La superficie reflejaba fragmentos de luz desde los fluorescentes del techo, pequeñas constelaciones artificiales que bailaban entre sus dedos como estrellas domadas. El cristal, frío al tacto, guardaba las huellas dactilares anteriores como un registro arqueológico de presencias previas.

Su compañero asintió y roció las superficies con movimientos mecánicos, estudiados hasta la perfección rutinaria. El líquido azul formaba patrones aleatorios antes de ser absorbido por el trapo, creando galaxias efímeras de limpieza industrial que desaparecían bajo la presión de sus manos enguantadas.

—¿Ves eso? —señaló la salida de emergencia tras un cristal opaco, un rectángulo verde fosforescente que brillaba débilmente, una promesa de escape que parecía inalcanzable en su simplicidad.

—Perfecto para nosotros. —Cada sílaba medida, cada pausa calculada como notas en una partitura secreta—. Poca vigilancia. Si corremos, estaríamos en la calle en menos de treinta segundos. El mundo exterior nos absorbería como la ciudad absorbe a sus desertores.

Olmedo abrió una carpeta de plástico desgastado. Fingía anotar mientras sus ojos calculaban ángulos y distancias con precisión militar. La punta del bolígrafo apenas tocaba el papel, como si las notas existieran más en su memoria entrenada que en la hoja. Su mirada, calibrada para parecer casual, se detuvo en la cámara de seguridad que acechaba desde una esquina alta de la sala. Una araña electrónica paciente, esperando el momento preciso.

—La cámara cubre la entrada principal, pero no el rincón junto a esa estantería —dijo, señalando discretamente con un movimiento tan sutil que parecía el temblor natural de una mano cansada. La luz rebotaba en el metal de la estantería, creando zonas de sombra que ningún lente podía penetrar.

—Lo anotamos. —Su compañero hablaba sin mover apenas los labios, palabras formadas más por el aire que por el movimiento—. Sería el punto ideal para esconder algo, si es necesario. La oscuridad siempre ofrece refugio a quienes saben habitarla.

La puerta se abrió sin previo aviso. El sonido de las bisagras bien engrasadas produjo un susurro metálico, casi imperceptible pero revelador para oídos entrenados. Un empleado entró interrumpiendo el análisis meticuloso. Llevaba una camisa blanca con pequeñas manchas de café en el puño derecho, marcas marrones que contaban la historia de un día apresurado. Su rostro reflejaba la distracción de quien vive en varias dimensiones a la vez, presente físicamente pero ausente en todo lo demás.

—¿Necesitan algo? —preguntó, sin prestar demasiada atención. Sus ojos ya estaban en la mesa que venía a buscar, no en los hombres que la limpiaban. Para él eran invisibles, parte del mobiliario funcional del edificio.

—No, gracias. Solo terminaremos aquí y pasaremos al siguiente piso —respondió Olmedo con una sonrisa profesional, una máscara perfecta fabricada con músculos faciales entrenados para la neutralidad absoluta. Levantó un trapo azul en señal de trabajo, un gesto cotidiano e insignificante que completaba su camuflaje urbano.

El hombre asintió y se marchó, cerrando la puerta tras de sí. El clic de la cerradura sonó final y definitivo como un juicio sin apelación. Ambos limpiadores compartieron una mirada breve, un lenguaje silencioso desarrollado durante años de operaciones conjuntas. Cada uno confirmaba con un gesto mínimo que habían evaluado lo necesario, que la información estaba catalogada y asimilada en sus memorias profesionales.

Antes de salir, el compañero de Olmedo colocó el teléfono modificado en la parte superior de una lámpara decorativa de diseño escandinavo. El dispositivo apuntaba hacia la sala, invisible en su simplicidad, camuflado por su propia insignificancia. La grabación sería revisada más tarde, diseccionada fotograma a fotograma en algún lugar sin nombre, en pantallas que nunca dejaban rastro digital.

—Listo —dijo Olmedo mientras acomodaba el carrito con precisión milimétrica. La palabra flotó en el aire acondicionado como una sentencia suspendida, una promesa de acciones futuras.

—Sin problemas. Volveremos para el trabajo final. —La frase quedó suspendida entre ellos, cargada con el peso de lo no dicho, de planes que nunca se verbalizan completamente.

Salieron con la misma calma con que habían entrado, dejando atrás una sala impecable y un escenario preparado para el desastre inminente. Las ruedas del carrito trazaban líneas húmedas paralelas sobre el suelo, marcas temporales que se desvanecían como promesas no pronunciadas. Afuera, el tráfico de Barcelona sonaba distante, amortiguado por el cristal y el hormigón, un rumor de vida que parecía pertenecer a otro mundo. Pero el reloj ya había empezado a correr para Pablo y los demás, un tic-tac invisible pero constante como la sangre en las venas, imparable como el destino.

El aire acondicionado del centro comercial mantenía una temperatura artificial perfectamente calculada. No era frío ni caliente: representaba la ausencia precisa de sensación térmica, el punto cero del confort manufacturado. El olor a café recién hecho se mezclaba con el aroma dulce y químico de perfumes caros y el ozono residual de los sistemas de ventilación industriales. Los aromas se entrelazaban en el ambiente como una niebla invisible, un cóctel sensorial diseñado para estimular el consumo.

Los corredores se extendían amplios y curvos, revestidos de mármol travertino importado de Turquía. Las vetas del mármol parecían ríos fosilizados bajo los pies de los transeúntes, corrientes petrificadas de otro tiempo que nadie observaba. La arquitectura creaba deliberadamente la sensación de un circuito cerrado, un laberinto de consumo donde cada movimiento podía ser observado desde múltiples ángulos, catalogado y almacenado en bases de datos invisibles.

La luz blanca y pareja —luz específicamente diseñada para no proyectar sombras, para eliminar los rincones oscuros donde la mente pudiera refugiarse— bañaba la estructura que se expandía en distintos niveles. Las barandillas de vidrio templado, transparentes como ideas olvidadas, creaban la ilusión de espacios continuos donde todo estaba expuesto, donde nada podía esconderse de la mirada colectiva.

Pablo avanzó por el suelo de mármol pulido con cautela deliberada. Sus zapatos, unos Oxford de cuero gastado en los talones, producían un sonido apenas perceptible. Caminaba como si parte de él quisiera borrarse del paisaje humano, volverse transparente ante las miradas ajenas. Sentía la vibración del bullicio en cada paso, una corriente eléctrica invisible que subía por sus tobillos hasta resonar en su columna vertebral.

Los escaparates reflejaban su figura desde múltiples ángulos, fragmentándola entre maniquíes de plástico sin rostro y carteles publicitarios de temporada. Su imagen se multiplicaba y dividía, nunca completa, siempre parcial como su propia existencia en este nuevo mundo. A su alrededor, familias enteras cargaban bolsas de compras de papel satinado con asas de cordón trenzado. Adolescentes caminaban con auriculares blancos inalámbricos, aislados en burbujas sonoras personales. Ejecutivos pasaban con trajes de corte italiano y relojes que costaban lo que algunos ganan en meses de trabajo.

Todos estaban sumidos en sus propios universos personales, microuniversos de propósito y deseo, completamente ajenos a la tensión invisible que latía bajo la superficie como una corriente submarina. Nadie veía lo que Pablo veía: los patrones invisibles, las conexiones que tejían la realidad como hilos de una trama cósmica.

Un nivel más arriba, los restaurantes de comida rápida y cafeterías formaban una media luna perfecta en torno a la fuente central. Los colores primarios de sus logos comerciales brillaban como caramelos tóxicos bajo la iluminación estratégica. Una esfera de vidrio bohemio giraba lentamente sobre un chorro de agua que surgía de una base de acero cepillado. La esfera atrapaba y fracturaba la luz que caía desde la cúpula de cristal, proyectando diminutos arcoíris móviles sobre las superficies cercanas, pequeños espectros luminosos que nadie se detenía a contemplar.

Desde su posición elevada, Pablo podía observar el flujo constante de personas abajo, como un experimento social a gran escala. Veía patrones en el movimiento aparentemente caótico, hormigas humanas siguiendo feromonas invisibles de descuento y consumo, trazando rutas predecibles en su aparente libertad de elección.

A la derecha se ubicaba el local de chocolates, un espacio pequeño y acogedor revestido de madera de nogal oscuro pulida hasta un brillo satinado. Las estanterías estaban repletas de bombones artesanales en cajas hexagonales y tabletas envueltas en papel dorado con sellos de cera roja. El cristal del mostrador reflejaba la luz cálida de las lámparas vintage, creando un ambiente de lujo discreto y tentación refinada.

Un empleado atendía tras el mostrador con camisa negra de algodón egipcio y delantal de lino crudo. Era Julián. Sus ojos, del color preciso del chocolate amargo que vendía, no se fijaban en los productos sino en la gente que pasaba frente al escaparate. No miraba a nadie en particular, pero lo observaba todo con la atención concentrada de un depredador paciente. Su mirada funcionaba como un radar humano calibrado por años de vigilancia profesional.

Era un viejo amigo de Pablo. No se veían desde Andorra, desde los eventos que habían transformado sus vidas y reescrito las reglas de su existencia. Ahora Julián funcionaba como centinela silencioso, buscando rostros fuera de lugar, patrones anómalos en el movimiento de la multitud, intentando detectar si alguien seguía a Pablo con la minuciosidad profesional que solo los entrenados poseen.

Pablo no podía permitirse arriesgar la seguridad de Jordi. Demasiadas deudas pendientes entre ellos, demasiadas promesas silenciosas acumuladas durante años de operaciones conjuntas. El peso invisible de la lealtad se sentía físico sobre sus hombros mientras avanzaba.

Pablo redujo el ritmo al acercarse a la chocolatería, contando sus pasos mentalmente como quien desmina un campo. La tensión era imperceptible para los transeúntes, pero él la sentía en la piel como un hormigueo constante, una electricidad estática acumulada en cada célula de su cuerpo. La percibía en la forma en que su respiración se volvía más consciente, más medida; en cómo su visión periférica se expandía hasta abarcar cada movimiento a su alrededor.

Los reflejos en los escaparates se convertían en amplificadores de realidad. Las sombras en el piso superior podían ocultar observadores. La posición de cada persona a su alrededor quedaba catalogada y evaluada por instinto profesional. Nada escapaba a su atención. No podía permitirse ese lujo de la desatención. No desde lo ocurrido en el laboratorio. No desde la muerte que no fue muerte, sino transformación y despertar.

Dejó atrás la chocolatería sin un gesto de reconocimiento visible. Continuó caminando a paso lento durante unos diez minutos, moviéndose entre tiendas con la cadencia ordinaria de quien simplemente mata el tiempo en un día cualquiera. El teléfono en su bolsillo permanecía silencioso. La pantalla no mostraba ninguna advertencia. Ningún código de emergencia había sido activado. No lo seguían, al menos no hoy, al menos no en este momento preciso de existencia compartida.

El restaurante mantenía una atmósfera deliberadamente íntima, construida meticulosamente como un refugio contra el mundo exterior. Las luces amarillas de filamentos expuestos se filtraban a través de celosías de madera de olivo, proyectando sombras geométricas sobre las mesas. Cada rayo de luz parecía calculado para crear la ilusión de intimidad en un espacio público, pequeños universos privados dentro del cosmos compartido.

Los manteles blancos egipcios de 300 hilos captaban la suavidad de la luz, y las copas de cristal bohemio atrapaban los reflejos cálidos de las lámparas vintage importadas de Marruecos. El cristal tallado transformaba la luz ordinaria en pequeñas joyas líquidas sobre el lino inmaculado. Al fondo, una estantería con libros antiguos encuadernados en piel y botellas de vino cubiertas por una fina capa de polvo cuidadosamente preservado aportaba una sensación de refugio intelectual, de tiempo detenido en un mundo de aceleración constante.

La música sonaba baja, apenas un murmullo de piano y contrabajo que se entrelazaba con las conversaciones apagadas de los comensales. Cada mesa parecía existir en su propia burbuja de intimidad, protegida por la acústica estudiada del lugar, por las distancias precisas entre los comensales.

Jordi llegó primero. Se sentó junto a una columna de madera de nogal americano y cruzó los brazos sobre la mesa. La manga derecha de su camisa quedó ligeramente arrugada en el codo, un detalle imperfecto en su apariencia por lo demás impecable. Observaba la puerta con la atención constante del profesional. La postura de un hombre que nunca da la espalda a las entradas, que siempre mantiene una ruta de escape a la vista.

Aún no había pedido nada, dejando la mesa frente a él inmaculada como un lienzo en blanco esperando el primer trazo. Sus ojos escaneaban el lugar con la disciplina mecánica de quien sabe que siempre es observado, que la paranoia es simplemente una forma sofisticada de atención en un mundo donde la vigilancia se ha convertido en la norma invisible.

Cuando Pablo entró, cruzó el salón con pasos firmes y constantes. Su mirada permaneció fija en Jordi, en la forma en que su hombro izquierdo se tensaba ligeramente al reconocerlo, en el micro asentimiento casi imperceptible que confirmaba la seguridad del lugar. Al llegar a la mesa, no hubo palabras al principio, solo un segundo de evaluación mutua, dos escáneres humanos calibrándose, reconociéndose más allá de los cambios superficiales.

Entonces Pablo lo abrazó con fuerza contenida. Fue un gesto rápido pero cargado con el peso histórico de lo compartido, con la intensidad de quien no olvida lo que está en juego, lo que ambos han sacrificado. Las palmas presionaron contra la tela de la chaqueta con una fuerza calculada, comunicando más que cualquier palabra. Jordi respondió con una palmada firme en la espalda, cinco dedos extendidos en un patrón familiar. Un instante después, ambos tomaron asiento. La silla de Pablo crujió levemente bajo su peso, madera antigua protestando contra el tiempo.

—¿Hubo problemas? —preguntó Pablo. Sus ojos se fijaron en los de Jordi, luego recorrieron brevemente el restaurante, identificando salidas, evaluando a los otros comensales con mirada profesional. Sus dedos jugueteaban con la servilleta de lino, doblándola y desdoblándola en patrones precisos.

Jordi negó con la cabeza. Un movimiento mínimo pero definitivo como un veredicto final.

—Nada fuera de lo previsto. —Hizo una pausa, sus ojos evaluando las sombras profundas bajo los ojos de Pablo, los nuevos pliegues en las comisuras de sus labios—. Me alegra verte recuperado. Tu aspecto ha mejorado desde la última vez.

El camarero se acercó con movimientos fluidos y silenciosos como agua sobre piedra. Dejó dos botellas de agua mineral San Pellegrino sobre la mesa. El sonido del vidrio italiano contra la madera catalana resonó por un instante antes de desvanecerse en el aire acondicionado, absorbido por la música ambiental que fluía desde altavoces ocultos en las paredes.

—Debes irte —dijo Pablo. Su tono era bajo pero firme, con la cadencia de quien ha ensayado la frase en su mente docenas de veces antes de pronunciarla. Las palabras llevaban el peso de una decisión irrevocable.

—¿Irme? —Jordi levantó la vista. Un músculo junto a su ojo derecho se contrajo involuntariamente, el único signo visible de sorpresa en su rostro por lo demás imperturbable.

—Te he preparado un refugio seguro. Todo lo que necesites estará cubierto hasta que pase la tormenta. —Pablo deslizó un sobre del bolsillo interior de su chaqueta de lana gris y lo puso sobre la mesa. El papel crema, de alta calidad, parecía brillar bajo la luz ámbar de las lámparas como un objeto mágico, un talismán de salvación.

Jordi miró el sobre, pero no lo tocó inmediatamente. Sus dedos se mantuvieron a distancia, como si el papel pudiera quemarle la piel con verdades que prefería no enfrentar todavía.

—No puedo abandonarlo ahora. —Sus palabras salieron espaciadas, medidas como dosis precisas de una medicina amarga—. El proyecto está en una fase crítica. Mi ausencia levantaría sospechas inmediatas.

—Ya has hecho demasiado. —La voz de Pablo se tensó como un cable de piano, vibrando con una intensidad apenas contenida—. Están cerca, más de lo que imaginas. Lo sabes tan bien como yo. Los patrones son inconfundibles.

El bullicio suave de las conversaciones y el tintineo de los cubiertos de plata contra porcelana italiana llenaban el aire del restaurante, creando un telón sonoro que protegía su conversación. Una lámpara art-deco de bronce envejecido proyectaba luz ambarina sobre la mesa, creando pequeños lagos dorados en la madera pulida que separaba a los dos hombres como un río luminoso.

Los ventanales daban a una calle lateral poco transitada, mostrando el movimiento constante de las personas que pasaban sin detenerse, figuras borrosas y anónimas en perpetuo tránsito, ajenas al drama que se desarrollaba a pocos metros de ellas.

—Los billetes están reservados —continuó Pablo con voz más suave, casi íntima—. Un vuelo directo a Lisboa. Conexión a Oporto, donde nadie hace preguntas. Después, silencio absoluto, el tipo de silencio que protege y preserva. —Sus dedos tamborilearon una vez sobre el sobre, un código rítmico entre ellos—. Nadie sabrá dónde estás. Ni siquiera yo. Es mejor así.

Jordi tomó el sobre lentamente. El papel crujió bajo la presión de sus dedos como hojas secas de otoño. Lo abrió apenas, lo suficiente para ver los documentos dentro: pasaporte con nombre falso cuidadosamente elaborado, tarjeta de crédito platino sin rastro, fotografías de una casa frente al mar donde las olas rompen contra acantilados de granito.

—No tengo miedo por mí —dijo finalmente, su voz áspera como grava bajo agua clara—. Nunca lo he tenido. Pero entiendo lo que puede significar esta amenaza para todos nosotros. —Hizo una pausa medida, dejando que las palabras se asentaran entre ellos—. Cuenta conmigo. Siempre ha sido así.

—No voy a permitir que te expongas más. —Pablo acercó su silla, produciendo un chirrido breve contra el parqué antiguo. La madera protestó como un testigo reluctante—. No después de todo lo que has sacrificado. No con lo que está en juego ahora.

Jordi bajó la mirada hacia la mesa. Sus dedos tamborilearon suavemente sobre el borde de la botella de agua en un ritmo inconsciente, un código morse de ansiedad contenida que solo Pablo podía interpretar. Seis toques rápidos. Pausa significativa. Cuatro toques más lentos. Un mensaje cifrado en movimiento.

—He hablado con Samuel —dijo Pablo después de un momento de silencio compartido. Su tono era bajo pero intenso, como corriente eléctrica viajando por un cable demasiado delgado—. Ese joven científico ve la máquina de su laboratorio como un simple microscopio avanzado. Algo que solo amplía lo existente, que solo revela lo que ya está ahí. —Se inclinó hacia adelante, invadiendo el espacio entre ellos con la urgencia de su mensaje—. Pero esa máquina no solo rastrea pasivamente. Esa máquina interviene y crea activamente. Es un Frankenstein nacido de silicio y algoritmos, hambriento de conciencia.

Jordi levantó la vista, sus ojos oscuros fijos en Pablo como si intentara leer algo escrito en tinta invisible detrás de sus pupilas. El término «Frankenstein» resonó en su mente como una clave cifrada incrustada en lenguaje ordinario, desbloqueando archivos mentales ocultos durante años. Su entrenamiento en inteligencia militar había creado estos caminos neuronales, estas respuestas automáticas ante ciertos activadores semánticos.

—Un doble uso —dijo Jordi, casi para sí mismo, mientras las conexiones se formaban en su mente como constelaciones emergiendo en un cielo nocturno—. Los laboratorios siempre funcionan así. Atraen inversiones masivas con promesas brillantes. Justifican la participación del estado con resultados espectaculares: avances médicos, tecnologías revolucionarias, teorías que explican el comportamiento humano. —Hizo una pausa significativa, sus dedos ahora tamborileando más rápido sobre la mesa, como si intentaran alcanzar el ritmo acelerado de sus pensamientos—. Pero esos mismos laboratorios también sirven de pantalla para propósitos más oscuros. Manipulación masiva. Control social. Aplicaciones militares que nunca aparecen en los informes oficiales.

—Gracias —dijo Jordi, mirando el sobre que sostenía entre sus manos como si contuviera no solo documentos sino el peso de decisiones irreversibles. La palabra cayó entre ellos como una piedra en agua quieta, creando ondas concéntricas de significado no verbalizado.

Jordi giró lentamente la taza de café entre sus manos. El líquido negro formaba un remolino hipnótico dentro de la porcelana blanca, absorbiendo la luz como un pequeño agujero negro de uso cotidiano. No bebía, solo observaba a Pablo con la mirada penetrante de quien busca algo más allá de las palabras, de quien escanea no solo el rostro sino las capas invisibles bajo la piel.

—No te había visto desde lo de Andorra —dijo finalmente, rompiendo un silencio que se había vuelto casi tangible entre ellos—. Desde antes de... —Su voz se apagó un segundo, como una radio perdiendo señal en un túnel profundo—. ¿Cómo es estar del otro lado? Del lado de los que han regresado.

Pablo sostuvo su mirada sin parpadear. Sus pupilas reflejaban las pequeñas llamas de las velas de la mesa contigua, diminutos incendios contenidos que bailaban en la oscuridad de sus iris.

—Diferente. Radicalmente diferente. —La palabra flotó entre ellos, insuficiente como todas las palabras ante lo verdaderamente transformador.

Jordi arqueó una ceja con escepticismo controlado. Un movimiento mínimo pero cargado de interrogantes no formulados.

—Diferente no es una respuesta. No para alguien que ha cruzado ese umbral y ha regresado.

Pablo apoyó los codos sobre la mesa, inclinándose ligeramente hacia adelante. La madera protestó levemente bajo la presión, un crujido apenas audible. Pasó la mano por su nuca donde una cicatriz reciente formaba una línea blanca bajo el cabello corto, un recordatorio físico de la frontera que había cruzado.

—No es un recuerdo que pueda recuperar a voluntad. Es una certeza que habita en cada célula. —Sus palabras salían medidas como dosis exactas de una verdad demasiado potente para ser liberada de golpe—. Algo que no se puede olvidar ni reinterpretar. Ni siquiera intentándolo conscientemente.

Jordi esperó, paciente como un cazador experimentado. El silencio entre ellos se densificó como niebla matutina sobre un lago inmóvil, cargado de preguntas no formuladas y respuestas parciales.

—La muerte no es lo que siempre nos han dicho —continuó Pablo, eligiendo cada palabra con precisión quirúrgica—. No es el final absoluto, ni una ausencia definitiva. Es más como despertar en un sitio donde siempre has estado, pero sin darte cuenta de su existencia. Como encontrar una habitación completamente amueblada en tu propia casa que siempre estuvo allí, pero nunca abriste la puerta correcta.

Jordi tamborileó los dedos sobre la mesa. Un ritmo irregular, improvisado, pero que contenía patrones matemáticos subconscientes.

—¿Y qué viste allí, al otro lado? —La pregunta contenía siglos de cuestionamiento humano condensados en seis palabras simples.

Pablo exhaló lentamente. El aire salió de sus pulmones como si cada molécula tuviera un peso específico, como si el oxígeno mismo hubiera cambiado su naturaleza en ese intercambio.

—No es algo que se vea con los ojos. Es algo que se comprende con todo el ser. —Hizo una pausa, buscando analogías para lo intraducible—. Como si todo lo que creíste saber durante tu vida no hubiera sido más que sombras proyectadas en una pared. La versión simplificada y distorsionada de algo infinitamente más complejo, más interconectado, más vivo en su totalidad.

Jordi se inclinó apenas hacia adelante, acortando el espacio entre ellos. La luz ámbar trazó nuevas líneas en su rostro, revelando microexpresiones que solo Pablo podía interpretar correctamente.

—La reconexión cognitiva, como la llama Samuel en sus informes clasificados.

Pablo asintió. Un solo movimiento, preciso como un escalpelo.

—Sí. Pero no es solo eso. No es información que pueda ser descargada o transferida mecánicamente. Es pertenencia fundamental. Es comunión.

—¿A qué exactamente? —Las palabras de Jordi flotaron como una pregunta y un desafío simultáneamente.

—A todo lo que existe. A la conciencia universal que nos sostiene como una matriz viva. A la red infinita que conecta cada partícula con todas las demás. —Pablo hizo un gesto con la mano, abarcando el espacio entre ellos—. A lo que siempre hemos sido, pero hemos olvidado.

Jordi sonrió de lado, un gesto que apenas curvó la comisura de sus labios en una ironía contenida.

—Esa frase podría venir directamente de un libro de autoayuda new age. De esos que prometen iluminación instantánea por veinticinco euros.

Pablo sonrió también. Una sonrisa genuina, inesperada como un rayo de sol en medio de una tormenta.

—Lo sé perfectamente. Suena a cliché, a verdad manufacturada. Pero cuando lo experimentas directamente, cuando lo sientes en cada átomo de tu ser, no hay palabras en ningún idioma humano que puedan explicarlo adecuadamente. El lenguaje es una red demasiado gruesa; las cosas verdaderamente importantes siempre se escapan entre los nudos. Siempre se deslizan entre los espacios que separan las palabras.

Jordi bebió un sorbo de café por primera vez. El líquido negro descendió por su garganta, amargo como verdades no solicitadas pero necesarias.

—Y sin embargo, volviste. Regresaste a este lado del velo. —La observación contenía una pregunta implícita que flotaba entre ellos.

—Sí. Regresé.

Jordi dejó la taza sobre la mesa con precisión milimétrica. La porcelana produjo un sonido mínimo contra la madera, apenas perceptible pero cargado de finalidad.

—Entonces hay algo aquí que todavía importa. Algo que justifica el regreso desde esa supuesta perfección.

Pablo contempló la luz reflejada en la botella de agua frente a él. Observó con atención renovada el brillo cambiante, la forma en que la luz se fragmentaba en pequeños destellos fugaces como peces plateados en un estanque cristalino. Era algo que, antes de su experiencia, no habría notado de esa manera tan completa, tan presente. Una belleza insignificante según los estándares habituales, pero perfecta en su geometría aleatoria, en su existencia momentánea.

—Hay patrones en todo —dijo con voz suave pero intensa—. No solo en lo que vemos y vivimos, sino en lo que nos une más allá de lo visible. La mente humana no es un ente aislado en un cráneo individual.

Está enredada cuánticamente con todo lo demás, parte de una red infinita de conexiones invisibles pero reales. Las decisiones, las ideas, los encuentros aparentemente casuales. Hay conexiones instantáneas entre mentes, entre corazones, aunque no podamos verlas con ojos ordinarios.

Jordi entrecerró los ojos ligeramente. La luz creó nuevas sombras bajo sus cejas, acentuando la intensidad de su mirada escéptica.

—¿Te refieres a simples coincidencias? ¿A la tendencia humana de encontrar patrones incluso donde solo existe el azar?

Pablo negó con la cabeza. Una negación firme y definitiva como una puerta cerrándose.

—No. No son coincidencias ni proyecciones subjetivas. Es algo más estructural, más fundamental. Si prestas verdadera atención, todo tiene un orden más profundo, un sentido que no es lineal ni causal en el sentido convencional. No es simple causa y efecto separados por el tiempo, es algo simultáneo e interconectado. Lo que sientes, lo que piensas, lo que ocurre a tu alrededor... todo se teje con todo lo demás. Una tapicería cósmica donde cada hilo sostiene y es sostenido por todos los demás.

Jordi apoyó los codos en la mesa, adaptando inconscientemente la postura de Pablo. Sus cuerpos reproducían la sincronía de la que hablaban, un espejo humano respondiendo a señales invisibles.

—¿Lo sabes con certeza o simplemente lo intuyes? —Su voz contenía la tensión entre el escepticismo profesional y el deseo humano de creer.

—Lo sé directamente. No como un dato externo o una teoría. Es algo que simplemente está ahí, visible una vez que has cruzado cierto umbral perceptivo. —Pablo buscó en su mente una comparación adecuada—. Es como cuando entiendes verdaderamente una palabra en otro idioma, sin necesidad de traducirla a tu lengua materna. No piensas en equivalencias; simplemente sabes su significado directo. La comprensión se vuelve inmediata, no mediada.

Jordi cruzó los brazos sobre el pecho. La tela de su camisa crujió levemente con el movimiento, un sonido insignificante pero que Pablo percibía ahora con claridad cristalina.

—Complementariedad. Como en física cuántica. —Las palabras surgieron como una revelación personal.

Pablo alzó la mirada. Un destello de reconocimiento brilló en sus ojos, la conexión instantánea de mentes siguiendo el mismo camino.

—Exactamente eso. Todo tiene su opuesto complementario, pero no como una lucha o contradicción. Son partes integrales del mismo todo, facetas distintas de la misma realidad fundamental. Lo que creemos separado, en realidad es parte de una misma estructura indivisible. Y si entiendes eso verdaderamente... —Pablo hizo una pausa deliberada, calibrando lo que podía revelar en ese momento—. Puedes percibir cosas que antes estaban completamente ocultas a tu conciencia. Anticipaciones. Ecos del futuro resonando en el presente. Conexiones que trascienden el tiempo lineal.

—¿Qué tipo de cosas concretas? —La pregunta de Jordi era directa, precisa como un bisturí.

Pablo miró a su alrededor con atención renovada. Observó a la gente conversando animadamente, parejas inclinadas sobre mesas compartiendo secretos, solitarios con libros absorbidos en mundos ficticios, camareros moviéndose con la precisión coreografiada de bailarines experimentados. Vio las luces reflejadas en los vasos de cristal, escuchó el tintineo de cubiertos en la distancia, percibió el aroma entrelazado de comida, vino y perfumes.

Para cualquier otro observador, todo parecería normal, ordinario, predecible. Pero él ahora veía los hilos invisibles que conectaban cada instante con el siguiente, la geometría perfecta que unía los momentos como constelaciones en un cielo nocturno.

—Cuando alguien está a punto de hacer algo —dijo en voz baja, casi un susurro compartido—, ya lo ha hecho en otro nivel de realidad. El futuro ya existe como potencial cristalizado. Es cuestión de aprender a percibirlo correctamente. Como notar el movimiento del agua antes de que la piedra la toque, como sentir la onda expansiva antes de que el sonido llegue a tus oídos.

Jordi lo estudió en silencio prolongado. Sus ojos se movían metódicamente por el rostro de Pablo, como quien busca señales microscópicas de engaño o delirio, encontrando solo la certeza inquebrantable de quien ha visto algo que transforma para siempre.

—Eso suena a algo extremadamente peligroso en las manos equivocadas —dijo finalmente—. Al tipo de conocimiento que cambia el equilibrio de poder.

—Por eso no lo entienden completamente. —Pablo tomó un sorbo de agua cristalina—. Por eso lo temen y lo persiguen simultáneamente. Quieren el poder sin la transformación que lo acompaña necesariamente.

Jordi tomó el último sorbo de café, dejando que las palabras se asentaran como sedimento en el fondo de su conciencia. El líquido amargo dejó un regusto persistente, un recordatorio de lo real, de lo tangible en medio de conversaciones sobre lo invisible.

—Bien —dijo finalmente, con la resolución de quien toma una decisión irrevocable—. Entonces aún no hemos terminado. Esto apenas comienza.

La afirmación flotó entre ellos, sólida como un pacto sellado con algo más permanente que sangre: con comprensión compartida.

CAPÍTULO 21

—Dime la verdad, Pablo. ¿Prevés algo?

Él contuvo su respuesta. Sus dedos quedaron suspendidos en el aire como si palparan los hilos invisibles de posibilidades. La luz de la tarde se fragmentaba contra su perfil, revelando una sombra apenas perceptible de inquietud.

—No... Bueno, tal vez. Pero no me gusta que otros prevean.

Ella soltó una risa que descomprimió la tensión acumulada entre ellos. El sonido liberó algo en el aire, un cambio sutil en la densidad de la atmósfera.

—Es decir, que si alguien está planeando algo, no quieres darle ventaja.

—Exacto. Y además, siempre es bueno tener un as bajo la manga. Nunca se sabe cuándo vas a necesitarlo.

Verónica lo observó. Sus ojos calibraban cada micro-expresión en el rostro de Pablo, cada parpadeo, cada respiración contenida. Buscaba señales que descifraran intenciones no pronunciadas. El silencio entre palabras pesaba, denso como mercurio.

—Sabes, a veces pienso que eres demasiado paranoico.

—¿Paranoico? Yo prefiero decir que soy estratégico. Además, ¿quién no disfruta un buen giro inesperado?

La sonrisa de ella permaneció, pero sus ojos se habían oscurecido. Dos pozos insondables bajo la frente tersa.

—Solo tú podrías convertir un lanzamiento literario en una operación encubierta.

—No subestimes el poder del espectáculo. Si hacemos esto bien, será recordado como un evento legendario.

Verónica guardó silencio. El cambio fue imperceptible al principio, como agua quieta que comienza a ondularse. Su expresión se fue transformando. La comisura de sus labios perdió elasticidad. Sus párpados descendieron una fracción de milímetro. Un cielo despejado que súbitamente se enturbia.

—¿Y si todo sale mal?

—Entonces habremos hecho todo lo posible para evitarlo. Pero no creo que salga mal. Estamos listos.

Ella lo miró a los ojos. Intentando perforar la superficie de serenidad que él proyectaba. Cada segundo de contacto visual era una excavación buscando duda, una fisura en la determinación. No encontró ninguna. Solo la certeza de algo irreversible que ya había comenzado.

—Está bien. Haré la llamada ahora.

Mientras Verónica se alejaba unos pasos para hablar con la editorial, Pablo se quedó contemplando el horizonte. El sol descendía con lentitud táctica. Los rayos horizontales atravesaban la ciudad y teñían las superficies de naranjas y dorados que ardían contra el metal y el vidrio. Respiró profundamente. El aire tenía una temperatura distinta, una composición molecular que lo diferenciaba del que había inhalado minutos antes. El aire de las decisiones tomadas. El aire del punto sin retorno.

Cuando Verónica regresó, su cuerpo traía una carga diferente. La tensión había encontrado un cauce, transformándose en una calma tectónica.

—Hecho. La sala contigua estará lista. Les dije que era por si venía más gente. Ni siquiera hicieron preguntas.

—Perfecto.

La sonrisa de Pablo apenas alteró la geometría de su rostro. Un movimiento microscópico de músculos que no alcanzaba a delatar emoción. Solo un reconocimiento. Una confirmación.

—Ahora solo queda esperar.

Verónica cruzó los brazos. La tela de su blusa produjo un susurro casi inaudible. Lo miró con renovada curiosidad, como quien descubre un objeto familiar bajo una luz desconocida.

—¿Sabes qué? Creo que te diviertes con esto.

—¿Divertirme? —respondió él, con una indignación calculada—. Estoy tratando de salvar el mundo aquí.

La carcajada de ella fue repentina. Un sonido cristalino que quebró la solemnidad del momento. Pablo se unió. Rieron juntos. El peso acumulado durante semanas se disolvió momentáneamente frente al océano que refractaba luz como vidrios pulverizados.

La risa cesó. El silencio que la siguió tenía la textura de algo recién creado.

El sol caía oblicuo sobre la plaza frente a la catedral. Las sombras se estiraban, alargadas y precisas, desplazándose sobre el empedrado con la lentitud de tinta que se derrama. Pablo y Verónica caminaban despacio. Cada pisada producía un sonido diferenciado del anterior. Un ritmo irregular que marcaba un tiempo ajeno al convencional.

El bullicio de turistas y locales llegaba a ellos amortiguado. Existía una membrana acústica, un filtro que separaba sus conciencias del mundo circundante. Los sonidos eran perceptibles pero irrelevantes, como conversaciones escuchadas bajo el agua.

Habían permanecido dentro de la catedral casi una hora. Verónica había recorrido cada arco, cada nervadura, cada capitel con ojos que no solo veían sino que traducían. Para ella, la piedra era un lenguaje. Cada corte, cada juntura, cada desgaste contaba una historia que solo ella podía interpretar. La arquitectura le hablaba en un idioma de siglos, de manos anónimas, de intenciones codificadas en ángulos y proporciones.

Ahora, de vuelta en el exterior, la luz había cambiado. Un resplandor más ambarino, más denso, más cargado de partículas. El tipo de luz que transforma los objetos ordinarios en elementos de significado. La luz de los momentos decisivos.

Pablo observaba la ciudad desde su posición elevada. Las calles descendían en patrones geométricos imperfectos. Techos de tejas, antenas, terrazas, árboles aislados. La topografía de decisiones acumuladas durante siglos. Una construcción humana tan compleja y contradictoria como el plan que habían trazado.

Respiró. El aire entraba fresco, con rastros de piedra antigua, perfume de flores distantes, y el indescriptible aroma metálico de la adrenalina que comenzaba a filtrarse en su sistema. Su mirada captó un relámpago de luz reflejada en una ventana lejana. Una señal críptica, posiblemente imaginada, posiblemente real.

Verónica se detuvo a su lado. No se miraron. Sus ojos apuntaban al mismo horizonte. El espacio entre sus cuerpos contenía la electricidad de algo inminente. Algo que ninguno de los dos quería nombrar, pero que ambos sabían inevitable.

El viento cambió. Una ráfaga suave pero decidida agitó el cabello de Verónica. El momento se acercaba. Tenían miedo, pero no lo decían. Tenían esperanza, pero no la proclamaban. Solo existía la certeza compartida de que, pasara lo que pasara, habían cruzado el umbral hacia algo irreversible.

Pronto sabrían si habían calculado bien.

CAPÍTULO 22

—¿Sabes lo que más me impresiona de este lugar? —preguntó Verónica.

Pablo levantó la vista. La pregunta había atravesado el silencio como una aguja rompe la superficie del agua. Estaba acostumbrado a sus largos silencios, a la ausencia deliberada de palabras entre ellos, pero menos a preguntas sorpresivas que emergían sin aviso, como pájaros levantando el vuelo.

—Dímelo tú —dijo.

—El trencadís —dijo ella sin dudar, señalando hacia los pináculos que se elevaban sobre ellos—. Esos fragmentos rotos que forman algo completo. Como si alguien hubiera decidido que las piezas inservibles aún tenían valor.

Pablo siguió la dirección de su mirada. Los icosaedros decorados con mosaicos brillaban bajo la luz tenue del atardecer. Fragmentos de cerámica en tonos cálidos —ocres, amarillos, salmones— se entrelazaban con destellos dorados que palpitaban como arterias luminosas contra el cielo que comenzaba a oscurecerse. Imposible no sentirlo como un símbolo.

Desde abajo, los fragmentos parecían colocados al azar. Azules, rojos, dorados. Reflejaban el sol de la tarde en ángulos precisos que solo el tiempo y la luz correcta podían revelar. Algunos mostraban el desgaste de décadas bajo la lluvia y el sol barcelonés; marcas del tiempo en su superficie como arrugas en piel envejecida. Otros parecían recién colocados, brillantes todavía, con bordes que cortaban la luz como cuchillos. Cada trozo encajaba sin lógica aparente. Manos anónimas los habían dispuesto uno a uno, pacientes, meticulosas, en un acto que conjugaba matemática y fe.

—Roto, pero completo —dijo Pablo, repitiendo las palabras de Verónica con voz baja que apenas superaba el rumor de los turistas a su alrededor.

Ella asintió. Sus ojos no abandonaban los detalles del mosaico donde la luz se fragmentaba en mil puntos diferentes, como si cada rayo contuviera un mensaje cifrado que solo ella pudiera leer.

—Exacto. Es como nosotros, ¿no? Todo está rompiéndose, pero seguimos intentando recomponer algo. Algo que tal vez nunca fue perfecto para empezar.

La frase quedó suspendida en el aire entre ellos. Pablo no respondió de inmediato. Observó cómo los últimos rayos de sol se filtraban a través de las vidrieras, proyectando colores vibrantes sobre el suelo de piedra. Rojo sangre. Azul océano. Verde bosque. El bullicio suave de los turistas parecía disolverse a su alrededor, deslizándose como agua entre piedras hasta desaparecer, dejando solo el eco de sus palabras.

Verónica avanzó unos pasos, acercándose más a uno de los pilares. Su mano derecha se extendió hacia el mosaico, aunque sabía que no podía tocarlo. La piel pálida de sus dedos parecía querer absorber el color, como si la distancia entre ella y la obra pudiera disolverse mediante pura voluntad.

—Es hermoso —dijo finalmente, casi para sí misma—. Pero también es triste. Porque sabes que esos fragmentos nunca volverán a ser lo que eran antes.

El sol bajaba en el horizonte. La luz cambiaba. Por la mañana, los reflejos eran frescos, con tonos de lavanda y plata que despertaban suavemente contra la piedra. Por la tarde, los colores ardían con brillos dorados que transformaban cada pieza en una brasa contenida, en un secreto guardado durante décadas. De noche, bajo las luces de la ciudad, el trencadís adoptaba otra textura. Un eco distinto, una resonancia nocturna donde cada fragmento parecía contener su propia historia secreta.

Pablo se detuvo a su lado, notando por primera vez cómo la luz dorada delineaba su perfil. Había algo frágil en su postura, una vulnerabilidad casi invisible excepto para quien supiera mirar. Un temblor imperceptible en la línea de sus hombros, una tensión en la forma en que sus dedos se curvaban sobre sí mismos. Pero también una determinación que no había visto antes, como un alambre de acero bajo la superficie de seda.

—No todo tiene que volver a ser lo que era —dijo, su voz baja pero firme—. A veces, lo que construimos después es mejor.

Verónica lo miró por un instante, como si evaluara sus palabras, buscando en ellas algo que quizás solo ella podía ver. Un código, una promesa, una verdad no dicha. Luego relajó los hombros y sonrió. Una sonrisa leve pero auténtica que iluminó sus ojos antes que sus labios.

—Ven —dijo, tomándolo de la mano—. Quiero mostrarte algo más.

Pablo dudó apenas un segundo antes de seguirla. No era la primera vez que estaba en Barcelona. Ni siquiera en la Sagrada Familia. Recordaba aquella otra visita años atrás, con Jenny. El recuerdo flotaba intacto, como un objeto preservado en ámbar. Habían caminado por estos mismos pasillos, bajo estas mismas torres que se alzaban hacia un cielo diferente. Ella había llenado las redes sociales con fotos: ángulos perfectos, sonrisas ensayadas, momentos encapsulados para siempre en un presente perpetuo. Pero ahora, al intentar evocar esas imágenes, no lograba reconocer nada. Era como si aquella versión de la Sagrada Familia perteneciera a otro mundo, uno que ya no existía o que nunca había existido realmente.

Todo había sido tan distante. Como una burbuja de cristal contemplada a través de un vidrio. Algo inalcanzable incluso cuando parecía estar al alcance de la mano, como si estuviera siempre separado de él por una membrana invisible pero impenetrable.

Se detuvo un momento, observando cómo Verónica avanzaba unos pasos adelante. Su silueta recortada contra la inmensidad del templo. Su cabello oscuro absorbía y reflejaba la luz en formas que parecían calcular una geometría secreta. No encontraba conexión alguna entre aquel viaje pasado y este presente donde el aire mismo parecía tener otra densidad, otro peso, otra temperatura contra la piel. Ni siquiera sabía qué buscaba al compararlos.

Ella se giró hacia él, esperando. La luz dorada del atardecer convertía su cabello en una aureola cobriza, como si cada mechón estuviera vivo, respirando, conteniendo su propio fuego interior.

—¿Vienes? —preguntó, su tono ligero pero cargado de intención.

—Sí —dijo Pablo finalmente, moviendo un pie hacia ella, sintiendo el suelo frío y firme bajo sus zapatos.

Dejó esos pensamientos atrás como quien abandona ropa vieja. Lo que importaba ahora no era lo que había perdido, sino lo que aún podía construir con las piezas disponibles, con los fragmentos que quedaban, con el trencadís de su propia vida.

Pablo acompañó a Verónica hacia el borde soleado de la torre. El viento fresco del mediodía agitaba su cabello oscuro en ráfagas caprichosas mientras avanzaban sobre losas pulidas por millones de pasos. Ella caminaba con paso firme, como quien conoce exactamente las coordenadas de un tesoro escondido. Sus zapatos marcaban un ritmo suave contra la piedra, una cadencia privada que solo ella podía escuchar.

El sol caía vertical sobre ellos, una presencia física y caliente que delineaba sus figuras contra el fondo vasto de la ciudad. Barcelona se extendía más allá de la barandilla: un tapiz de tejados rojos, calles estrechas como arterias antiguas y, en la distancia, una línea brillante que marcaba el límite exacto donde el mar devoraba el horizonte. El aire olía a sal, a piedra caliente, a distancia recorrida y por recorrer.

Verónica se detuvo frente a la vista. Giró hacia él. Sus ojos oscuros se fijaron en los suyos con una intensidad que hizo que todo lo demás —el viento, los turistas, el paisaje mismo— retrocediera hasta volverse irrelevante, como si el mundo entero se contrajera hasta ocupar solo el espacio entre ellos. Sin decir una palabra, lo tomó del cuello y lo besó. Un beso largo, apasionado, que contenía algo más que deseo. Una intensidad que no necesitaba explicación ni permiso.

El ruido de la ciudad pareció desvanecerse, absorbido por el instante. Solo quedaron ellos dos, el viento incesante que trazaba círculos invisibles a su alrededor, y el horizonte infinito como único testigo de ese momento suspendido en el tiempo.

Pablo sintió el calor del sol en su espalda y el frío del metal de la barandilla contra su mano. La contradicción de sensaciones le recordó dónde estaba, quién era, qué buscaba. Cuando ella se apartó, no dijo nada. No hacía falta. Las palabras habrían sido insuficientes, torpes intrusas en un lenguaje más antiguo que cualquier idioma.

Se quedaron allí por un momento, mirando juntos la ciudad y el mar que brillaba como fragmentos de vidrio bajo el sol. La brisa era tibia y se sentía agradable en la piel enrojecida por el calor. Abajo, los visitantes avanzaban lentamente por los laberintos de la arquitectura como hormigas siguiendo patrones precisos, ajenos a lo que ocurría arriba, en esa altura donde el mundo parecía más simple y complicado a la vez.

—Ya nos han confirmado el día y lugar del lanzamiento. Por cierto, falta muy poco —dijo Verónica.

—Quiero cambiar algo —dijo Pablo.

—¿Crees que puede pasar algo allí? —preguntó ella, girándose hacia él con curiosidad repentina, como quien detecta un cambio súbito en la presión atmosférica, una alteración del aire que anuncia tormenta.

—No sé. Pero igual me gustaría tener un cambio sorpresa.

Verónica sonrió, intuyendo algo detrás de sus palabras que no necesitaba ser explicado en voz alta. Una complicidad que hablaba de planes compartidos, de estrategias diseñadas en conversaciones anteriores, de preocupaciones que llevaban semanas gestándose.

—Prefiero hacer la recepción en la sala anunciada. Pero luego pasar a la sala contigua para el evento mismo. Un pequeño cambio imprevisto.

—Confío en ti —dijo ella—. Puedo llamar a la Editorial y decirles que lo haremos así.

—Sí. Que no avisen nada de ese cambio. Solo que la sala contigua esté dispuesta. Diles que simplemente es más grande. Puede venir más gente de lo esperado. No tendrán problemas con eso.

Verónica asintió mientras sacaba su teléfono del bolsillo. La luz del mediodía arrancaba destellos metálicos de la superficie, como si el objeto contuviera pequeñas estrellas atrapadas en su interior. Antes de marcar, se detuvo y lo miró fijamente, con una expresión que mezclaba preocupación y admiración a partes iguales.

—Dime la verdad, Pablo. ¿Prevés algo?

Él hizo una pausa, fingiendo pensarlo profundamente, como quien examina un tablero de ajedrez antes de mover, calculando posibilidades, anticipando respuestas, midiendo riesgos.

—No... Bueno, tal vez. Pero no me gusta que otros prevean.

Ella soltó una risa suave, dejando escapar parte de la tensión acumulada como quien suelta aire de un globo. Su postura cambió, hombros relajados, cabeza ligeramente inclinada.

—Es decir, que, si alguien está planeando algo, no quieres darle ventaja.

—Exacto. Además, siempre es bueno tener un as bajo la manga. Nunca se sabe cuándo vas a necesitarlo.

Verónica lo observó durante unos segundos antes de hablar, estudiando su rostro como si buscara descifrar un código invisible. Sus ojos recorrieron las líneas de sus facciones, deteniéndose en pequeños detalles que solo ella parecía notar.

—Sabes, a veces pienso que eres demasiado paranoico.

—¿Paranoico? Yo prefiero decir que soy estratégico. Además, ¿quién no disfruta un buen giro inesperado?

Ella negó con la cabeza, todavía sonriendo. Una sonrisa que contenía algo de incredulidad y algo de admiración.

—Solo tú podrías convertir un lanzamiento literario en una operación encubierta.

—No subestimes el poder del espectáculo. Si hacemos esto bien, será recordado como un evento legendario.

Verónica guardó silencio por un instante, su expresión volviéndose más seria, como un cielo que de pronto se oscurece cuando una nube cubre el sol. Algo cambiaba en la calidad de la luz, en la temperatura del momento.

—¿Y si todo sale mal?

—Entonces habremos hecho todo lo posible para evitarlo. Pero no creo que salga mal. Estamos listos.

Ella lo miró a los ojos, buscando alguna señal de duda como quien busca una grieta en una pared aparentemente sólida. No encontró ninguna. Solo la certeza tranquila de quien ha considerado todas las variables posibles.

—Está bien. Haré la llamada ahora.

Mientras Verónica se alejaba unos pasos para hablar con la editorial, Pablo se quedó observando el horizonte. El sol comenzaba a descender, pintando el cielo de tonos anaranjados y dorados que reflejaban los colores de la ciudad misma. Respiró profundamente, sintiendo cómo la calma momentánea llenaba sus pulmones con un aire que sabía diferente al de hace unos minutos. Más ligero, más claro, como si una decisión tomada hubiera cambiado su composición química.

Cuando Verónica regresó, traía una expresión de satisfacción tranquila. Sus pasos eran más ligeros, más decididos, como si hubiera dejado atrás un peso invisible.

—Hecho. La sala contigua estará lista. Les dije que era por si venía más gente. Ni siquiera hicieron preguntas.

—Perfecto —dijo Pablo, permitiéndose una pequeña sonrisa—. Ahora solo queda esperar.

Verónica se cruzó de brazos, mirándolo con curiosidad renovada, como si descubriera un aspecto nuevo de él que no había notado antes.

—¿Sabes qué? Creo que te diviertes con esto.

—¿Divertirme? —respondió él, fingiendo indignación—. Estoy tratando de salvar el mundo aquí.

Ella soltó otra carcajada, y él no pudo evitar unirse. Por un momento, parecía que todo el peso de las últimas semanas se desvanecía frente al océano infinito que brillaba como un espejo roto, reflejando millones de versiones fragmentadas del mismo cielo.

El sol de la tarde caía oblicuo sobre la plaza frente a la catedral, proyectando sombras largas que se deslizaban por el suelo empedrado como tinta derramada. Pablo y Verónica caminaban despacio, sus pasos resonando contra la piedra con un ritmo que parecía medir el tiempo de otra manera. El bullicio de turistas y locales parecía amortiguado, como si existiera una membrana invisible entre ellos y el mundo. Habían estado dentro de la catedral durante casi una hora, contemplando los detalles arquitectónicos que siempre dejaban a Verónica pensativa, abstraída en un diálogo silencioso con la piedra.

—Es increíble cómo algo tan grande puede hacerme sentir tan pequeña —dijo ella mientras salían, mirando hacia atrás una última vez.

Pablo sonrió, ajustándose la chaqueta con un movimiento preciso. La tela se acomodó sobre sus hombros como una segunda piel, familiar y ajena al mismo tiempo.

—Quizás sea esa la intención. Hacernos recordar nuestro lugar.

Verónica asintió, pero sus ojos seguían fijos en la estructura majestuosa que parecía respirar a medida que la luz cambiaba. Cada nueva sombra revelaba un detalle diferente, una intención oculta del arquitecto, un secreto guardado en la piedra durante décadas. Luego, levantó la vista hacia las torres y frunció ligeramente el ceño, como si de pronto notara una anomalía en un patrón familiar.

—¿Sabes que Gaudí diseñó doce torres para los apóstoles? —dijo en voz baja—. No es casualidad. Doce es un número que se repite en todas partes. Doce meses, doce signos del zodiaco, doce discípulos... Es como si representara el orden de algo más grande, algo que no podemos ver completamente.

Pablo siguió su mirada hacia las torres iluminadas por el sol del atardecer, que las teñía de un ámbar melancólico. La luz se derramaba sobre la piedra como miel espesa, acentuando texturas, resaltando grietas, transformando lo sólido en algo casi líquido.

—Y la estrella de la Virgen María —añadió él, recordando algo que había leído—. Tiene doce puntas.

Verónica sonrió, una sonrisa que parecía contener un secreto.

—Sí. Como una guía en la oscuridad. Un recordatorio de que hay un orden, aunque no siempre lo veamos.

Se quedaron en silencio unos segundos, observando la imponente obra de Gaudí que se alzaba contra el cielo como una profecía petrificada. Una visión que había comenzado en la mente de un hombre y que generaciones enteras habían continuado construyendo, como si la fe pudiera transferirse a través del tiempo, de unas manos a otras.

Luego, Verónica suspiró y miró a Pablo con una expresión mezcla de asombro y serenidad.

—A veces me pregunto si estamos reconstruyendo algo o si solo estamos recordando lo que siempre estuvo ahí.

Él tardó un momento en responder, como si las palabras debieran ser pesadas con exactitud antes de pronunciarlas. Luego, con una media sonrisa, dijo:

—Tal vez ambas cosas.

Al salir de la catedral, caminaron en silencio hasta un bar contiguo. Afuera, las mesas de metal permanecían vacías bajo la luz cada vez más débil. Solo los turistas, con su optimismo intacto, creían que el sol de invierno hacía verano. Los locales sabían mejor; conocían la traición del clima mediterráneo en febrero, el frío que esperaba pacientemente a que el sol se ocultara.

Pablo se detuvo un instante antes de entrar. Ese bar. Otra vez esa luz extraña. No era algo que pudiera explicarse con palabras ordinarias. Como si un foco invisible recortara el contorno de las sillas y las paredes, dándoles un brillo apenas perceptible, pero inequívoco, un aura sutil que los separaba del resto del mundo. No era la primera vez que lo notaba. Había empezado después del disparo, esa línea divisoria que había partido su vida en dos mitades irreconciliables: el antes y el después.

Verónica siguió adelante sin reparar en su pausa, como quien cruza un umbral sin notar su significado. Un leve tintineo de cubiertos llegó desde el interior, frágil como cristal fino. Luego, una voz familiar los detuvo, cortando el aire con precisión quirúrgica.

—¡Verónica!

Ambos giraron al mismo tiempo, como si respondieran a un mismo impulso eléctrico. Denisse estaba parada a unos metros de distancia, con el cabello revuelto por el viento rebelde y una expresión insegura en el rostro que contradecía su habitual presencia. Llevaba una chaqueta ligera que no parecía suficiente para el fresco de la tarde, un desajuste con el clima que hablaba de decisiones apresuradas. Sus manos jugueteaban nerviosamente con el cierre, subiendo y bajando sin propósito, como si buscaran algo que hacer para disimular su inquietud.

—Denisse... —dijo Verónica, sorprendida. Miró a Pablo, quien permaneció en silencio, observando a la recién llegada con atención clínica, catalogando cada detalle, cada gesto, cada inflexión de su postura.

—Le pregunté a la recepcionista del hotel si sabía dónde podrías estar. Me dijo que habías cogido folletos turísticos de aquí. Supuse... bueno, supuse que estarías cerca.

Hubo un momento incómodo de silencio, denso como niebla entre ellos. Denisse miró a Pablo brevemente, luego bajó la vista hacia el suelo de piedra, como si los patrones del pavimento contuvieran alguna respuesta que buscaba desesperadamente.

—¿Quieres tomar algo? —preguntó Verónica finalmente, señalando un pequeño bar al otro lado de la plaza.

Denisse asintió, agradecida por la invitación que rompía la tensión. Caminaron juntos, manteniendo una cierta distancia física que reflejaba la tensión no dicha entre ellos, como planetas siguiendo órbitas calculadas para no colisionar. Sus pasos resonaban contra la piedra en una polifonía desincronizada, tres ritmos diferentes que ocasionalmente coincidían por accidente.

El bar era cálido, iluminado por lámparas de luz tenue que colgaban del techo como luciérnagas inmóviles. En las mesas cercanas, turistas charlaban animadamente, mientras otros escribían postales o revisaban mapas con la concentración de estrategas militares. Denisse eligió una mesa algo apartada, junto a una ventana desde donde se veía parte de la catedral, que ahora parecía una masa oscura recortada contra el cielo que comenzaba a teñirse de índigo.

Una camarera se acercó rápidamente, con pasos ligeros que apenas rozaban el suelo. Ordenaron café y agua mineral. Denisse esperó a que les trajeran las bebidas antes de hablar, como si necesitara ese tiempo para organizar sus pensamientos, para encontrar las palabras exactas que había ensayado mentalmente durante horas.

—No sabía si vendrías —dijo finalmente, dirigiéndose a Verónica. Su tono era bajo, casi un susurro que se mezclaba con el rumor ambiental del bar.

—No pensé que querrías verme —dijo Verónica, sosteniendo su taza con ambas manos, absorbiendo el calor a través de la porcelana blanca que brillaba suavemente bajo la lámpara.

Denisse miró hacia la ventana, evitando el contacto visual como quien evita mirar directamente al sol. Afuera, las últimas luces del día se desvanecían, transformando la catedral en una silueta recortada contra un cielo cada vez más oscuro.

—Lo sé. He sido... complicada. Contigo, con papá. Con todos.

Pablo tomó un sorbo de su café, observando a Denisse sin intervenir. El líquido caliente descendió por su garganta, marcando un camino de calor que se expandió por su pecho. Sabía que este momento pertenecía a las hermanas, un territorio donde él era solo un observador transitorio, un testigo silencioso de una reconciliación que había tardado años en gestarse.

—¿Por qué ahora? —preguntó Verónica después de un largo silencio. No había reproche en su voz, solo curiosidad genuina, un deseo real de comprender.

Denisse suspiró profundamente, como si estuviera reuniendo fuerzas para levantar algo muy pesado. Sus hombros se tensaron visiblemente bajo la tela ligera de su chaqueta.

—He estado pensando mucho últimamente. Sobre todo lo que ha pasado. Sobre cómo me comporté. Creo que... bueno, creo que he estado culpando a papá por cosas que no eran su culpa. Y a ti también.

Verónica frunció ligeramente el ceño, pero no dijo nada. Denisse continuó:

—Cuando mamá murió, sentí que él nos abandonó. Que eligió su trabajo, sus ideas, por encima de nosotras. Pero ahora... ahora veo que tal vez no fue así. Quizás simplemente no supo cómo manejarlo.

Su voz tembló un poco al pronunciar esas últimas palabras, como una cuerda de violín mal ajustada. Se detuvo para beber un sorbo de café, dándole tiempo a Verónica para procesar lo que acababa de decir, para que las palabras encontraran su lugar en el espacio entre ellas.

—Y tú... —Denisse miró a su hermana directamente por primera vez—. Tú siempre fuiste la fuerte. La que lo entendía mejor. Yo... yo solo tenía celos. Celos de ti, de él. Incluso de Pablo.

Pablo levantó una ceja, sorprendido por la mención de su nombre como quien escucha el suyo en una conversación lejana. Un sonido que reconoce pero que no esperaba en ese contexto.

—¿De mí? —preguntó, incapaz de contenerse.

Denisse sonrió débilmente, una sonrisa que apenas curvaba las comisuras de sus labios.

—Sí. Pensaba que eras demasiado perfecto. Que ocupabas un lugar que no te correspondía. Ahora veo que eso era injusto.

El silencio volvió a llenar la mesa, pero esta vez era diferente. Más liviano, menos cargado. Como el aire después de una tormenta, cuando la electricidad se ha disipado y queda solo la humedad y el olor a tierra mojada.

Finalmente, Verónica extendió una mano hacia Denisse y la colocó sobre la suya con una delicadeza que parecía contener años de distancia superada en un solo gesto. La piel contra piel, un contacto simple que decía más que cualquier palabra.

—Gracias por venir —dijo simplemente.

Denisse apretó su mano, sus ojos brillando con lágrimas contenidas que refractaban la luz de las lámparas como pequeños prismas líquidos.

—Gracias por escucharme.

Pablo sonrió discretamente, sintiendo un peso invisible disiparse en el aire, como niebla que se evapora bajo el sol. Observó a las hermanas, notando las similitudes que habían permanecido invisibles bajo las diferencias: la misma curva en la frente, el mismo gesto inconsciente al apartar el cabello, la misma forma de sostener la taza.

Fuera, el sol seguía descendiendo, bañando la catedral en una luz dorada que parecía envolverla en un último abrazo antes de la noche.

Cuando llegaron al bar, Pablo se quedó atrás mientras Verónica y Denisse discutían la idea de entrar a la catedral. Su distancia era calculada, un espacio necesario entre él y las hermanas que comenzaban a reconstruir lo que el tiempo había erosionado. Observaba sus gestos, la manera en que sus cuerpos parecían recordar una familiaridad olvidada, como si cada movimiento formara parte de una danza aprendida en la infancia.

—¿Quieres mirar la catedral? —preguntó Verónica, con un entusiasmo que brillaba en su voz como una moneda nueva.

Denisse sonrió, con un gesto de duda que le recordaba a Pablo la expresión de un niño ante un regalo inesperado. Sus manos se movieron en el aire, dibujando formas inconclusas.

—No te preocupes. Yo la miraría dos veces con buena gana.

—¿Te molesta? —preguntó Pablo.

—No, vamos —dijo Verónica.

Se giró hacia Pablo. El movimiento fluido, preciso, como el de una bailarina que conoce exactamente su coreografía.

—¿Va bien por ti, Pablo? ¿Nos esperas?

—Sí, claro —dijo con una sonrisa—. Ningún problema.

Las vio alejarse entre la multitud. Verónica, alta y decidida; Denisse, más pequeña, con pasos casi vacilantes que ganaban confianza a medida que avanzaban. Tenían mucho que conversar, pensó, y toda oportunidad era buena. Hay veces que no hay tiempo que perder, nunca se sabe. Cada momento contiene su propia urgencia. Lo importante es que sea importante.

Se acercó al bar y escogió una mesa vacía. La madera, gastada por miles de manos anónimas, conservaba aún el calor del sol. Solo los turistas, optimistas irredentos, creían que el sol de invierno hacía verano. Los locales sabían que el frío siempre espera, paciente, a que la luz se vaya. Como ciertos dolores, pensó, que parecen desaparecer solo para regresar cuando menos los esperas.

Antes de sentarse, observó a su alrededor con esa atención nueva que había desarrollado, como un sentido adicional que se había despertado en él. Solo había una persona. Un hombre mayor con ojos penetrantes, atentos como los de un halcón. Su mirada fija en la entrada como quien espera a alguien que siempre está por llegar. Las arrugas en su rostro parecían contar historias de décadas bajo el sol mediterráneo.

Estaba tomando una copa de vino tinto que captaba la luz como si fuera un rubí líquido. Su rostro le pareció familiar. Como un eco de algo ya visto. Un viejo conocido, ¿pero ¿quién? La sensación de déjà vu se intensificó por un instante, luego retrocedió como una ola que se retira.

Entonces, el hombre se puso de pie. El movimiento preciso, sin vacilación. No fue a la barra, ni a atender a nadie. Se dirigió directamente a la entrada con pasos que parecían seguir un ritmo interno, una música que solo él podía escuchar.

Se detuvo frente a una de las plantas decorativas y corrigió apenas unos diez centímetros su posición, despejando el paso a los visitantes. Una corrección precisa, casi matemática. El gesto de quien sabe exactamente cómo deben estar las cosas. De quien puede percibir el desorden más sutil en el universo y siente la necesidad de corregirlo.

Cuando regresó a su mesa, pasó junto a una silla ligeramente fuera de lugar y la acomodó con un movimiento medido, sin esfuerzo aparente, como si la silla misma deseara ser colocada en su posición correcta. Luego se sentó en silencio otra vez, disfrutando de su copa con la tranquilidad de quien sabe que tiene todo el tiempo del mundo.

Pablo sonrió y dijo:

—¿Has hecho la vuelta de la maestría?

El hombre captó de inmediato la broma y sonrió con genuina complicidad. Sus ojos se iluminaron con un resplandor de reconocimiento, como si hubiera encontrado inesperadamente a alguien que hablaba su mismo idioma secreto.

—Nunca se descansa en eso.

Lo miró con interés renovado y agregó:

—¿Por qué no bebes un vino de la casa? Te lo recomiendo.

Pablo sonrió, intrigado por la familiaridad con que el desconocido le hablaba, como si continuaran una conversación interrumpida tiempo atrás.

—Podría ser, sí.

El hombre se levantó y, con un leve gesto, llamó a la mesera. El movimiento tenía la precisión de quien ha realizado la misma acción miles de veces. No había duda, no había exceso, solo la exactitud de un director de orquesta marcando el tempo.

Pablo la vio acercarse. Era joven, pelirroja, de piel clara sembrada de pecas casi invisibles y ojos castaños profundos. Un contraste llamativo que atraía la mirada como un imán atrae al hierro. Su uniforme negro parecía absorber la luz mientras su cabello la reflejaba en destellos cobrizos.

—¿Va bien con el vino de la casa? —preguntó ella con una sonrisa que parecía iluminar el espacio a su alrededor como una lámpara repentinamente encendida.

—Sí —dijo Pablo—, una copa.

La mesera regresó con el vino y, en ese instante, Pablo volvió a experimentar esa luz extraña que a veces percibía. Esta vez, sobre la cabeza de la chica. Un halo apenas perceptible, como si algo invisible se hiciera momentáneamente visible. No era algo que pudiera verse con los ojos, sino una sensación que se registraba en algún lugar más profundo, más primitivo que la visión ordinaria.

Ella le sonrió. Sus labios parecían guardar un secreto que estaba dispuesta a compartir solo con él, en ese momento preciso, en ese lugar exacto.

—Espero que te guste.

Pablo probó un sorbo y asintió, sorprendido por la profundidad del sabor que se desplegaba en su paladar como una flor que abre sus pétalos. Notas de fruta madura, roble, especias distantes. Un vino que contaba historias de tierra, sol y tiempo.

—Es exquisito.

Ella tomó la botella y se la mostró con un gesto de orgullo contenido. Ribera del Duero. La etiqueta antigua, casi desvanecida por el tiempo, como un manuscrito que ha pasado por demasiadas manos.

Pablo miró al dueño del bar con una ceja arqueada, un gesto que mezclaba sorpresa y apreciación.

—¿Un Ribera del Duero como vino de la casa?

El hombre sonrió con naturalidad, como si la pregunta fuera la esperada, la correcta, la que completaba un patrón invisible.

—Cuesta apenas unos centavos de euro más, y todos quedan contentos.

Se inclinó levemente hacia él, creando un espacio de intimidad en medio del bar, como si las palabras que estaba por pronunciar fueran solo para sus oídos.

—¿Por qué no hacerlo? ¿Por qué no hacerlo mejor cuando se puede?

Pablo asintió. La respuesta tenía sentido. Una lógica elemental que muchos parecían olvidar en su prisa por la mediocridad, por lo suficiente, por lo apenas aceptable.

El hombre se levantó, listo para retirarse. Su mano se apoyó brevemente en la mesa, un gesto de despedida casual, como el de un viejo amigo que sabe que volverá a encontrarse contigo pronto.

—Espero que disfrutes la estadía.

Se alejó con la misma calma con la que había llegado, los pasos medidos, precisos, siguiendo una línea invisible trazada en el suelo.

Pablo observó la copa de vino, todavía analizando el comentario del dueño del bar. Era una filosofía simple pero profunda. Una que resonaba en él de manera inesperada. Entonces, la mesera se inclinó levemente y, con tono condescendiente, respondió a su pregunta no formulada.

—Viene todos los días. Toma su vino, mira si todo está como le parece y sigue.

Luego sonrió y dijo:

—Bueno, ahora lo has probado. Te sirvo una copa como corresponde.

—Sí, gracias.

Ella le sirvió más vino y lo observó con curiosidad, como quien estudia un objeto fascinante encontrado inesperadamente. Sus ojos recorrieron su rostro con una intensidad que parecía buscar algo específico, un signo particular.

—¿Te ha gustado?

Pablo sonrió, sintiendo que había entrado en un juego cuyas reglas aún desconocía.

—Sí. Aunque no tenga una herida que curar con sal y limón.

La mesera captó la alusión de inmediato. Su sonrisa se amplió, revelando dientes perfectamente alineados que brillaban bajo la luz tenue del bar.

—Oh, no, no, no. Yo no soy sal y limón.

Lo miró con picardía, sus ojos castaños brillando con una inteligencia aguda que parecía ver a través de capas de significado.

—Soy tequila. Soy de Cuba.

Pablo no se mostró sorprendido. Ya sabía, por experiencia, que la gente podía aparecer de cualquier manera y desde cualquier lugar. Las identidades, a veces, eran tan fluidas como el vino en su copa. Máscaras que se ponen y se quitan según la ocasión, según la necesidad.

Pero había algo en ella. No solo energía, sino una captación especial. Una claridad en la mirada que sugería que veía más allá de lo evidente, como quien ha desarrollado un sentido adicional que le permite percibir corrientes invisibles para otros.

—No, nunca hubiera adivinado que eras de Cuba —dijo él.

Ella se acomodó el cabello con un gesto de estudiada feminidad. El cobre líquido de sus mechones captó la luz y la devolvió multiplicada.

—Pero yo sí adivino. Y te digo que tienes una herida.

Pablo frunció el ceño, sintiendo cómo algo se tensaba dentro de él. Una alerta silenciosa, un reconocimiento de territorio peligroso.

—Sí, sospecho que tienes una herida —repitió ella—. Pero no es romántica.

Pablo tardó un instante en responder, como si necesitara decidir cuánto revelar, qué puertas abrir y cuáles mantener cerradas.

—Sí —dijo, sin agregar más.

—Esas cosas pasan —dijo ella—. Pero todo pasa por algo, ¿no?

—Eso creo. O al menos, lo intuyo.

Ella sonrió levemente, sus labios apenas curvados en un gesto que parecía contener sabiduría antigua.

—Tú intuyes.

Se acomodó el cabello con un movimiento que parecía una firma personal, una marca registrada que la identificaba como única.

—Yo también intuyo. Y es mucho lo que intuyo. Pero no siempre me gusta comentarlo. La gente no cree en todo esto. Las palabras se olvidan. Las que tocan el corazón, no.

—¿Cómo dirías que debo actuar para interpretarlas mejor? —preguntó él.

—En vez de sorprenderte, yo diría que uses más de lo que ya tienes.

Hizo una pausa y lo miró con intensidad, como si pudiera ver a través de él, como si las capas de piel, músculo y hueso fueran transparentes para ella.

—Algo especial. Algo que te haga especial a ti.

Pablo no respondió, sintiendo que la conversación había entrado en un territorio donde las palabras ordinarias resultaban insuficientes.

—Disfrútalo. Si eres cambiante y creativo, sé más cambiante y creativo.

—¿Me hará falta?

Ella asintió con una certeza inquietante, como quien conoce el futuro no porque lo haya visto, sino porque ha reconocido los patrones que lo generan.

—Sí, creo que aún tienes algún que otro desafío. Pero te irá bien.

—¿Cómo que ves un desafío?

—Es como lo contrapuesto a la luz.

Pablo se quedó en silencio, sintiendo cómo las palabras se asentaban en él como pequeñas piedras en un estanque, creando ondas que se expandían hacia territorios inexplorados de su conciencia.

—No es la primera vez —dijo ella.

Él exhaló, liberando un aire que no sabía que estaba conteniendo, como si hubiera estado bajo el agua demasiado tiempo.

—No me gustaría que algunas cosas se repitan.

Ella negó suavemente, un movimiento que parecía negar no solo sus palabras sino también un orden más amplio, una ley universal.

—Nada se repite. Lo que se repite es la maldad a veces. Esa no la puedes controlar tú.

—Pero sí mi actitud.

—Exacto. Y con eso es suficiente. La maldad está ahí, buscando su camino.

Bajó la voz hasta convertirla en un susurro íntimo, como si compartiera un secreto robado a los dioses.

—Pero el final es que se disuelva. Y eso pasará.

Se quedaron en silencio, el tiempo suspendido entre ellos como una gota de agua que se resiste a caer, que contiene en su superficie tensada todo un universo en miniatura.

—La maldad no gusta de los cambios. Y a ti te encantan los cambios, ¿verdad? Así que puedes repetirlos.

Pablo sonrió, sintiendo que las palabras contenían un significado que se le escapaba y a la vez le resultaba familiar, como un rostro entrevisto en sueños.

—Creo adivinar a qué te refieres.

—No adivines —dijo ella—. Quizás solamente míralo.

Hizo una pausa que pareció contener todo el peso del mundo, como si en ese instante de silencio estuviera condensada la respuesta a todas las preguntas.

—Ya en su momento verás claro todo. Y todo saldrá bien, verás que sí.

Se inclinó levemente, su cabello rojizo captando la luz como cobre pulido recién fundido.

—Ha sido un placer hablar contigo.

Luego, la mesera se fue a la cocina con pasos ligeros que apenas tocaban el suelo, como si la gravedad tuviera menos efecto sobre ella que sobre el resto del mundo.

Pablo siguió con su copa por la mitad. Tomó un sorbo. El vino parecía haber cambiado, como si la conversación lo hubiera transformado, añadiendo notas que antes no estaban presentes.

Era profundo. Era perfumado. Un balance exquisito entre fruta madura y madera antigua. Cada nota se desplegaba como un secreto que se revela lentamente, una historia contada en el lenguaje del tiempo y la tierra.

Afuera, el sol invitaba a un paseo. Una promesa de calor momentáneo, efímero como todas las promesas.

Pablo salió del bar, mientras esperaba el retorno de las mujeres.

Vio el sol de febrero en los bancos, las palmeras, las palomas. Era una calidez relativa, solo en comparación con el frío del que venía, con la nieve que había dejado atrás como quien abandona una vida anterior. Pablo se sentó en uno de los bancos de la plazoleta, esperaría ahí a que regresaran las mujeres. Se recostó, cerró los ojos. Sintió el calor en su piel. Seguramente en una semana más ya no le parecería ni tan cálido ni tan acariciante. Se acostumbraría. Estaría usando chaquetas como los catalanes. Pero por el momento, vivía esa fantasía.

La palabra lo detuvo. Fantasía. ¿Era solo fantasía? ¿No era su mente la que le hacía sentir también esa calidez con Verónica? ¿Un espejismo creado por la soledad y la necesidad, tan ilusorio como el calor de febrero?

Recordó. Subiendo la montaña. Ella al volante. Cantaba, espontánea, luminosa, con la felicidad de quien siente el aire limpio en el rostro. Sonreía mientras miraba el horizonte. Y de a ratos, lo miraba a él, con una complicidad que parecía contener promesas no verbalizadas.

Pero... ¿Era su sonrisa para él? O quizás lo que vivía ella no tenía nada que ver con Pablo. Tal vez estaba descubriendo que ya no era él el centro de su historia. Quizás su padre ahora era solo un espectador, alguien que aplaudía sus aventuras en la distancia. Quizás ella misma era la protagonista de sus propios sueños, de un relato donde él figuraba como personaje secundario, transitorio.

Pensar en eso lo inquietó. Porque nuestras percepciones pueden engañarnos. Creemos ver lo que deseamos ver. ¿Hasta qué punto podía estar engañándose? De pronto, era mejor verlo como un momento y tomar una decisión. No dejarse arrastrar por corrientes invisibles, sino elegir conscientemente la dirección.

Recordó a Mateo. Esa conversación en un momento frágil, dentro de aquel encierro donde las paredes eran la única certeza. El aire viciado, la luz artificial constante, el sonido de puertas metálicas que marcaban un ritmo diferente al del mundo exterior.

«No es seguro que salgamos de aquí. Ni siquiera es seguro que salgamos vivos.»

Las palabras de Mateo aún resonaban como campanas en una iglesia vacía. Cada sílaba clara, definida, irrevocable.

«Esa chica que te escribe, esas cartas que recibes...» Mateo se detuvo antes de continuar, como si sopesara el peso de lo que estaba por decir. «Te obligan a decidir entre ser honesto y ser justo.»

Fue un balde de agua fría. Un temblor recorrió su cuerpo. ¿Cómo podía plantearse ese dilema? ¿Ser honesto o ser justo? Como si fueran valores excluyentes, como si la verdad y la justicia no pudieran coexistir.

Pablo recordó cómo se lo explicó Mateo en ese momento. Y lo entendió. Desde entonces, siempre vivió así, dividido entre dos imperativos contradictorios.

«Ser justo es dejar que ella decida.»

«Tienes una relación. Ella también debe decidir.»

«No solo importa lo que tú opines. Sería justo decidirlo en común.»

Pero ser honesto implicaba mucho más, exigía una claridad que a veces era dolorosa, una transparencia que podía ser cruel.

«Ser honesto requiere valentía. Porque debes llegar a una conclusión.»

«Te cuestiona hasta la locura.»

«Porque...» ¿sería justo atar a alguien, detener la vida de una chica joven, esperar que ella permaneciera en pausa mientras él estaba encerrado, sin esperanza de salir, como un insecto atrapado en ámbar?

Mateo había sido claro, implacable en su franqueza.

«Por el momento no hay ninguna esperanza.»

¿No sería más honesto simplemente liberarla? ¿Cortar el hilo invisible que los mantenía conectados, permitirle continuar su camino sin el peso de una promesa imposible de cumplir?

¿No sería más honesto tomar la decisión por ella, porque él sí veía la realidad completa? Porque él comprendía la magnitud del abismo que se abría ante ellos, mientras ella solo veía un obstáculo temporal.

Él tenía toda la capacidad de hacerlo. Todo el conocimiento para comprender lo que para ella solo era una ilusión, un espejismo de futuro que nunca llegaría.

Pero la decisión... no la tomó por ella. La tomó por sí mismo. Por cobardía, por cansancio, por desesperación. Por todas esas emociones que corren como ríos subterráneos bajo la superficie de nuestras elecciones.

Y ahora el eco de esa decisión lo perseguía como una sombra al atardecer, alargándose a medida que el sol descendía, volviéndose más oscura, más definida.

Se vio a sí mismo en el auto. Verónica manejando, avanzando entre las montañas que parecían emerger de la niebla como gigantes de piedra. El cielo cambiando de color sobre ellos, como si el universo mismo fuera un trencadís en constante transformación.

¿Seguía siendo honesto?

¿Seguía siendo honesto o estaba volviendo a vivir como un adolescente? ¿Dejándose llevar por impulsos, por deseos, por esa hambre de vida que a veces nos hace confundir la intensidad con la verdad?

No estaba de más hacerse la pregunta. Porque nada es absoluto y permanente. Todo fluye, todo cambia, como el río de Heráclito donde nunca nos bañamos dos veces.

En la vida, podemos volver muchas veces a la misma pregunta. Y es bueno. Así como volvemos a las ciudades. Así como esta Barcelona no es la misma que visitó años atrás.

No es la Barcelona que conoció antes. No es la que sufrió. No es la que lo refugió en otro tiempo. Esta Barcelona podía ser la Barcelona del reencuentro. O de la revisión. Un espacio donde reconstruir algo nuevo con los fragmentos del pasado, como el trencadís que tanto admiraba Verónica.

¿Qué debía revisar?

Dejó que el sol entibiara nuevamente su piel. No era cómodo retornar. No era cómodo revivir. Pero la incomodidad tiene su premio. Nos mantiene alertas, conscientes, presentes en el momento como ninguna comodidad puede hacerlo.

Somos hijos de la incomodidad. Somos hijos también de la superación. De ese impulso que nos empuja a seguir avanzando incluso cuando cada paso duele.

En estos días había aprendido algo nuevo. Había descubierto que podía captar coincidencias en su sentido. Podía captar luces en su sentido. Simplemente observando. Sin pensar. Sin juzgar. Sin etiquetar. Solo permitiendo que la realidad se revelara en sus propios términos.

Observando. Observando.

Y dejando que el sentido se condensara. Como una gota de agua en un vidrio. No aparecía de la nada. Era simplemente pasar de un estado a otro. De lo invisible a lo visible. De lo desconocido a lo conocido.

Dejar que el significado emergiera. Del ver al comprender. Sin intermediarios. Sin palabras. Una percepción directa, inmediata, que conectaba con algo más profundo que el pensamiento racional.

Dejó que el silencio dominara. Que su mente se aquietara como un lago después de la tormenta, permitiendo que las aguas se aclararan por sí solas.

Y pronto escuchó pasos. Familiares. Reconocibles. El ritmo particular de dos personas cuyas pisadas ya podía distinguir entre mil.

Verónica y Denisse retornaban de su paseo.

Quizás con un acuerdo. Quizás con una paz nueva. Eso esperaba. Eso deseaba para ellas, para él, para todos.

Al fin de cuentas, si hemos tenido suerte, todas nuestras guerras, todas nuestras batallas y todos nuestros enfrentamientos deben terminar en un armisticio dentro de nosotros. Una paz negociada con nuestros demonios, con nuestros fantasmas, con nuestras versiones pasadas.

No necesariamente dentro de otros. Pero sí dentro de nosotros. Ese es el verdadero campo de batalla, el único sobre el que tenemos verdadero control.

Radiante. No era la luz ahora. No era el foco invisible, ni un truco de la percepción. Era Verónica. Su alegría parecía infinita, y su sonrisa lo reafirmaba como un sello sobre una carta importante. Una confirmación de que algo había cambiado, de que algo se había restaurado.

Pablo se puso de pie y caminó hacia ellas. En ese momento, Denisse, con un paso infantil, casi escolar, corrió hacia él y lo abrazó. Sintió la calidez de su cuerpo contra el suyo, el peso ligero de sus brazos alrededor de su torso. Solo entonces comprendió que estaba llorando. Lágrimas silenciosas que mojaban su camisa, que marcaban un mapa húmedo de reconciliación.

No preguntó nada. No intentó detenerla. Solo la dejó llorar. Reconociendo la importancia del momento, su significado profundo que iba más allá de las palabras.

No estorbes a los milagros. Deja que pasen. Deja que sucedan. Son demasiado frágiles, demasiado preciosos para ser interrumpidos por preguntas, por análisis, por esa necesidad humana de comprender lo que a veces solo puede ser experimentado.

Lo supo con certeza en ese instante. A veces la vida ofrece regalos y el arte está en simplemente callar y dejarlos ocurrir. La abrazó con suavidad, protectoramente. Bajo la mirada feliz de Verónica, cuyos ojos brillaban con lágrimas no derramadas, como estrellas reflejadas en agua quieta.

Y en ese momento entendió algo más.

Sus preguntas. Sus dudas sobre Verónica. Todo aquello sobre lo que había cavilado antes, sobre qué debía ser él para ella, sobre lo que ella significaba para él...

Eran solo objeciones. Objeciones a los milagros.

Cuando en realidad, si los dejamos fluir, son parte natural del día a día. Del milagro constante que es estar vivo, del privilegio extraordinario de poder sentir, de poder cambiar, de poder reconstruirse una y otra vez con los fragmentos rotos que nos quedan.

Verónica, con la voz aún vibrante de alegría, dijo:

—Volvamos. Volvamos a tomar una copa en el bar. Esto merece un festejo.

Los tres, del brazo, regresaron a la entrada del bar. Pablo caminaba en el centro, sintiendo el calor de ambas mujeres contra sus costados, un equilibrio frágil y perfecto. El sol declinaba, proyectando sus sombras alargadas sobre el pavimento como tres líneas que finalmente convergían en un solo punto.

Otra vez el dueño del bar estaba ahí, tranquilo, observando la plaza con su mirada paciente. Seguía siendo el mismo, con su aire de observador, atento a los pocos transeúntes que cruzaban la plazoleta. La luz ambarina del atardecer recortaba su figura contra el fondo más oscuro del interior, dándole un aspecto casi sobrenatural, como si perteneciera a dos mundos a la vez.

Los vio llegar y los recibió con una sonrisa que parecía conocer secretos antiguos.

—Tomen la mesa grande en la entrada —les dijo, indicando una mesa donde aún un gajo de sol iluminaba la madera gastada por cientos de codos, de copas, de conversaciones.

Les sugirió el vino de la casa y unas tapas. Fue él mismo quien, sin esperar respuesta, se adelantó a buscarlas. Sus pasos medidos resonaban contra el suelo con un ritmo preciso, como si cada movimiento formara parte de una coreografía familiar repetida durante décadas. Cuando volvió, dejó las tapas sobre la mesa con un tono alegre y una precisión que hablaba de años de práctica.

—Bienvenidos otra vez —dijo, haciendo referencia al vino de la casa con un gesto casi ceremonial.

Pablo, sonriente, levantó la vista. El reconocimiento brilló en sus ojos como quien encuentra una pieza que completa un rompecabezas largo tiempo abandonado.

—¿Y Luz?

El dueño se detuvo un instante. Luego sonrió, como si la pregunta no lo sorprendiera del todo, pero tampoco la esperara exactamente. Era la sonrisa de quien reconoce una jugada inesperada pero no imposible.

—Muchos preguntan por Luz.

Hizo una pausa breve. Sus manos, marcadas por el tiempo, se apoyaron ligeramente en la mesa, dejando una huella invisible.

—Antes nuestro bar tenía otro nombre. Ahora se llama Luz.

Dijo aquello con naturalidad. Como si no tuviera importancia. Como si solo fuera una coincidencia en un universo lleno de ellas.

Pero coincidencias como esa son las que dejan silencios. Silencios densos, cargados de significados que flotan como partículas de polvo en un rayo de sol.

Ahora el sorprendido fue Pablo. Sus cejas se arquearon levemente mientras procesaba la información, reordenando piezas en su mente.

—¿Pero tú trabajas solo todos los días?

El dueño asintió con simpleza, un movimiento que contenía toda la elegancia de lo inevitable.

—Sí. Trabajo solo. Siempre.

No abandonó su estilo amable. Sus ojos permanecieron fijos en Pablo, como si ambos compartieran un entendimiento que no necesitaba palabras.

Pablo lo observó en silencio. Aceptó que, en la percepción, hay misterios. Aceptó que, a veces, algo puede ser y no ser al mismo tiempo. La contradicción no era un problema a resolver, sino una verdad a contemplar.

Alzaron la copa de vino y brindaron. El cristal tintineó con un sonido claro que pareció expandirse por el aire como ondas en agua quieta.

Y en ese brindis había también algo más. Una celebración de encuentros que trascendían el tiempo y el espacio, de reconocimientos que iban más allá de lo explicable.

Una unión más allá del tiempo.

Las copas seguían alzadas. El vino reflejaba la última luz del día en la plazoleta, capturando tonos cobrizos y dorados que parecían brillar con luz propia.

Verónica sonrió antes de hablar. Sus ojos contenían un brillo especial, como quien guarda un secreto placentero.

—Tengo una buena noticia.

Pablo y Denisse la miraron, expectantes. La atmósfera entre ellos se tensó ligeramente, cargada de anticipación.

—La editorial ha confirmado que podemos organizar el evento en dos salas. Los invitados especiales estarán en la sala del primer piso mientras el público en general se reunirá en la primera de la planta baja. Luego, subirán a la presentación.

Pablo dejó la copa sobre la mesa con un leve golpe que resonó como una nota musical breve y decisiva.

—Sabía que los convencerías.

Verónica se inclinó apenas hacia él. El movimiento creó un espacio íntimo entre ellos, una burbuja invisible donde solo existían sus palabras.

—Fue fácil.

Tomó su copa y la giró entre los dedos con una leve sonrisa que contenía un universo de significados.

—Te eché la culpa a ti.

Pablo arqueó una ceja, intrigado por la confesión inesperada.

—¿A mí?

—Sí. Dije que eras cambiante y creativo.

El sonido del vino al moverse en la copa pareció más nítido, como si de pronto todos los demás sonidos del bar se hubieran atenuado. Pablo desvió la mirada hacia el fondo del bar.

Y la vio. O creyó verla. Una silueta en la oscuridad, definida apenas por un contorno más oscuro que la penumbra circundante. Fue apenas un instante. Una sombra entre las sombras que existió y desapareció en el parpadeo de un pensamiento. Desdé la mesa contigua, el dueño del bar, que hasta ese momento solo los observaba, alzó su copa en un gesto que parecía unir mundos separados.

—¡Salud!

Su voz se sumó al brindis como una nota que completa un acorde.

Pablo miró nuevamente hacia el fondo del bar. Nada. Solo la oscuridad ordinaria, sin misterios aparentes.

Se giró hacia Verónica y sonrió, regresando al momento presente, a la solidez reconfortante de lo tangible.

Denisse bebió un sorbo y, sin levantar la vista, dejó la copa en la mesa con un movimiento que parecía contener una decisión importante.

El cristal de la copa capturaba la luz ambarina del atardecer. Denisse la giró entre sus dedos, contemplando los reflejos que se deslizaban como secretos sobre el vino tinto. Afuera, la ciudad comenzaba a encenderse; dentro, el pequeño bar mantenía su atmósfera de intimidad suspendida.

—Nunca leí el manuscrito.

La confesión quedó flotando entre ellos. No un reproche, no una excusa. Un simple hecho que había permanecido silenciado demasiado tiempo.

Verónica alzó la mirada. Sus ojos encontraron los de Denisse con una comprensión inmediata, casi física.

—¿El manuscrito? —preguntó Pablo, aunque la respuesta vibraba ya en el aire, evidente como el aroma del vino.

Denisse asintió. Sus dedos continuaron su danza circular en el tallo de la copa, como si buscara equilibrio en ese movimiento perpetuo.

—Sí. No quise leerlo entonces. —Levantó la mirada hacia ellos—. Y ahora... me pregunto qué decía.

Pablo la observó sin juzgarla. El silencio entre ellos parecía contener años enteros, conversaciones postergadas, verdades a medio pronunciar.

—¿Qué quiso decir papá?

La pregunta de Denisse era simple. Pablo apoyó los codos sobre la mesa. Sus manos se encontraron frente a su boca, como si las palabras debieran filtrarse a través de ellas, purificarse antes de ser pronunciadas.

—Lo primero que decía era esto: Todo lo que ves no es sino tu propio reflejo.

El bar parecía haberse detenido alrededor de ellos. La voz de Pablo, baja pero clara, creó un espacio íntimo que solo ellos tres habitaban.

Denisse frunció levemente el ceño. Sus ojos registraban el impacto de las palabras.

—¿Qué significa?

Pablo sostuvo su mirada. En sus ojos había la certeza tranquila de quien ha metabolizado una verdad hasta convertirla en parte de sí mismo.

—Que el mundo no es algo separado de nosotros. Es un espejo. Creemos ver la realidad objetiva, pero solo vemos lo que ya existe dentro de nosotros.

Denisse se reclinó en su silla. La madera crujió levemente bajo su peso. Una línea vertical apareció entre sus cejas, marca visible de pensamientos en conflicto.

—¿Entonces todo es una ilusión?

Pablo negó con la cabeza. El gesto fue sutil pero definitivo.

—No es que el mundo sea falso. Es que solo percibimos fragmentos. Vemos lo que nuestra mente está condicionada a reconocer.

Verónica, que había permanecido en silencio, habló. Su voz emergía de un lugar profundo, casi como si pensara en voz alta.

—Entonces, si tememos algo... —hizo una pausa, encontrando las palabras precisas—. Ese miedo no está realmente ahí afuera. Está dentro de nosotros.

—Exactamente.

Denisse contempló su copa de vino. La luz transformaba el líquido en un rubí traslúcido.

—Nunca imaginé que papá pensara así.

Pablo la miró con calma. Su respuesta fue medida, cada palabra colocada con precisión.

—Quizás no era solo pensamiento. Era algo que él vivió.

Un camarero pasó cerca, sus pasos un murmullo contra la madera del suelo. Pablo esperó a que se alejara antes de continuar.

—Recuerdo una noche, poco después de que comenzaran a perseguirlo. Estábamos en su despacho. Había recibido otra advertencia, otra amenaza apenas velada.

Denisse se inclinó imperceptiblemente hacia adelante. Pablo nunca hablaba de aquellos días.

—Le pregunté si tenía miedo. —Pablo miró brevemente hacia la ventana, como si pudiera ver aquel momento reflejado en el cristal—. Me miró y sonrió. No con resignación, sino con una extraña claridad. Me dijo: "Pablo, cuando entiendes que el miedo no está en las circunstancias sino en tu interpretación de ellas, ya no pueden atraparte con amenazas."

Denisse cerró los ojos un instante, como si intentara visualizar a su padre pronunciando aquellas palabras.

—Pero Mateo fue más allá. —La voz de Verónica tenía un filo de urgencia—. Pudo ver una salida.

Denisse abrió los ojos, súbitamente alerta.

—¿Qué salida?

Pablo levantó su copa. La luz atravesaba el vino, proyectando un brillo rojizo sobre la mesa de madera oscura.

—No basta con comprender que el miedo no está afuera. Hay que saber qué hacer con esa comprensión. Para Mateo, existían tres pasos esenciales para desactivar el miedo.

La atención de Denisse se intensificó. Sus ojos no se apartaban del rostro de Pablo.

—El primero: reconocerlo. No evitarlo ni disfrazarlo. Aceptar su presencia, entender que lo llevamos dentro, que nuestras reacciones están programadas.

—Como cuando intentas ignorarlo, pero sigue ahí —murmuró Denisse.

—Exacto. El miedo se alimenta de nuestra resistencia. Si lo miras directamente, sin juzgarlo, comienza a perder su poder sobre ti.

El bar continuaba en su rutina nocturna. Conversaciones a media voz, el tintineo ocasional de copas, una risa contenida en alguna mesa distante. Todo eso existía en otra dimensión, separada de la intimidad de su conversación.

Desde su mesa cercana, el dueño del bar los observaba discretamente. De vez en cuando, su mirada se detenía en ellos con interés apenas disimulado, como quien escucha una melodía lejana pero familiar.

—¿Y el segundo paso? —preguntó Verónica.

Pablo dejó la copa sobre la mesa con deliberada lentitud.

—Darse cuenta de que ese miedo se nutre de tus propias ideas. Y de las que absorbes del entorno, de los medios, de todo lo que escuchas. El miedo no nació contigo. Lo refuerzas inconscientemente cada vez que lo validas, cada vez que lo aceptas como verdad.

Denisse dejó escapar una breve risa con un dejo amargo.

—Así que nos mantenemos prisioneros sin necesidad de cadenas.

—Porque alimentamos constantemente nuestra propia jaula.

Ninguno habló durante varios segundos. Cada uno parecía habitar un espacio interior donde las palabras resonaban con ecos personales.

Verónica rompió el silencio. Su voz contenía ahora una cualidad expectante.

—¿Y el último paso?

Pablo la miró directamente. La intensidad en sus ojos sugería que lo siguiente era crucial.

—Sustituirlo.

Denisse frunció el ceño.

—¿Con qué?

—Con lo único real. Con ideas nacidas del amor.

El silencio que siguió tenía peso, densidad, como si las palabras hubieran alterado la composición misma del aire que respiraban.

—El miedo no desaparece por el simple hecho de dejar de alimentarlo —continuó Pablo—. Necesitas llenarte de algo distinto. Si solo intentas vaciarte de miedo sin reemplazarlo, el vacío volverá a colmarse con lo mismo.

Denisse bajó la mirada hacia la mesa. Sus dedos trazaban patrones invisibles sobre la madera.

—Y dices que Mateo vio esto con claridad.

—Sí. Comprendió que el miedo es una distorsión. Un ruido que interfiere. Pero si ajustas la frecuencia, si eliges conscientemente qué pensamientos sostienes, el miedo se desvanece. No puedes combatir la oscuridad directamente. Solo puedes encender una luz.

Verónica pasó un dedo por el borde de su copa, un gesto pensativo que acompañaba el ritmo de sus reflexiones.

—Entonces el tercer paso no es solo soltar el miedo. Es transformarlo.

—Es sustituir cada idea basada en el miedo por una basada en el amor.

El dueño del bar, desde su mesa cercana, alzó sutilmente su copa hacia ellos. Sus ojos contenían el brillo de quien reconoce una verdad cuando la escucha, sin necesidad de explicaciones.

Denisse miró su vino, observando cómo la luz creaba patrones cambiantes en su superficie.

—¿Y eso... cómo se hace?

Pablo giró la copa entre sus dedos. El líquido carmesí reflejó por un instante las luces tenues del bar como si capturara un recuerdo lejano.

Sus ojos se alzaron hacia Denisse con una mirada que parecía atravesar el tiempo.

—Mateo me dio el mejor regalo de cumpleaños de mi vida... y también un castigo.

Denisse se inclinó imperceptiblemente hacia adelante. Sus dedos se detuvieron sobre la mesa, suspendidos entre un gesto y otro.

—¿A qué te refieres?

—Fue en el campo de concentración. —La palabra flotó entre ellos, densa como humo—. El penal.

Verónica contuvo la respiración. Aquel nombre todavía evocaba sombras en la memoria colectiva del país.

—En el campo de concentración —continuó Pablo— los reclusos salíamos según el piso. Aquel día era el turno del nuestro.

El bar pareció disolverse alrededor de ellos. La madera pulida, el tintineo de copas, las conversaciones distantes... todo eso cedió ante la fuerza de aquel recuerdo invocado.

—La fila de reclusos uniformados de gris tenía enfrente a los soldados con sus uniformes verde oliva. Era la hora de entrar nuevamente después del recreo. Una hora al aire libre, ni un minuto más.

Pablo miró hacia la ventana del bar como si a través de ella pudiera ver aquel otro cielo, aquel otro tiempo.

—El sol se recortaba naranja contra el horizonte. Una risa tibia de septiembre, primavera temprana, con ese calor que penetra hasta los huesos después de meses de frío carcelario. El día terminaba.

Sus dedos tamborilearon una vez sobre la mesa, un eco lejano de aquel recuento.

—El soldado ordenó el procedimiento habitual. El primero de la fila dijo "uno", el segundo "dos", y así avanzaba la cuenta mientras íbamos entrando. Al finalizar, la cuenta dio treinta y ocho. Faltaba uno.

Hizo una pausa breve. La tensión de aquel momento parecía haberse materializado en el aire entre ellos.

—Los soldados se inquietaron. Sus turnos estaban por terminar y querían el relevo. Algunos de nosotros también deseábamos regresar, por extraño que parezca. El encierro se convierte en una especie de refugio después de un tiempo. Pero yo... yo ansiaba cada minuto bajo ese sol.

Denisse lo observaba, su rostro inmóvil excepto por un leve fruncimiento entre las cejas, como si intentara visualizar la escena en toda su dimensión.

—El sargento a cargo ordenó un nuevo recuento. La fila se tensó. Comenzamos nuevamente: uno, dos, tres... Al finalizar, otra vez el error. No coincidía.

Pablo sonrió levemente, una expresión que contenía tanto dolor como ternura.

—Desde una de las torretas de control, un alférez observaba. Bajó con pasos pesados que resonaban en el cemento. Su malhumor inundó el patio cuando llegó hasta nosotros. "Así que están de vivos", dijo. Con paso decidido avanzó hasta el grupo y comenzó a contar él mismo.

La copa en la mano de Pablo reflejaba las luces del bar, transformándolas en destellos fugaces, como memorias fragmentadas.

—Al terminar, la cuenta coincidía exactamente con la cantidad de reclusos que habían salido. Se dirigió al sargento y dio la orden: "Cuentan mal a propósito. Les están tomando el pelo. Dos horas de castigo, plantón, para que aprendan".

Pablo tornó la mirada hacia el ventanal del bar. El cristal devolvía un reflejo difuso de ellos mismos mezclado con las luces de la ciudad nocturna.

—Pablo —continuó, refiriéndose a sí mismo en tercera persona, como si aquel hombre fuera otro, separado por décadas de distancia— giró levemente la cabeza hacia Mateo, casi de forma imperceptible. En medio del silencio helado que siguió a la orden del alférez, mientras éste se alejaba satisfecho de haber resuelto un problema e impuesto un castigo, Mateo susurró: "Feliz cumpleaños".

Una sonrisa imperceptible se dibujó en los labios de Pablo al recordarlo.

—El sol aún se mantenía en el horizonte, rehusándose a desaparecer. Mateo era el culpable del mal conteo. Se había saltado un número, deliberadamente.

Denisse parpadeó lentamente, procesando aquella revelación.

—¿Él provocó el castigo... a propósito?

—No todos comprendieron por qué querría alguien demorarse dos horas más de pie, inmóvil, bajo la amenaza constante de los guardias. —Pablo hizo una pausa—. Y aquí viene el asunto de las percepciones.

Sus dedos rozaron el borde de la copa, un gesto meditativo que parecía conectar aquel pasado con este presente.

—Para mí fueron tres horas de ese hermoso sol de primavera. Un regalo. Y también un castigo que no viví como tal. Todo puede ser comprendido de diferentes maneras, ¿entiendes? Nuestra percepción varía enormemente.

Se inclinó levemente hacia adelante, como queriendo asegurarse de que sus palabras llegaran con toda su fuerza.

—Mateo fue incomprendido por mucha gente. Pero quienes lo comprendimos... —dejó la frase suspendida un momento—. En esas situaciones sus ojos brillaban con un humor inextinguible. Recuerdo que luego dijo simplemente: "Si pierdes ese humor, has perdido toda libertad".

Denisse cerró los ojos brevemente. Cuando los abrió, brillaban con una intensidad renovada.

—Esa es la razón por la cual muchos lo recordamos. Nos marcó para siempre. —Pablo la miró directamente—. Fue vuestro padre.

El silencio que siguió tenía textura, densidad, como si las palabras hubieran alterado la composición del aire que respiraban.

—Cuando tienes tiempo para pensar, observando en silencio durante tres horas bajo el sol, puedes reflexionar mejor sobre lo que significa la percepción. Allí estaban ellos, un grupo uniformado de verde, algunos convencidos de que nos castigaban, otros sintiéndose castigados ellos mismos por la espera inútil, por lo absurdo de romper sus rutinas.

La voz de Pablo adquirió un tono más profundo, como si emergiera de un pozo de recuerdos largo tiempo sellado.

—Y estábamos nosotros, aparentemente tan diferentes, pero igualmente uniformados de gris. Muchos sintiendo el castigo que rompía una rutina que ni siquiera habíamos elegido, un descanso que no habíamos programado. —Hizo una pausa—. Y otros, también con el mismo color, ese gris triste e insignificante, llenos de una alegría secreta.

Pablo levantó su copa en un brindis silencioso.

—Con el sol de septiembre.

El bar volvió a materializarse alrededor de ellos, con sus sonidos apagados, sus luces íntimas, su atmósfera suspendida entre el pasado y el presente.

El dueño del bar se había acercado sin que lo notaran. Estaba de pie junto a su mesa, con una botella de vino en la mano.

—Disculpen la intromisión —dijo con voz suave—. Me preguntaba si les gustaría probar este Tannat. Es de una cosecha especial.

Verónica lo miró con una sonrisa.

—Jorge, ¿verdad? Por favor, acompáñanos.

El hombre asintió, agradecido.

—Si no es molestia. Hace tiempo que no escuchaba hablar así.

—¿Conocías a Mateo? —preguntó Denisse.

Jorge colocó la botella sobre la mesa y se sentó. Sus ojos tenían la calma de quien ha observado el mundo durante mucho tiempo sin prisa por juzgarlo.

—Digamos que reconozco sus ideas. —Llenó una copa para sí mismo y levantó la mirada hacia Verónica—. ¿Habrá una presentación del libro? Me interesaría asistir.

Verónica asintió.

—Por supuesto. Me encantaría que vinieras.

Denisse miró a Pablo, una pregunta silenciosa en sus ojos.

—La identidad es una prisión dorada —continuó él, retomando el hilo de la conversación—. Ese era el segundo principio del manuscrito.

Denisse lo miró con renovada atención.

—¿La identidad?

—Desde niños nos enseñan a definirnos. Primero con conceptos simples: yo, mío. Luego con roles más complejos: hijo, profesional, enemigo. Construimos estas etiquetas con tanto cuidado que olvidamos quiénes somos sin ellas.

Los ojos de Denisse reflejaban asombro y reconocimiento, como quien finalmente encuentra palabras para nombrar algo largamente intuido.

—Papá escribió eso...

No era una pregunta sino una constatación que reordenaba sus recuerdos, transformando su comprensión del hombre que había sido su padre.

Pablo asintió.

—Decía que el ego es un laberinto de espejos. En cada reflejo vemos una versión de nosotros mismos, pero ninguna contiene la verdad completa. Solo cuando miramos más allá de esas máscaras encontramos nuestra esencia.

Denisse dejó escapar un suspiro leve. El sonido contenía décadas de percepciones erróneas que comenzaban a disolverse.

—Siempre lo vi como alguien tan seguro de sí mismo. Nunca imaginé que pensara así.

Verónica la miró con suavidad.

—Tal vez precisamente porque había llegado a entender esto. Porque vio que todas esas definiciones que llevaba no eran más que máscaras.

Denisse entrecerró los ojos.

—¿Y qué hay detrás de la máscara?

Pablo giró la copa entre sus dedos. El vino se movió como pensamientos líquidos buscando forma.

—Una esencia que no cambia. Algo que no depende del nombre que uses ni de lo que otros crean que eres.

Denisse quedó pensativa. En sus ojos se notaba el trabajo interior de quien reexamina no solo sus creencias sino la estructura misma que las sostiene.

—Entonces, ¿para papá éramos solo máscaras?

Pablo negó con la cabeza. El gesto contenía tanto firmeza como ternura.

—No. Para él, lo que está detrás es lo real. Y eso es lo que verdaderamente amamos en alguien. No su nombre, ni el papel que representa en nuestra vida. Sino lo que existe bajo todas esas capas.

Denisse apartó la mirada. Sus pensamientos parecían expandirse en círculos concéntricos, tocando recuerdos, transformando interpretaciones largamente sostenidas.

—La verdad no se encuentra en las palabras —continuó Pablo suavemente—, sino en el silencio entre ellas.

Jorge, el dueño del bar, asintió como quien reconoce una melodía familiar.

—El mejor vino se saborea en silencio —dijo con voz pausada, alzando su copa en un gesto que parecía unir mundos separados.

Denisse volvió a mirar a Pablo. Su expresión mostraba ahora una mezcla de curiosidad y apertura.

—Quiero seguir escuchando.

El vino continuaba en sus copas, pero ya no era el centro de su atención. Se había convertido en testigo silencioso de una transformación más profunda que ocurría entre ellos.

Nadie lo notó entonces, pero al fondo del bar, una silueta observaba en silencio. Una presencia en el límite exacto entre luz y sombra, como una verdad que espera pacientemente ser reconocida.

CAPÍTULO 23

Thornton bebió un sorbo de whisky mientras observaba la pantalla con satisfacción. La luz azulada del monitor dibujaba sombras angulares sobre su rostro impasible. Los reportes llegaban desde todos los frentes con buenas noticias. La pandemia había quedado reducida a simples entradas en registros históricos, como un tsunami que finalmente retrocede dejando solo marcas en la arena. Las tensiones globales se estabilizaban a un ritmo constante, predecible como un metrónomo bien calibrado.

Sentinel había conseguido reorganizar la información durante los últimos meses. Cada dato, cada tendencia, cada fluctuación pública se alineaba con precisión quirúrgica hacia un contexto que favorecía el control colectivo. Sus predicciones no fallaban. La aguja siempre encontraba el norte exacto que él había designado. Sus aciertos aumentaban día tras día, acumulándose como pequeñas victorias silenciosas. Las reacciones públicas se alineaban con sus proyecciones, perfectas como ecuaciones resueltas.

Todo lo importante estaba bajo control.

Solo una cosa escapaba a su dominio: el manuscrito.

No había podido detenerlo a tiempo. Esta verdad incómoda cruzaba su mente como un intruso no invitado. Lo subestimó desde el principio, un error que ahora reconocía con el sabor amargo del whisky en su lengua. Había asumido que el grupo de los tres en Miami seguiría las órdenes con la precisión mecánica de siempre, pero algo cambió. Cortaron contacto de manera inesperada.

Se movieron por su cuenta sin supervisión, como satélites que súbitamente abandonan su órbita programada. Dos de ellos operaban ahora en Barcelona, con órdenes ejecutivas propias, sin ningún tipo de control externo. Ya era demasiado tarde para intervenir directamente.

Si no podía frenar la ejecución de sus planes, al menos destruiría el impacto potencial del manuscrito. Se inclinó sobre el escritorio mientras repasaba mentalmente los detalles. La madera pulida reflejaba tenuemente la luz. El plan alternativo ya estaba en marcha, sus engranajes girando silenciosamente. Sentinel lanzaría su versión oficial en cuanto la información se filtrara al público.

No dejaría espacio alguno para la incertidumbre o el debate.

Expertos en desarrollo personal, filósofos del bienestar y autoridades en psicología del trauma responderían con una voz perfectamente unificada: no existía la superación del miedo a nivel individual. El miedo era simplemente un reflejo natural del entorno hostil. Solo mediante la eliminación de amenazas externas podía asegurarse la estabilidad emocional de la población. Los gobiernos reforzarían este mensaje con la sincronía perfecta de un coro bien ensayado. Las instituciones científicas lo certificarían con estudios meticulosamente diseñados.

El mensaje central quedaría grabado en la conciencia colectiva como un hierro al rojo en piel virgen: el miedo no es algo que pueda conquistarse desde el interior de la persona. Solo los organismos oficiales y adecuados podían regularlo efectivamente. Con suficiente respaldo mediático, el manuscrito se volvería irrelevante en cuestión de semanas, desechado como una moda pasajera. Sus seguidores serían catalogados como simples idealistas, inconformes crónicos, o víctimas de un pensamiento ilusorio sin base científica.

No habría necesidad de debate cuando la narrativa quedara establecida desde el principio con tanta fuerza.

Apartó la pantalla a un lado y tomó otro sorbo. El whisky dejó un rastro ardiente en su garganta, una sensación que le recordaba que aún existían cosas que podía controlar con absoluta certeza. Le preocupaba más Samuel que los sicarios en Barcelona. Un disparo podía borrar un problema físico con la inmediatez de un interruptor que se apaga. Pero una teoría mal gestionada podía filtrarse, esparcirse como esporas invisibles y convertirse en una ideología persistente, resistente a cualquier intento de erradicación.

Samuel había sido una pieza útil en su momento. Su entusiasmo inicial ayudó a abrir puertas que Sentinel no habría podido cruzar sin levantar sospechas evidentes, como un caballo de Troya bienvenido tras las murallas. Pero ahora debía ser redirigido hacia otros objetivos menos peligrosos.

Thornton le había dado la orden con absoluta claridad, palabras afiladas que no dejaban espacio para interpretaciones: todo desarrollo relacionado con la reconexión cognitiva debía terminar inmediatamente.

Lo dijo sin dejar margen alguno para la discusión, como quien dicta sentencia final. Samuel recibiría financiamiento sustancial para encabezar un nuevo estudio en conjunto con la Organización Mundial de la Salud. No trataría sobre el miedo ni sobre procesos mentales internos, sino sobre el impacto positivo que tenía la eliminación de amenazas externas en la psique colectiva.

Si la estabilidad externa garantizaba el bienestar interno, la gente lo aceptaría sin objeciones de ningún tipo, como ovejas que siguen el sendero marcado. No había necesidad real de explorar el control del miedo a nivel individual cuando existían soluciones más pragmáticas que Sentinel podía ofrecer.

El proyecto estaba diseñado específicamente para validar lo que Sentinel ya sabía con certeza: si el entorno social es estable, la mente individual también lo será. Si desaparecen las crisis externas, el miedo desaparece junto con ellas de manera natural, como la niebla se disipa ante el sol de mediodía. Era la misma estrategia que habían aplicado con éxito durante pandemias, conflictos globales y periodos de incertidumbre económica. Si funcionó efectivamente en el pasado, funcionaría de nuevo sin duda alguna.

Thornton se reclinó en su silla con expresión satisfecha. La operación estaba completamente en marcha. Todo quedaba neutralizado según lo previsto. El manuscrito sería sistemáticamente desacreditado. Samuel estaba bajo control estricto. El grupo de los tres en Barcelona haría su trabajo como estaba planeado. El problema quedaría resuelto en todos sus aspectos.

Bebió otro sorbo más largo de whisky, saboreando su sabor intenso que se extendía por su paladar como un secreto bien guardado. El caos constituía una anomalía inaceptable en su mundo perfectamente ordenado. Durante años había refinado meticulosamente los mecanismos para reducir el margen de error y anticipar amenazas potenciales antes de que pudieran surgir siquiera, como un ajedrecista que ve veinte movimientos por delante.

Sentinel respondía siempre con velocidad asombrosa, creando tendencias convenientes antes de que las crisis tuvieran tiempo suficiente para asentarse en la opinión pública. Pero cada sistema, por perfecto que parezca, tiene una debilidad inherente. Thornton lo sabía muy bien, un conocimiento grabado en su interior como una antigua cicatriz. La anomalía no residía en los eventos predecibles, sino en la imprevisibilidad de la gente.

Apoyó el vaso en la mesa y observó su propio reflejo en la pantalla momentáneamente apagada. Sus ojos le devolvían una mirada que conocía demasiado bien. La verdadera amenaza que representaba el manuscrito no estaba en el papel físico ni en las palabras escritas. Estaba en lo que alguien podría potencialmente hacer con ellas. Y eso no siempre podía predecirse con total exactitud.

Pero si algo había aprendido con certeza a lo largo de toda su carrera, era esto: todo, tarde o temprano, termina acomodándose según el orden natural de las cosas.

Encendió la pantalla nuevamente y revisó los últimos informes con atención minuciosa. Sentinel ya había logrado posicionar artículos preliminares estratégicos en los medios más importantes, semillas que pronto florecerían en un jardín perfectamente controlado. En menos de una semana, la narrativa oficial quedaría completamente instalada en la opinión pública. Lo demás era simplemente cuestión de esperar el momento adecuado.

Thornton tomó el último sorbo y dejó el vaso vacío sobre la mesa con un golpe seco que resonó en la habitación silenciosa.

Pronto, absolutamente todo volvería a su equilibrio perfecto.

Samuel cerró el informe con un gesto decidido. El papel crujió bajo la presión de sus dedos, un sonido breve que marcaba el fin de algo importante. No había vuelta atrás posible en este punto. La decisión tomada brillaba con la fuerza de una estrella recién formada.

La investigación sobre reconexión cognitiva había terminado oficialmente.

Thornton lo había decidido sin consultar a nadie, como un dios que no necesita consenso para crear o destruir mundos. Sentinel se alinearía completamente con la narrativa oficial que habían establecido: el miedo no podía superarse a nivel individual, sino únicamente mediante el control sistemático del entorno externo.

Se levantó de su escritorio y caminó hacia la amplia ventana. El cristal frío bajo sus dedos le devolvió una sensación familiar de límite, de barrera transparente. La ciudad seguía su movimiento incesante bajo la luz del atardecer. Las sombras se alargaban sobre los edificios como dedos oscuros que señalaban hacia el este. La gente transitaba por las calles sin tener la menor idea de lo que ocurría en las capas invisibles del poder que determinaban sus vidas, como hormigas que desconocen la existencia del niño que observa su hormiguero.

Pero esa situación cambiaría muy pronto, se prometió a sí mismo. El vidrio reflejaba tenuemente su rostro, una superposición fantasmal sobre el paisaje urbano.

Tomó su teléfono con decisión y marcó el número que ya tenía memorizado, cada dígito grabado en su memoria muscular.

—El artículo completo y el video se publicarán inmediatamente después de la presentación oficial del libro —dijo con voz firme, palabras que cortaban el aire como cuchillos afilados.

El periodista al otro lado de la línea tardó unos segundos en responder. El silencio se extendió, pesado y significativo.

—¿Estás completamente seguro? ¿Es definitivo?

—Sí, absolutamente. —La certeza en su voz no dejaba espacio para dudas—. Quiero que todo salga justo cuando termine el evento en la editorial. Ni un minuto antes, ni un minuto después.

Hubo una pausa significativa en la comunicación. El aire entre ellos se cargó con el peso de lo no dicho.

—Samuel, esto no va a pasar desapercibido para nadie. Las consecuencias serán enormes.

Samuel exhaló lentamente, el aire escapando de sus pulmones como un secreto que finalmente se libera. Lo sabía perfectamente. Podía ver con claridad cristalina el efecto dominó que produciría su acción.

—Por eso mismo quiero que ocurra exactamente en ese momento preciso. Cuando ya no puedan hacer absolutamente nada para detenerlo.

Colgó sin añadir nada más. Las palabras sobraban ahora. La decisión estaba tomada irrevocablemente, como una flecha que ya ha dejado el arco.

Abrió su laptop y revisó el archivo final que había preparado con tanto cuidado. Cada palabra había sido sopesada. Cada imagen seleccionada con precisión quirúrgica. Un par de clics fueron suficientes para asegurar que la información quedara programada para su difusión automática. El destino sellado con un simple movimiento de dedo. Era simplemente cuestión de esperar el momento adecuado, como un cazador paciente en su escondite.

Thornton había ordenado cerrar su proyecto de investigación. Pero él se aseguraría personalmente de que el mundo entero supiera exactamente por qué lo habían hecho.

Apenas terminara la presentación pública del libro, no habría posibilidad alguna de marcha atrás. El tiempo se contraería hasta ese punto singular, ese momento de verdad absoluta.

La luz del atardecer se reflejaba en los edificios lejanos, tiñendo la ciudad de tonos dorados y cobrizos. La belleza del momento contrastaba con la gravedad de sus pensamientos, como un marco delicado alrededor de una imagen terrible.

El motor del coche se apagó suavemente junto a la carretera secundaria. Un silencio repentino envolvió el habitáculo, como si alguien hubiera cerrado una puerta entre ellos y el mundo exterior. La llovizna caía tenue sobre el paisaje nocturno, casi imperceptible para el ojo común, pero suficiente para hacer que el asfalto brillara con intensidad bajo las luces de neón que parpadeaban cerca. Cada gota fragmentaba la luz en pequeños prismas efímeros que morían al instante.

El puticlub se alzaba como una estructura solitaria en medio de la noche española, deliberadamente apartado del tráfico principal. Su fachada, descolorida por años de intemperie y descuido, revelaba su propósito sin necesidad de anuncios llamativos. Un refugio temporal para aquellos que buscaban olvidar sus problemas cotidianos, despojarse momentáneamente de sus identidades diurnas.

Salcedo bajó primero del vehículo. El aire húmedo se adhirió inmediatamente a su piel como una segunda membrana. Olmedo lo siguió unos segundos después. Ambos con el paso característicamente confiado de quienes creen tener la noche completamente asegurada para su disfrute. Sus sombras se alargaban bajo la luz amarillenta del único farol que iluminaba el estacionamiento. No se trataba de una misión oficial esta vez. La situación era completamente diferente.

La música llegaba hasta ellos de manera distorsionada desde el interior del local. Los graves atravesaban las paredes con mayor facilidad que las frecuencias altas, creando una versión subacuática de lo que realmente sonaba dentro. Se volvía progresivamente más clara a medida que avanzaban hacia la entrada. El sonido grave del bajo retumbaba persistentemente en el aire húmedo de la noche, como un segundo pulso que se superponía al propio.

Subieron las escaleras de acceso sin ninguna prisa. La madera crujía bajo sus pasos, revelando la edad del lugar. Tenían tiempo suficiente por delante. La noche apenas comenzaba a desplegarse ante ellos con todas sus promesas tácitas.

Las puertas del establecimiento se abrieron, y un perfume denso los envolvió inmediatamente: una mezcla característica de licor, sudor humano y algo dulzón indefinible que flotaba permanentemente en el ambiente, como la esencia destilada de demasiadas noches iguales. El local vibraba con una energía eléctrica peculiar, cargado de risas difusas y murmullos constantes que se entretejían con la música en una única textura sonora.

Varias chicas se acercaron a ellos nada más entrar, todas jóvenes, con vestidos deliberadamente cortos y cuerpos adornados con pequeños destellos brillantes. Las lentejuelas de sus ropas reflejaban la luz de manera hipnótica, fragmentando la semioscuridad en centelleos momentáneos. Sus movimientos parecían estudiados, una coreografía aprendida tras innumerables noches similares.

Una de ellas, una brasileña de piel dorada que destacaba entre las demás, los saludó con una sonrisa profesional que no alcanzaba completamente a sus ojos oscuros y atentos.

—Pasen, tomen una cerveza, escuchen la música. Este lugar les da la bienvenida —dijo con acento característico que transformaba las consonantes en algo más suave, casi musical.

Salcedo sonrió con evidente satisfacción. Había hecho una buena elección al seleccionar este sitio. Las luces tenues ocultaban lo suficiente, revelaban lo necesario.

Olmedo, siempre más entusiasta en estas situaciones, miró a la brasileña con interés manifiesto. Sus ojos recorrieron deliberadamente la figura de la mujer, deteniéndose en puntos específicos como quien evalúa una mercancía.

—¿Tú hablas español? —preguntó mientras la evaluaba con la mirada.

La chica inclinó ligeramente la cabeza con gesto juguetón. Un mechón de cabello negro cayó sobre su hombro desnudo.

—Bueno... creo que hablo bastante bien.

—¿Bastante? —Olmedo sonrió divertido, mostrando dientes perfectamente blancos—. ¿Y el portugués cómo lo llevas?

Ella rio suavemente, un sonido calculado para parecer espontáneo. —Eso lo hablo todavía mejor, como es natural.

—Brasileña. Me encanta tu origen —dijo él, alargando intencionadamente la última palabra.

—Me gusta mucho la samba —añadió ella siguiendo la conversación, como si recitara una línea ensayada.

La chica lo miró entonces con curiosidad aparente, ojos que pretendían interés pero que en realidad medían distancias, calculaban posibilidades.

—¿Y alguna vez te han bailado una samba encima del cuerpo?

Olmedo soltó una carcajada sonora que se elevó por encima del ruido ambiental. Salcedo sonrió también, saboreando mentalmente la ocurrencia inesperada que había roto el guion habitual de este tipo de encuentros.

Avanzaron por el local rodeados de chicas hasta llegar al mostrador principal del bar. La superficie estaba pegajosa por líquidos derramados y no limpiados apropiadamente. Pidieron cervezas frías, invitaron a la brasileña y a otras jóvenes que se acercaron a ellos con interés profesional apenas disimulado bajo una capa de falsa fascinación.

Las horas transcurrieron en un desfile continuo de copas, risas y promesas vacías que nadie cumpliría realmente. El tiempo se distorsionaba, se estiraba y contraía según el ritmo del alcohol consumido. Olmedo, con su característica risa fácil y su aire despreocupado de matón sin responsabilidades, se dejó llevar completamente por la música y el efecto del alcohol. Sus gestos se volvieron progresivamente más amplios, su voz más sonora.

Salcedo, siempre más cauto por naturaleza, bebía despacio y observaba constantemente el ambiente con la certeza absoluta de que en lugares como ese, la diversión siempre tenía un precio que pagar. Sus ojos registraban detalles: la puerta trasera mal iluminada, el hombre solitario en la esquina que no encajaba con el resto de la clientela, las cámaras discretamente instaladas en puntos estratégicos.

La brasileña no se apartó de ellos en ningún momento. Se movía con elegancia entre Olmedo y Salcedo, mostrando la gracia natural de quien entiende perfectamente su oficio. No apuraba las situaciones, no ofrecía nada directamente, solo permanecía ahí, dejando que el deseo se construyera gradualmente en el aire entre ellos, como un puente invisible que eventualmente cruzarían.

Afuera, la carretera seguía desierta bajo la lluvia ligera que persistía con la constancia de lo inevitable. El neón del local parpadeaba rítmicamente en la oscuridad circundante, como un faro que advertía y atraía simultáneamente.

Cuando finalmente decidieron marcharse, la noche había avanzado considerablemente. Los efectos del alcohol transformaban los movimientos en algo ligeramente impreciso, como si el mundo hubiera perdido momentáneamente su solidez habitual. La brasileña los despidió en la puerta con una sonrisa profesional que no revelaba emoción alguna, una máscara perfecta que volvería a colocarse para el siguiente cliente.

Salcedo y Olmedo caminaron hasta su coche estacionado sin ninguna prisa aparente. El aire fresco de la noche golpeó sus rostros acalorados, trayéndolos parcialmente de vuelta a una realidad menos difusa. No vieron la figura que los observaba desde la penumbra, ni escucharon la llamada telefónica que la brasileña realizaba tras su partida, palabras rápidas dichas en voz baja mientras sus ojos seguían fijos en el estacionamiento.

La mujer marcó un número específico y esperó pacientemente. Sus dedos, con uñas perfectamente pintadas en un rojo profundo, sostenían el teléfono con firmeza controlada. Cuando la voz del otro lado respondió, ella no necesitó dar explicaciones preliminares. El tiempo para las formalidades había quedado atrás, disuelto como azúcar en agua caliente.

—Creo que he localizado a tus dos hombres. Son latinos. La descripción coincide perfectamente.

Hubo una pausa breve. El silencio tenía textura, peso. Podía sentirlo presionando contra su oído como algo tangible.

Luego, la voz preguntó con precisión clínica:

—¿Todavía se encuentran ahí?

La brasileña observó el estacionamiento a través de la ventana empañada. Las gotas de lluvia distorsionaban la imagen, fragmentándola en pequeños prismas líquidos. La luz del neón se reflejaba en cada gota como diminutas estrellas rojas.

—No. Se marcharon hace unos minutos. Apenas cumplieron con lo básico en el local.

Otro silencio calculado. La respiración al otro lado de la línea, apenas perceptible, medía el tiempo como un metrónomo silencioso.

Luego, la pregunta clave llegó con la naturalidad de algo largamente anticipado:

—¿Pagaron con tarjeta de crédito?

—No, lo hicieron todo al contado —respondió ella, recordando los billetes gastados que habían pasado de mano en mano, tocados por incontables dedos anónimos antes de llegar a este lugar.

—¿Hay cámaras de seguridad instaladas en el estacionamiento?

La brasileña miró discretamente por encima de su hombro hacia la puerta trasera del establecimiento. El pasillo mal iluminado conducía a una habitación que pocos conocían. Podía escuchar todavía la música amortiguada por las paredes, un ritmo constante que marcaba la vida nocturna del local.

—Vamos para allá ahora mismo a verificarlo.

La voz en la línea telefónica no mostró duda alguna, solo certeza absoluta. Una voz que había pronunciado órdenes y había visto su cumplimiento innumerables veces.

—Me debes un favor importante.

La brasileña sonrió levemente, mientras seguía mirando la noche oscura a través del cristal de la ventana. Su reflejo se superponía a la oscuridad exterior, como si existiera simultáneamente en dos realidades.

—Eso siempre se paga de una forma u otra. Lo sabes perfectamente.

Colgó sin añadir nada más. Las palabras sobrantes eran un lujo que no se permitía.

Afuera, el asfalto mojado seguía brillando silenciosamente bajo la luz intermitente del neón. Cada parpadeo revelaba y ocultaba la escena con la regularidad hipnótica de un faro en la costa.

Las imágenes de la cámara de seguridad se congelaron en la pantalla de alta definición. El contraste había sido ajustado para compensar la escasa iluminación nocturna. Un número de matrícula perfectamente visible y nítido apareció destacado, caracteres que brillaban con claridad imposible contra el fondo oscuro.

Jack observó el resultado sin mostrar emoción alguna. Su rostro era una máscara de concentración, inmune a distracciones o celebraciones prematuras. No perdió tiempo en celebraciones. Cada segundo contaba ahora. Tecleó rápidamente los datos con dedos que se movían con precisión mecánica. La base de datos respondió al instante con la información solicitada, como un animal entrenado que reacciona a un comando específico.

Alquiler de vehículos. Aeropuerto de Barcelona. Modelo exacto, fecha precisa, hora de recogida registrada. Devolución todavía pendiente en el sistema.

Pulsó una tecla con decisión. La pantalla cambió para mostrar nuevos datos, más específicos. Marcó un número en su teléfono, dedos que se movían por memoria muscular más que por pensamiento consciente.

—Rastreen ese vehículo inmediatamente. Necesito localización en tiempo real —ordenó con voz que no admitía cuestionamientos—. Quiero un perímetro completo establecido. Nadie entra. Nadie sale bajo ninguna circunstancia.

Colgó sin esperar respuesta. No necesitaba preguntas innecesarias que consumieran tiempo valioso. No ofrecería explicaciones adicionales que no alterarían el curso de las acciones requeridas. Solo había dado una orden directa que debía cumplirse con la precisión de un mecanismo de relojería.

El motor del vehículo rugió con potencia, una bestia mecánica despertando bajo el comando de Salcedo. La vibración se transmitía a través del volante hasta sus manos, como un pulso artificial que complementaba el suyo propio. Aceleró decididamente, dejando atrás las luces de Barcelona que se desvanecían en la distancia hasta convertirse en un resplandor difuso en el horizonte nocturno.

Olmedo revisaba atentamente el mapa digital, su dedo recorriendo meticulosamente las posibles rutas secundarias disponibles. La luz azulada de la pantalla iluminaba su rostro desde abajo, otorgándole un aspecto fantasmal, casi subacuático.

—¿Cámaras de vigilancia? —preguntó Salcedo sin apartar la vista de la carretera oscura que se desplegaba ante ellos como una cinta negra interminable.

Olmedo asintió con certeza. Sus ojos no abandonaban el mapa, identificando cada punto crítico con la precisión de quien ha estudiado el terreno en profundidad.

—En cada cruce importante. En cada peaje de la autopista. En cada gasolinera del trayecto —respondió, marcando mentalmente cada trampa potencial como un ajedrecista que anticipa los movimientos del oponente.

Silencio absoluto en el interior del vehículo. Solo se escuchaba el rugido constante del motor y el zumbido del viento que golpeaba contra las ventanillas, una sinfonía mecánica que acompañaba su huida. La noche presionaba contra el cristal, intentando entrar.

Salcedo giró bruscamente el volante. Los neumáticos protestaron brevemente sobre el asfalto, un chillido agudo que rompió momentáneamente la monotonía sonora. Un estrecho camino de tierra apareció inesperadamente a su derecha, casi invisible en la oscuridad hasta que estuvieron prácticamente sobre él.

—Ellos buscan específicamente un coche —dijo Salcedo en voz baja pero clara, palabras que flotaron en el aire confinado del vehículo—. Nosotros pronto no tendremos ningún coche que puedan rastrear.

Olmedo señaló una desviación apenas visible entre la vegetación. Arbustos y ramas bajas arañaban la carrocería, sonido metálico que reverberaba en el interior como uñas sobre una pizarra.

—Por aquí encontraremos una ruta segura.

Sin luces de señalización. Sin indicaciones en ningún mapa oficial. Sin cámaras de vigilancia que registraran su paso. Un camino conocido solo por aquellos que necesitaban desaparecer ocasionalmente, surgido de la necesidad y mantenido por el silencio compartido.

La oscuridad completa del camino los envolvió como un manto protector. El vehículo avanzaba ahora más lentamente, adaptándose a la irregularidad del terreno. Cada bache se transmitía a través de la suspensión, recordándoles la realidad física de su escape.

A lo lejos, los faros de varios vehículos cortaban la noche en la carretera principal que habían abandonado. Luces que buscaban, que rastreaban, que cerraban un perímetro invisible a su alrededor. Pero ellos ya no estaban allí.

—El manuscrito —murmuró Olmedo, rompiendo el silencio que se había instalado entre ellos—. ¿Realmente vale todo esto?

Salcedo no respondió inmediatamente. Sus ojos permanecían fijos en el camino precario, en la oscuridad que tragaba la luz de sus faros. Sus manos se ajustaban constantemente al volante, compensando cada irregularidad del terreno con movimientos mínimos pero precisos.

—No es el manuscrito lo que importa —dijo finalmente—. Es lo que representa.

Las ramas golpeaban contra el techo del vehículo como dedos impacientes que exigían entrada. El camino se estrechaba progresivamente, como si la naturaleza intentara reclamar lo que le pertenecía.

—La libertad de tener miedo —continuó Salcedo, palabras que parecían contradecirse—. La libertad de enfrentarlo sin que nadie te diga cómo debes hacerlo.

Olmedo asintió lentamente, asimilando la idea. El mapa en sus manos había quedado momentáneamente olvidado, irrelevante en este tramo de su viaje donde no existían rutas marcadas.

—Thornton nunca lo entendería —respondió, casi para sí mismo.

—Thornton no necesita entenderlo —la voz de Salcedo adquirió un filo nuevo—. Solo necesita fracasar esta vez.

El vehículo emergió en un claro inesperado. La vegetación se abría repentinamente, revelando un espacio donde la luz de la luna lograba penetrar, bañando todo con un resplandor plateado que transformaba el paisaje en algo casi onírico. Al fondo, apenas visible entre las sombras, se distinguía la silueta de una pequeña construcción abandonada.

Salcedo detuvo el motor. El silencio que siguió resultó casi ensordecedor después del constante rugido mecánico. Solo quedaba el sonido leve de la brisa nocturna entre las hojas y el chasquido del metal del motor enfriándose.

—Aquí abandonamos el vehículo —dijo con finalidad—. Desde este punto, seguimos a pie.

Olmedo contempló la estructura distante, evaluando mentalmente la situación con la frialdad de años de entrenamiento.

—¿Cuánto tiempo tenemos antes de que amplíen el perímetro de búsqueda?

—Menos del que quisiéramos —respondió Salcedo mientras abría la puerta—. Más del que necesitamos.

Descendieron del vehículo. Sus botas se hundieron levemente en el suelo húmedo. La tierra absorbió el sonido de sus pasos mientras se alejaban, figuras que se fundían gradualmente con la oscuridad que los rodeaba.

Detrás quedaba el coche vacío, testigo mudo de un tramo de su huida. Delante, un camino que no aparecía en ningún mapa, una ruta que existía solo para aquellos que conocían los secretos que las sombras guardan celosamente.

La noche los recibió como cómplice silenciosa.

CAPÍTULO 24

Avanzaron hasta la parte trasera del taller mecánico. El lugar dormía bajo el peso de la noche, la persiana metálica bajada como un párpado cerrado sobre el día. Una luz roja parpadeaba en el sistema de alarma, un corazón artificial latiendo en la oscuridad. Frente al edificio, una procesión de automóviles esperaba, algunos con los capós abiertos como pacientes en medio de una cirugía interrumpida, otros cubiertos con lonas manchadas de grasa y tiempo. Durante las horas de sol, ese espacio vibraba con el estruendo metálico de las herramientas contra el motor, con voces gritando números de piezas, con teléfonos sonando sin pausa. Ahora solo quedaba el silencio y la sombra, un cementerio de máquinas a medio reparar.

Aparcaron el Volkswagen Golf gris entre los demás vehículos abandonados, un cadáver más en la morgue mecánica. Quedaría allí, confundido en la fila, despojado de identidad y propósito.

Salcedo se movió con precisión quirúrgica hacia un Renault Mégane negro. El polvo sobre la carrocería captaba la escasa luz, dibujando constelaciones sobre la pintura oscura. No necesitó palabras. Sus dedos trabajaron sobre la cerradura con la familiaridad de un amante reconociendo un cuerpo conocido. Tres segundos. Ni siquiera se activó la alarma. El volante cedió bajo un giro seco de sus manos. Olmedo observaba con la calma de quien ha visto el mismo ritual cientos de veces. El vehículo había conocido un taller recientemente; el asiento exhalaba el aroma del cuero recién tratado, los pedales respondían con la obediencia de un animal domado. No había duda ni

311

prisa en sus movimientos. Solo existía el camino, inevitable como la gravedad.

—Listo —murmuró Salcedo, acariciando el volante con dedos que conocían el valor exacto del tiempo.

Las puertas se cerraron con un sonido contenido, discreto, casi respetuoso con el silencio circundante. Salieron al asfalto como una sombra que se desprende de otra más grande. Nadie los vio. En el espejo retrovisor, la gasolinera continuaba su existencia anodina, ajena al drama que se desarrollaba en sus márgenes. Un camión cisterna descansaba junto a los surtidores, imponente en su quietud industrial. Sus conductores, hombres fornidos con chaquetas de lana abiertas sobre camisas a cuadros, conversaban con el cajero mientras seleccionaban víveres para el largo viaje: pan comprimido en plástico hermético, agua embotellada, dos vasos de café para mantener los párpados abiertos en la carretera solitaria. Manos encallecidas reposaban sobre el mostrador, gestos lentos de trabajadores sin prisa, una conversación rutinaria flotando en el aire saturado de fluorescentes.

Olmedo observaba el cuadro con ojos que veían más allá de la escena inmediata. En su mente, cada movimiento formaba parte de una coreografía más amplia, cada instante era una pieza del rompecabezas que componía su supervivencia. No era miedo lo que sentía al abandonar un vehículo por otro, al calcular distancias y tiempos de reacción. Era una certeza matemática, la comprensión profunda de que cada decisión era irreversible, cada giro del volante era un paso más hacia un destino que ya estaba escrito en algún lugar.

Aceleraron. La vía de acceso a la autopista apareció a trescientos metros, una vena abierta en el paisaje urbano. Entraron al flujo de la AP-2 sin vacilación, como si el vehículo conociera el camino por instinto. El tráfico se había diluido a esa hora de la noche; luces dispersas punteaban el horizonte, vehículos mayormente solitarios avanzaban con propósitos diversos, pero igualmente urgentes: conductores regresando a hogares vacíos, repartidores terminando jornadas interminables, viajeros persiguiendo destinos que solo existían en mapas desplegados sobre asientos de copiloto.

Salcedo encendió la radio. Una canción en español inundó el interior del vehículo, una de esas melodías intercambiables que sonaba idéntica en cualquier bar del país, en cualquier taxi, en cualquier momento de la última década. Familiaridad anónima. Seguridad en lo genérico.

El indicador de combustible marcaba casi lleno. Salcedo sintió un escalofrío de satisfacción, no por superstición sino por eficiencia.

"Suerte esta noche," pensó, aunque sabía que la suerte era solo el nombre que los demás daban a la preparación meticulosa.

—Treinta kilómetros —dijo, mirando la carretera que se extendía ante ellos como una promesa incierta.

Olmedo asintió. El hotel estaba a menos de media hora. Sin necesidad de apresurar el paso, sin llamar la atención. Recogerían sus pertenencias y abandonarían la habitación como fantasmas que nunca estuvieron allí. Todo había sido calculado con antelación: un cambio de alojamiento más cercano al evento en la editorial, pero no tanto como para despertar sospechas. La distancia perfecta para moverse en taxi sin dejar rastro, una ecuación resuelta donde todas las variables habían sido consideradas.

El Renault Mégane tendría su propio final en el extremo opuesto de la ciudad. Un aparcamiento junto a otro hotel, un océano de vehículos en espera donde uno más pasaría desapercibido, devorado por la multitud metálica.

—¿Crees que nos siguen? —preguntó Olmedo, su voz casi perdida bajo el zumbido del motor y la música insustancial.

Salcedo miró el retrovisor. La carretera era una serpiente negra salpicada de luces, ninguna permaneciendo demasiado cerca durante demasiado tiempo.

—No importa si lo hacen —respondió—. Ya vamos donde debemos ir.

No era resignación lo que teñía sus palabras. Era la certeza de un hombre que ha reducido la existencia a sus elementos más básicos: movimiento, decisión, consecuencia. La posibilidad del fracaso existía como existe la muerte, innegable pero irrelevante hasta que se materializa. Salcedo no temía al fracaso más de lo que temía a la gravedad. Ambas

313

fuerzas eran simplemente leyes bajo las que operaba, condiciones a las que se adaptaba.

El puticlub vibraba con una energía febril esa noche. Más cuerpos, más decibelios, más luces estroboscópicas fragmentando la realidad en secuencias desconectadas. En la entrada, dos hombres con torsos excesivos y chaquetas de cuero negro evaluaban a cada visitante con miradas calibradas para detectar problemas potenciales. Dentro, las mesas rebosaban; el movimiento era constante, una corriente humana donde conversaciones y cuerpos se entrelazaban formando nudos de deseo y transacción. Desde su posición elevada, el DJ fusionaba ritmos electrónicos con una bachata cuyas notas desafinadas flotaban en el aire denso como insectos atrapados en ámbar. No era un refugio. No para ellos.

Jack penetró en el establecimiento flanqueado por dos de sus hombres. Sus ojos recorrían el espacio sin detenerse en ningún punto específico. No le interesaba el ambiente ni la mercancía humana que se exhibía bajo luces diseñadas para ocultar imperfecciones. Su atención se dirigía a las salidas, a las cámaras de seguridad semiocultas en esquinas estratégicas, a la cantidad de testigos potenciales y a la proporción exacta de aquellos que no dirían nada aunque hubieran presenciado un asesinato en primer plano.

Una camarera se cruzó en su camino, sosteniendo una bandeja donde las copas vibraban con cada paso como instrumentos de medición sísmica. Más allá, un hombre con el rostro iluminado por la luz azulada de su teléfono móvil levantó la cabeza al sentir su presencia. Jack continuó avanzando. No había información útil en ese lugar, solo ruido y distracción.

Extrajo el teléfono del bolsillo interior de su chaqueta. La pantalla iluminó brevemente sus facciones angulosas.

«En el aparcamiento,» tecleó.

La brasileña captó el mensaje instantáneamente, sin necesidad de confirmación.

Abandonaron el local por una salida lateral y atravesaron un callejón sin reducir el paso. La brasileña los esperaba junto a un BMW con vidrios tan oscuros que devoraban la luz. La iluminación del aparcamiento era fría, elevada, suficiente para revelar un asfalto moteado de manchas de aceite y colillas aplastadas que formaban un archipiélago de pequeñas islas de autodestrucción junto a la acera.

—Los vieron salir hace veinte minutos —informó ella. Su voz tenía la precisión de un informe médico—. Tomaron la autopista. Nadie identificó el vehículo.

Jack recibió la información sin que su rostro registrara reacción alguna. Dirigió la mirada hacia uno de sus subordinados.

—Tráfico no reporta nada. ¿Quieres verificación?

El hombre asintió y consultó su radio. Al otro extremo de la frecuencia, una voz desprovista de emoción confirmó lo ya sabido. Sin rastro del automóvil. Ninguna matrícula registrada en los sistemas. Como si hubieran sido absorbidos por un pliegue temporal, como si nunca hubieran existido más allá de la sospecha.

—No regresarán a esta zona —afirmó Jack con la seguridad de quien ha estudiado suficientes patrones de comportamiento humano para predecirlos.

Nadie contradijo su evaluación.

—La operación continúa en otros puntos, si tuvieron éxito.

Barcelona palpitaba a su alrededor, más allá del perímetro del aparcamiento. En la avenida principal, taxis con luces verdes recogían clientes frente a establecimientos nocturnos. Grupos dispersos deambulaban sin dirección aparente, algunos con la coordinación comprometida por el alcohol, otros con la mirada fija en pantallas iluminadas, la mayoría sin advertir que eran observados desde rincones sumidos en penumbra.

Las cámaras de tráfico capturaban fragmentos de realidad: colisiones menores, calles bloqueadas por altercados entre desconocidos que mañana no recordarían sus nombres, patrullas detenidas junto a vehículos estacionados en lugares prohibidos. Nada extraordinario. Barcelona no dormía, pero tampoco estaba verdaderamente despierta. Era una criatura nocturna, un organismo repleto de movimiento y ruido, operando por reflejo más que por conciencia.

Jack consultó su reloj. La hora le comunicó lo que ya sabía.

El tiempo se les había escurrido entre los dedos como arena fina.

La reunión tuvo lugar en un apartamento de dos dormitorios que Jack utilizaba como centro de operaciones. Dos de sus agentes lo acompañaron tras regresar del local nocturno con las manos vacías, los rostros exhibiendo esa resignación profesional que Jack conocía tan bien.

Se sentó con la tranquilidad estudiada que lo caracterizaba, apoyando ambos antebrazos sobre la superficie de la mesa. La luz de la lámpara de escritorio acentuaba la geometría de su rostro: piel curtida por años de exposición a climas diversos, cabello castaño claro con los laterales rapados con una precisión militar, como si incluso en su aspecto personal no hubiera espacio para lo superfluo. Barba de varios días, cejas densas que intensificaban su expresión perpetuamente concentrada. Su nariz recta proyectaba una sombra tenue sobre el labio superior. No ajustó su posición en la silla, no cruzó las piernas, no realizó ningún movimiento innecesario. Cada gesto, o la ausencia de estos, comunicaba una disciplina metodológica sin concesiones.

«No fue un fracaso.»

El pensamiento lo atravesó antes de materializarse en palabras.

—La orden era interceptar dentro de un plazo establecido o desactivar completamente la operación —declaró—. Hemos cumplido.

Ninguno de los agentes cuestionó su evaluación. Lo escuchaban con atención profesional. Jack detectó el reflejo de una pantalla de teléfono en la pupila de uno de ellos, una galaxia diminuta flotando en un océano oscuro. Nadie consultaba dispositivos, pero la luz digital persistía allí, como un recordatorio de la omnipresencia tecnológica.

—No hay más acciones pendientes. Ahora corresponde eliminar cualquier rastro.

Fue directo. Medidas concretas, sin adornos retóricos.

—Todo el equipamiento será evacuado. El apartamento quedará vacío. No debe permanecer evidencia alguna.

Sería la última sesión informativa con Jack.

Al pronunciar esas palabras, sintió la realidad de la situación como una incisión quirúrgica. El final de una fase operativa siempre le proporcionaba cierto alivio. Se visualizó fuera de España. Rumania. Un territorio que ya le resultaba familiar. Conocía los mecanismos para moverse allí con eficiencia: los nombres relevantes, los puntos de acceso, las complejidades burocráticas y los favores adecuados para eludirlas. En su mente, ese futuro ya estaba en marcha, como un tren que ha partido pero aún se divisa en la distancia.

—Estos sujetos no eran espías ni enemigos. Simplemente desobedientes.

Hizo una pausa calculada.

—La falta de disciplina siempre conlleva consecuencias. Ustedes lo saben.

Pero no era su problema. No correspondía a su categoría de misión. Jack lo tenía claro y los otros dos también. No era necesario debatirlo. No habría más que analizar al respecto.

Barcelona.

Se incorporó y se aproximó a la ventana. Desde aquella altura, la ciudad se desplegaba como un circuito electrónico vivo: una red de luces, avenidas interminables que atravesaban la noche como venas en un organismo inmenso. Un cuerpo sin control consciente. Dos elementos más en libertad, sumergidos en la multitud, ejecutando sus designios personales. Un grano adicional de arena en el desorden universal.

Nada tenía solución definitiva.

Todo giraba sin propósito aparente, una rotación más en el mecanismo de un desenlace que nadie anticipaba o que todos fingían no percibir. Una metrópolis que se autoengañaba en su propio espejismo de orden y progreso.

La diferencia fundamental era que él sí lo percibía. Y pronto ya no estaría allí para presenciarlo. Se dio la vuelta.

—Comiencen.

Los agentes asintieron sin necesidad de aclaraciones adicionales. Jack abandonó la estancia sin mirar atrás, su mente ya ocupada con los preparativos para la siguiente misión.

Mientras el Renault Mégane devoraba kilómetros de asfalto, Salcedo mantenía los ojos fijos en el horizonte iluminado de Barcelona. La ciudad resplandecía a lo lejos como una joya rota, fragmentos de luz esparcidos sin patrón aparente. Olmedo permanecía en silencio a su lado, pero Salcedo podía sentir la tensión emanando de él, un campo de energía casi palpable.

—¿Piensas en lo que dejamos atrás? —preguntó finalmente Olmedo, su voz apenas audible sobre el zumbido constante del motor.

Salcedo consideró la pregunta. No era su costumbre mirar hacia atrás, revisar decisiones ya tomadas o caminos abandonados. El pasado existía como referencia técnica, no como fuente de nostalgia o arrepentimiento.

—Pienso en lo que viene —respondió después de un momento—. En lo que tenemos delante.

El hotel apareció en la distancia, un edificio anónimo entre otros similares, su propósito temporalmente alterado para convertirse en estación de tránsito en su particular odisea. Salcedo redujo la velocidad. Sus manos sobre el volante no mostraban la menor vacilación.

—¿Crees que lo conseguiremos? —insistió Olmedo.

Salcedo no respondió inmediatamente. No era una cuestión de optimismo o pesimismo. No era cuestión de creer. Era matemática pura: variables, probabilidades, márgenes de error.

—No importa lo que yo crea —dijo finalmente—. Importa lo que hagamos.

Y en ese momento, mientras entraban al aparcamiento del hotel donde abandonarían una identidad más, Salcedo sintió esa extraña calma que siempre lo invadía en los momentos críticos. No era la serenidad de quien no percibe el peligro, sino la quietud de quien lo ha integrado como parte fundamental de su existencia. Como un kamikaze que ha trascendido el miedo a través de la aceptación total de su destino, Salcedo operaba en un plano donde la supervivencia y la destrucción eran simplemente dos caras de la misma moneda, girando perpetuamente en el aire.

Jack empacaba con movimientos precisos, metódicos. Su apartamento, ya casi vacío, conservaba ese aspecto impersonal que siempre había mantenido deliberadamente. Nada que pudiera vincularlo emocionalmente al lugar, nada que lamentara dejar atrás. Sus pertenencias cabían en una maleta de tamaño medio y un maletín; lo esencial, lo funcional, nada superfluo.

Al cerrar la cremallera de la maleta, experimentó esa peculiar sensación que siempre acompañaba el final de una operación inconclusa. No era fracaso, se repitió. Era adaptación. En su profesión, la rigidez equivalía a la extinción. La flexibilidad operativa, la capacidad de reconocer cuándo una misión había alcanzado su punto de inflexión, era tan fundamental como la precisión en el tiro o la habilidad para el interrogatorio.

Observó el teléfono sobre la mesa. Su último informe había sido breve, factual. Sin justificaciones, sin elaboraciones innecesarias. Los superiores entenderían. Si no lo hacían, tampoco importaba. Las estructuras para las que trabajaba sobrevivirían a cualquier misión individual, a cualquier agente, incluso a él. Esa era la belleza del sistema: su impersonalidad, su resistencia.

Jack recorrió el apartamento una última vez, verificando que no quedara ningún rastro identificable. Sus huellas serían eliminadas por el equipo de limpieza; su presencia en Barcelona se desvanecería como niebla bajo el sol. Profesionalmente, nunca había estado allí.

¿Sentía algo al abandonar esta misión? Jack consideró la pregunta mientras cerraba la puerta por última vez. No era una cuestión emocional sino analítica. Sentía la satisfacción de un trabajo correctamente evaluado. La misión no había fracasado; simplemente había evolucionado hacia su conclusión natural. Como un cirujano que decide no continuar con una intervención cuando los riesgos superan los beneficios potenciales, Jack había aplicado el juicio profesional para el que había sido entrenado.

Barcelona quedaba atrás. Rumania esperaba. El ciclo continuaba, implacable como las estaciones.

Mientras el taxi lo llevaba al aeropuerto, Jack contempló la ciudad que abandonaba. Las luces, las sombras, el movimiento incesante. Todo ello ajeno a su partida, indiferente a su presencia o ausencia. Así debía ser. En su profesión, la invisibilidad era la medida definitiva del éxito.

No había fracasado. Simplemente había reconocido el momento exacto para retirarse. Y en ese reconocimiento, en esa claridad pragmática, residía la verdadera maestría de su oficio.

CAPÍTULO 25

—Es una combinación hermosa —dijo Pablo.

Verónica contempló las palmeras recortadas contra el crepúsculo. Contra el trasfondo marino, sus siluetas se alzaban como antiguos instrumentos de cuerda, sus troncos tensados por el tiempo, las hojas vibrando apenas con la brisa del atardecer. El sonido de las olas llegaba en intervalos precisos, un metrónomo natural que marcaba el declinar del día.

—Sí, es especial.

—Para mí contrasta mucho. Aún no logro disfrutarlo.

—¿De verdad? —preguntó Pablo, su voz conteniendo una curiosidad que no intentaba disimular.

—Sí —respondió ella, aproximándose hasta que sus brazos se rozaron. La brisa era apenas perceptible, un susurro de aire fresco que acariciaba la piel expuesta de sus brazos. Buscó el calor de él no por necesidad sino por ese instinto primario que atrae un cuerpo hacia otro cuando el mar está cerca.

Pablo la envolvió en un abrazo que parecía calculado en su presión. Continuaron por el Passeig del Mar en Ostrum, donde las palmeras oscilaban con una cadencia que sugería conversaciones secretas con el viento. Las primeras luces urbanas comenzaban a encenderse, puntiformes, tímidas contra el azul profundo que aún dominaba el horizonte.

Las estrellas iniciales emergían en el firmamento como vanguardias de una invasión silenciosa. Al fondo, el edificio en forma de medialuna capturaba los últimos rayos solares, reflejando un azul que parecía surgir desde su interior. Los restaurantes, rebosantes de vida, proyectaban su música hacia la avenida. Las estufas infrarrojas creaban microclimas de tibieza que desafiaban la frialdad marina.

Verónica lo sorprendió con palabras que no anticipaba.

—¿Sabes qué? En esta ciudad, siento que ni siquiera estos minutos de calma nos pertenecen.

—¿Qué quieres decir? —El rostro de Pablo se endureció ligeramente, como mármol expuesto al frío súbito.

—Es como si algo siempre intentara robarnos el tiempo. Como si cada segundo estuviera prestado.

—¿Una premonición?

—Llámalo así. —Sus palabras flotaron entre ellos como algo tangible.

Pablo la miró en silencio, calibrando la profundidad de su inquietud. La luz menguante definía los contornos de su rostro, acentuando ángulos que el día pleno suavizaba.

—Trata de olvidar eso —dijo él—. Entremos aquí. Mira, se ve acogedor con esas esteras de bambú.

El local vibraba con una música alegre que se derramaba hacia la calle como un líquido sonoro. Algunos transeúntes se habían detenido, ocupando mesas exteriores con la indolencia característica de quienes no cuentan las horas, cervezas doradas y tapas multicolores dispuestas frente a ellos en desorden calculado.

—¿Cómo pensar en otra cosa? —dijo Pablo, casi para sí mismo.

Junto a la primera mesa, una joven con chaqueta y pantalones de mezclilla permanecía encorvada sobre una libreta. Sus piernas estaban recogidas sobre la silla con una flexibilidad casi felina, su cuerpo inclinado hacia adelante como un árbol modelado por vientos constantes. La intensidad de su escritura creaba alrededor suyo un campo de fuerza que repelía distracciones. A un lado, un libro de cubierta gastada y un refresco apenas probado esperaban con la paciencia de objetos que saben que serán recordados eventualmente.

Entraron. El bar se abría ante ellos, casi vacío, un refugio de sombras acogedoras.

—¿No te enfades? Es solo... que no te gustan las sirenas.

—No.

—Preferiría otro lugar.

—¿Lejos?

Ella asintió. La sencillez del gesto contenía volúmenes.

—Sin sirenas.

—Iremos.

—¿Promesa?

—Sí.

El silencio se instaló entre ellos. El mar persistía en sus ojos, reflejado e indomable.

—Aunque al final —la voz de Pablo emergió neutra, desprovista de inflexión—, uno se acostumbra.

Ella desvió la mirada hacia él. La penumbra del local tallaba sus facciones como un escultor minucioso.

—¿A todo?

—A todo. —Pablo sonrió, un gesto breve que apenas alteró la geometría de su rostro—. Incluso al ruido.

Verónica negó. El movimiento fue delicado pero inequívoco.

—Prefiero otras cosas. —Su voz descendía una octava, adquiriendo una textura terciopelada.

—¿Cómo qué?

Ella señaló el fondo del bar donde la música se diluía en un silencio casi palpable.

—Como el silencio.

—Me gusta esa bachata que están tocando ahí al lado. —Sus dedos tamborilearon ligeramente sobre la mesa, capturando el ritmo como quien atrapa una mariposa sin dañar sus alas.

—Podemos bailar si quieres —dijo él, su propuesta suspendida entre ellos como una cuerda tendida sobre un abismo.

—¿Lo dices en serio? —La sorpresa elevó ligeramente las comisuras de sus labios.

—Sí, ¿por qué no?

—¿Para qué?

—Para que dejes de escuchar las sirenas. —Lo dijo como quien revela el mecanismo de un truco de magia, con la seguridad de quien conoce los engranajes secretos del mundo.

Ella dirigió su mirada hacia la fuente del sonido, sus pupilas dilatadas escudriñando el espacio como si pudiera visualizar las ondas sonoras.

—No hay nadie bailando.

—Entonces seremos los primeros. Les daremos algo de qué hablar. —La sonrisa de Pablo se ensanchó, dejando entrever el placer que le producía la idea de romper la normalidad establecida.

—Dirían: turistas locos.

—O dirían: turistas que saben vivir. —El filo de una convicción antigua asomaba en su voz.

Ella lo miró, su rostro capturando y absorbiendo la luz tenue del local. Los ojos de él, obsidianas líquidas bajo la iluminación ambarina. Él le tendió la mano, un gesto antiguo como el propio baile.

—Vamos —dijo él—. El ruido no se apaga solo.

Ella tomó su mano. Sus dedos se entrelazaron con una familiaridad que hablaba de mil contactos previos. Se dirigieron hacia el espacio destinado al baile, cada paso midiendo con exactitud la distancia entre la incertidumbre y la decisión. La bachata los envolvió con su cadencia hipnótica, un ritmo que parecía surgir no de los altavoces sino de la propia tierra bajo sus pies.

Pablo sintió el movimiento sincronizado de sus cuerpos y la presencia constante del mar al fondo, respirando en la oscuridad como un animal primigenio. La brisa transportaba partículas de sal y fragmentos de conversaciones que flotaban como polvo en un rayo de luz. No importaba. Nada importaba excepto el compás exacto de sus pasos, la presión de sus manos, la arquitectura temporal que construían con sus movimientos.

Pensó en el ruido, en las sirenas, en todo lo abandonado a sus espaldas y en aquello que aún los acosaba con la persistencia de una sombra al mediodía. El miedo siempre posee la urgencia de lo que no puede posponerse. La vida, en contraposición, se despliega con una paciencia mineral.

La noche adquiría densidad tras los pequeños puntos luminosos suspendidos bajo el tejido de bambú, acumulándose como un líquido oscuro que llenaba el espacio entre las cosas visibles.

—Me gustaría vivir en lo alto y ver el mar desde allí. —Su confesión surgió sin preámbulos, como si continuara una conversación interrumpida.

—Sí, allí viviremos también —Pablo respondió con la certeza de quien ha visualizado un futuro hasta en sus detalles más nimios.

—Si lo puedes ver, lo puedes vivir.

—Se siente bien aquí —dijo ella, la cadencia de sus palabras adaptándose al ritmo que los mecía—. Vamos a estar muy tranquilos.

—Estaré más tranquilo cuando cierre este capítulo.

—¿Qué capítulo? —Su pregunta tenía la inocencia calculada de quien sabe la respuesta, pero necesita escucharla pronunciada por otros labios.

—Algo personal. Quiero que ese tipo que hizo sufrir a Mateo tenga lo que merece. —La frase emergió como un objeto con aristas afiladas.

Ella lo miró. Una seriedad repentina transformó su rostro, como un paisaje alterado por el paso de una nube.

—Has ido mucho más allá de tu misión.

—Ese tipo eligió el dolor no solo por profesión sino por disfrute.

—No ha sido honesto.

—Es mejor que se vea en el espejo. —Las palabras de Pablo caían como piedras arrojadas a un pozo profundo.

Él acarició su cabello con una delicadeza estudiada, sus dedos trazando una línea desde la sien hasta el hombro, un cartógrafo documentando un territorio conocido y siempre nuevo.

—No se puede arreglar el mundo —dijo ella, su voz apenas audible sobre la música—. Pero se pueden arreglar pequeñas cosas del mundo.

—Oh, corazón, tienes las manos más suaves que he sentido.

—Son solo manos. —La modestia en su respuesta contrastaba con la precisión con que sus dedos se adaptaban a cada movimiento.

—Damos tiempo todavía de subir a los cerros.

—Desde allí se ve el mar. —Lo pronunció como quien revela un secreto universal.

—Tenemos tiempo. Pero ya estamos a horas de la publicación, de la presentación del libro.

—Luego viajaremos.

—Si despiertas temprano, podremos ir a los cerros.

Ella sonrió. El gesto iluminó su rostro desde dentro, como una lámpara encendida en una habitación oscura.

—Tú siempre despiertas temprano.

—Me gusta leer.

—Es buena hora para leer con un café. —La imagen evocada contenía toda la serenidad que ahora parecían perseguir.

—¿Qué leíste hoy?

—Hoy me quedé con Cuando el alma se acuesta en la hierba. —El título resonó entre ellos con la musicalidad propia de las frases que contienen verdades esenciales.

—¿Recuerdas algo?

—Lo bello es fácil de recordar. —La simpleza de su respuesta contenía una profundidad oceánica.

Él recitó lentamente, con la voz apenas elevada por encima del murmullo del local, cada palabra medida y liberada con precisión:

—Cuando el alma se acuesta en la hierba, el viento le cuenta historias que los labios humanos han olvidado.

Ella lo miró con una ternura que parecía condensar todos los gestos de cuidado posibles en un solo instante.

—Es hermoso.

—Lo es.

—¿Por qué lo lees?

Él no respondió inmediatamente. El silencio entre ambos se expandió como un universo propio.

—Rumi es un viejo amigo. —La frase, en su aparente simplicidad, revelaba la complejidad de una relación sostenida a través del tiempo y las palabras.

—¿Crees que aguantarás subir hasta la cima del cerro mañana?

—Sí. Estoy bien. —La firmeza en su tono desmentía cualquier fragilidad.

—Seguro. No te hagas el valiente.

—No siento ninguna molestia.

—Ya es hora de poner algo de tensión —dijo él, su sonrisa como una media luna que iluminara solo parcialmente su rostro.

—¿Tú crees que nos ha faltado tensión? —Verónica esbozó una sonrisa que duplicaba la de él en su geometría exacta.

—Me refiero a la elegida por cuenta propia.

—Te aterra ponerte cómodo, ¿verdad? —La pregunta flotó entre ellos como un pájaro que no encuentra donde posarse.

—No quisiera estar siempre incómodamente cómodo.

—A mí tampoco me gusta.

—Creo que lo heredé de mi padre. —Un fragmento de melancolía se filtró en su voz.

—Es una buena herencia.

—¿Estuviste antes en el cerro?

—No. Nunca.

—Qué bueno.

Un pensamiento cruzó el espacio entre ellos: quería decirle que ese lugar, ese momento futuro, fueran exclusivamente suyos. Un territorio sin huellas previas, un lienzo por inaugurar.

—No te preocupes —dijo él, leyendo

CAPÍTULO 26

El último escalón de piedra cedió bajo su pie, desprendiendo un fino polvo ocre que descendió en espiral. No importaba. Barcelona se desplegaba ante ellos, precisa y matemática, un manuscrito de luz y sombra que se extendía hasta donde el horizonte lo permitía. La ciudad despertaba. En la distancia, el mar capturaba destellos de cobre bajo el sol bajo, mientras el viento ascendía desde la costa transportando partículas de sal que se adherían a la piel.

Verónica se detuvo. Su respiración aún no encontraba su ritmo natural. Llevó ambas manos a la cabeza, entrelazando los dedos entre los mechones sueltos de su cabello, aquel gesto suyo que revelaba más que cualquier palabra.

—Lo logramos. —Su voz contenía el peso exacto del esfuerzo realizado, pero también la satisfacción mineral, casi perfecta, de haber alcanzado la cima.

Pablo se acercó. La distancia entre ellos se redujo hasta convertirse en intimidad. Sus labios rozaron el oído de ella:

—Tú lo lograste mejor que yo. Yo no acostumbro a recibir tiros en la espalda. —Sonrió. Ella también. La tensión acumulada se disolvió entre ambos como hielo en agua templada.

—Pero sobreviviste para contarlo —respondió ella, sus dedos encontrando con precisión el lugar donde había estado la herida, tocándolo con una delicadeza que contenía memoria—. Eso te convierte en un hombre con suerte.

—No fue suerte —dijo él, manteniendo la mirada fija en la de ella, dos puntos anclados en el espacio—. Fue porque estabas ahí.

A su alrededor, turistas orientaban sus cámaras hacia distintos ángulos de la ciudad, negociando los mejores encuadres con pequeños pasos laterales. Las conversaciones flotaban en diversos idiomas, superponiéndose como capas de sonido. Algunos simplemente guardaban silencio mientras contemplaban Barcelona. Una mujer llevaba tapabocas, reliquia de un tiempo en que el miedo había sido una presencia invisible entre todos, más asfixiante que cualquier viento.

Pablo bebió agua. El líquido descendió por su garganta, fresco y restaurador. Este lugar había sido construido para defender la ciudad, pero existían amenazas que ninguna fortificación podía contener: el miedo que penetraba en la gente, en la historia, en las células de memoria de quienes aún respiraban.

—Es curioso —dijo, contemplando la geometría urbana bajo sus pies—, cómo los lugares concebidos para la guerra terminan convertidos en refugios para la belleza.

Verónica asintió. Sus ojos recorrían la extensión de la ciudad mientras pensaba.

—Como nosotros. Diseñados para sobrevivir, pero aquí estamos, buscando algo hermoso.

Se aproximó al parapeto de piedra. Colocó ambas manos sobre la superficie áspera, erosionada por décadas de viento y lluvia. Dejó caer parte de su peso sobre ellas. Su mirada recorrió la ciudad que permanecía serenamente extendida bajo ellos.

—Tú querías altura —dijo con una sonrisa apenas insinuada—. ¿Satisfecho?

—Contigo, cualquier altura resulta insuficiente —respondió él, con esa sonrisa ladeada que ella había aprendido a interpretar como sinceridad absoluta—. Pero por ahora, esto servirá.

El viento agitaba su cabello con una insistencia casi íntima. Las ruinas del bastión se alzaban a su alrededor, estructuras de piedra gastada que conservaban la dignidad de lo que una vez fueron. Las sombras humanas se estiraban sobre el suelo como agujas de reloj, proyectadas por un sol que avanzaba en su inexorable descenso.

—Bonito vivir aquí arriba —susurró Verónica. Sus palabras parecían disolverse en el aire antes de completarse—. También entiendo por qué mucha gente prefiere mudarse a las alturas.

—Para ver sin ser vistos —añadió Pablo, colocando su mano en el hombro de ella. El contacto breve pero deliberado.

—O para sentirse a salvo —murmuró ella, permitiendo que su cuerpo se inclinara levemente hacia él, buscando su centro de gravedad.

—Mucho ha cambiado allí —dijo Pablo.

Con un gesto preciso, señaló una vivienda aislada construida en una de las laderas. La edificación desentonaba con el entorno agreste, como un objeto contemporáneo colocado en un museo de antigüedades.

—Debe ser de alguien muy rico —observó Verónica.

—Debe serlo —asintió Pablo—. No parece haber otras construcciones en la proximidad.

—¿Te imaginas despertar cada día con esta vista? —preguntó ella, inspirando profundamente, como si quisiera retener el momento en sus pulmones—. Sería habitar permanentemente dentro de una postal.

—¿Te gustaría? —inquirió él, observándola con atención periférica.

—No lo sé —respondió con una sinceridad que no buscaba adornar la verdad—. A veces pienso que las mejores vistas son aquellas que disfrutamos una sola vez en toda nuestra vida.

Pablo inclinó la cabeza. Sus ojos brillaron con algo que podría ser reconocimiento.

—Como nosotros aquí, ahora.

—Como nosotros —repitió ella en voz baja, mientras sus dedos encontraban los de él y se entrelazaban con la naturalidad de algo inevitable.

Un momento de silencio perfecto. El sol ahora teñía la ciudad con tonos ámbar, un resplandor que se extendía sobre tejados, avenidas y edificios como un líquido dorado. Desde aquella altura, las calles eran líneas exactas; los bloques de edificios, componentes de una maqueta infinita. Todo existía en un estado de calma. Todo parecía posible.

CAPÍTULO 27

El coche avanzó con la lentitud de un depredador acechando a su presa. La calle se curvaba alrededor del edificio como un río alrededor de una piedra. Samuel respiraba en el silencio denso del habitáculo, donde el aire parecía suspendido en el tiempo. Los guardaespaldas permanecían inmóviles, fusionados casi con el tapizado oscuro, sus cuerpos tensados en una quietud vigilante. Más allá de las ventanas polarizadas, la ciudad se derramaba indiferente, ajena a la gravedad del momento que se aproximaba como una tormenta inevitable.

Encontraron un hueco junto a la acera, el espacio justo para el vehículo. Bajaron sin intercambiar palabras, la comunicación reducida a miradas y gestos mínimos. El coche quedó atrás como un animal abandonado, su carrocería brillante reflejando fragmentos distorsionados del cielo. Caminaron hacia el edificio sin volver la vista, sus pasos resonando contra el pavimento con un ritmo preciso que marcaba la cadencia de una decisión ya tomada.

La editorial se elevaba cortando el cielo en líneas audaces y definidas. Balcones anchos se proyectaban como plataformas de observación sobre la ciudad. El verde desbordaba los bordes de las jardineras, raíces persistentes buscando grietas en el concreto con la obstinación de una idea fija. El vidrio capturaba el sol bajo un cielo limpio de nubes, transformándolo en reflejos que danzaban sobre las fachadas vecinas. A sus pies, un jardín de geometría precisa donde palmeras altas proyectaban sombras que giraban como manecillas de un reloj invisible sobre el suelo.

El aire transportaba olores de tierra húmeda y cemento calentado por el sol. No se oía más que el viento y el murmullo lejano de la ciudad, un sonido semejante a la sangre circulando por venas distantes, constante y vital. Era un edificio moderno pero no frío, donde la naturaleza intentaba reclamar su espacio mientras la arquitectura jugaba con la luz en un diálogo permanente. Samuel podía intuir el interior amplio y limpio, sin excesos decorativos, un lugar donde las decisiones importantes cristalizaban, donde las palabras adquirían permanencia. Donde él, en ese preciso momento, estaba por hacer historia con la contundencia de un meteorito.

Samuel avanzó hacia la entrada con paso firme que no revelaba la tensión eléctrica recorriéndole la espalda. Consultó su reloj: la una en Toronto, las seis en Barcelona. El tiempo se alineaba con la precisión matemática de una ecuación perfectamente resuelta, cada variable en su lugar exacto.

Su pulso permaneció estable como el de un tirador experimentado. La decisión estaba tomada sin posibilidad de retorno. Cruzó la entrada y observó al público, figuras expectantes mientras las recepcionistas, con gestos económicos y precisos, señalaban el camino hacia las diferentes salas. El espacio donde debía estar se abría a su izquierda, una cavidad en la geometría pulida del edificio que absorbía a los asistentes.

Los guardaespaldas escaneaban el entorno con miradas profesionales. No necesitaban comunicarse con palabras; utilizaban un lenguaje diferente hecho de señales imperceptibles para los no iniciados. Apenas unos centímetros más altos que Samuel, se movían como extensiones físicas de su voluntad, sombras sincronizadas con cada paso. Samuel pensó en ella. A esa hora debía estar aproximándose al aeropuerto, cada minuto acercándola más a la seguridad de un futuro incierto pero posible.

Todo estaba calculado con precisión milimétrica. La planificación lo había conducido hasta este punto, pero ahora no se trataba de ascender sino de sobrevivir. La secuencia que se desarrollaría después se presentaba ante él con transparencia absoluta: primero el escándalo como una explosión inicial, después las investigaciones llegando en oleajes sucesivos, finalmente la orden de arresto que jamás conseguiría alcanzarlo. Para cuando la maquinaria legal se activara completamente, él ya estaría fuera del alcance jurisdiccional de España, respirando el aire de otra legalidad.

Aun así, este momento presente le pertenecía por derecho propio. No pensaba perderse el instante que había construido meticulosamente durante meses. La adrenalina le afilaba los sentidos hasta percibir detalles microscópicos: la textura del papel en su bolsillo, el leve aroma a café que emanaba de la sala contigua, el brillo particular en los ojos del recepcionista. El autor de aquel libro había soportado un peso mucho mayor. Su propia fuga, en comparación, sería casi un trámite administrativo.

El recepcionista encontró su nombre en la lista digital y lo condujo con deferencia estudiada hasta la sala. Samuel se permitió un instante de reflexión mientras avanzaba por el pasillo alfombrado. Su presencia no constituía secreto alguno. La editorial conocía la lista completa de asistentes. Nadie más tenía acceso a esa información.

Lo recibieron en la puerta y lo guiaron hasta un asiento privilegiado en primera fila, a la izquierda del púlpito central. La sala desplegaba una elegancia sin esfuerzo aparente, con mamparas de vidrio estratégicamente dispuestas que transformaban la luz en una presencia casi tangible, material.

Pero su mente habitaba otro espacio, distante y simultáneo.

Toronto. Los periodistas aguardaban con la noticia preparada como armas cargadas. Todo sincronizado con la nueva programación de Sentinel, cada elemento engranado en una mecánica perfecta. El video se filtraría en los medios como agua absorbida por tierra seca después de una sequía. Los artículos aparecerían inmediatamente en la siguiente tirada digital del diario.

Manipulación. La palabra tenía un peso físico en su boca, una densidad metálica que saboreaba con amargura y familiaridad.

La información llegaría al público envuelta en capas superpuestas de material programado por algoritmos precisos, cada uno diseñado para un segmento específico de la audiencia. No era simplemente censurar la verdad sino ahogarla en un océano infinito de contenido fabricado a medida. Blogs, redes sociales, medios tradicionales, todos saturados con datos creados específicamente para moldear la percepción colectiva según parámetros predefinidos. Una arquitectura invisible de control que funcionaba mejor precisamente porque nadie percibía sus muros.

Samuel conocía los mecanismos del miedo como un anatomista conoce el cuerpo humano. Era sencillo estudiarlo en otros, analizar sus manifestaciones externas. Lo verdaderamente difícil era sentirlo palpitar en uno mismo y, aun así, seguir avanzando contra su corriente paralizante.

Respiró profundamente, llenando sus pulmones con el aire climatizado de la sala. Cada pensamiento pasaba por un filtro mental, clasificado y evaluado. Solo los útiles permanecían en su conciencia activa. Esa era la clave fundamental. Esa era la verdadera lección aprendida durante años de ascenso.

La multitud se desplazaba con el ritmo pausado de un mar en calma, sin prisa pero con dirección. En la entrada principal, los asistentes formaban constelaciones temporales de conversación que se disolvían y recomponían continuamente. Una mujer de cabello oscuro y pómulos marcados sostenía un vaso de agua mineral como si fuera un ancla para no derivar en aquel océano social. Su abrigo negro se ajustaba a las curvas de su cuerpo con precisión matemática mientras su mirada navegaba distancias que parecían extenderse más allá de las paredes físicas del edificio.

Junto a ella, un hombre con cabello canoso peinado hacia atrás escuchaba atentamente a una mujer envuelta en un abrigo color mostaza que contrastaba con la sobriedad general del ambiente. Su expresión mantenía un equilibrio perfecto entre interés cortés y distancia profesional, arte sutil que solo los años enseñan a perfeccionar.

Las invitaciones circulaban entre manos con la eficiencia de un sistema bien diseñado, cada persona encontrando eventualmente su camino. Algunos entraban sin pausa y sin mirar atrás, seguros de su pertenencia al espacio que ocupaban. Otros esperaban en los márgenes con la incertidumbre vibrando sutilmente en sus gestos contenidos, no completamente convencidos de su lugar en el esquema general.

Los invitados especiales eran conducidos discretamente hacia la sala izquierda. Un espacio más íntimo donde los sonidos del evento principal llegaban amortiguados como recuerdos de algo que sucede en otra habitación. La luz allí era más suave, un resplandor difuso que dibujaba sombras alargadas sobre las paredes blancas inmaculadas. Las sillas dispuestas en filas ordenadas esperaban a sus ocupantes, pero la gente ignoraba parcialmente esa geometría impuesta, creando su propia distribución orgánica en el espacio.

Un hombre de traje oscuro impecablemente cortado ocupó un asiento en primera fila. No cruzó las piernas ni apoyó los brazos en los reposabrazos acolchados. Esperaba con la quietud casi inquietante de un objeto inanimado, como si el tiempo fluyera a su alrededor sin tocarlo realmente. Detrás de él, una mujer con el cabello recogido en un moño severo examinaba el programa impreso del evento, sus dedos largos recorriendo el papel satinado con una lentitud casi ritual, absorbiendo información a través del tacto.

En la sala derecha, destinada al público general, los asistentes entraban en oleadas desordenadas que se acomodaban progresivamente. Voces superpuestas, risas contenidas por el contexto formal, abrigos rozándose en el aire climatizado que mantenía una temperatura constante. Se instalaban en los bancos alineados, algunos observaban con interés fingido o genuino las obras enmarcadas en las paredes, otros intercambiaban palabras urgentes en susurros, como si cada frase tuviera un tiempo limitado de existencia antes de desvanecerse.

En una esquina apartada, dos hombres con trajes similares discutían en voz baja, inclinados uno hacia el otro con una intimidad conspirativa, sus rostros tensos como cuerdas afinadas a punto de romperse. Más allá, un pequeño grupo compartía anécdotas entre sonrisas medidas, sus gestos amplificándose en el aire como ondas en agua quieta que eventualmente alcanzarían alguna orilla.

Era un evento literario, sí. Pero también era el reflejo visible de algo más profundo y menos definible.

Un cuadro vivo de expectativas entrelazadas, de miradas que exploraban incesantemente el espacio buscando reconocimiento o evasión, de cuerpos acomodándose con la conciencia aguda de estar en el lugar correcto, en el momento exacto donde algo significativo estaba a punto de ocurrir. Un instante colectivo suspendido entre lo que fue y lo que estaba por manifestarse.

Samuel se acomodó en su asiento de primera fila, sintiendo la textura del tapizado contra sus palmas. Afuera, más allá de las ventanas altas, la ciudad continuaba su rutina eterna, ajena a los pequeños dramas que se desarrollaban en aquel microcosmos. Dentro, todo estaba a punto de cristalizar en algo irreversible e irrepetible.

Samuel consultó nuevamente su reloj. Treinta minutos exactos hasta el momento crucial.

El tiempo era una línea invisible tendida sobre un abismo de posibilidades. En media hora exacta, Sentinel cambiaría de forma para siempre. No era simplemente un software actualizándose según parámetros preestablecidos sino una transformación fundamental, un giro que muchos no advertirían hasta que fuera demasiado tarde para reaccionar. Una transformación silenciosa pero definitiva en la historia de la manipulación informativa global.

El mundo vería otra cara de la información masiva, como quien descubre repentinamente un rostro oculto en un retrato familiar que ha contemplado durante años sin percatarse de su presencia.

Casi simultáneamente, un video detonaría la noticia en múltiples plataformas. Un impacto calculado en la estructura aparentemente invulnerable de la narrativa oficial. Un experto del proyecto Sentinel, hasta ahora anónimo y perfectamente leal, hablaría con la claridad demoledora del que ya no tiene nada que perder porque ha calculado todas las variables.

Samuel exhaló lentamente, liberando el aire de sus pulmones en un flujo controlado.

Lo que vendría después sería una guerra encarnizada de versiones contrapuestas, un territorio informativo fragmentado en múltiples realidades paralelas. La verdad, por primera vez en años, representaría un problema real para la empresa y sus amplificadores mediáticos. Se verían forzados a mencionarla, a responder directamente. No podrían sepultarla bajo capas sucesivas de ruido informativo como hacían habitualmente. La verdad contaminaría el circuito cerrado, alterando un equilibrio construido meticulosamente durante años de operaciones encubiertas.

Guardó el reloj de bolsillo en el interior de su chaqueta, sintiendo su peso contra el pecho.

La sala continuaba su lento movimiento alrededor de él, como un planeta girando imperceptiblemente sobre su eje. Conversaciones susurradas como corrientes subterráneas. Miradas que se cruzaban brevemente cargadas de significados que solo sus protagonistas comprendían plenamente. Cada asistente portaba una razón particular para estar allí. Algunos la conocían con claridad, otros la descubrirían muy pronto.

Samuel se acomodó en la silla ergonómica, sintiendo bajo sus dedos la textura del reposabrazos. El reloj avanzaba con precisión atómica, cada segundo acercándolos al punto de inflexión. Afuera, Barcelona respiraba su tarde dorada de primavera. Dentro, todo se precipitaba inexorablemente hacia lo inevitable como un tren que ha pasado el punto de no retorno.

El público ocupó finalmente sus asientos con movimientos estudiados, cada persona encontrando su lugar en la geometría social del evento. La luz, filtrada suavemente desde lámparas empotradas en el techo, bañaba la sala con una claridad uniforme y difusa. Los rostros en primera fila esperaban con esa mezcla particular de curiosidad intelectual y recelo instintivo que caracteriza a quienes presencian algo importante sin saber exactamente qué esperan encontrar.

A un costado de la puerta principal, Olmedo permanecía de pie con aparente despreocupación, sus manos ocultas en los bolsillos del pantalón como armas discretamente enfundadas. Su mirada recorría la sala con regularidad metronómica, registrando cada rostro, cada movimiento. Salcedo, entretanto, ajustó sutilmente su posición contra la pared lateral, sintiendo el peso reconfortante del revólver presionando contra su cadera derecha. Un Smith & Wesson 686 de cañón largo, seis pulgadas de acero pavonado que se adaptaba a su cuerpo como una extensión natural. La funda interior de cuero apretaba el metal contra su piel con una familiaridad íntima. Se movió levemente, apenas un desplazamiento de peso de un pie al otro, para redistribuir la presión sin llamar la atención sobre sí mismo. Cuarenta metros hasta el estrado. Un tiro perfectamente factible en cualquier circunstancia para un tirador con su experiencia.

Pablo vio a Martí posicionado estratégicamente en el centro de la sala. Intercambiaron una mirada breve, apenas una sonrisa casi imperceptible, un gesto mínimo de reconocimiento mutuo. Luego Pablo desvió deliberadamente la mirada hacia el fondo de la sala, dejándola desenfocarse ligeramente, técnica simple pero efectiva para aclarar la mente antes de una intervención pública.

Y entonces, algo lo sacudió internamente con la fuerza de una corriente eléctrica inesperada.

Su mirada, hasta ese momento flotante e imprecisa, se fijó súbitamente en una figura que permanecía de pie varios metros más allá, destacando entre la multitud sentada como una nota discordante en una sinfonía.

Una mujer.

Cabello rojo intenso cayendo en mechones libres sobre los hombros. Silueta alargada y elegante, su postura combinando una relajación aparente con una alerta subterránea que vibraba casi imperceptiblemente. Era ella, sin duda alguna.

Luz.

La pelirroja del bar.

Estaba completamente inmóvil, como si existiera en otra dimensión temporal donde todo fluía más lentamente que en el resto de la sala. No buscaba asiento, no conversaba con nadie, no miraba a ninguna persona específicamente. Parecía aguardar una señal que solo ella podría reconocer cuando apareciera.

La claridad ambiental en la sala pareció intensificarse inexplicablemente justo encima de su figura, como un foco natural dirigido exclusivamente hacia ella. No era un reflejo de las luces superiores. No era una ilusión óptica producto del cansancio. Era luz en su forma más pura y esencial, manifestándose como un halo apenas perceptible.

Pablo experimentó un vértigo repentino, una sensación visceral que escapaba completamente al pensamiento lógico o racional. Algo primordial y ancestral, algo anterior al lenguaje mismo. Una fractura momentánea en la percepción habitual del mundo que lo rodeaba.

Y entonces, el instante se tensó como un alambre a punto de romperse. Salcedo respiró pausadamente, controlando cada inhalación y exhalación. Su mano derecha, escondida hábilmente bajo el saco oscuro, encontró con precisión automática la culata del revólver, sus dedos adaptándose a las curvas familiares del arma. Sabía que el gatillo cedería con una presión mínima, calibrado exactamente para no requerir más fuerza de la necesaria. Nadie en la sala había notado su movimiento preparatorio. Nadie, excepto ella. Luz levantó la vista en ese preciso segundo, como respondiendo a una señal inaudible. Sus ojos no simplemente reflejaban la luz ambiental: la contenían en su interior con una intensidad casi sobrenatural.

Pablo avanzó hacia el estrado con paso decidido. Ajustó mecánicamente los papeles sobre la mesa sin mirarlos realmente. No eran necesarios para lo que tenía que decir.

Humedeció sus labios y elevó la mirada hacia el público expectante.

—¿Era necesario tanto sufrimiento, tanto horror? ¿Era necesaria una ECM para que las ideas de este libro vieran la luz?

El silencio se solidificó en la sala como concreto fraguando.

—No lo era. Pero las ideas surgieron así. En carne viva.

Algunas cabezas asintieron en primera fila, reconociendo la verdad contenida en esas palabras. Otras se inclinaron levemente hacia adelante, procesando el significado profundo que yacía bajo la superficie aparentemente simple de las palabras.

—Muchos responsables han reconocido públicamente su participación en los hechos. Los tribunales han dictado sentencia y han hecho justicia dentro de sus posibilidades. Pero aún queda uno sin enfrentar las consecuencias.

La voz de Pablo mantuvo su firmeza templada, ni un decibelio más alto de lo necesario.

—Uno de los responsables más activos del proyecto. Un hombre que, escudado tras el eufemismo del asesoramiento profesional, se convirtió en arquitecto principal de un experimento sistemático de sufrimiento. Buscaba conocimiento, ciertamente. Pero un conocimiento edificado deliberadamente sobre el dolor de inocentes que no consintieron.

Se inclinó ligeramente hacia el micrófono, calculando instintivamente la distancia exacta para que su voz adquiriera mayor resonancia sin distorsionarse.

—Theodor Reinhardt, cuyo verdadero nombre es Ezequiel Urbina.

El nombre quedó suspendido en el aire denso de la sala como una acusación materializada.

—Hoy, Theodor Reinhardt trabaja cómodamente en un prestigioso instituto en Zúrich. Un instituto que, con perfecta y calculada ironía, se dedica precisamente a estudiar las ECM. Debería estar en otro lugar muy diferente. Debería estar enfrentando a un juez en su país de origen. Debería ser extraditado y responder por sus actos ante la justicia.

Un murmullo creciente se extendió por la sala como una ola que se forma lentamente antes de romper. Algunos periodistas tomaban notas con gestos precisos y mecánicos. Otros asistentes intercambiaban miradas cargadas de significado, comprendiendo las implicaciones de lo que acababan de escuchar. Pablo respiró profundamente, sintiendo el oxígeno llenar sus pulmones.

—Dicho esto, la aparición de este libro póstumo no celebra el dolor sino la vida. Honra la honestidad intelectual y personal de un escritor excepcional que nos dejó demasiado pronto.

Un silencio breve, apenas tres segundos que parecieron extenderse. Luego continuó con voz clara.

—Muchos se preguntarán por qué tanto revuelo por un simple manuscrito. Por qué tanto miedo institucional a unas ideas impresas en papel, encuadernadas y distribuidas.

Levantó la vista, recorriendo deliberadamente la sala con una mirada que conectaba con cada sector del público.

—La respuesta es simple aunque incómoda: nuestro presente histórico no se define ya por trincheras visibles o muros tangibles. Se define por ideas. Por frentes de sombra que avanzan silenciosamente.

El aire de la sala pareció densificarse, volverse casi palpable mientras las palabras resonaban entre las paredes.

El mundo contemporáneo ya no se defendía con ejércitos visibles marchando bajo banderas reconocibles, sino con narrativas cuidadosamente construidas y diseminadas. Las batallas decisivas no se ganaban con proyectiles físicos sino con la capacidad algorítmica de determinar qué consideraba la gente como verdad aceptable. Ahí residía el verdadero peligro actual. Ahí radicaba el poder disruptivo de este libro que ahora se publicaba a pesar de todos los obstáculos.

Pablo hizo una pausa calculada. La emoción que sentía no era fabricada sino genuina, brotando de un lugar profundo. Mateo merecía plenamente este momento de reconocimiento. El libro existía ya materialmente en el mundo, imposible de enterrar nuevamente bajo capas de silencio. Alzó la vista hacia el fondo de la sala.

La pelirroja seguía inmóvil en su posición. Pero algo fundamental había cambiado en el espacio que la rodeaba. Su luz ya no era un fenómeno localizado alrededor de su figura. Se proyectaba ahora en un arco brillante y definido que atravesaba diagonalmente la sala y descendía como un rayo silencioso sobre la cabeza de un hombre situado a su izquierda. A exactamente cuarenta metros de distancia.

Pablo sintió un impacto contundente en el centro mismo del pecho, no físico sino más profundo, alcanzando un nivel que las palabras no pueden describir adecuadamente. Verónica, desde su posición, también lo percibió con claridad meridiana. Martí, el inspector experimentado, notó la reacción simultánea en ambos y giró instintivamente la cabeza buscando la causa en la dirección de sus miradas.

Salcedo se incorporó en un solo movimiento fluido y coordinado, producto de años de entrenamiento y situaciones reales.

Su mano derecha emergió velozmente del costado, el saco abriéndose como una cortina brusca ante un escenario letal. El revólver apuntaba ahora con la precisión implacable de lo inevitable. El disparo fracturó el aire en dos mitades irreconciliables.

Pablo reaccionó antes incluso de procesar conscientemente el peligro inminente. Su cuerpo se desplazó lateralmente siguiendo un instinto de supervivencia más antiguo que el pensamiento racional. Sintió el aire desplazado por la bala rozando el espacio exacto que su cabeza había ocupado apenas una fracción de segundo antes. La física elemental de la supervivencia.

El estruendo de la detonación fue como un trueno encerrado en una habitación de dimensiones reducidas, reverberando contra las paredes y amplificándose. El olor a pólvora quemada invadió instantáneamente el aire.

Pablo, todavía agachado tras esquivar el proyectil por milímetros, dirigió su mirada como un radar hacia el fondo de la sala. La luz emanada de la figura de la pelirroja había cambiado abruptamente de trayectoria. Ahora señalaba inequívocamente a un hombre de mediana edad que aprovechaba la confusión general para dirigirse con aparente calma hacia la salida lateral, sus movimientos calculados meticulosamente para no destacar entre el caos emergente.

No lo pensó analíticamente. Se incorporó con un impulso explosivo nacido de la adrenalina y corrió entre las filas de asientos, esquivando cuerpos que buscaban protección. El dolor de su herida reciente pulsaba agudamente bajo la camisa, enviando señales de advertencia que su cerebro ignoró completamente. El instinto prevalecía sobre cualquier otra consideración.

El hombre, al verse directamente perseguido, abandonó toda pretensión de normalidad y aceleró su marcha, empujando violentamente a varios asistentes aterrorizados para abrirse camino hacia la libertad. Sus movimientos revelaban un entrenamiento similar al de Pablo, economía de gestos y eficiencia física.

La distancia entre ambos disminuía con cada zancada, Pablo ganando terreno impulsado por una determinación férrea. Afuera, ya en la calle, el fugitivo giró bruscamente hacia la izquierda y descendió por las escaleras que conducían directamente al metro. Pablo lo siguió sin dudar, saltando los últimos cuatro peldaños de un solo impulso para mantener contacto visual con su objetivo. La estación subterránea bullía con la energía caótica de la hora punta, cientos de personas ajenas al drama que se desarrollaba entre ellas.

El hombre se dirigió sin vacilar hacia las escaleras mecánicas que descendían varios niveles bajo tierra como un pozo mecánico sin fondo aparente. Comenzó a bajar corriendo en dirección contraria al movimiento de la escalera, desestabilizando brutalmente a los pasajeros que ascendían ordenadamente, provocando gritos y confusión.

Pablo calculó la situación en un instante de claridad táctica. Seguirlo al mismo ritmo por la misma vía le daría al otro tiempo suficiente para llegar abajo, posicionarse ventajosamente, desenfundar y disparar con todas las ventajas posicionales. La herida parcialmente cicatrizada en su costado le recordaba dolorosamente sus limitaciones físicas actuales, pero no tenía alternativa viable.

Inspiró profundamente, llenando sus pulmones al máximo, y se lanzó escaleras abajo con determinación absoluta. No descendió escalón por escalón sino que saltó de tres en tres peldaños, ganando velocidad vertiginosa por el centro mismo de la escalera, donde la gente rara vez se sitúa. Cada impacto de sus pies contra el metal enviaba una pulsación de dolor agudo que irradiaba desde su herida, pero mantuvo el ritmo implacable. Los pasajeros, percibiendo instintivamente el peligro, se apartaban pegándose a los laterales, aferrándose a los pasamanos.

El hombre alcanzó finalmente el final de las escaleras y giró con la fluidez de un depredador, su mano derecha ya buscando algo bajo la chaqueta oscura. Pablo aceleró con un último impulso desesperado. Era ahora o nunca, sin margen para el error ni para la vacilación.

En el preciso instante en que el hombre completaba su giro y extraía una pistola semiautomática de la sobaquera, Pablo ya estaba encima de él, invadiendo fatalmente su espacio de combate. Con la mano izquierda extendida en un movimiento preciso, bloqueó la muñeca armada con un golpe seco hacia el exterior, desviando el cañón lejos de su cuerpo y de los civiles cercanos. Sin detener su impulso, ejecutó una maniobra circular practicada cientos de veces: su mano derecha aferró el brazo extendido por encima del codo mientras la izquierda mantenía firmemente inmovilizada la muñeca que sostenía el arma.

Aplicó presión con exactitud matemática y giró el brazo hacia abajo y hacia afuera, forzando una torsión anatómicamente imposible. El dolor fue inmediato y devastadoramente efectivo, la biología humana traicionando a su propietario. La muñeca cedió involuntariamente y el arma cayó al suelo de cerámica con un ruido metálico característico. Pablo aumentó deliberadamente la presión, empujando con todo su peso corporal mientras rotaba el brazo capturado aún más allá de sus límites naturales.

El hombre perdió completamente el equilibrio en el borde mismo del último escalón. Su cuerpo, desestabilizado por la palanca implacable aplicada a su brazo, no encontró punto de apoyo sobre el suelo pulido. Cayó pesadamente escaleras arriba, su masa corporal rodando dolorosamente sobre sí misma hasta detenerse aproximadamente a mitad del tramo, inmóvil pero todavía consciente, el dolor irradiando en ondas desde su articulación forzada.

Pablo subió rápidamente los escalones, apartando con el pie la pistola caída que se deslizó varios metros por el suelo. Con precisión mecánica nacida del entrenamiento intensivo, volteó al atacante boca abajo sobre los escalones metálicos. Le retorció ambos brazos a la espalda en una posición de control clásica y, quitándose el cinturón con un movimiento fluido, aseguró las muñecas con fuerza suficiente para inmovilizar pero sin causar daño nervioso permanente.

La gente a su alrededor había formado instintivamente un semicírculo a distancia prudente, la geometría natural del miedo y la curiosidad. Algunos pasajeros grababan la escena con sus teléfonos móviles, otros observaban en silencio, testigos involuntarios de algo cuyo significado completo no podían comprender pero cuya violencia reconocían instintivamente.

Pasos firmes y rítmicos resonaron en las escaleras metálicas. Martí descendía con su arma reglamentaria preparada pero no apuntando directamente, seguido por dos guardias de seguridad del metro que habían respondido a la conmoción.

—Tienes un talento especial para meterte en problemas y hacer mi trabajo simultáneamente —comentó Martí con ironía contenida, guardando su arma en la funda mientras evaluaba la situación con ojos profesionalmente entrenados.

Pablo se incorporó despacio, sintiendo ahora con claridad punzante el dolor que la adrenalina había enmascarado momentáneamente durante la persecución.

—No iba a dejarlo escapar después de todo lo que ha costado llegar hasta aquí —respondió, respirando entrecortadamente mientras el oxígeno reabastecía sus músculos.

Martí se agachó para verificar la efectividad de las ataduras improvisadas.

—Krav Maga —observó con tono neutro, más una afirmación técnica que una pregunta—. No es precisamente lo que esperaría de un académico amante de los libros.

Pablo no respondió al comentario. El sonido inconfundible de sirenas policiales llegó desde la calle como una promesa de orden restaurado gradualmente. La Guardia Civil había llegado con rapidez sorprendente para los estándares habituales.

—Has capturado personalmente a uno de los mejores operativos de su organización —añadió Martí en voz deliberadamente baja, solo para Pablo—. Esto cambiará muchas cosas en la investigación. Tendrán que replantearse toda su estrategia.

Pablo asintió levemente, sin energía para elaborar respuestas. Su mirada encontró a Verónica que emergía entre la multitud como una aparición, buscándolo con ojos donde el miedo se mezclaba con determinación. Cuando sus miradas se encontraron finalmente a través del espacio atestado, ambos supieron simultáneamente que algo fundamental había terminado, pero también que algo nuevo e indefinible comenzaba a tomar forma entre ellos y alrededor de ellos.

Mientras tanto, en la sala de la editorial ahora convertida en escena del crimen, Salcedo yacía inmóvil sobre el suelo de madera pulida, sometido eficientemente por dos guardias de seguridad. El disparo certero de Martí le había alcanzado el hombro derecho, una herida significativa pero deliberadamente no letal. No oponía resistencia alguna. La derrota absoluta había tallado su expresión en piedra inexpresiva, su mirada fija en un punto indefinido del techo.

Los guardias de seguridad ya habían solicitado una ambulancia para el herido. La policía científica estaba en camino para procesar la escena meticulosamente.

Samuel permaneció inmóvil en su asiento, incapaz físicamente de moverse como si sus extremidades hubieran olvidado las órdenes básicas del cerebro. Verificó mecánicamente su reloj: 7:30 exactamente. En Toronto, a miles de kilómetros de distancia, Sentinel estaba desactivando sistemáticamente sectores críticos de su sistema según lo programado. Los cambios ejecutándose con precisión algorítmica, las piezas del sistema reconfigurándose según el nuevo patrón establecido.

El canal principal de noticias ya estaba transmitiendo el video filtrado. Material informativo explosivo y documentado. Declaraciones técnicas imposibles de ignorar o desmentir. La verdad entraba implacablemente en el sistema mediático como un virus en un organismo sin defensas preparadas.

Samuel se levantó finalmente con la rigidez característica de alguien que aún no asimila completamente los acontecimientos que han alterado su realidad. Salió en silencio absoluto de la sala, flanqueado protectoramente por sus guardaespaldas que ahora parecían más confundidos que eficientes.

Afuera, Barcelona se sumergía gradualmente en la penumbra violácea del atardecer mediterráneo, indiferente a las pequeñas tragedias humanas que se desarrollaban bajo su cielo cambiante.

CAPÍTULO 28

En la penumbra de su despacho, Theodor Reinhardt observaba las sombras extenderse como tinta derramada sobre papel caro. El ocaso transformaba el cristal de la ventana en un espejo impreciso, un palimpsesto de reflejos donde su rostro aparecía fragmentado en tonos cobrizos y grises. La luz agonizante del día revelaba cada arruga, cada surco tallado por años de decisiones que ahora convergían en este instante. El teléfono interrumpió aquel silencio que él atesoraba como una reliquia familiar, un legado acústico de su propia soledad cultivada.

Al levantar el auricular, solo la respiración del otro lado le respondió, un ritmo pausado y deliberado que contenía más amenaza que cualquier grito. El plástico negro del teléfono, pulido por años de uso, se calentaba gradualmente contra su palma.

—¿Quién habla? —su voz sonaba firme, un barítono controlado que traicionaba la inquietud que ya ascendía por su espalda como un animal trepador.

Una voz distorsionada perforó el vacío entre ellos con la precisión de un bisturí de cirujano sobre piel vulnerable.

—Lo acaban de nombrar, doctor Urbina. En Barcelona. Frente a toda la prensa.

Theodor se quedó inmóvil, congelado en un instante que parecía extenderse indefinidamente como un eco en un cañón vacío. El vaso de Macallan capturó un último destello del día, ámbar contra ámbar, mientras permanecía suspendido a mitad de camino hacia unos labios que habían olvidado cómo completar el gesto. Su cuerpo recordaba una estatua de cera a punto de derretirse bajo un calor invisible pero implacable.

—Todas sus identidades, todos sus trabajos. Su verdadero nombre. Todo.

La llamada se cortó con la brusquedad de una sentencia definitiva.

Depositó el teléfono con la meticulosa delicadeza de quien manipula un explosivo inestable, un artefacto que podría deshacerse en violencia sin previo aviso. Sus ojos, ahora más oscuros que el whisky en su vaso, recorrieron los diplomas enmarcados en la pared de nogal. Nombres diferentes, trayectorias inventadas con la minuciosidad de un joyero, menciones honoríficas ganadas con sangre ajena. Una colección de vidas que no le pertenecían realmente pero que había habitado con perfecta convicción.

Encendió la pantalla de su ordenador. La luz azulada del monitor iluminaba sus facciones desde abajo, creando sombras severas que lo convertían en un extraño ante sí mismo, un intruso en su propia piel. Su rostro aparecía en los titulares junto a palabras como "escándalo", "experimentos", "identidades". Las letras negras palpitaban contra el fondo blanco como insectos atrapados. Siempre supo que estaría solo en ese momento crucial. Lo había ensayado mentalmente incontables veces, como quien prepara una huida sin equipaje hacia un destino incierto.

Marcelo Peña, su nombre original. El joven del liceo militar que aprendió lo que era ser un hombre al servicio de algo mayor, algo impersonal y exigente. Aquella disciplina lo formó como el fuego forma al metal, implacable y definitiva, sin consideración por el dolor del proceso. La mantuvo con orgullo incluso cuando cambió las armas por los libros de medicina. La psicología se convirtió en su nuevo campo de batalla, uno donde las heridas no sangraban, pero resultaban igualmente profundas y permanentes.

Su madre repetía aquella frase como una oración desgastada por la repetición: él le enseñaría a no estar triste. La promesa infantil se había convertido en una obsesión profesional que definió su vida. Nunca pudo cumplirle ese sueño imposible. Las depresiones de ella se profundizaron como pozos en tierra seca, cada vez más hondos, cada vez más oscuros. Había límites que ni siquiera la ciencia podía traspasar, fronteras que permanecían obstinadamente cerradas.

Y fue entonces cuando Estévez se propuso develar esos misterios prohibidos de la mente humana. Sería implacable en su búsqueda, aunque quedara solo al final del camino. No le importó nunca la soledad. De hecho, la prefería con la naturalidad con que ciertos animales nocturnos solo encuentran su verdadera naturaleza en la oscuridad completa, lejos de miradas y juicios ajenos.

Al cambiar de nombre no dudó en cortar vínculos con un mundo conocido que ya le resultaba estrecho como ropa infantil. Hasta mejor, pensó. Las raíces solo anclan, nunca elevan. Su deseo de sobrepasar límites era más fuerte que cualquier nostalgia por lo familiar, más intenso que cualquier necesidad de pertenencia. No era ambición vulgar sino certeza profunda: era un elegido para conocer los territorios prohibidos de la mente, para cartografiar regiones que otros apenas intuían.

Vació el whisky de un trago mecánico. El licor atravesó su garganta como fuego líquido, quemando pero sin calentar su pecho que permanecía frío como un pozo abandonado. El aroma ahumado persistió en su paladar mientras caminaba hacia el tocadiscos antiguo que ocupaba un lugar de honor en la estantería. Sus dedos, ligeramente temblorosos ahora, recorrieron la colección de vinilos gastados por años de escuchas nocturnas, huellas digitales acumuladas como estratos geológicos de soledad.

Seleccionó un álbum con la reverencia de quien escoge un texto sagrado, un manuscrito con poderes ocultos. No "No Outback" de Joe Farrell, como solía hacer en noches menos definitivas, menos terminales. Esta vez extrajo "Live-Evil" de Miles Davis del sobre protector con un cuidado exagerado. El vinilo negro captó por un instante su reflejo distorsionado antes de comenzar a girar bajo la aguja. Las notas de la trompeta eléctrica y los ritmos fragmentados lo transportaron instantáneamente a otro tiempo, a aquellos años en Boston donde descubrió que la música era su única compañía verdadera, la única que no exigía explicaciones ni justificaciones.

En los 70, mientras sus compañeros de universidad se entregaban a la nueva ola, a las drogas de colores imposibles, a las protestas vociferantes, él se sumergía en el jazz con la disciplina de un monje dedicado a textos arcanos. No como entretenimiento pasajero sino como estudio metódico de un lenguaje alternativo. Lo entendía como un código secreto, una matemática del alma que pocos sabían interpretar correctamente, una comunicación subliminal que trascendía lo obvio. Las armonías disonantes revelaban verdades que las palabras jamás podrían articular con precisión comparable.

Sirvió otro vaso, esta vez con una generosidad que delataba su intención definitiva. El caos calculado de "On The Corner" vibró en la habitación, tomando posesión del espacio como un invasor bienvenido. Las líneas de bajo distorsionadas, los bronces afilados como cuchillos recién afilados, los sonidos urbanos penetrando el espacio estéril de su despacho. Siempre estuvo solo en esa música, en ese entendimiento particular del mundo que lo rodeaba, pero nunca lo contenía completamente. En eso también, en su forma de escuchar, se diferenciaba del resto de los mortales que se conformaban con melodías previsibles y ritmos reconfortantes.

Las notas disonantes y los ritmos quebrados llenaron la habitación con una densidad casi táctil, palpable como niebla densa. Una música que reflejaba con precisión lo que siempre había sentido en lo más profundo: que el caos y el orden no eran opuestos irreconciliables, sino manifestaciones distintas de un mismo principio fundamental. Que la disonancia tenía su propia lógica inquebrantable, su propia belleza terrible y necesaria.

Sus dedos acariciaban el cristal del vaso al ritmo de la música mientras observaba la noche descender sobre Zúrich, transformando las luces de la ciudad en constelaciones artificiales, estrellas creadas por el hombre que imitaban pobremente el cosmos verdadero. Cada ventana iluminada representaba una vida ajena, un universo paralelo al que nunca tendría acceso.

Abrió el segundo cajón del escritorio con la deliberada lentitud de un ritual ancestral, un acto ceremonial que requería precisión y respeto.

El metal frío de la pistola recibió sus dedos como un viejo conocido que ha estado esperando pacientemente este reencuentro. La extrajo con la familiaridad de quien ha ensayado este gesto innumerables veces en la soledad de sus pensamientos, en los ensayos mentales de este momento final.

Mientras el jazz avanzaba hacia territorios más caóticos, recordó rostros que creía olvidados. No los de sus colegas profesionales, no los de sus amantes ocasionales que pasaron por su vida sin dejar huella profunda. Rostros suplicantes que había borrado de su memoria durante años mediante técnicas que él mismo había perfeccionado en otros. Ahora volvían todos a la vez, una procesión de acusaciones silenciosas que desfilaban por la habitación como fantasmas convocados por las notas estridentes de Davis, por la percusión que imitaba latidos de corazones aterrorizados.

Caminó hasta la ventana con pasos que apenas perturbaban el silencio entre notas musicales. El cristal recibió su frente caliente con una frialdad que casi resultó reconfortante, un contraste que despertó sensaciones físicas en un cuerpo que comenzaba a sentirse distante, ajeno. Afuera, Zúrich brillaba indiferente bajo la noche clara de marzo. Las luces de los edificios, los faros de los coches que dibujaban trazos dorados entre calles, las farolas que vertían luz amarillenta sobre aceras vacías, todo continuaba su rutina ajena a dramas individuales, a apocalipsis privados.

Las improvisaciones de Miles Davis alcanzaron un crescendo frenético y desgarrador que parecía desafiar los límites de lo soportable. Theodor sonrió levemente, apenas un movimiento en la comisura de sus labios resecos. El jazz era lo único que había conservado intacto de su vida anterior, como si fuera un hilo invisible que conectaba todas sus identidades fragmentadas, un continuo en un universo de rupturas.

Regresó a su sillón con movimientos precisos, casi coreografiados, como si siguiera marcas invisibles en el suelo. Volvió a llenar el vaso por última vez, observando cómo el nivel del líquido ámbar ascendía hasta casi rozar el borde. La botella quedó vacía, como un centinela agotado después de una larga vigilancia. En la pared opuesta, una fotografía enmarcada en plata capturaba un momento de gloria académica: un grupo de investigadores en una conferencia en Viena, todos con sonrisas medidas y trajes impecables. Él estaba entre ellos, sonriendo con una naturalidad estudiada frente a las cámaras, aceptando un reconocimiento por su trabajo sobre estados alterados de conciencia. Un trabajo que nadie sabía cómo había realizado realmente, qué precio habían pagado otros por ese conocimiento.

Apuró el último whisky con la determinación de quien sella un pacto definitivo. El sabor ahumado persistió en su boca mientras acariciaba el cañón de la pistola, sintiendo las microscópicas imperfecciones del metal contra la yema de sus dedos hipersensibles. No enfrentaría juicios terrenales. No habría cárceles de hormigón y metal. No miraría a los ojos a las familias ni a las víctimas que dejó a su paso. No se defendería de las acusaciones que, sabía con claridad cristalina, eran todas ciertas y apenas rozaban la superficie de sus actos.

La música alcanzó un pasaje particularmente caótico, como si la mente del trompetista se fragmentara en pedazos que caían sin orden aparente, pero con propósito oculto. Theodor colocó el cañón bajo su mentón con la precisión de un cirujano. La sensación del metal contra su piel resultaba curiosamente reconfortante, casi íntima. Respiró hondo, llenando sus pulmones por última vez con el aire perfumado de whisky y madera antigua. Cerró los ojos, no por miedo sino para concentrarse mejor en las sensaciones finales.

El sonido sordo del disparo se fundió con la disonancia del jazz, mientras su vida se desvanecía en la penumbra del despacho, derramándose como el whisky que había bebido antes, absorbiéndose en la alfombra persa que había sobrevivido siglos solo para terminar recogiendo su final.

A miles de kilómetros, en Barcelona, la noticia de la muerte de Reinhardt aún no había cruzado el espacio, aún no viajaba por cables y satélites para convertirse en otro titular. El mundo seguía girando con su indiferencia habitual, desconociendo el pequeño apocalipsis privado ocurrido en Zúrich, una estrella que se apagaba sin alterar la constelación.

La luz del atardecer caía oblicua sobre la entrada de la editorial, convirtiendo cada superficie de cristal en una lámina de oro líquido que parecía vibrar con vida propia. El aire traía un aroma a tierra húmeda y flores tempranas, esa mezcla peculiar de las primeras semanas de primavera en Barcelona, una promesa de renovación que contrastaba con la gravedad del momento. Entre los maceteros dispuestos con estudiada naturalidad en la entrada, los reflejos de las luces decorativas titilaban sobre el vidrio pulido, capturando colores cálidos que contrastaban con la frialdad de la noticia que pronto atravesaría el espacio para alcanzarlos.

El dueño del bar Luz sostenía el libro entre sus manos curtidas por décadas de trabajo. Sus dedos, marcados por el tiempo de limpiar vasos y manejar billetes húmedos de cerveza, rozaban la portada con una reverencia inesperada para un hombre de su oficio. Las letras doradas del título parecían vibrar bajo la luz mortecina, cobrando una dimensión casi táctil. Había visto muchas cosas en su vida, desde la transición que transformó el país hasta los atentados que lo sacudieron, pero nunca había sostenido algo que hiciera temblar los cimientos del poder con tanta contundencia silenciosa.

Abrió la primera página con la cautela de quien destapa un relicario antiguo, un objeto sagrado que podría desintegrarse con un manejo descuidado. Sus labios, gruesos y agrietados por años de intemperie, formaron las palabras lentamente, como descifrando un texto en lengua extranjera que solo parcialmente comprendía.

—El amor florece solo en la unidad —pronunció con voz áspera pero clara.

Se detuvo, sintiendo el peso de esas palabras simples que contenían mundos de significado. La yema de su dedo índice recorrió la frase impresa como un ciego leyendo braille, como si buscara un significado oculto en la textura del papel. No era un hombre de libros ni de grandes reflexiones filosóficas, pero entendía instintivamente el significado que se ocultaba tras aquellas palabras sencillas. Cerró el ejemplar con una delicadeza impropia de sus manos acostumbradas a trabajos rudos, a la solidez de botellas y vasos.

Denisse permanecía inmóvil a su lado como una estatua de sal, una figura cuya quietud contenía más movimiento que cualquier gesto. La luz lateral acentuaba los surcos de su rostro, convirtiendo cada arruga en un relato silencioso de años vividos intensamente, de batallas perdidas y ganadas. No habló. No necesitaba palabras para comunicar lo que sentía. Solo dejó caer una lágrima solitaria que brilló momentáneamente en su mejilla antes de perderse en la comisura de sus labios pintados de carmín suave. No era una lágrima de tristeza ni de arrepentimiento. Era de algo más profundo que escapaba a las clasificaciones habituales de las emociones humanas, algo para lo que el lenguaje no había inventado nombre todavía.

Verónica observaba la escena con la atención concentrada de quien contempla una obra de arte que no alcanza a comprender completamente, pero cuya importancia intuye. Había pasado tanto tiempo en movimiento perpetuo —esquivando amenazas invisibles, negociando con el miedo, peleando contra sombras— que nunca se había permitido detenerse a contemplar lo que realmente significaba todo esto. La revelación, el libro que ahora existía físicamente en el mundo, las consecuencias que se extenderían como ondas en agua quieta. Ahora lo veía con claridad cristalina. No en los titulares sensacionalistas ni en las amenazas veladas de quienes ostentaban poder. Lo veía en los ojos humedecidos del hombre del bar, en la lágrima solitaria de Denisse, en el libro que ya no les pertenecía a ellos sino al mundo entero que lo absorbería y transformaría.

Un golpe de viento súbito removió las hojas de las plantas dispuestas en la entrada, creando un susurro vegetal que parecía comunicar secretos. Las páginas del libro se agitaron como alas de mariposa intentando emprender vuelo, pero el dueño del bar lo sostuvo con firmeza, como si temiera que pudiera desvanecerse entre sus dedos, convertirse en humo y memoria. Afuera, Barcelona continuaba su ritmo implacable, el tráfico fluyendo como sangre por arterias urbanas. La ciudad nunca se detenía por dramas individuales, por epifanías personales. Nunca lo había hecho y nunca lo haría.

Martí apareció entre la multitud que se había congregado frente a la editorial como si materializara desde el aire mismo. Avanzaba con la chaqueta desabrochada que ondeaba ligeramente con su paso decidido, con ese andar apresurado pero digno de quien porta noticias importantes que cambiarán el curso de los acontecimientos. Se acercó al grupo y miró directamente a Pablo, estableciendo un puente invisible entre ambos donde las palabras viajaban antes de ser pronunciadas, un lenguaje de miradas que habían desarrollado a través de peligros compartidos.

—Olmedo ya está en la ambulancia. Se salvará —dijo con una voz que intentaba mantener la neutralidad profesional pero que revelaba alivio en sus bordes, en la suavidad con que pronunció la última palabra.

Pablo asintió levemente, apenas un movimiento de cabeza que contenía mundos de significado. Algo en su pecho se aflojó, como un nudo que llevara demasiado tiempo atado y finalmente cediera, permitiendo que el aire circulara libremente. Su respiración, contenida inconscientemente desde que recibió la noticia, escapó en un suspiro casi imperceptible que parecía llevarse con él un peso acumulado.

Martí extendió la mano en un gesto formal, propio de su entrenamiento policial y de una personalidad que mantenía cierta distancia protectora. Pablo rechazó la formalidad con un movimiento breve y lo abrazó con una intensidad que sorprendió a ambos por igual, un contacto humano que trascendía protocolos y reservas. No hubo palabras en ese instante cargado de significado. Solo el contacto de dos cuerpos que habían atravesado juntos el fuego y habían emergido transformados pero intactos en lo esencial. El golpe firme en la espalda selló una amistad que ya no necesitaba explicaciones ni juramentos, una lealtad forjada en circunstancias que pocos podrían comprender.

Martí sonrió con esa media sonrisa que reservaba para las escasas ocasiones que lo ameritaban, un gesto tan raro en él como valioso por su autenticidad.

—Bienvenido nuevamente a Andorra —dijo con un tono que mezclaba gravedad y un inusual toque de humor.

Pablo dejó escapar una risa breve, casi un resoplido que sacudió levemente sus hombros. Era la primera vez que reía en meses, quizás años. La sensación resultaba extraña, casi olvidada, como redescubrir un músculo atrofiado por el desuso prolongado, una capacidad que creía perdida para siempre.

Martí consultó su teléfono, que vibraba insistentemente en el bolsillo interior de su chaqueta como un animal inquieto. Sus ojos, entrenados para absorber información rápidamente, recorrieron el mensaje con rapidez profesional, capturando lo esencial en segundos. Su expresión cambió sutilmente, una alteración apenas perceptible para quien no lo conociera bien, un microgesto que Pablo captó inmediatamente.

—Acabo de recibir una noticia —dijo en voz baja, acercándose a Pablo para crear un espacio de confidencialidad en medio del bullicio que los rodeaba—. Theodor Reinhardt ha sido encontrado muerto en su despacho de Zúrich. Suicidio.

Pablo no mostró sorpresa visible. Su rostro permaneció impasible, como tallado en madera oscura por un artesano minucioso. De algún modo, lo había anticipado desde que decidieron publicar el libro, como si hubiera visualizado esta consecuencia inevitable en las largas noches de insomnio.

—Eligió su salida —respondió con voz neutra, sin condenación ni aprobación, simplemente constatando un hecho con la objetividad de quien ha visto demasiado para sorprenderse.

Se apartó un paso y giró levemente la cabeza, un movimiento casi involuntario. En el cristal de la entrada, entre las luces cálidas y las plantas que se mecían con la brisa temprana de la noche, creyó ver algo fugaz. O alguien. Un reflejo pasajero, una presencia que no debería estar allí pero que reconocía instantáneamente.

La imagen fantasmal de una mujer de cabello rojo que capturaba la luz como fuego líquido. Una sonrisa que pertenecía a otro tiempo, a otro mundo. Una despedida silenciosa que solo él podía percibir, un mensaje privado en un código que solo ellos dos comprendían completamente.

El coche avanzó con la lentitud de un depredador acechando a su presa en terreno desconocido. La calle se curvaba alrededor del edificio como un río alrededor de una piedra obstinada, fluyendo con una lógica propia. Samuel respiraba el silencio artificial del interior del vehículo, un vacío acústico interrumpido solo por el zumbido casi subliminal del motor alemán perfectamente afinado. Los guardaespaldas, inmóviles piezas de mobiliario humano, formaban parte del tapizado negro, sus cuerpos disciplinados fundidos con el interior de líneas severas y espacios calculados. Sofás de cuero negro sin una sola arruga. Mesas de vidrio ahumado vacías hasta la perfección. Paredes desnudas de grafito pulido que absorbían la luz en lugar de reflejarla. La ausencia convertida en declaración de poder. La ciudad se derramaba más allá de las ventanas polarizadas, indiferente a la gravedad del momento que se aproximaba con la inexorabilidad de la marea.

Encontraron un hueco junto a la acera, un espacio que parecía haber sido reservado para ellos por alguna providencia urbana. El espacio justo, ni un centímetro más de lo necesario, una precisión que Samuel interpretó como un augurio favorable. Bajaron sin intercambiar palabras, sin necesidad de confirmaciones verbales. El vehículo quedó atrás como un animal abandonado temporalmente, esperando con paciencia mecánica. Se dirigieron al edificio sin mirar atrás, sus pasos marcando un ritmo preciso contra el pavimento, un compás que anunciaba su llegada a quien supiera escuchar.

La editorial se elevaba en líneas que cortaban el cielo con ángulos estudiados por algún arquitecto con sentido teatral. Balcones anchos como plataformas de observación se proyectaban hacia el vacío, desafiando la gravedad con confianza estructural. Verde desbordando los bordes de jardineras, raíces buscando grietas en el concreto con la persistencia de una idea fija que se niega a ser olvidada. Vidrio capturando el sol bajo un cielo limpio de nubes, reflejando azul en fragmentos caleidoscópicos. A sus pies, un jardín geométrico donde palmeras jóvenes proyectaban sombras como manecillas de reloj sobre el suelo de piedra clara.

El aire traía olores de tierra húmeda recién regada y cemento calentado por el sol de la tarde, una combinación que evocaba construcción y crecimiento. No había ruido excepto el viento ocasional y el murmullo lejano de la ciudad, como sangre circulando por venas distantes, un recordatorio constante de vida más allá de este momento.

Era un edificio moderno pero no frío, no uno de esos monolitos de cristal sin alma. La naturaleza intentaba reclamarlo con persistencia vegetal mientras la arquitectura jugaba con la luz, creando ritmos de sombra y claridad que cambiaban con las horas. Samuel podía intuir el interior amplio, limpio, sin excesos decorativos pero cálido en su funcionalidad. Un lugar donde las decisiones importantes se tomaban con consideración, donde las palabras adquirían permanencia a través de la impresión. Donde él, en ese preciso momento histórico, estaba por hacer historia personal y colectiva.

Samuel avanzó hacia la entrada de cristal y metal con paso deliberadamente medido. Su caminar firme no revelaba la tensión eléctrica que le recorría la espalda como un animal invisible. Consultó la hora en su reloj suizo: la una en punto en Toronto. Las seis de la tarde en Barcelona. El tiempo se alineaba con la precisión de una ecuación matemática perfectamente resuelta, variables convergiendo en un resultado inevitable.

Su pulso permaneció estable bajo la piel bronceada. La decisión estaba tomada desde hacía semanas y no había vuelta atrás posible, solo avance. Cruzó la entrada y vio el público congregado, figuras que esperaban con anticipación contenida mientras las recepcionistas, con gestos económicos entrenados hasta la perfección, indicaban el camino con manos que parecían danzar brevemente en el aire. La sala donde debía desarrollarse el evento quedaba a su izquierda, una cavidad arquitectónica en la geometría general del edificio.

Los guardaespaldas escaneaban el entorno con ojos entrenados para detectar amenazas antes de que se materializaran. No necesitaban intercambiar palabras entre ellos; el lenguaje entre estos hombres era otro, un código de movimientos y miradas desarrollado en campos de entrenamiento y situaciones de peligro real. Apenas unos centímetros más altos que Samuel, con trajes que ocultaban la musculatura entrenada, parecían extensiones de su voluntad, apéndices de un mismo organismo. Samuel pensó en ella, en la mujer que había compartido sus secretos y ahora se alejaba para salvaguardarlos. A esa hora precisa debía estar aproximándose al aeropuerto en otro vehículo idéntico, cada minuto acercándola más a la seguridad prometida, a una vida reconstruida.

Todo estaba calculado con precisión matemática. La planificación meticulosa lo había llevado lejos en la vida, pero esta vez no se trataba de ascender en jerarquías corporativas sino de sobrevivir con dignidad. La secuencia de eventos que se desarrollaría después era transparente para él: el escándalo primero, explosivo e inevitable; después las investigaciones como oleajes sucesivos contra un acantilado; finalmente la orden de arresto internacional que nunca llegaría a alcanzarlo en jurisdicción extranjera. Para cuando la maquinaria legal se activara completamente, engranajes pesados poniéndose en movimiento, él ya estaría fuera del alcance de España y sus aliados.

Aun así, este momento le pertenecía por derecho propio. No pensaba perderse el instante que había construido meticulosamente durante meses. La adrenalina le afilaba los sentidos como una droga perfectamente calibrada: los colores más intensos, los sonidos más definidos, cada rostro en la multitud capturado con claridad fotográfica. El autor de aquel libro que ahora sacudía los cimientos del poder había soportado un peso mucho mayor durante años. Su propia fuga, en comparación, sería casi un trámite burocrático, una formalidad necesaria.

El recepcionista encontró su nombre en la lista digitalizada y lo condujo con una deferencia estudiada hasta la sala principal. Samuel se permitió un instante de reflexión mientras caminaba por el pasillo iluminado. Su presencia no era un secreto operativo. La editorial conocía la lista de asistentes confirmados. Nadie más tenía ese conocimiento completo.

Lo recibieron y lo guiaron hasta un asiento estratégicamente ubicado en primera fila, a la izquierda del púlpito donde pronto se desarrollaría el evento central. La sala desplegaba una elegancia sin esfuerzo aparente, con mamparas de vidrio ahumado que transformaban la luz natural en algo tangible, casi material.

Pero su mente habitaba simultáneamente otro espacio, otra dimensión temporal.

Toronto. Los periodistas esperaban con la noticia preparada como armas cargadas y apuntando. Todo sincronizado meticulosamente con la nueva programación de Sentinel que se activaría automáticamente. El video se filtraría en los medios como agua en tierra seca después de sequía prolongada. Los artículos aparecerían simultáneamente en la siguiente tirada digital del diario.

Manipulación informativa. La palabra tenía peso físico en su boca, una densidad casi metálica.

La información llegaría al público cuidadosamente envuelta en capas de material programado por algoritmos precisos, diseñados específicamente para este propósito. No era simplemente censurar la verdad inconveniente sino ahogarla en un océano fabricado de contenido distractor. Blogs aparentemente independientes, redes sociales infiltradas, medios tradicionales comprometidos, todos saturados con datos creados específicamente para moldear la percepción pública hacia una narrativa controlada. Una arquitectura invisible de control informativo que pocos detectarían mientras la habitaban.

Samuel conocía los mecanismos del miedo colectivo e individual como un anatomista conoce el cuerpo humano. Era relativamente sencillo estudiarlo en otros, en poblaciones enteras. Lo verdaderamente difícil, lo que pocos lograban, era sentirlo en uno mismo, reconocerlo claramente, y seguir avanzando a pesar de su presencia.

Respiró profundamente, llenando sus pulmones con aire acondicionado que sabía ligeramente a ozono. Cada pensamiento que cruzaba su mente era filtrado, clasificado, evaluado por relevancia. Solo los útiles para el objetivo inmediato permanecían en primer plano. Esa era la clave de su éxito previo. Esa era la verdadera lección que había aprendido en décadas de servicio.

La multitud se movía con el ritmo pausado de un mar en calma antes de la tormenta anunciada. En la entrada principal, los asistentes formaban constelaciones temporales de conversación, agrupándose y separándose según afinidades y jerarquías invisibles. Una mujer de cabello oscuro y traje impecable sostenía un vaso de agua como si fuera un ancla para no derivar en la corriente social. Su abrigo negro se ajustaba a su cuerpo con precisión matemática, revelando una silueta cultivada con disciplina mientras su mirada navegaba distancias más allá de las paredes físicas, como si viera algo inaccesible para los demás presentes.

Junto a ella, un hombre con cabello canoso perfectamente arreglado escuchaba con atención medida a una mujer envuelta en un abrigo color mostaza que gesticulaba suavemente al hablar. Su expresión mantenía un equilibrio perfecto entre interés cortés y distancia profesional, arte social que solo los años y la experiencia enseñan a perfeccionar.

Las invitaciones digitales circulaban con la eficiencia de un sistema bien diseñado, códigos QR escaneados en segundos. Algunos invitados entraban sin pausa ni vacilación, sin mirar atrás, seguros de su pertenencia legítima a este espacio exclusivo. Otros esperaban con la incertidumbre vibrando sutilmente en sus gestos contenidos, en la forma en que sostenían sus pertenencias, no completamente convencidos de su lugar en el esquema general del evento.

Los invitados especiales, identificados discretamente, eran conducidos a la sala izquierda por personal entrenado específicamente para esa función. Un espacio más íntimo, más exclusivo, donde los sonidos del evento principal llegaban amortiguados como recuerdos de algo que ocurre en otra dimensión. La luz allí era más suave, un resplandor difuso que dibujaba sombras alargadas sobre las paredes blancas inmaculadas. Las sillas dispuestas en filas ordenadas esperaban, pero la gente ignoraba esa geometría impuesta, creando su propia distribución orgánica según dinámicas sociales invisibles.

Un hombre de traje oscuro perfectamente cortado ocupó un asiento en primera fila con movimientos mínimos pero precisos. No cruzó las piernas ni apoyó los brazos en los reposabrazos disponibles. Esperaba con la quietud perturbadora de un objeto inanimado, como si el tiempo fluyera a su alrededor sin tocarlo realmente, sin afectarlo en su esencia. Detrás, una mujer con el cabello recogido en un moño severo examinaba el programa impreso del evento, sus dedos delgados recorriendo el papel satinado con una lentitud casi ritual, como si descifrara un texto sagrado.

En la sala derecha, más amplia y menos exclusiva, el público general entraba en oleadas desordenadas pero constantes. Voces superpuestas creando un murmullo oceánico, risas contenidas por decoro, abrigos rozándose en el aire climatizado creando electricidad estática invisible. Se instalaban en los bancos modernos, algunos observaban con interés fingido o genuino las obras gráficas en las paredes blancas: líneas solitarias que atravesaban espacios vacíos, rectángulos de color único suspendidos en la nada, puntos negros dispersos como estrellas distantes en un lienzo inmaculado. Otros intercambiaban palabras urgentes en voz baja, como si cada frase tuviera un tiempo limitado de existencia antes de desvanecerse. En una esquina apartada estratégicamente, dos hombres de mediana edad discutían en voz baja, inclinados uno hacia el otro en actitud conspiratoria, sus rostros tensos como cuerdas afinadas a punto de romperse por exceso de presión. Más allá, un grupo heterogéneo compartía anécdotas profesionales entre sonrisas medidas, sus gestos amplificándose en el aire como ondas en agua quieta, marcando territorio social.

Era un evento cultural, sí. Pero también era un reflejo perfecto de algo más profundo y complejo.

Un cuadro sociológico vivo de expectativas entrecruzadas, de miradas que exploraban constantemente el espacio buscando reconocimiento y validación, de cuerpos acomodándose con la conciencia aguda de estar en el lugar correcto, en el momento exacto de la historia. Un instante colectivo suspendido entre lo que fue y lo que sería después de las revelaciones inminentes.

Samuel se acomodó en su asiento ergonómico, sintiendo la tensión acumulada en la base de la columna. Afuera, más allá de las paredes y cristales, la ciudad continuaba su rutina eterna, ajena a transformaciones personales. Dentro, todo estaba a punto de cristalizar en algo irrepetible e irreversible.

Samuel miró su reloj una última vez, un gesto casi ritual. Treinta minutos exactos hasta el punto de inflexión programado.

El tiempo era una línea invisible tendida sobre un abismo de posibilidades, un alambre por el que caminaba con precisión entrenada. En exactamente media hora, Sentinel cambiaría fundamentalmente. No era simplemente un software actualizándose según protocolos establecidos sino una transformación fundamental en su arquitectura, un giro que muchos usuarios y observadores no advertirían hasta que fuera demasiado tarde para reaccionar adecuadamente. Una transformación silenciosa pero profunda en la historia de la manipulación informativa global.

El mundo interconectado vería otra cara de la información masiva, como quien descubre repentinamente un rostro oculto en un retrato familiar que ha contemplado durante años sin notar la presencia alternativa.

Casi simultáneamente, un video cuidadosamente editado detonaría la noticia como una carga explosiva controlada. Un impacto calculado en la estructura de la narrativa oficial que se había construido durante décadas. Un experto técnico del proyecto Sentinel, hasta ahora anónimo y aparentemente leal al sistema, hablaría con la claridad devastadora del que ya no tiene nada que perder, del que ha cruzado un umbral sin retorno.

Samuel exhaló lentamente, controlando la respiración como le habían enseñado años atrás.

Lo que vendría después sería inevitablemente una guerra de versiones contrapuestas, un territorio informativo fragmentado en narrativas competidoras. La verdad incómoda, por primera vez en este conflicto, representaría un problema real y tangible para la empresa y sus amplificadores mediáticos. Se verían forzados a mencionarla explícitamente, a responder directamente. No podrían simplemente sepultarla bajo capas de ruido informativo como hacían habitualmente con disidencias menores. La verdad contaminaría irreversiblemente el circuito informativo, alterando el equilibrio cuidadosamente construido durante años de operaciones.

Guardó el reloj en su bolsillo con un movimiento fluido, dando por terminado el ritual de preparación.

La sala continuaba su lento movimiento alrededor de él como un carrusel observado desde su centro inmóvil. Conversaciones susurradas entre asistentes que creían compartir secretos. Miradas que se cruzaban con significados que solo los involucrados comprendían completamente. Cada asistente individual portaba una razón particular para estar allí en ese momento preciso. Algunos la conocían conscientemente, otros la descubrirían pronto en la revelación inminente.

Samuel se acomodó en la silla, sintiendo cada vertebra alinearse perfectamente. El reloj invisible avanzaba con precisión atómica hacia el momento decisivo. Afuera, Barcelona respiraba su tarde primaveral, ajena al drama que se desarrollaba en su interior. Dentro, todo se precipitaba hacia lo inevitable con la gravedad de un objeto que ha sobrepasado el punto de retorno.

El público ocupó sus asientos con movimientos estudiados que intentaban proyectar naturalidad. La luz, filtrada desde lámparas empotradas estratégicamente en el techo, bañaba la sala con una claridad suave pero reveladora que no dejaba lugar para sombras significativas. Los rostros en primera fila esperaban con esa mezcla particular de curiosidad intelectual y recelo instintivo que caracteriza a quienes presencian algo importante sin saber exactamente qué consecuencias tendrá para su propia existencia.

A un costado de la puerta principal, Olmedo permanecía de pie con aparente despreocupación, sus manos ocultas en los bolsillos del pantalón como armas enfundadas listas para ser utilizadas en cualquier momento. Su mirada recorría sistemáticamente la sala, registrando cada movimiento con precisión entrenada. Salcedo ajustó su posición ligeramente, sintiendo el peso reconfortante del revólver contra su cadera como una presencia viva. Un Smith & Wesson 686 de cañón largo, seis disparos disponibles, presionando contra su piel con familiaridad íntima. La funda interior de cuero bien engrasado apretaba el metal pulido contra su cuerpo, una extensión de su voluntad. Se movió levemente hacia la izquierda para redistribuir la presión sin llamar la atención innecesariamente. Cuarenta metros exactos hasta el objetivo principal. Un tiro seguro en cualquier circunstancia para alguien con su entrenamiento, incluso con las variables ambientales de la sala llena.

Pablo vio a Martí posicionado estratégicamente en el centro del espacio, controlando visualmente todos los ángulos posibles. Una sonrisa casi imperceptible se dibujó entre ellos, un gesto mínimo cargado de significado compartido. Luego desvió deliberadamente la mirada hacia el fondo de la sala, dejándola desenfocarse ligeramente, técnica simple pero efectiva para aclarar la mente sobrecargada de estímulos, para crear distancia mental necesaria.

Y entonces, algo lo sacudió como una corriente eléctrica inesperada, activando cada nervio de su cuerpo instantáneamente.

Su mirada, hasta ese momento flotante y difusa, se fijó con intensidad láser en una figura que permanecía de pie varios metros más allá, parcialmente oculta entre la multitud, pero súbitamente visible para él como si estuviera iluminada por un foco invisible.

Una mujer de presencia imposible de ignorar.

Cabello rojo intenso cayendo en mechones libres sobre hombros estrechos. Silueta alargada y elegante, postura que combinaba relajación natural y alerta contenida. Era ella, sin ninguna duda posible.

Luz.

La pelirroja enigmática del bar que había aparecido y desaparecido de su vida como una visión.

Estaba inmóvil entre el movimiento general, como si existiera en otra dimensión temporal donde todo fluía más lentamente, donde las leyes físicas operaban según principios diferentes. No se sentaba como los demás, no hablaba con nadie, no miraba a ninguna persona específicamente. Como si aguardara una señal invisible solo perceptible para ella, un momento predeterminado en una coreografía cósmica.

La claridad en la sala pareció intensificarse justo encima de su figura, creando un halo sutil pero innegable. No era un reflejo de las luces existentes. No era una ilusión óptica producida por cansancio o estrés. Era luz en su forma más pura y esencial, manifestándose alrededor de ella como un aura tangible.

Pablo experimentó un vértigo repentino que no tenía relación con alturas físicas, una sensación de desorientación que escapaba al pensamiento lógico racional. Algo primordial y antiguo, algo anterior al lenguaje humano articulado. Una fractura momentánea en la percepción habitual del mundo material que lo rodeaba, como si brevemente pudiera ver más allá del velo de lo aparente.

Y entonces, con la súbita claridad de una revelación, el instante se tensó como un alambre a punto de romperse por exceso de presión. Salcedo respiró pausadamente, controlando cada inhalación con precisión militar. Su mano derecha, escondida bajo el saco perfectamente cortado, encontró con naturalidad ensayada la culata del revólver. El gatillo cedería con una presión mínima, apenas doscientos gramos de resistencia. Nadie en la sala había notado su movimiento preparatorio, imperceptible para ojos no entrenados. Nadie, excepto ella. Luz levantó la vista precisamente en ese momento crítico, como si hubiera escuchado un sonido inaudible para los demás. Sus ojos no reflejaban la luz ambiental: la contenían en su interior como fuentes luminosas independientes.

Pablo avanzó hacia el estrado con paso decidido pero no apresurado. Ajustó mecánicamente los papeles sobre la mesa sin mirarlos realmente, un gesto ritual sin propósito práctico. No eran necesarios para lo que debía decir; las palabras estaban grabadas en su memoria con precisión indeleble.

Humedeció sus labios ligeramente resecos y elevó la mirada hacia el público expectante que había enmudecido gradualmente ante su presencia.

—¿Era necesario tanto sufrimiento, tanto horror sistemático? ¿Era necesaria una Experiencia Cercana a la Muerte para que las ideas fundamentales de este libro vieran finalmente la luz pública? —su voz resonó clara en el silencio atento, amplificada por el sistema de sonido, pero conservando su timbre natural.

El silencio se solidificó en la sala como resina endureciéndose, casi palpable en su densidad.

—No lo era, evidentemente. Pero las ideas surgieron así, inevitablemente. En carne viva, en experiencia directa, no como abstracción teórica.

Algunas cabezas asintieron casi imperceptiblemente en primera fila, reconociendo la verdad contenida en esas palabras. Otras se inclinaron levemente hacia adelante, procesando el significado profundo bajo la superficie aparente de las palabras pronunciadas.

—Muchos responsables directos han reconocido públicamente su participación en los hechos. Los tribunales internacionales han hecho justicia parcial según los mecanismos disponibles. Pero aún queda uno, quizás el más significativo.

La voz de Pablo mantuvo su firmeza controlada, sin elevarse innecesariamente, pero adquiriendo una intensidad que captaba la atención completa de cada asistente.

—Uno de los más activos responsables intelectuales y prácticos. Un hombre que, escudado tras el asesoramiento profesional y la aparente legitimidad académica, se convirtió en arquitecto principal de un experimento sistemático de sufrimiento controlado. Buscaba conocimiento trascendental, ciertamente. Pero un conocimiento edificado metódicamente sobre el dolor de inocentes manipulados.

Se inclinó ligeramente hacia el micrófono, calculando instintivamente la distancia exacta para que su voz adquiriera mayor resonancia emocional sin perder claridad.

—Theodor Reinhardt, cuyo verdadero nombre completo es Ramiro Ezequiel Urbina.

El nombre quedó suspendido en el aire denso de la sala como una acusación materializada, como un ser vivo que respiraba entre los asistentes atónitos.

—Hoy, en este momento preciso, Theodor Reinhardt trabaja respetado en un prestigioso instituto de investigación en Zúrich. Un instituto que, con perfecta y terrible ironía histórica, estudia precisamente las Experiencias Cercanas a la Muerte como fenómeno científico. Debería estar en otro lugar completamente distinto. Debería enfrentar al juez en su país de origen. Debería ser extraditado inmediatamente y responder por sus actos bajo plena luz pública.

Un murmullo creciente se elevó gradualmente como una ola que se forma lentamente en aguas profundas. Algunos periodistas tomaban notas con gestos precisos y rápidos. Otros intercambiaban miradas cargadas de significado profesional, reconociendo la magnitud de lo que estaban presenciando. Pablo respiró profundamente, llenando completamente sus pulmones antes de continuar.

—Dicho esto con total claridad, la aparición de este libro póstumo celebra fundamentalmente la vida en toda su complejidad. Honra la honestidad intelectual y moral de un escritor excepcional que no vivió para ver esta publicación.

Un silencio breve se instaló como un paréntesis necesario. Luego continuó con renovada intensidad controlada.

—Muchos se preguntarán legítimamente por qué tanto revuelo institucional por un manuscrito literario. Por qué tanto miedo oficial a unas ideas impresas en papel, tecnología milenaria que algunos consideran obsoleta.

Levantó la vista deliberadamente, recorriendo la sala con una mirada que conectaba individualmente con diversos asistentes, estableciendo un vínculo personal con la audiencia colectiva.

—La respuesta es simple en su formulación, pero profunda en sus implicaciones: nuestro presente histórico no se define ya por trincheras visibles o muros tangibles como en conflictos anteriores. Se define principalmente por ideas en competencia. Por frentes de sombra que operan en dimensiones no siempre perceptibles inmediatamente.

El aire pareció densificarse aún más, volverse casi palpable en su textura alterada, cargado de significados que trascendían las palabras explícitas.

El mundo contemporáneo ya no se defendía primariamente con ejércitos visibles, sino con narrativas cuidadosamente construidas en laboratorios de información. Las batallas decisivas no se ganaban con proyectiles físicos sino con la capacidad estratégica de determinar qué consideraba la población como verdad aceptable. Ahí residía el peligro real. Ahí radicaba el poder transformador de este libro que ahora existía como objeto físico en el mundo.

Pablo hizo una pausa calculada, permitiendo que la emoción auténtica emergiera naturalmente. Mateo, el autor ausente pero omnipresente, merecía plenamente este momento culminante. El libro existía ya irreversiblemente en el mundo material, imposible de enterrar nuevamente en el olvido o la censura. Alzó la vista nuevamente hacia la audiencia silenciosa.

La pelirroja enigmática seguía de pie exactamente en la misma posición, como si el tiempo no la afectara. Pero algo crucial había cambiado sutilmente en la atmósfera que la rodeaba. Su luz característica ya no era un fenómeno localizado alrededor de su figura. Se proyectaba ahora en un arco brillante pero casi imperceptible que atravesaba diagonalmente la sala como un puente invisible y descendía como un rayo silencioso sobre la cabeza de un hombre situado estratégicamente a su izquierda. A exactamente cuarenta metros de distancia calculada.

Pablo sintió un impacto instantáneo en el centro mismo del pecho, no físico sino más profundo y fundamental, como si algo conectara directamente con su esencia. Verónica, desde su posición privilegiada, también lo percibió simultáneamente, una sensación compartida sin necesidad de palabras. Martí, el inspector experimentado, notó la reacción simultánea en ambos y giró la cabeza con precisión profesional, buscando instintivamente la causa de esa alteración perceptible.

Salcedo se incorporó en un solo movimiento fluido y decidido, sin vacilación alguna.

Su mano derecha emergió del costado en una fracción de segundo, el saco abriéndose como una cortina brusca para revelar la amenaza. El revólver, ahora completamente visible, apuntaba con la precisión mortífera de lo inevitable hacia Pablo. El disparo fracturó el aire en dos mitades irreconciliables, un estruendo que alteró fundamentalmente la naturaleza del espacio compartido.

Pablo reaccionó antes de procesar conscientemente el peligro inminente. Su cuerpo, entrenado por experiencias pasadas, se desplazó lateralmente siguiendo un instinto de supervivencia más antiguo que el pensamiento racional. Sintió el aire desplazado por la bala rozando el espacio exacto que su cabeza había ocupado una fracción de segundo antes, una caricia mortal apenas evitada.

El estruendo del disparo fue como un trueno en una habitación cerrada, amplificado por la acústica del espacio y por la conciencia colectiva del peligro.

Pablo, todavía agachado tras esquivar milagrosamente el proyectil, dirigió su mirada penetrante hacia el fondo caótico de la sala donde los asistentes comenzaban a reaccionar con pánico. La luz emanada misteriosamente de la pelirroja había cambiado súbitamente de trayectoria, como un faro que busca un nuevo objetivo. Ahora señalaba inequívocamente a un hombre de traje oscuro que aprovechaba la confusión generalizada para dirigirse hacia la salida lateral con movimientos calculados para no llamar excesivamente la atención, mezclándose con quienes huían instintivamente.

No lo pensó conscientemente. Se incorporó con un impulso explosivo nacido de músculos preparados y corrió entre las filas de asientos con la determinación de un depredador que ha identificado a su presa. El dolor agudo de su herida reciente pulsaba insistentemente bajo la camisa húmeda, pero el instinto prevalecía sobre toda consideración física secundaria. El hombre, al verse identificado y perseguido activamente, aceleró su paso y empujó brutalmente a varios asistentes aterrorizados para abrirse camino hacia la libertad prometida.

La distancia entre ambos disminuía con cada zancada determinada. Afuera del edificio, ya en la calle iluminada por el sol poniente, el fugitivo giró bruscamente hacia la izquierda y descendió con velocidad por las escaleras de granito que conducían a la estación de metro próxima. Pablo lo siguió sin dudar un instante, saltando los últimos peldaños para mantener contacto visual constante con su objetivo. La estación subterránea bullía con la energía humana concentrada de la hora punta vespertina.

El hombre se dirigió directamente hacia las escaleras mecánicas que descendían vertiginosamente varios niveles bajo tierra como un pozo metálico sin fondo aparente. Comenzó a bajar corriendo en dirección contraria al movimiento mecánico, desestabilizando peligrosamente a los pasajeros que ascendían ordenadamente, provocando gritos de sorpresa y protesta.

Pablo calculó la situación en un instante de claridad táctica. Seguirlo al mismo ritmo convencional por las escaleras le daría al otro un tiempo crucial para llegar al andén, desenfundar nuevamente y disparar con ventaja posicional desde una posición inferior. La herida parcialmente cicatrizada en su costado le recordaba dolorosamente sus limitaciones físicas recientes, pero no tenía alternativa viable en estas circunstancias extremas.

Inspiró profundamente, llenando sus pulmones al máximo, y se lanzó escaleras abajo con determinación absoluta. No bajó escalón por escalón como haría un civil, sino que saltó de tres en tres peldaños, ganando velocidad vertiginosa por el centro exacto de la escalera, donde la gente rara vez se sitúa en condiciones normales. Cada impacto contra el metal enviaba una pulsación de dolor agudo a su costado herido, pero mantuvo el ritmo implacable. Los pasajeros sorprendidos se apartaban instintivamente del peligro percibido, pegándose a los laterales de la escalera como si fueran atraídos magnéticamente por los pasamanos.

El fugitivo alcanzó el final de las escaleras mecánicas y giró rápidamente, su mano derecha ya buscando con movimientos practicados algo letal bajo la chaqueta entreabierta. Pablo aceleró con un último impulso desesperado, ignorando completamente el dolor punzante. Era ahora o nunca, un momento definitorio.

En el preciso instante microsegundo en que el hombre completaba su giro táctico y extraía parcialmente el arma de su funda, Pablo ya estaba sobre él como una fuerza elemental. Con la mano izquierda extendida en ángulo preciso, bloqueó la muñeca armada con un golpe seco y contundente hacia el exterior, desviando el cañón lejos de su cuerpo vulnerable. Sin detener su movimiento fluido, ejecutó una maniobra circular con economía de movimientos: su mano derecha aferró firmemente el brazo extendido por encima del codo mientras la izquierda mantenía inmovilizada la muñeca con presión constante.

Aplicó fuerza controlada y giró el brazo del atacante hacia abajo y hacia afuera simultáneamente, forzando una torsión natural contraria a la anatomía articular humana. El dolor fue inmediato y efectivo como mecanismo de control. La muñeca cedió involuntariamente ante el estímulo nervioso y el arma cayó al suelo de cemento pulido con un ruido metálico característico que resonó en el espacio subterráneo. Pablo aumentó calculadamente la presión, empujando con todo su peso corporal mientras rotaba el brazo aún más allá de su rango normal de movimiento.

El hombre perdió equilibrio inevitablemente en el borde precario del último escalón mecánico. Su cuerpo, completamente desestabilizado por la palanca anatómica aplicada, no encontró punto de apoyo posible en el espacio disponible. Cayó pesadamente escaleras arriba, contra el movimiento mecánico, rodando sobre sí mismo con abandono involuntario hasta detenerse a mitad del tramo metálico, inmóvil pero claramente consciente como indicaban sus ojos abiertos con expresión de sorpresa.

Pablo subió rápidamente los escalones que los separaban, apartando preventivamente el arma caída con el pie izquierdo fuera del alcance inmediato. Con precisión mecánica nacida de entrenamiento especializado, volteó al atacante completamente boca abajo contra el metal frío. Le retorció ambos brazos a la espalda con firmeza controlada, aplicando presión suficiente para controlar sin causar daño permanente. Quitándose el cinturón con un movimiento fluido, aseguró las muñecas del hombre con fuerza profesional pero no excesiva.

La gente que presenciaba la escena había formado espontáneamente un semicírculo a distancia prudente, mezclando curiosidad y temor en proporciones variables. Algunos grababan compulsivamente con sus teléfonos móviles, documentando el suceso para compartirlo después. Otros observaban en silencio reverencial, testigos involuntarios de algo que no comprendían completamente, pero intuían como significativo.

Pasos firmes y rítmicos resonaron claramente en las escaleras metálicas a su espalda. Martí descendía con prestancia profesional, su arma preparada pero no apuntando directamente, seguido por dos guardias de seguridad que intentaban mantener su ritmo experimentado.

—Tienes un talento especial para meterte en problemas complejos y hacer simultáneamente mi trabajo —comentó con ironía controlada, guardando su arma reglamentaria mientras evaluaba la situación con ojos expertos entrenados para ver detalles significativos.

Pablo se incorporó despacio, respetando los límites de su cuerpo herido, sintiendo ahora con claridad dolorosa el castigo que la adrenalina había temporalmente enmascarado durante la persecución.

—No iba a dejarlo escapar después de todo lo que hemos pasado —respondió con sencillez, respirando entrecortadamente mientras el oxígeno regresaba gradualmente a sus músculos exigidos.

Martí se agachó con movimientos económicos para verificar la efectividad de las ataduras improvisadas, asintiendo con aprobación profesional ante la técnica demostrada.

—Krav Maga israelí, nivel avanzado —observó con precisión, más una afirmación técnica que una pregunta casual—. No es precisamente lo que esperaría con normalidad de un amante apasionado de los libros y la filosofía.

Pablo no respondió verbalmente a la observación. El sonido inconfundible de sirenas policiales llegó desde la calle como una promesa de orden institucional restaurado. La Guardia Civil había llegado con rapidez sorprendente, movilizando recursos significativos.

—Has capturado personalmente a uno de los mejores operativos de campo de su organización clandestina —añadió Martí en voz baja para evitar que la información se dispersara prematuramente—. Esto cambiará fundamentalmente muchas cosas en la investigación general.

Pablo asintió levemente, reconociendo la importancia del momento sin necesidad de palabras. Su mirada atenta encontró a Verónica que emergía entre la multitud congregada, buscándolo con visible preocupación entre el caos organizado. Cuando sus ojos se encontraron finalmente, conectando a través del espacio físico, ambos supieron simultáneamente que algo crucial había terminado definitivamente, pero también que algo nuevo y prometedor comenzaba a tomar forma entre ellos, una posibilidad que antes parecía inalcanzable.

Mientras tanto, en la sala principal de la editorial, ahora parcialmente evacuada, Salcedo yacía inmóvil en el suelo de madera clara, sometido eficazmente por guardias de seguridad profesionales. El disparo certero de Martí le había alcanzado precisamente el hombro derecho, una herida significativa pero deliberadamente no letal, perfectamente contenible con atención médica oportuna. No se resistía físicamente al control. La derrota definitiva había tallado su expresión facial en piedra impasible, borrando cualquier emoción reconocible.

Los guardias solicitaban por radio una ambulancia con prioridad moderada. La policía científica ya estaba en camino para procesar la escena con protocolos establecidos.

Samuel permaneció absolutamente inmóvil en su asiento privilegiado. No podía moverse, aunque quisiera; su cuerpo parecía haberse desconectado temporalmente de su voluntad consciente. Verificó mecánicamente su reloj suizo: exactamente las 7:30 de la tarde en Barcelona. Simultáneamente en Toronto, a miles de kilómetros de distancia, Sentinel estaba desactivando metódicamente sectores críticos de su sistema central según la programación establecida. Los cambios estructurales ejecutándose automáticamente, las piezas digitales reconfigurándose según el nuevo patrón revelador.

El canal principal de noticias internacionales transmitía en ese preciso momento el video preparado meticulosamente. Material informativo explosivo e innegable. Declaraciones técnicas imposibles de ignorar o desacreditar completamente. La verdad factual entraba implacablemente en el sistema informativo global como un virus benéfico para el cual no existía vacuna efectiva o tratamiento supresor.

Samuel se levantó finalmente con la rigidez característica de alguien que aún no asimila completamente los acontecimientos trascendentales que está presenciando y protagonizando simultáneamente. Salió en silencio absoluto de la sala, flanqueado protectoramente por sus guardaespaldas profesionales que mantenían expresiones neutras perfectamente entrenadas.

Afuera, Barcelona se sumergía gradualmente en la penumbra azulada del atardecer mediterráneo, sus edificios capturando los últimos rayos dorados de un sol que parecía dudar en desaparecer completamente, como resistiéndose a perderse el desenlace de esta historia humana particular.

CAPÍTULO 29

Pablo ajustó la Barbour contra la brisa del puerto. El sol descendía sobre Barcelona con precisión matemática: siete minutos para tocar el agua. La luz tenía esa consistencia de miel dorada, espesa, adhiriéndose a cada superficie metálica del puerto.

A su lado, Verónica estudiaba el Beneteau Oceanis 60. El casco blanco perlado cortaba una línea exacta contra el horizonte, fibra contra seda azul. El mástil de carbono se elevaba veintitrés metros sobre cubierta.

—Es exactamente como lo imaginaba mi padre —dijo ella.

Su voz era clara pero quebradiza como porcelana fina. El acero del mástil absorbía los últimos rayos solares. Las velas permanecían enrolladas, plegadas como secretos guardados durante demasiado tiempo. Pablo recordó las palabras de Mateo, tan físicas ahora: "Hay barcos que nunca parten, pero sostienen nuestros sueños igual que un mástil sostiene las velas."

Después de tanto tiempo, ellos sí partirían.

Caminaron por el muelle de iroko brasileño. Sus pasos resonaban sobre las tablas: percusión de decisiones tomadas, de caminos escogidos. Gaviotas trazaban elipses perfectas contra el cielo violáceo. La ciudad a sus espaldas encendía sus primeras luces, constelaciones urbanas ajenas a su partida.

El olor a salitre se intensificaba. Un aroma anterior a las ciudades, a los libros, a las persecuciones. Las cabillas de amarre crujían contra los noráis de hierro fundido. Conversaciones de metal contra metal.

Un hombre aguardaba en cubierta. Rostro tallado por cuarenta años de ultravioleta y viento atlántico. Mapa cartográfico de arrugas que convergían en las comisuras de sus ojos color grafito. El capitán se irguió cuando los vio. Su postura: equilibrio entre servicio y maestría.

—Bienvenidos a bordo —su voz: áspera como lija de grano grueso contra madera noble—. El barco está listo. Sistemas verificados. Combustible al ochenta por ciento. Jordi envía sus saludos.

Pablo asintió. Un movimiento milimétrico, suficiente. Miró a Verónica, que fotografiaba la ciudad con sus ojos. Capturando ángulos, archivando contornos, calibrando la perspectiva para almacenarla en esa parte del cerebro donde sobreviven las imágenes cuando todo lo demás se desvanece.

—¿Lista? —preguntó él.

Tres sílabas que contenían años.

Ella no respondió inmediatamente. Sus pupilas se detuvieron en la silueta de Montjuïc, recortada contra el cielo como papel japonés. Cerró los ojos un segundo, respiró, los abrió.

—Sí.

Subieron la pasarela de aleación ligera. La teca de cubierta, importada de Myanmar, conservaba el calor del sol de agosto que se resistía a abandonarla. El capitán mantuvo exactamente tres metros de distancia, calibrada como un instrumento náutico. La madera brillaba contra el acero inoxidable 316L de las barandillas. Todo emanaba aquella solidez de las cosas construidas sin escatimar.

Verónica pasó los dedos por la teca aceitada del pasamanos. La madera guardaba el rastro de la luz.

—No sabía que tenías un velero —dijo, leyendo con las yemas cada veta, cada grano.

—Lo compré hace tres años —respondió Pablo—. Lo he mantenido navegando la costa atlántica. Conoce bien los vientos del oeste.

Las palabras se dispersaron como sal en agua.

Una media sonrisa se dibujó en el rostro de ella. El arco exacto que Pablo conocía desde aquella primera cena en el Mandarin Oriental.

El gesto que hacía cuando reconocía una jugada, un movimiento, sin necesidad de verbalizarlo.

Pablo avanzó hacia la popa. La plataforma hidráulica de baño permanecía retraída. Desde allí, el Mediterráneo era un abismo índigo que absorbía la última luminosidad. Dieciséis metros bajo la quilla, el fondo marino ocultaba la memoria de siglos. Ellos también habían guardado sus verdades, estratos y estratos de secretos que ahora, paradójicamente, los impulsaban mar adentro.

—Te mostraré el interior —dijo.

La escalera de caoba descendía siete peldaños. La luz penetraba por los tragaluces de metacrilato tintado en azul cobalto, dibujando trazos móviles sobre la madera de roble. La cabina principal: amplitud sin ostentación. Minimalismo funcional que reflejaba a Pablo en cada línea: teca clara, cuero italiano color ceniza, ausencias calculadas con precisión milimétrica.

—Mi padre estaría feliz —dijo Verónica. Su voz resonaba contra las mamparas de fibra de carbono—. Siempre quiso navegar, pero nunca tuvo tiempo. O quizás valor.

La palabra "valor" quedó flotando como un objeto físico entre ellos.

Pablo observó su perfil recortado contra la luz ambarina. La geometría perfecta de sus facciones, el ángulo de su mandíbula, la verticalidad de su nariz. El mismo gesto Kovacs que Mateo mantenía cuando enfrentaba lo inevitable: ese alzamiento del mentón contra la gravedad emocional del momento.

—Llevamos sus palabras con nosotros —respondió.

Subieron a cubierta. El capitán ejecutaba la danza precisa del zarpe. Un marinero de manos encallecidas liberaba las amarras, mientras otro calibraba el GPS Furuno con la concentración de un neurocirujano. El Volvo Penta D3 murmuró bajo sus pies. Sesenta caballos de potencia esperando la orden.

Barcelona se extendía frente a ellos, mapa tridimensional de una vida anterior. La ciudad que había sido testigo, escenario, cómplice. El manuscrito de Mateo ya circulaba por el mundo. Habían cumplido su parte.

—¿Hacia dónde? —preguntó Verónica.

Pablo miró al horizonte. El sol tocaba ya el agua, convirtiendo el mar en cobre líquido. El cielo: degradado perfecto del añil al naranja, transición química exacta entre estados.

—Lejos —dijo simplemente.

Era suficiente.

El barco se deslizó, separándose del muelle como un pensamiento que abandona la mente que lo creó. Barcelona se reducía con cada metro, geometría de luces que perdía dimensión. El viento noreste empujó con fuerza repentina. A una señal silenciosa del capitán, las velas Dacron se desplegaron. El sonido de la tela al tensarse: definido, inequívoco. Lenguaje textil que comprendían los antiguos navegantes fenicios.

Pablo sintió los dedos de Verónica entrelazarse con los suyos. El pulso en sus falanges: sesenta y cuatro latidos por minuto. El calor de su palma: treinta y seis grados celsius. Datos básicos, mediciones elementales. La única realidad que importaba.

El mástil se elevaba sobre ellos. Las velas, tensas ahora, capturaban los fotones finales del día. El casco Hydromax cortaba el agua a seis nudos, dejando una estela efímera de espuma blanca que desaparecía en segundos.

La noche se instalaba. Estrellas aparecían una a una, puntos luminosos separados por años luz. Las coordenadas eran claras ahora. No había más sombras.

Solo mar abierto.